Birgit Schlieper
Angstspiel

Birgit Schlieper

Angstspiel

Thriller

cbt ist der Jugendbuchverlag
in der Verlagsgruppe Random House

Verlagsgruppe Random House FSC-DEU-0100
Das für dieses Buch verwendete
FSC®-zertifizierte Papier *Super Snowbright*
liefert Hellefoss AS, Hokksund, Schweden.

Gesetzt nach den Regeln der Rechtschreibreform

2. Auflage
Umschlagfoto: iStockphoto / Christine Glade
Umschlaggestaltung: init.büro für gestaltung, Bielefeld
he · Herstellung: AnG
Satz: KompetenzCenter, Mönchengladbach
Druck: GGP Media GmbH, Pößneck
ISBN: 978-3-570-16084-8
Printed in Germany

www.cbt-jugendbuch.de

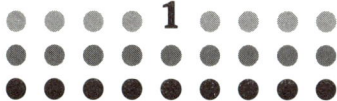

1

Es ist vorbei. Es muss jetzt vorbei sein. Mit diesem Knall soll es zu Ende sein. Endlich. Ich schlage jetzt zurück.

Es hat laut geknallt. Ich hatte nur mit einem Klirren gerechnet. Wenn ich überhaupt gerechnet habe. Meine Faust ist von alleine nach vorne geschnellt. Wie bei einem Boxschlag. Ich bin nicht sportlich. Eine Saison in der Handballmannschaft. Ein halbes Jahr Schwimmverein. Zwei Kurse Callanetics. Joggen, ab und zu. Meine Faust war überraschend schnell. Sie glitt durch das Glas. Der Knall zerschnitt die Luft. Meine Haut ist auch durchschnitten. Ich staune über das Blut, darüber, dass es gar nicht wehtut, wieder über das Blut, und plötzlich schreit meine Stimme. Es ist kein Wort. Kein »Hilfe«, auch nicht »Mama« oder so. Es ist eher ein Laut. Ein kehliger Laut. Katzen schreien manchmal so. Er überrascht mich auch. Ich bin selten laut.

Mein Opa ist als Erster da. Er stöhnt auf, als er mich sieht. »Kind«, sagt er nur. Das stimmt natürlich nicht. Aber er sagt immer »Kind« zu mir. Ich mag das irgendwie. Er wird von meiner Mutter zur Seite geschubst. Sie ist noch lauter, als ich es eben war. Aber eher kreischig: »Linda, was machst du?«

»Ich glaube, ich verblute gerade«, antworte ich. Meine Stimme zittert nur ein bisschen.

Meine Mutter zerrt an ihrer Schürze. Sie fängt immer wieder Sätze an, die sie nicht beendet. Als sie endlich die auf ihrem Rücken gebundene Schleife geöffnet hat, wickelt sie mir den Stoff um das Handgelenk. Er riecht nach kaltem Fett und heißen Zwiebeln. Auf der Schürze war der Druck eines nackten Mannes. Das Teil habe ich mal meinem Dad geschenkt. Direkt oben auf meinem Unterarm prangt jetzt ein Penis. Sieht irgendwie albern aus. Ich überlege, ob die Schürze wohl mit fünfundneunzig Grad gewaschen werden darf. Die Blutflecken werden sonst niemals rausgehen. Vielleicht sieht der nackte Männerkörper mit den großflächigen Blutflecken aber auch viel besser aus. Ich wundere mich über meine Gedanken. Meine Mutter hat längst angefangen zu weinen. Mein Opa guckt ungläubig in mein Gesicht und auf den Penis. Ich bin mir nicht sicher, was ihn an dieser Situation am meisten irritiert. Es tut mir leid, dass ich ihm das hier zumuten muss.

Luises Stimme legt sich hart über den Lautsalat in meinem Zimmer. Sie ist langsam, klar, deutlich.

»Linda, du legst dich hin. Flach. Die Beine auf den Stuhl. Mama, zieh deine Schuhe an, du fährst mit ins Krankenhaus. Der Krankenwagen ist gleich da.«

Ich kann sie nicht angucken. War ja klar. Luise, die Überlegende, die Überlegene. Die Alleskönnerin. Sie drückt die richtigen Knöpfe, regelt das Leben. Wenn andere untergehen, geht sie über das Wasser. Echt zum Kotzen. Ich liege hier auf dem babydurchfallkackbeigen Teppich und gucke sie von unten an. Von hier sieht sie aus, als sei sie über zwei Meter groß. Ihre Beine wirken auch total lang. Oder zumindest normal lang. Sie hat in Wirklichkeit ziemlich kurze Beine. Vielleicht sollte ich ihr das mal sagen. Dass ihr die Typen nur deswegen alle zu Füßen liegen, damit ihre kurzen Stummelbeine annehmbar wirken. Ich sage das nicht, stöhne nur kurz auf. Mir tut immer noch nichts weh, komisch eigentlich, aber mein

Hals wird zu eng. Ich kriege nicht mehr genug Luft. Luise kniet sich neben mich.

»Linda, bleib ganz ruhig. Das ist nur dein Kreislauf, der gerade in den Keller rauscht. Bleib ganz entspannt. Du fährst gleich mit Ma ins Krankenhaus. Die tackern dich wieder zu.«

Sie hört sich an, als würde sie in eine Konservendose sprechen. In so ein Konservendosentelefon. Das hatten wir früher. Jeder saß in seinem Zimmer und brüllte in eine leere Dose. Dazwischen war eine Schnur gespannt. Wir haben uns stundenlang mithilfe dieser Konstruktion unterhalten. Ich bin mir nicht sicher, ob durch die Wand oder wirklich über die Schnur.

Luise hält meine Hand, wie sie sie immer hält. Ihre Hand umfasst meine Faust. So haben wir uns schon immer an der Hand gehalten. Ich balle immer die Faust. Ich bin so froh, dass Luise jetzt hier ist. Trotz allem. Fast wünschte ich, sie käme mit ins Krankenhaus. Aber wahrscheinlich will sie gleich wieder hoch zu ihrem Paul. Ich würde Luise jetzt gerne alles sagen. Ich habe plötzlich eine Riesenangst, dass es dafür vielleicht bald zu spät sein könnte. Mir wird total kalt. Als würden alle warmen Farben gerade in eine alberne Nackte-Männer-Schürze fließen. Ich werde auch müde. Als wären alle meine Gedanken in diese Luftbläschenfolie eingepackt. Diese Luftblasen, die lustig platzen können. Wie kleine Pupse. Ich schaue zum Fenster. Durch das gezackte Loch, das meine Faust hinterlassen hat. Von dem Herz sind noch die oberen Bögen zu sehen. Sieht irgendwie pervers aus. Wie ein dicker Po. Mir wird noch kälter. Nicht wegen der kühlen Abendluft, die durch das geschlossene Fenster reinkommt. Das Herz lässt mich frieren. Ich hatte es sofort gesehen, als ich die Tür öffnete. Ich wollte nur schnell was holen. Weiß schon gar nicht mehr, was. Als ich das

Licht anmachte, grinste mich sofort das Herz an. Von einem dicken Finger war es von außen an die Scheibe geschmiert worden. Hämisch verhöhnte es mich und wollte mir nur sagen: ICH BIN IN DEINER NÄHE.

Als mich zwei Zivis schlurfend zum Krankenwagen tragen, ziehe ich die Decke ein bisschen höher. Ich bin sicher, dass er hier noch in der Gegend ist. Vielleicht steht er hinter einem Baum am Straßenrand, vielleicht hockt er irgendwo im Gebüsch oder sitzt lauernd in einem Auto. Vielleicht sogar mit einem Fotoapparat. Dann kann er neue Fotos von mir ins Internet stellen. Ich versuche ganz unter die Decke zu kriechen. Fühle mich so ausgeliefert. Die Schürze um meinen Arm wird langsam hart. Das Blut trocknet. Der Pimmel wird hart. Haha. Meine Mutter wird immer hysterischer. Ich bin kurz davor, Luise zu bitten, bei mir zu bleiben. Ich schaffe es, es nicht zu sagen. Meine Mutter ist immer noch nicht in der Lage, mal einen geraden Satz zu formulieren. Sie streut angefangene Fragen in alle Richtungen. Unterbricht sich selber immer wieder oder vergisst auf halber Strecke, was sie eigentlich wissen wollte. Meine Mutter ist toll. Aber leider nicht für die Realität gemacht. Sie kann sich aus dem Stegreif eine tolle Geschichte ausdenken. Sie ist eine Göttin der Verwandlung und verzauberte uns zu Karneval immer in andere Wesen. Sie ist die Königin der Dekoration und macht aus unserem Haus mal einen orientalischen Palast und dann mit Muscheln und Fischernetzen eine Nordseekate. Eigentlich weiß man nie so recht, was einen hinter unserer Haustür erwartet. Auf der anderen Seite der Haustür ist meine Mutter dagegen völlig aufgeschmissen. Wenn sie alleine in die Stadt fährt, muss sie sich aufschreiben, wo sie geparkt hat. Sie hat von meinem Vater eine Uhr mit Weckfunktion geschenkt bekommen, damit sie in der

Stadt, zum Beispiel in einem neuen Krimskramsladen, nicht Zeit und Raum vergisst. Vor ein paar Jahren ist sie in der Stadtbücherei aus Versehen eingeschlossen worden. Sie hatte sich mit einem Buch in eine Ecke gesetzt und sich festgelesen. Irgendwann rief sie uns dann an und teilte uns mit, dass sie erst am nächsten Tag nach Hause komme. Sie sei vorher beim Bäcker gewesen, habe also genug zu essen dabei und sie würde das Buch jetzt einfach zu Ende lesen und sich dann in die Kuschelecke der Kinderbücherei legen. Mein Vater hat sie am nächsten Morgen um neun da abgeholt. Vielleicht wollte er wissen, ob diese abstruse Geschichte wirklich stimmte. Vielleicht hatte er ja Schiss, sie hätte einen Lover. Aber dafür wäre meine Mutter echt zu verwirrt. Sie könnte sich niemals die Namen zweier Männer merken und in den richtigen Situationen anbringen.

Und mit dieser Frau bin ich jetzt auf dem Weg ins Krankenhaus. Sie sieht immer noch so aus, als habe jemand einen Föhn in ihren Kopf gehalten und alle Gedanken durcheinandergewirbelt. Aber irgendwann werden die wieder landen. Und irgendwann wird sie die Frage stellen:

Warum hast du das getan?

Ich kann es ihr nicht erzählen. Sosehr ich mir wünschte, dass das Eis in mir auftauen, die klirrenden Gedanken mit den scharfen Kanten wegschmelzen und ich keine Schatten mehr sehen würde. Sosehr ich mir wünschte, dass mein Vater mich in den Arm nehmen und ein bisschen mit mir schimpfen würde. Selbst wenn er mich zur Polizei schleppen würde, auch das wäre okay, aber womöglich bräuchte es das gar nicht. Wahrscheinlich müsste mein Vater nur ein paar Minuten auf seinem Laptop rumhacken und schon hätte er ihn. Aber ich kann es nicht sagen. Sie werden mich ansehen und an früher denken. Wie lange habe ich nicht daran gedacht? Zwei, drei

Jahre? Da war schon mal das Gefühl der Bedrohung. Schon mal hat sich jemand in mein Leben geschlichen. Dachte ich damals zumindest. So wurde ich mit neun Jahren zur absolut jüngsten Patientin von Frau Stanges. Sie war Psychologin und dafür eigentlich ganz nett. Sie – und die Tablette am Abend – konnte mich davon überzeugen, dass niemand mich verfolgte. Angefangen hatte alles mit einem Unfall. Ich war in der Küche gestolpert, gegen Luise geknallt, die stieß gegen den Herd und kochendes Wasser floss über ihr Bein. Mehr als zwei Monate war Luise in verschiedenen Krankenhäusern. Es hatte nie jemand gesagt, dass ich schuld war. Aber alle wussten es natürlich. Ich hatte mich so kacke gefühlt. So allein, so nackt. Ohne Luise. Irgendwann hat Mama mir ins Ohr geflüstert, dass Lu doch in Gedanken immer bei mir sei. Das war beruhigend gemeint, aber es wirkte auf mich wie eine Drohung. Und ganz plötzlich war da das Gefühl, dass mich jemand beobachtet. Es war so ein bisschen, wie wenn man sich als Kind vorstellt, dass der liebe Gott von oben alles sieht. In mir machte sich eine Panik breit. Als ich daraufhin anfing, fast jede Nacht ins Bett zu machen, fanden meine Eltern das erst mal nur blöd. Als ich dann jedoch begann, fremde Leute auf der Straße anzuschreien, gingen sie mit mir zu einem Arzt. Von dort ging es zu Frau Stanges. Jeden Montag, halb vier, war ich dann bei ihr. Wirklich gut wurde es aber erst, als Luise wieder nach Hause kam. Das war damals. Wenn ich jetzt erzähle, dass sich da jemand in mein Leben drängt, wird es sicher nicht lange dauern, bis ich wieder bei Frau Stanges sitze. Und vielleicht reicht dann eine Stunde pro Woche nicht mehr? Würden meine Eltern mich in eine Anstalt einliefern? Ich weiß es nicht, ich will es aber nicht riskieren. Ich muss es alleine schaffen. Ich muss es schaffen. Ich will wieder in mein altes Zimmer ziehen. Wieder ins Licht, ans Licht. Mit Fenstern zur Straßenseite. Ich will mich nicht mehr im Keller verstecken müssen. Unser Keller heißt ja eigentlich nicht Keller, sondern Souterrain. Aber ein bisschen dunkel ist es schon. Deswegen wollte ich ja auch dahin. Mich da verkriechen. In meinem Zimmer unterm Dach hatte ich in den letzten Wochen immer nur noch Kerzen angezündet, um es ein bisschen hell zu machen. Es durfte nicht zu hell sein. Bei Lampenschein fühlte ich mich sofort so nackt. Wie auf einer Bühne. So unheimlich sichtbar. Selbst wenn die Vorhänge zugezogen waren. Ich war lieber unsichtbar. Ich hatte meinen Dad gebeten, Rollladen einzubauen. Hatte was davon gefaselt, dass es nachts nicht richtig dunkel würde und ich nicht mehr schlafen könne. Luise hat es mir kaputt gemacht. Sie war blöderweise bei dem Gespräch dabei und hatte nur kurz aufgelacht: »Linda, du verkriechst dich unter deiner Decke wie ein Bär zum Winterschlaf. Du würdest es nicht sehen, wenn nachts plötzlich die Sonne aufging.«

Keine Ahnung, warum sie das gesagt hat. Ich hab dann nicht mehr von den Rollladen angefangen und bin eben in den Keller gezogen. Irgendwie ging mir da oben ja auch die Dauerpräsenz von Paul auf den Keks. Ich konnte ja schon gar nicht mehr auf die Toilette gehen, weil ich immer Schiss haben musste, dass er plötzlich an die Tür klopft. Allein die Vorstellung, dass er mir beim Pinkeln zuhören konnte, fand ich doof. Mir ist so was peinlich. Dieses Plätschern. Ich habe immer jede Menge Klopapier in die Schüssel gestopft, wenn er da war und ich mal musste.

In letzter Zeit waren da noch andere Gedanken.

Was, wenn er es wäre?

Wenn er sich vielleicht nur deswegen an Luise herangemacht hat. Nur, um mich fertigzumachen.

Ich habe mich immer eingeschlossen. Sobald ich in meinem Zimmer war, habe ich den Schlüssel rumgedreht.

Spätestens seit heute Abend weiß ich, dass er es nicht sein kann. Paul war den ganzen Abend bei Luise im Zimmer gewesen. Er kann nicht das Herz an die Scheibe gemalt haben.

Eine Stimme in mir schreit auf: doch! Er kann. Er hätte es vorher machen können. Bevor er geklingelt hat. Vielleicht ist er erst in den Garten geschlichen, hat seinen fiesen Finger in den Mund gesteckt, um dann mit ekliger Spucke ein Herz ans Fenster zu schmieren.

Er hätte also die Möglichkeit gehabt. War ich in meinem Zimmer gewesen? Hatte er mich gesehen? Mich beobachtet, als ich auf dem Bett lag und Musik gehört habe?

Ich stöhne auf. Meine Mutter greift sofort nach meiner Hand. Gott sei Dank nimmt sie die Hand am heilen Arm. Sie streichelt sanft über die Innenfläche.

Im Krankenhaus geht es total schnell. Am längsten kümmert sich der Arzt um meine Mutter. Sie bekommt was zur Beruhigung und jede Menge Ansprache. Fehlt nur noch, dass jemand ihre Hand hält. Die völlig verkrustete Schürze landet im Müll und die klaffenden Wunden an meinem Handgelenk werden verklebt. Ich weiß das, weil mir eine Schwester das erzählt. Ich gucke nicht hin. Langsam fängt es an wehzutun. Gegen die Schmerzen bekomme ich ein paar Kügelchen, die ich unter der Zunge zergehen lassen soll. Meine Mutter hantiert auch immer gerne mit so einem homöopathischen Quatsch.

Die Beruhigungstabletten, die meine Ma von dem Doc bekommen hat, waren keine Kügelchen. Das war was Vernünftiges. Komische Prioritäten setzen die hier. Weil meine Mutter natürlich nicht an mein Impfbuch gedacht hat – selbst wenn sie daran gedacht hätte, hätte sie nie im

Leben gewusst, wo es ist –, bekomme ich noch eine fette Tetanusspritze.

Und dann darf ich nicht nach Hause.

Der Arzt bittet meine Mutter vor die Tür. Die Schwester tut so, als würde sie irgendwas um mich herum aufräumen. Sie wuselt völlig unkoordiniert hin und her. Mir wird schlagartig klar: Sie soll mich beobachten. Auf mich aufpassen. Ich spüre ihre Blicke, obwohl ich sie von der Liege aus nicht sehen kann.

Nach anderthalb Ewigkeiten kommt meine Mutter wieder rein. Sie hat rote Augen. Hinter ihr sind der Arzt und ein Mann in Jeans. Der stellt sich nicht vor, sondern nur fest, dass ich also die Linda sei. Darauf sage ich nichts. Was auch? Zu viert – die Schwester hat ihre Scheintätigkeit aufgegeben und sich auch wieder dazugesellt – stehen sie um mich rum, gucken auf mich runter.

»Wenn du gleich auf deinem Zimmer bist, würde ich gerne noch kurz mit dir reden«, sagt der Jeansmann. Er trägt original ein Jeanshemd zu einer Jeanshose. Irgendjemand müsste ihm mal sagen, dass man das echt nicht machen kann.

»Ich habe hier kein Zimmer. Ich habe zu Hause ein Zimmer. Und da möchte ich jetzt hin«, antworte ich ihm.

Meine Mutter schaltet sich ein. Sie redet schnell. Macht keine Pausen. Ich höre was von »viel Blut verloren«, »Sorgen machen«, »reden müssen«. Von »Übersprunghandlung« und »Hilferuf«. Außerdem sei ja das Fenster in meinem Zimmer jetzt kaputt und da könne ich also ohnehin nicht schlafen.

Ich versuche ihre Worte zu verbinden. Es ist wie beim »Malen nach Zahlen«. Dabei muss man eine Linie von 1 nach 2, nach 3 und so weiter ziehen. Und wo vorher nur ein wirrer Haufen Punkte und Zahlen war, entsteht plötzlich ein Bild. Ich versuche die Halbsätze meiner Mutter so zu verbinden, dass für mich ein Bild entsteht. Es gelingt mir nicht. Ich bleibe auf meinem Haufen mit Punkten und Zahlen sitzen. Wut kommt in mir hoch. Wenn ich damals nach Luises Unfall nicht so neurotisch reagiert hätte, könnte ich es jetzt sagen. Wenn ich mich damals ein bisschen zusammengerissen hätte und nicht durchgeknallt wäre, würden sie mir jetzt glauben. Wie können sie das jetzt, wo ich mit neun Jahren schon Psychopharmaka schlucken musste? Wo jeder glaubt, ich könne ohne Luise nicht leben? Hätte ich damals nur nicht so rumgesponnen. Ich könnte es erzählen: Von dem Chatroom, in dem fast alle aus meiner neuen Klasse sind. Und dass da ein Kaktus war. Dass ich mich super mit dem unterhalten konnte. An der Stelle würde mein Vater den Kopf schütteln und ich würde ihn beruhigen. Dass ich natürlich nicht meinen richtigen Namen oder gar meine Adresse verraten hätte. Dass man ja nie genau wüsste, wer sich hinter den Nicknamen versteckt. Im schlimmsten Fall so ein alter Sack, der sich an jungen Mädchen aufgeilt. Ein fieser schmuddeliger Typ mit vergilbten Zähnen und Raucherfingern.

Ich müsste noch nicht mal lügen. Na ja, ein bisschen vielleicht. Ich müsste ein paar Sachen weglassen. Das schon. Vor allem das mit den Fotos im Internet. Ich würde einfach sagen, dass der Typ mir plötzlich komische Mails geschrieben hätte. Das hätte mir Angst gemacht. Und dann würde mein Vater an seinen Computer gehen, ein paar komische Befehlsketten eingeben und nach ein paar Minuten wüsste er, wer sich hinter »Kaktus« verbirgt. Und auf der Stelle würde er sich den Typen vornehmen. Oder ihn zur Polizei schleifen. Oder ihm nur damit drohen, falls er mich noch mal belästigt. Dann hätte sich Luise zu mir auf die Couch gekuschelt. Scheiß-Paul hätten wir vor dem Familiengespräch natürlich nach Hause geschickt.

Und morgen wäre dann der erste Tag seit gefühlten hundert Jahren, an dem ich nicht mit einem Klumpen aus Angst im Bauch aufwachen würde.

So könnte mein Drehbuch aussehen. Wenn das Wörtchen »wenn« nicht wär ... Aber da ich anscheinend schon mit einem Bein in der Klapsmühle bin, darf ich jetzt auf keinen Fall noch mehr erzählen. Mein Drehbuch muss umgeschrieben werden. Denn hier wird gerade ein anderes Stück gespielt.

Wir haben in der Schule mal Improvisationstheater gemacht. Da wusste man auch nie, in welche Richtung das Ganze gerade geht. Das ist nicht mein Ding. Ich weiß gerne, was passiert. Aber das Gefühl fehlt mir ja schon seit Längerem. Mein Kopf beginnt erst langsam zu begreifen. Ich soll jetzt echt hierbleiben. Im Krankenhaus. Klar, wahrscheinlich liegt im Schwesternzimmer schon die erste Tablette für mich bereit.

»Ma, was soll das? Ich habe mich geschnitten. Mehr nicht. Ruf jetzt bitte Papa an, dass der uns hier abholt.«

»Linda, reg dich nicht auf. Du sollst dich einfach noch ein bisschen ausruhen. Außerdem möchte der Herr Bleicher hier noch mal mit dir reden.«

Sie zeigt auf den Jeans-Mann. Bleicher. Das passt. Der sieht selber genauso stonewashed aus wie sein Outfit.

»Dann kann mich der Herr Bleicher doch mal zu Hause besuchen. Dann können wir in aller Ruhe quatschen.«

Komisch. Eigentlich ist das nicht meine Art, zu widersprechen. Normalerweise hätte ich jetzt genickt. Im schlimmsten Fall noch »gerne« gesagt. Aber es ist nichts mehr normal. Ich bin nicht mehr normal. Aus dem Augenwinkel sehe ich, wie der Arzt irgendwas in seinen Computer eintippt. Schlagartig durchfährt mich ein eiskalter Blitz. Wenn der Kaktus einfach so meine Urlaubsfotos im Internet manipulieren kann, kann er sich dann auch in den Krankenhausrechner einloggen? Steht hinter meinem Namen jetzt vielleicht schon »schizophren« oder »manischneurotisch«? Wahrscheinlich bekomme ich gleich eine dubiose Infusion, keine kleine Pille, und versinke für die nächsten Wochen in einen Dämmerzustand. Obwohl – der Gedanke fühlt sich fast ein bisschen verlockend an. Dann würde auch die Angst in Watte gepackt. Die Angst. Die immerwährende Angst. Denn meine Angst ist IMMER da. So wie er. Egal, wohin ich meine Gedanken schicke, er ist schon da. Oder nur sein Schatten. Mittlerweile ist er da, auch wenn er nicht da ist. Wenn in meinem E-Mail-Postfach keine Nachricht ist, denke ich trotzdem an ihn: ER HAT NICHT GESCHRIEBEN.

Als die Bedrohung anfing, war das noch anders. Wenn zwei, drei Tage kein Zeichen von ihm kam, hat sich wirklich ein heller Schimmer in mir breitgemacht. Habe gedacht: Na, siehste, es hört doch schon wieder auf. So wie ein Schnupfen von alleine kommt und von alleine wieder geht. Doch manchmal wird aus einer Erkältung eben doch eine gefährliche Lungenentzündung.

Ich spüre den Blick von dem Jeans-Mann wie einen Scheinwerfer auf mir. Er steckt die Daumen vorne in die Hosentaschen, lässt die restlichen Finger locker raushängen. Mein Mathelehrer macht das auch oft. Sieht total kacke aus.

»Vielleicht ist es besser, du ruhst dich jetzt erst mal aus. Ist ja schon spät«, tönt es aus dem Jeans-Wesen. »Wir können auch morgen noch reden.«

»Willst du gleich schlafen? Dann bringe ich dir deine Sachen vielleicht erst morgen früh, oder?«, fragt meine Mutter, als ich mich schließlich in einem Krankenhausbett wiederfinde. Offensichtlich hatte ich doch zu viel Blut verloren oder was auch immer – meine Gegenwehr und meine Proteste waren einfach nicht vehement genug.

»Natürlich kommst du morgen früh. Und zwar, um mich abzuholen.«

Sie nickt, aber irgendetwas gefällt mir an dem Nicken nicht.

»Mama! Du holst mich morgen früh hier ab, oder?«

Meine Mutter zerrt jetzt an den Ecken des Kopfkissens. Sie macht mich echt nervös. Ihr Blick sagt, dass sie nicht in diesem Raum ist. Ihre Gedanken sind mal wieder abgebogen, suchen sich ihr eigenes Ziel.

»MAMA.«

»Süße, ja. Natürlich holen wir dich ab. Vielleicht nicht gleich morgen früh. Dieser Herr Dings will doch noch mit dir reden. Wer weiß, wann der Zeit hat.«

»Und wenn Herr Dings erst nächste Woche Mittwoch Zeit hat? Soll ich so lange hier rumliegen und auf die Audienz warten?«

»Ich bin sicher, er hat morgen Zeit für dich.«

Mittlerweile zerrt sie an mir rum. Nicht feste. Aber penetrant. Sie streicht mir die Haare immer wieder hinter die Ohren, spielt mit meinen Fingern, streichelt monoton die Innenseite meines Unterarms – des unbandagierten natürlich. Immer wieder der gleiche Weg.

»Ma, wenn du noch lange damit weitermachst, ist die Haut gleich durch. Dann müssen sie mir den Arm auch noch verbinden.«

Sie guckt mich erschrocken an und ich sehe, dass sie kurz vorm Heulen ist. Ihre Augen schwappen jeden Moment über.

»Was ist mit dir?«

Der erste Tropfen fällt auf meinen Arm.

»Ich habe mich halt so erschrocken vorhin. Du und das ganze Blut. Die Scherben. Wie du dann dalagst.«

Ich nehme sie in den Arm – so gut das im Liegen geht. Als sie draußen ist, bin ich fast ein bisschen erleichtert. Ich war gerade einfach zu nah dran, ihr ein bisschen was von der Wahrheit zu erzählen.

Hätte ich es direkt gesagt. Direkt als alles anfing – es wäre ein Nebensatz nur gewesen. Wieso habe ich nicht mal von Kaktus erzählt, als der Gedanke an ihn sich noch gut anfühlte? Da war er eine reale Person. Jetzt ist da der Unbekannte. Und natürlich wird das meinen Eltern total bekannt vorkommen. Jetzt sind da schon so viele Fragen. Ich müsste so viel erzählen, ein Stück zurück in die Vergangenheit gehen und erklären, damit sie mir glauben. Dabei rede ich nicht gerne. Wahrscheinlich bin ich deswegen in den verdammten Chatroom gegangen. Weil man da reden kann, ohne angeguckt zu werden. Ich konnte mit hektischen Flecken oder ganz zittrig vor dem Computer sitzen und keiner hat mich ausgelacht. Ich habe sofort gefühlt, dass das meine Welt ist. Alleine und doch mit Menschen zusammen. Wenn ich genug Worte gewechselt hatte, habe ich oft einfach nur zugehört. Also mitgelesen. Die ganzen flapsigen Kommentare, die Diskussionen, die vorsichtigen Annäherungen. Keiner konnte mich zwingen mitzumachen. Wenn ich nicht mehr wollte, habe ich einfach ein »CU« eingehackt und mich ausgeloggt. Fertig. Keine Nachfragen, keine komischen Blicke, kein blöder Kommentar.

Von rechts wird mir eine große Flipstüte hingehalten.
»Willste was?«
Ich habe das Mädchen neben mir noch gar nicht wahrgenommen. Ich winke ab. »Danke. Lass mal.«
»Ich habe auch Schoko. Oder willst du ein Bier?«
»Nee, echt nicht.«

18

Sie wendet sich wieder dem Fernseher zu, der von der Wand gegenüber Licht gegen unsere Betten flackert.

»Warum bist du hier?« Das Mädchen will offenbar trotz der Kopfhörer auf den Ohren eine Unterhaltung mit mir führen.

»Habe mich geschnitten.«

Sie guckt auf meinen Verband und dann eine Spur zu lang und unverblümt in mein Gesicht und grinst leicht.

Ich will nicht wissen, warum sie hier ist, und frage sie auch nicht.

Wir starren beide wieder den Fernseher an.

Irgendwann gehen meine Gedanken auf ihre eigene Reise. Ich träume, vor der Tür würde ein Aufpasser sitzen. So wie in Filmen, wenn jemand ganz Wichtiges im Krankenhaus liegt. Ein Popstar oder ein Kronzeuge gegen die Mafia oder so. Dann sitzen da immer stiernackige Männer auf winzigen Stühlen und passen auf. So einen Aufpasser träume ich mir her. Und weil ich auch gar kein Handy und keinen Computer mithabe, könnte mir hier auch nichts passieren. Keine grausamen SMS würden mich erreichen. Alle E-Mails würden ungelesen in meinem Postfach vergammeln. Und wenn wieder einmal irgendwo im Netz auf einem Urlaubsfoto von mir das Bikini-Oberteil wegretuschiert wird – mir doch egal. Ich sehe es nicht, ich weiß es nicht und ich sehe auch niemanden, der es weiß. So einfach wäre das. Ich fühle mich wie in einem Kokon. Selbst das Knistern der Flipstüte neben mir stört mich nicht. Im Gegenteil. Das ist ein so schön unschuldiges Geräusch. Das passt gut in mein kleines Traumtheater.

2

Als ich wach werde, läuft der Fernseher schon wieder. Vielleicht auch immer noch. Das Mädchen im Bett nebenan schiebt Maoams in sich rein und starrt auf den Bildschirm. Alle paar Minuten nimmt sie einen Schluck aus einer Anderthalb-Liter-Flasche Cola light. Würde mich nicht wundern, wenn die wegen einer ausgewachsenen Essstörung hier ist. Ich bemühe mich, nicht richtig wach zu werden. Mir das behütete Gefühl aus meinem Traum zu bewahren. Nicht an gestern Abend zu denken. An den Moment, als meine Hand durch die Fensterscheibe glitt. An die Angst, die mir wie eine Ohrfeige ins Gesicht klatschte. Ich habe neulich in einem Buch den Satz gelesen: »Die Angst kroch in ihr Herz.« Meine Angst kriecht schon lange nicht mehr. Meine Angst springt mich an, presst mir die Luft aus der Lunge, zieht mir die Füße weg, schlägt mir ins Gesicht. Habe ich jetzt drei oder vier Minuten nicht an ihn gedacht? Wie viele Sekunden konnte ich die Illusion aufrechterhalten, alles sei in Ordnung. Ich sei ein ganz normales sechzehnjähriges Mädchen mit den üblichen Problemen wie Pickeln, nervigen Eltern und chronischem Geldmangel. Wenn ich jetzt zurück in mein Leben davor könnte, ich würde sogar fiese Akne in Kauf nehmen. Könnte ich jetzt einen Deal machen und die Zeit zurückdrehen, ich würde echt fast alles versprechen. Aber tief in mir weiß ich, dass ich mich nicht freikaufen kann. Und das lässt mich so erstarren. Kurz taucht wieder das fiese Internet-Foto von mir vor meinem inneren Auge auf. Dazwischen schiebt sich ein Blick von Paul. Ein langer Blick, der aufdringlich meinen Körper abtastete. Ich hatte geduscht, war im Handtuch eingewickelt in mein Zimmer gegangen. An der geöffneten Tür von Luise vorbei. Dahinter saß Paul. Fläzte sich in einem Sessel. Luise war wohl gerade unten. Trotz der Dusche hatte ich mich allein durch den Blick wieder schmutzig gefühlt.

Der Jeansmann kommt, als ich gerade mit einer Schwester streite. Sie verlangt, dass ich festlege, was ich die Woche über hier essen will. Ob ich mittags die Vollwertküche oder die Schonkost bevorzuge. Ob ich morgens ein Ei zum Frühstück will. Ich versuche der Frau leise klarzumachen, dass ich hier nach dem Frühstück keine weitere Mahlzeit zu mir nehmen werde. Und selbst von dem Frühstück habe ich nicht viel gegessen. Es gab »Schlimme-Augen-Wurst« mit Glibber und grobe Leberwurst. Dazu Hagebuttentee. Ich habe jetzt so eine Vorahnung, warum das Mädchen im Bett neben mir sich ihren eigenen Ernährungsplan zusammengestellt hat. Der Bleicher guckt ganz ruhig zwischen der Schwester und mir hin und her. Als ich gerade ein bisschen lauter werden will, kommt er mir zuvor.

»Linda, haben Sie einen Moment Zeit? Ich würde jetzt gerne mit Ihnen reden.«

Er hält die Tür auf. Die Schwester geht raus. Er hält die Tür immer noch auf. Jetzt erst raffe ich, dass ich mitkommen soll. Ich gehe hinter ihm her und ärgere mich, dass ich gestern Abend nur eine alte Leggins und ein Shirt anhatte. Ich laufe eigentlich nicht gerne in so engen Sachen rum. Schon gar nicht, wenn mich jemand sehen kann. Aber eigentlich wollten wir ja gestern Abend gerade zu Abend essen, als ich noch mal schnell in mein Zimmer gegangen bin. Ich weiß immer noch nicht, was ich eigentlich holen wollte. Und dann war da dieses Herz, dann waren da die Scherben. Der Rest ist bekannt.

Der Bleicher hält mir die Tür zu einem winzigen Büro auf. Darin stehen ein Schreibtisch, ein Schreibtischstuhl und eine schwarze Ledercouch. Klar. Der Typ ist schließlich ein Psychofritze.

»Soll ich mich jetzt auf diese Couch legen?«

Ich bin irritiert. Damals durfte ich auf einem Stuhl sitzen.

Er guckt die Couch an, als würde er sie zum ersten Mal sehen. Als hätte irgendjemand die gerade heimlich in sein Büro gestellt.

»Wenn es dir lieber ist, setze ich mich darauf.«

Er nimmt echt auf dem Sofa Platz. Ich stehe wie blöd mitten im Raum.

»Setz dich doch bitte.«

Ich finde beide verbleibenden Alternativen völlig Banane, aber neben ihn auf die Couch kann ich mich echt nicht setzen. Das wäre definitiv zu nahe. Ich nehme am Schreibtisch Platz.

»Linda, wir werden immer aufmerksam, wenn hier eine junge Frau mit aufgeschlitzten Pulsadern eingeliefert wird.«

Auf seinem Schreibtisch stehen ein paar Bilderrahmen. So, wie es sich gehört. Doch in den drei Rahmen sind nicht Frau, Kind, Hund, sondern Steine, Steine, Steine. Würde mich mal interessieren, wie das ein Psychologe deuten würde.

»Aufgeschlitzte Pulsadern sind nämlich oft ein Suizidversuch.«

Ganz langsam fange ich an zu begreifen.

Die denken hier, ich hätte gestern Abend versucht mich umzubringen. Die glauben, ich hätte mir absichtlich mit einer Scherbe am Arm rumgeritzt. Deswegen musste ich bleiben. Deswegen war meine Mutter gestern so verstört. Also, noch verstörter als sonst.

»Ich habe nicht versucht mir das Leben zu nehmen.«

»Das freut mich sehr. Deine Mutter hat mir allerdings erzählt, dass du in letzter Zeit sehr verschlossen und sehr ängstlich warst.«

»Ich war schon immer sehr verschlossen und ängstlich. Das hat meine Mutter vielleicht nicht erzählt. Vielleicht ist ihr das aber auch gar nicht so bewusst.«

»Bist du wütend auf deine Mutter?«

Ich muss echt kurz grinsen.

»Weil ich das gerade gesagt habe? Nein. Ich bin nicht die Bohne wütend auf sie. Sie ist einfach, wie sie ist. Manchmal macht sie mich wahnsinnig. Meistens muss ich aber nur staunen über sie.«

»Wenn das gestern Abend nur ein Unfall war – hast du denn schon mal an Selbstmord gedacht?«

»Eigentlich nicht. Aber wo sie es jetzt ansprechen, kann ich das ja mal tun.«

Er reagiert darauf gar nicht. Ich rede einfach weiter.

»Auf jeden Fall würde ich nicht an mir rumritzen. Ich würde auf Nummer sicher gehen. Mit Schlaftabletten in die Badewanne. Im wohligen Wasser langsam einschlafen. Und dann wirken entweder die Tabletten oder man erfriert in dem kälter werdenden Wasser. Das ist doch mal wirklich ein sauberer Tod, oder?«

»Woher weißt du so was?«

»Habe ich irgendwo gelesen.«

»Und dir gemerkt.«

»Ja, blöd, was? Matheformeln, Grammatikregeln, Vokabeln – nichts kann ich mir behalten. Aber so einen Mist speichere ich ab.«

»Wieso Mist?«

»Weil ich mich nicht umbringen will! Trotz allem nicht.«

»Trotz was nicht?«

Wie blöd von mir.

Der Psychodoktor hatte sich scheinbar gelangweilt auf seiner Couch zurückgelehnt. Doch seine Augen sind hellwach. Ich habe das Gefühl, er beobachtet alles an mir. Jede Bewegung, jedes Zucken, jeden Blick. Dass ich meine Hände unter meine Beine geschoben habe, ist bestimmt ein verstecktes Zeichen für Verklemmtheit. Dass ich meine Füße gekreuzt habe, steht mit Sicherheit für Verschlossenheit. Mich würde interessieren, wie er meine Frisur interpretiert. Seit ein paar Tagen ist das nämlich keine Frisur mehr. In einer dunklen Stunde hatte ich zur Schere gegriffen. Ich hatte mir einen Zopf gemacht, den über den Kopf gehalten und geschnitten. Ich musste ein paar Mal ansetzen, weil meine Haare ziemlich dick sind. Seitdem sind meine Haare halblang. Und stufig. Nein, nicht stufig. Irgendwie angefressen. Ich weiß noch genau, was ich gedacht hatte. Dass ich eine andere sein wollte. Dass er mich vielleicht in Ruhe lässt, wenn ich plötzlich anders aussehe. Noch am selben Abend hatte ich eine SMS bekommen.

Gefällt mir. Jetzt kannst du dein Gesicht nicht mehr hinter deinem Vorhang verstecken.

Ich zwinge mich, meine Arme hinterm Kopf zu verschränken – genauso wie der Psychodoc. Langsam lasse ich den Stuhl von rechts nach links schwingen. Für einen kurzen Moment stelle ich mir vor, ich erzähle jetzt alles.

Dass ich verfolgt werde. Beleidigt. Verhöhnt. Dass ich beobachtet werde, nirgends sicher bin. Dass sich jemand in mein Leben geschlichen hat, sich dort versteckt und mich quält. Dass es keinen sicheren Ort mehr gibt, an den ich gehen, an den ich mich denken kann. Der Psycho müsste das doch ernst nehmen, dem auf den Grund gehen. Herausfinden, ob das Wahnvorstellungen sind oder Realität. Damit ich mich nicht wieder versuche umzubringen

Wieso wieder?

Spinne ich jetzt total? Ich habe ja schon die einfachsten Gedanken nicht mehr unter Kontrolle.

Und überhaupt: Natürlich würde er nicht groß herumforschen. Für ihn läge es doch auf der Hand, dass ich wieder herumspinne. So wie damals. Meine Akte hat er wahrscheinlich schon längst studiert. Wahrscheinlich würde er was von Zwillingen faseln, bei denen der Abnabelungsprozess voneinander eben besonders schwierig sei. Wenn ich das jetzt erzähle, komme ich doch die nächsten sechs Monate nicht mehr hier raus. Der tut dann wahrscheinlich ganz verständig und überzeugt dann meine Eltern, dass ich absolut schizo bin und auf jeden Fall hierbleiben muss. Bis zur Volljährigkeit oder so.

Wenn ich jetzt einfach kühl bei der Wahrheit des gestrigen Abends bleibe und beteuere, dass ich die Fensterscheibe nicht absichtlich eingeschlagen habe, glaubt er mir bestimmt nicht. So ein profaner Unfall klingt zu undramatisch für eine Patientin, die schon mit neun ein Psychowrack war.

Ich atme ganz tief ein und wieder aus.

Wer weiß, warum meine Bettnachbarin hier ist. Wahrscheinlich ist sie mit ihrem Auto an ein Straßenschild gefahren und der gute Herr Bleicher hier glaubt, sie habe sich eigentlich ins Nirwana befördern wollen und nur in der Stadt keinen schönen Baum dafür und auch den vierten Gang nicht gefunden. Wahrscheinlich wird die seit Wochen hier wegen eines erfolglosen Suizidversuches verwahrt. Kein Wunder, dass die aus Verzweiflung so einen Mist in sich reinstopft. Im schlimmsten Fall ist sie schon einer unheilbaren Essstörung verfallen, ehe sich endlich ihr Fahrlehrer meldet und zu Protokoll gibt, dass sie schon immer Probleme beim Einparken gehabt habe.

Seit wann gehe ich von der schlimmstmöglichen Wendung aus? Seit wann spiele ich nur noch mich selber – und das mehr schlecht als recht? Und wieso habe ich dauernd Angst, dass ich meinen Text nicht kann?

Ich drehe mich langsam mit dem Schreibtischstuhl zurück.

Ich versuche kurze, klare Sätze zu denken.

Wenn ich die Wahrheit sage, bin ich verloren. Dann komme ich hier so schnell nicht raus. Für den bin ich doch ein gefundenes Fressen. Ein Nervenknäuel mit mehr Enden als Anfängen. Wenn ich lüge und behaupte, ich habe mich wirklich umbringen wollen, bekomme ich hier auch einen Jahresvertrag. Und meine Eltern wären total traurig. Also gut, zumindest muss dieser Suizidvorwurf aus dem Raum geschafft werden. Alles andere ist egal.

Wo ist die passende Lüge?

»Alles, was du sagst, bleibt auch hier in diesem Raum.« Seine Stimme soll einladend klingen.

»Ich will dich ficken.« Ich sage die Worte ganz leise.

Ich registriere, wie jede Faser in dem Typen die Luft anhält. »Das stand auf dem Fenster. Das war auf die Scheibe geschmiert worden. Ich wollte nicht, dass das jemand liest. Ich wollte es schnell wegwischen. Und dabei bin ich abgerutscht. Wir haben alte Fenster bei uns. Dünne Scheiben. Das ging ganz schnell.«

Plötzlich bin ich mir gar nicht so sicher, dass ich lüge. Die Worte standen da nicht. Aber das Herz fühlte sich genauso an wie dieser Satz. Genauso fies. So brutal. So bedrohlich. Ich stelle mir vor, wie er vorher die Scheibe angehaucht hat, um das Herz da mit seinem Finger draufzumalen. Sein feuchter geifernder Atem auf meinem Fenster. Allein bei dem Gedanken zieht sich mein Magen zusammen.

»Die Worte konntest du richtig lesen?«

»Ja. Sie waren groß und spiegelverkehrt geschrieben.«

Mein Gott, wie leicht mir das Lügen in letzter Zeit fällt.

Ich darf mich wieder vor den Fernseher legen. Der ausgeblichene Herr Bleicher muss jetzt wohl erst mal analysieren, was er glauben soll. Dass ich mich umbringen will oder dass ich mich wieder verfolgt fühle. Er hat mir sein Schweigen versprochen. Ich wünsche mir sehr, dass er sich daran hält. Neben mir knistert eine Tüte Gummibärchen. Ich werde wach, weil jemand an meinem Ohrläppchen zupft.

»He, aufwachen. Wenn es dir nur darum geht, vormittags zu pennen, hättest du auch in die Schule kommen können. Mathe war heute zum Schnarchen. Die reinste Hypnose.«

Julchen lacht mir ins Gesicht. Ich verabschiede mich nur schwer vom Schlaf. Der Schlaf ist mein einziges Zuhause, mein großer Bruder. Gegen Schlaf kommt auch die größte, schwärzeste Angst nicht an. Irgendwann ist immer der Schlaf stärker.

Julchen hebt meinen Arm mit dem dicken Verband hoch.

»Wie kann man sich denn so blöd schneiden? Und dann auch noch am Unterarm. Das sieht zum T-Shirt doch beschissen aus.«

»Stimmt. Wie blöd von mir. Da wäre ich wohl besser zuerst mit dem Hintern durchs Fenster gefallen. Dann hätten sie mir hier vorm Zutackern noch ein bisschen Fett absaugen können.«

Julchen gluckst.

»Na ja, jetzt kommt ja erst mal der Winter, die langärmlige Zeit. Aber im Ernst. Wie hast du das geschafft? Direkt vor dem Fenster steht doch dein Schreibtisch, oder? Bist du erst auf den Schreibtisch geklettert und von da gesprungen?«

»Sag bitte nicht, ich sei gesprungen. Wenn das jemand hört, behalten die mich da.«

»Okay. Du hast also auf dem Schreibtisch gesessen, als du plötzlich durchs Fenster gefallen bist?«

»Der Kaktus war da.«

»Wie? Da? Das ist nicht dein Ernst.«

»Das ist mein voller Ernst. Er hat mal wieder eine Nachricht für mich hinterlassen. Ein fettes Herz.«

»Ein Herz? Wie furchtbar. Das ist ja total pervers. Du solltest sofort zur Polizei gehen und Personenschutz beantragen.« Sie gluckst wieder.

Ich drehe mich einfach um und sie rafft wohl, dass ich das superscheiße von ihr fand.

»Sorry, Linda, aber ich glaube echt, dass du dich in was reinsteigerst. Da läuft irgendwo ein Typ rum, der dich offenbar scharf findet. Und? Du solltest dir lieber Sorgen machen, wenn es anders wäre. Als wir noch in Köln gewohnt haben, hat mich der Nachbarsjunge immer total angebaggert. Der war nicht nur absolut neben der Spur, der war auch noch fett. Ich weiß echt nicht, wie der auf die Idee kam, ich könnte ihn auch nur ansatzweise gut finden. Allein dieser Schwabbelbauch – iiiiiihhh.«

»Ich habe mal gelesen, dass die meisten Menschen sich in einen Menschen verlieben, der ähnlich attraktiv ist wie sie selber. Dass also ganz hässliche sich niemals in total gut aussehende verknallen und umgekehrt.«

Ich weiß, das ist gemein. Aber ich habe es einfach satt, dass Julchen mich nicht ernst nimmt. Als würde ich mir in die Hose machen, weil mir ein Nachbarsjunge eine Tafel Kinderschokolade vor die Tür gelegt hat. Aber Julchen zu beleidigen, ist gar nicht so einfach.

»Wenn der sich selber für ähnlich gut aussehend gehalten hat wie ich, war der noch verwirrter, als ich dachte«, lacht sie nur.

Da muss ich auch kurz lachen. »Und wie bist du den Fettklops losgeworden?«, frage ich.

»Irgendwann, als er mal wieder vor unserer Tür rumscharwenzelte, hat Philipp ihn mit dem Gartenschlauch abgeduscht. War ein bisschen fies, weil es Winter war. Hat aber geholfen. Leider hat er mich dann nie wieder zu seinen Poolpartys eingeladen. Die Eltern hatten ein eigenes Schwimmbad im Keller. Das fand ich ein bisschen doof.«

Natürlich. Philipp hat ihr geholfen. Um ihren großen Bruder beneide ich Julchen am meisten. Und natürlich um ihren Busen, ihre riesigen Augen, ihre gute Laune und ihre Vespa. Aber um den Bruder echt am meisten. Wenn Julchen ein Problem hat – kein Geld mehr, Ärger mit den Eltern, eine verhauene Klausur –, wird es Philipp schon richten.

»Woher weißt du eigentlich, dass dieser Internet-Fraggle das mit dem Herz war?«

»Weil das genau sein Stil ist. Er will mir sagen: Ich bin in deiner Nähe. Du siehst mich nicht, aber ich bin da. Ich weiß, was du tust. Du kannst dich nicht verstecken.«

»Wieso solltest du dich verstecken?«

»Weil mich der Typ fertigmacht.«

Meine Stimme ist laut geworden. Und schrill.

Meine Bettnachbarin richtet sogar kurz ihren Blick auf mich. Dann glotzt sie wieder zu ihrer peinlichen Talkshow.

»Man hat doch immer irgendwie Leute in seiner Nähe.

Es gibt total viele Menschen, die einen beobachten. Ich zum Beispiel liebe es, im Café zu sitzen und Leuten zuzugucken. Vor mir muss sich aber nun wirklich niemand verstecken. Ich habe auch schon mal Herzen oder so einen Quatsch auf Autofenster geschmiert. Ich hoffe nicht, dass die Besitzer gleich die Scheiben eingeworfen haben. Ich glaube, du siehst echt Gespenster.«

Wusch. Genau das hätte sie nicht sagen dürfen. »Du siehst Gespenster ...« Das ist der Satz, vor dem ich mich fürchte. Ich schließe die Augen. Ich versuche, nicht zu explodieren. Julchen weiß ja nichts von meiner Psycho-Vergangenheit. Sie kann nichts dafür, dass dieser Satz mir die Luft nimmt. Ich atme tief durch und sage langsam: »Dann bilde ich mir also ein, dass jemand die Fotos in meinem Album bearbeitet hat? Dann hat also niemand mega-peinliche Bilder von mir ins Netz gestellt?«

»Doch natürlich, Linda. Ich habe die Fotos ja auch gesehen.«

Gut gerettet, Julchen!

Sie fährt fort: »Klar, das war mega-doof. Aber ich glaube gar nicht, dass das so viele gesehen haben. Außer deinem Kumpel Merlin, der dir ja dann so oberlehrerhafte Tipps geben wollte, von wegen sicheres Verhalten im Internet. Das war ja nur nervig. Sonst hat das kaum einer gespannt. Außerdem war der Fake ja so was von offensichtlich ...«

»Klar. Sieht ja jeder sofort, dass ich nicht so riesige Möpse habe.«

Mir wird richtig übel, wenn ich an die Fotos denke. Bilder von unserem letzten Sommerurlaub. Nur ein paar Tage nachdem ich die hochgeladen hatte, kam die Mail.

Ich sehe mir deine Fotos immer wieder gerne an. Komme direkt in Stimmung. Auf Meer und mehr.

Irritiert hatte ich mir mein Profil im Chat angesehen. Und die Bilder. Auf den Strandfotos habe ich nur noch eine kleine Bikinihose an. Oben bin ich ohne. Also ohne Oberteil. Dafür aber mit einem Mega-Busen. Ich stehe da mit riesigen Dingern und grinse in die Kamera. Ich konnte zwei Tage nicht in die Schule gehen. Ich hatte so eine Panik, dass irgendjemand was sagen könnte. Oder nichts sagen, nur glotzen würde.

»Okay, das mit dem Atombusen war irgendwie blöd. Da hat sich jemand einen schlechten Scherz erlaubt. Aber ich finde, wir haben da gut drauf reagiert.«

In meiner Panik hatte ich damals Julchen sofort angerufen und ihr alles erzählt. Zusammen mit Philipp hatte sie dann Fotos von sich verfremdet und ins Netz gestellt. Auf einem hat sie total kurze Stummelbeine, auf einem anderen eine riesige fette Nase mit Warze. Ich fand das ja ganz nett. Aber die Angst war geblieben.

Julchen schreckt hoch: »Mist, ich muss los. Wenn ich heute schon wieder bei Bio fehle, habe ich echt ein Problem.«

»Hast du jetzt nicht gerade Philosophie?«

»Ist ausgefallen. Zumindest für mich«, grinst sie.

Nachdem Julchen weg ist, fühle ich mich noch mehr allein als vorher. Ich muss aus diesem Bett heraus. Also schlendere ich ein paar Mal den Gang hoch und runter und laufe meinen Eltern in die Arme. Die kommen direkt aus dem Büro von Herrn Bleicher.

Ich kann mich noch nicht mal freuen sie zu sehen. Auch als sie mir sagen, dass sie mich jetzt direkt mit nach Hause nehmen, bleibt in mir alles stumm. Es ist ja nicht so, dass zu Hause alles gut ist. Im Gegenteil. Er weiß, dass er mich da finden kann. Und wahrscheinlich hat er sich schon die nächste Überraschung überlegt. Zumindest ist das Fenster noch nicht repariert. Ich kann die Rollladen unten lassen, ohne dass jemand das merkwürdig findet.

So fühle ich mich beschützter. Doch eigentlich weiß ich ja, dass der Kaktus nicht persönlich vorbeikommen muss. Er schleicht sich durch Glasfaserkabel, beamt sich über Satelliten in mein Leben, lauert in meinen Träumen. Ich weiß nie, was er als Nächstes tut – aber ich weiß, dass er was tut. Allein das reicht, dass in mir immer alles auf dem Sprung ist.

Als wir zu Hause ankommen, gehe ich sofort in mein Zimmer, lasse auch vor dem anderen Fenster die Rollladen scheppernd runter und lege mich ins Bett. Schlafen ist der einzige Aggregatzustand, den ich gut ertrage. Aber ich bin nicht müde. In der grauen Dunkelheit sehe ich meinen Laptop auf dem Schreibtisch. Vielleicht wartet hinter dem schwarzen Bildschirm ja schon die nächste Mail. Am Anfang habe ich mich immer so darüber gefreut. Manchmal habe ich mich gefragt, ob ich ein bisschen verliebt bin in diesen Typen, von dem ich fast nichts weiß. Am Dienstag, 17. August, 15.42 Uhr hat er mich angesprochen. Ich weiß das noch so genau, weil ich unseren Talk im Chat damals abgespeichert und ausgedruckt habe. Und es war gleich am Anfang der neuen Zeitrechnung »ohne Luise«.

»Kaktus« an »Ich + Ich«: Mit so einem Nicknamen ist man entweder sehr egozentrisch oder schizophren. Was trifft auf dich zu?

»Ich + Ich« an »Kaktus«: Weder noch. Ich bin einfach nur ich. Nicht mehr.

»Kaktus« an »Ich + Ich«: Aber auch nicht weniger?

»Ich + Ich« an »Kaktus«: Reicht doch.

»Kaktus« an »Ich + Ich«: Wenn du dir selbst genügst☺. Wie kommt man eigentlich bei diesem Wetter auf die Idee, sich vor einen Computer zu setzen und zu chatten?

»Ich + Ich« an »Kaktus«: Vielleicht habe ich ja eine Lichtallergie und darf mich nur im Dunkeln aufhalten.

»Kaktus« an »Ich + Ich«: Ich habe keine Lichtallergie, nur eine Sonnendepression. Mir geht diese dauergrinsende gute Laune überall dermaßen auf den Keks. Ich würde meine vierzigteilige Matchbox-Auto-Sammlung für ein fettes Tief geben. Ich meine damit kein niedliches Sommergewitter, bei dem die Leute sich kichernd irgendwo unterstellen. Ich meine einen dunklen Regen, der so laut ans Fenster klatscht, dass man die Musik lauter drehen muss.

Ich wusste genau, was er meint. Ich mag den Sommer auch nicht und dieser schien kein Ende zu nehmen. Wenn alle immer so fürchterlich gut drauf sind, man überall nur Händchen haltende Pärchen sieht, wobei man sich lebhaft vorstellen kann, wie schwitzig es zwischen diesen Händchen sein muss. Kaum steigt das Thermometer auf über dreiundzwanzig Grad, reden die Leute nicht mehr, sondern singsangen so komisch. Es wird an allen Ecken gekichert und geflirtet und über allem blinkt permanent die Leuchtschrift mit: »Ist das Leben nicht herrlich?«

Nein, das Leben ist oft nicht herrlich. Es ist auch traurig und verzweifelt und einsam und neblig und ein schmatzendes Moor.

»Ich + Ich« an »Kaktus«: Du meinst, du hast schlechte Laune, obwohl man jetzt im Freibad schwitzende, fette Menschen sehen kann, die sich in der Warteschlange am Frittenstand die schwabbeligen Beine in den überdimensionalen Bauch stehen? Du findest es nicht gut, wenn die Leute sich in die Klamotten vom letzten Jahr zwängen und an allen Ecken und Kanten der Speck rausgepresst wird? Wenn der Sonnenbrand schon in Fetzen von der Haut hängt? Oder wenn sich Paare im Park rubbelnd aufeinanderlegen und die Frau irgendwann anfängt mit falschen Fingernägeln ihrem Typen die Pickel auf dem Rücken auszudrücken? Das ist doch alles wunderschön.

»Kaktus« an »Ich + Ich«: You're welcome! Ich habe eine leise Vorahnung davon, was du nicht magst. Was aber mag wohl jemand, der sich »Ich + Ich« nennt – außer sich selber.

»Ich + Ich« an »Kaktus«: Wer sagt denn, dass ich mich mag. Ich bin einfach ich, nur ich, ob ich will oder nicht.

»Kaktus« an »Ich + Ich«: Und? Willst du?

Nach der Frage hatte ich unseren Talk abgebrochen. Ich wusste nicht, was ich darauf antworten sollte. Also, ich wusste nicht nur nicht, welche Antwort ich ihm geben sollte, sondern auch nicht, was wirklich die Antwort war. Ich nannte mich »Ich + Ich«, weil ich dieses Duo einfach gut finde. Die Songs sind einfach gut. Am besten finde ich zurzeit *Das Leben rast vorbei*. Da heißt es: *Bin ich erwachsen oder bin ich ein Kind?/Schau ich nur zu, wie die Zeit verrinnt?* Das trifft mich. *Bin ich mittendrin oder steh ich am Rand?/Bist du mir fremd oder sind wir verwandt?* Hat das was mit mir und jetzt zu tun?

Die Zeit vergeht so schwer wie Blei, ich lass sie vorüberziehen. Zwischen Nacht und Morgen ist es still, jemand kommt erst jetzt nach Haus/Die Stadt ist ruhig, ihr Atem kühl/Es sieht fast nach Regen aus.

So schön. Schön traurig. Dieser Song zieht mir in alle Poren. Ich weiß genau, wie es sich anfühlt, wenn die Zeit bleiern auf dem Tag liegt. Wenn der Sekundenzeiger sich schwerfällig nach unten und wieder nach oben quält. Und ich liebe diese Momente zwischen »noch Nacht« und »schon Morgen«. Ich bin der absolute Frühaufsteher. Wenn ich morgens aufwache, ist es so, als würde ich auf einem Block eine neue Seite aufschlagen. Manchmal ärgere ich mich dann. Wenn der Tag vorher so schön war. Dann will ich lieber da weitermachen. Auf der alten Seite weiterschreiben. Aber das geht nicht. Jeder Tag fängt oben links auf einer neuen Seite an. Meistens finde ich das aber gut. Weil der Tag zuvor eben nicht so toll war und ich froh bin, wieder am Anfang zu stehen. Ein bisschen ist das wie Rennen auf dem Sportplatz. Man kommt nicht am Ziel an, sondern am Start. Immer wieder. Ich würde im Deutschunterricht echt gerne mal so einen Songtext interpretieren. Dazu könnte ich echt viel schreiben. Aber wir lesen ja immer nur völlig angestaubte Gedichte. Kann ja sein, dass die in ihrer Zeit so was wie coole Songtexte waren. Jetzt aber nicht mehr. Okay – letztes Jahr haben wir mal ein echt gutes Gedicht gelesen. *Augen in der Groß-stadt* von Tucholsky. Das hat mich berührt. Da geht es um den einen Moment, in dem man einem Fremden ganz tief in die Augen guckt. Und sich wie seelenverwandt fühlt oder sich selber erkennt. Dafür interessierte sich unsere Deutschlehrerin Frau Fischer aber nur am Rande. Stundenlang ging es um Kehrreime und Paarreime und Metrum und Erzählerperspektive. Wir mussten echt die Verse zählen. Als ob die Zahl wichtig wäre. Es geht doch um das Gefühl. Als würden »Ich + Ich« sich hinsetzen und sich vornehmen, mindestens zwanzig Reime in ihrem Song unterzubringen. Inhalt egal. So ein totaler Schwach-sinn.

Aber es gab noch einen Grund für meinen Chat-Namen. Ich wollte endlich mal nur ich sein. Sonst war ich immer Linda von Luise-und-Linda. Ich war Teil eines Paares. Oft in einem Atemzug gesprochen Luiseundlinda. Wie Salzundpfeffer. Jackewiehose. Exundhopp. Ich liebe Luise. Vielleicht sogar ein bisschen zu sehr. Aber ich habe die Welt nie ohne sie gesehen. Sie war mir immer ein Stückchen voraus. Sie ist vor mir gekrabbelt. Vor mir hergekrabbelt. Vor mir gelau-fen. Egal, wohin ich guckte, sie gehörte zum Bild. War immer schon da, wo ich hinwollte. Luise ist toll. Sie ist mei-ne Zwillingsschwester und genau das Gegenteil von mir.

Sie hat dunkle lockige Haare, froschgrüne Augen und ist immer in Bewegung. Luise macht immer drei Sachen gleichzeitig. Mindestens. Sie telefoniert, simst dabei und feilt sich die Nägel. Oder sie hört Musik, lernt dabei Mathe und macht gleichzeitig Hanteltraining. Das Wort Langeweile ist noch nicht mal in ihrem unbenutzten Wortschatz. Luise ist immer auf dem Sprung. Zu einer Verabredung, zu einem neuen Hobby, zu einer anderen Haarfarbe. Ich bin meist mitgesprungen. Deswegen fangen Luises Sätze auch meist mit »Wir« an. So sprechen sonst nur Könige oder Diktatoren, die von sich selber im Plural denken.

»Wir gehen heute Nachmittag auf die Eisbahn«, »wir kriegen heute Besuch von Nicky und Annika«, »wir sind heute mit Merlin zum Mathe-Üben verabredet«, »wir könnten mal wieder grillen«. Wahrscheinlich klingt das jetzt so, als hätte Luise mich tyrannisiert. Stimmt nicht. Ich fand's gut, dass jemand mein Leben organisierte. Wenn Luise beschlossen hatte, dass wir mal einen Tanzkurs belegen sollten, war ich dabei. Ich musste nirgends alleine hin. Auf langweiligen Familienfeiern, an sterbensöden Urlaubstagen, wenn meine Eltern mal wieder beschlossen hatten, dass wir uns Kirchen oder Schlösser angucken, beim ersten Frauenarztbesuch – es war immer jemand an meiner Seite. Bis zum Sommer. Mir war schon lange klar, dass Luise nicht das Abi machen wollte. Noch mal eine Ewigkeit zur Schule zu gehen, dafür hätte ihre Geduld nicht gereicht. Luise will »was machen«, nicht rumsitzen und darüber reden. Ihre Devise ist eher »learning by doing«. Ich dagegen, ich würde am liebsten immer nur anderen zusehen. Nicht abgucken. Nur hingucken. Meine Eltern fanden es gut, dass ich nach der mittleren Reife aufs Gymnasium gewechselt bin. Luise hat eine Ausbildung angefangen. Sie macht so Webdesign-Zeugs.

Ich habe wirklich versucht, mich auf das Ende der Sommerferien zu freuen. Ich wollte mich freuen. Ich wollte mich befreien. Ich würde irgendwohin gehen und wäre nur Linda. Punkt. Ohne »und«.

Was ich damals ausblenden wollte: Ohne Luise neben, vor, hinter mir, ohne ihre Wortwolke um mich rum fühlte ich mich nackt. Luises Erzählungen hatten mich warm und sicher eingehüllt. Meine Schwester redet nicht nur ohne Punkt und Komma. Sie kommt gänzlich ohne Pausen aus. Ich glaube, sie kann gleichzeitig durch die Nase atmen und durch den Mund reden. Ihre Sätze sind immer im Fluss. Ein Wort ergibt wirklich das andere. Sie war mein privates Radio, das mich unterhielt. Das mich wirklich irgendwie hielt. Jetzt war da Stille. Und in diese Stille platzten meine Gedanken.

Was, wenn in der neuen Stufe alle total ätzend zu mir wären?

Was, wenn ich den Stoff nicht raffen würde und nach einem Schuljahr alles schmeißen müsste?

Was, wenn sich alle über mich lustig machten, weil ich irgendwie anders war?

Die Nacht vor dem ersten Schultag habe ich größtenteils auf dem Klo verbracht. Irgendwann war alles raus, aber mein Magen wollte sich irgendwie selber rauskotzen. An dem Tag dachte ich, dass ich weiß, wie sich Angst anfühlt.

Das war ein Kindergeburtstag gegen die Angst, die mich jetzt manchmal wegreißt. Damals hatte ich so eine Panik, weil ich plötzlich so alleine war. Jetzt kriecht die Furcht in mir hoch, weil ich nie mehr alleine bin. Weil da immer irgendwo zwei Augen sind, die mich beobachten.

Was mir erst einige Zeit nach meiner »Einschulung« auffiel, war, dass auch Luise völlig irritiert war von dem neuen »Ich«. Nach einem völlig ungenießbaren Abendessen, das meine Mutter zusammengekocht hatte, wollte Luise mich in den Keller ziehen.

»Komm, wir holen uns als Wiedergutmachung ein fettes Eis aus der Tiefkühltruhe«, hatte sie geflüstert. Ich hatte nur »Für mich nicht« gesagt. Ich hatte ihr nicht gesagt, dass ich mal wieder eine neue Diät angefangen hatte. Luise hatte meine Hand, an der sie mich mitziehen wollte, losgelassen, als hätte sie sich verbrannt. Dass ich ihr nicht folgte, war neu.

Am 17. August, noch am selben Abend, um 20.40 Uhr habe ich dem Kaktus geantwortet.

»Ich + Ich« an »Kaktus«: Ja, ich will. Weiß halt nur noch nicht genau, wer ich wohl bin. Habe mich in den ganzen Jahren nur flüchtig kennengelernt. Hier mal ein Smalltalk, da mal ein kurzes Gespräch, dann habe ich mich wieder aus den Augen verloren.

»Kaktus« an »Ich + Ich«: Und wenn du dich nicht magst? Stell dir vor, du findest dich richtig ätzend, kannst dich nicht riechen, deine eigene Spucke schmeckt für dich eklig. Was dann?

»Ich + Ich« an »Kaktus«: Dann muss ich meine Einstellung ändern. Mich selber werde ich nicht ändern können. Ich müsste jemanden finden, der mich so mag, wie ich bin, und der muss mir dann verraten, wie er das schafft.

Wie oft habe ich diese ersten Gespräche seitdem gelesen. Die Ausdrucke sind schon ganz verknittert. Ich habe nach Hinweisen gesucht. Nach Andeutungen. Versteckten Fingerzeigen. Nichts.

Von jenem Dienstag an haben Kaktus und ich täglich miteinander gesprochen. Das heißt: natürlich nicht gesprochen. Obwohl ich seine Worte nicht nur gelesen habe. Sie klangen in meinem Ohr. Ich habe mir seine Stimme von Anfang an so ein bisschen metallisch vorgestellt. Nicht tief. Oder »sonor«, wie es in kitschigen Umschreibungen oft heißt. Ich war mir von Anfang an sicher, dass seine Stimme so leicht heiser klingt, mit wenig Ton nur. Wir waren beide zu den unmöglichsten Zeiten im Chat. Zwei oder drei Mal waren wir sogar ganz alleine da. Das war fast ein bisschen zu nah. Natürlich habe ich auch Julchen im Chat getroffen. Sie nannte sich »Lady Gaga«. Sie hatte mir den Chatroom empfohlen, weil man da fast alle aus der Stufe treffen konnte. Merlin war auch da, aber zum Glück kannte er mein Pseudonym nicht, sonst hätte er wahrscheinlich wieder geklettet. Er selbst schrieb unter »Merlin«. Sehr originell. Ich fand's komisch, sich nachmittags mit den gleichen Leuten im Netz zu unterhalten, die man morgens erst gesprochen hat. Aber gut. So konnte ich mir meine neuen Mitschüler erst mal in Ruhe aus der Distanz betrachten. Und trotzdem war ich dabei. Ein bisschen wenigstens. In der Schule gehörte ich nicht dazu. Ich war dabei, aber ich stand außerhalb. Nicht wie sonst am Rand – wo ich in aller Ruhe zusehen konnte. Ich gehörte nicht zum Kreis. Ich sah nur Rücken. So schwer hatte ich es mir nicht vorgestellt.

Meine Mutter schiebt sich mit einem Blumenstrauß in der Hand leise in mein Zimmer.

»Hier, die lagen für dich vor der Tür. Bestimmt von Julchen. Sie ist echt süß.«

Zwischen den ekelhaft perfekt aussehenden Rosen klebt ein Umschlag. Mit Buntstift steht »Linda« außen drauf.

Der Zettel drinnen ist mit hartem Kuli beschrieben. Hastige Buchstaben, aber sehr fest ins Papier gedrückt.

Schade, dass du schon entlassen bist. Ich hätte dich gerne noch im Krankenhaus besucht.

Ich bin seit ein, zwei Stunden zu Hause. Und er weiß es schon.

Ich wundere mich nicht. Ich erschaudere nur. Bin wieder die Hauptfigur in meiner persönlichen Big-Brother-Show. Unsichtbare Augen sind auf mich gerichtet. Rund um die Uhr. Nur, dass ich hier keine Kohle gewinnen kann. Im besten Fall komme ich mit einem Trauma davon. Wenn überhaupt. Irritiert stelle ich fest, dass ich nicht heule. Nur zittere. Aber Tränen sind keine da. Ich stopfe die Blumen mit den Köpfen zuerst in den Mülleimer, setze mich aufs Bett und ziehe die Decke ganz fest um mich. Wenn ich jetzt hierbliebe, dem Laptop und dem Handy ihre Akkus wie ein Herz rausreißen würde, dann wäre ich doch sicher, oder? Dann könnte mir keine Drohung was anhaben. Dann hätte ich hier mein eigenes kleines Gefängnis. Wie lang müsste die »Haftstrafe« sein, damit er mich vergisst? Wann könnte ich das erste Mal wieder auf Bewährung raus? Mich wieder ans Licht wagen? Ich weiß, dass meine Gedanken gerade ein bisschen Amok laufen. Aber das kenne ich schon. Das Perverse ist, dass der Kaktus weiß, dass ich Blumen verabscheue. Jede Art von Blumen. Ich habe ihn damals natürlich gefragt, warum er sich »Kaktus« nennt. Weil ihm keiner zu nahe kommen wolle. Das war seine Antwort. Jetzt weiß ich, dass er auch das Pseudonym gewählt hat, weil ein Kaktus verletzen kann. Tausend kleine Nadelstiche. Erst pikst es nur ein bisschen. Dann bohren sich die Stachel tiefer ins Fleisch. Ich fühle die Stiche. Er trifft mich an den dünnsten Stellen. Ich hatte ihm damals – blöd wie ich war – geschrieben, dass ich Kakteen mag. Sie wirken auf mich stolz, so unnahbar und doch schön. Alle anderen Blumen lehne ich ab. Nicht in der Natur natürlich. Aber ich finde es absolut krank, sich Blumen in eine Vase zu stellen. Man kappt deren Lebensader, stellt sie ins Wasser und schaut ihnen beim Sterben zu. Bewundert das letzte Aufzucken, wenn die Blüten sich öffnen, und verfolgt dann den Todeskampf, wenn Blatt für Blatt abfällt. Irgendwann hängen sie tot im stinkenden Wasser. Ganz ehrlich: Ich kenne kaum einen schlimmeren Geruch als abgestandenes Blumenwasser. Das riecht ganz penetrant nach Verwesung. Ich finde das pervers. Ein Kaktus lässt das nicht mit sich machen. Der braucht eigentlich auch keinen Menschen, der gnädig alle paar Tage Wasser in die staubige Erde kippt. Ein Kaktus genügt sich selbst. Und wenn er mal blüht, darf man staunen. Mehr nicht. Mir hatte der Nickname gefallen. Ein bisschen wollte ich auch so sein. So stolz. Vielleicht auch ein bisschen gefährlich. Niemand sollte Angst vor mir haben. Aber Respekt. Ich schnappe mir meinen Mülleimer, öffne das Fenster, das nicht kaputt ist, und kippe die Rosen nach draußen. Ich will sie noch nicht mal in meinem Zimmer haben. Vielleicht sieht er mich ja. Es wird ihn nicht beeindrucken, dass ich sein Geschenk aus dem Fenster werfe. Aber er soll sehen, dass ich mich noch wehre. Dass ich ihn nicht in meiner Nähe dulde.

Natürlich habe ich schon stundenlang gegrübelt, wer er ist. Wer sich hinter den sechs Buchstaben verbirgt. Wer sich hinter »Ich + Ich« versteckt, weiß nur Julchen. Mit ihr zusammen hatte ich überlegt, wie ich mich nennen könnte. Ehrlich gesagt, haben wir einen ganzen Abend lang darüber diskutiert. Ja, ich habe schon mal überlegt, ob Julchen hinter allem steckt. Auf eine der ersten Mails habe ich geantwortet: *Julchen, lass es bleiben. Ich weiß längst, dass du es bist.* Ich hatte so sehr gehofft, dass ein Smiley oder so zurückkommt. Dass das blöde Spiel vorbei ist. Ich kannte sie ja noch nicht so lang und vielleicht stand sie ja auf so sadistische Spielchen. Von Julchen kam aber keine Antwort. Dafür kam an einem Donnerstag gegen halb neun abends eine E-Mail.

Julchen hat gerade Yoga, oder? Du siehst, dass sie erstens nicht der Absender ist und dass ich zweitens noch mehr weiß, als du nur ahnst.

Ich konnte nicht anders. Ich musste Julchen davon erzählen, ich wollte sie da nicht mit reinziehen. Wollte nicht, dass sie auch mit in die Schusslinie geriet. Mir tat es so leid, dass ich ihren Namen mit ins Spiel gebracht hatte. Doch Julchen war noch nicht mal eine halbe Sekunde lang beeindruckt. Sie kaute weiter seelenruhig auf ihrem Müsliriegel rum.

»Ich kann dir aus dem Stand mindestens hundert Leute nennen, die wissen, wann ich Yoga habe. Vielleicht habe ich das sogar mal im Chat erwähnt oder in meinem Profil verewigt.«

Ich weiß noch genau, wie sie mich dann mit offenem Mund und jeder Menge Müslimatsch darin angesehen hat. Plötzlich war ihre Stimme ernst.

»Dir macht das wirklich Angst, oder?«

Ich hatte nur nicken können. Und dann eine ganze Packung Tempos gebraucht. Julchen hatte natürlich ein schlechtes Gewissen, schließlich hatte sie mich gleich in der ersten Schulwoche überredet, mich in dem Chat anzumelden. Alle aus der Stufe seien darin. Überhaupt fast alle von der Schule. Vielleicht hatte sie mich auch ein bisschen loswerden wollen. Sie war die Einzige aus der neuen Stufe gewesen, die nett zu mir war. Wahrscheinlich hatte ich mich daraufhin zu sehr an sie dran gehängt. So wie ich mich vorher immer an Luise gehängt hatte.

Es war aber auch kein Wunder. Ich war von der ersten Stunde an völlig fasziniert von Julchen. Sie erfand sich jeden Tag neu, war jeden Tag eine ganz andere. Mal tauchte sie in abgerissenen Klamotten und einer Sicherheitsnadel im Ohr in der Schule auf, dann wieder mit Perlenohrringen, Haarreifen und braver Bluse, und trotzdem wirkt sie dabei überhaupt nicht affektiert. Noch nicht mal zickig. Muss ich noch erwähnen, dass Julchen die perfekte Figur hat? Die längsten Beine, die ich je gesehen habe, und den knackigsten Po zur Krönung. Ich bin sicher, die Hälfte aller Jungs der Schule ist in sie verknallt. Wahrscheinlich sogar ein paar Lehrer. Sie ist immer – einfach immer – gut gelaunt. Sie ist sogar zu nervigen Sechstklässlern auf dem Schulhof nett. Ich glaube nicht, dass es irgendetwas auf der ganzen Welt gibt, was Julchen Sorgen bereitet. Natürlich habe ich Julchen auch noch nie mit einem Pickel gesehen. Sie scheint einfach davon überzeugt, dass das Leben nur schön ist. Und diese Grundeinstellung lässt sie sich durch rein gar nichts vermiesen. Wir sind mal im Bus von zwei Prolls angepöbelt worden. Auf die ganz fiese Tour. Julchen hat den einen Typen nur bekümmert angesehen und gefragt: »Kann es sein, dass du heute Probleme mit der Verdauung hast und deswegen so einen Scheiß redest?«

Danach hatte sie sich zu mir umgedreht und seelenruhig ein Gespräch über die Matheklausur angefangen. Die Typen haben dann echt ihren Mund gehalten.

Wie oft habe ich in den vergangenen Wochen die Zettel rausgesucht? Ich kann es nicht mal schätzen. Ich hatte nicht nur das erste vorsichtige Antasten ausgedruckt. Nicht nur die ersten kurzen Sätze, mit denen wir uns umkreisten. Ich habe jeden Dialog zwischen dem Kaktus und mir abgespeichert und ausgedruckt. Komisch eigentlich. Andere Unterhaltungen habe ich im Nichts verschwinden lassen. Habe sie vorüberziehen lassen. Jedes Wort zwischen Kaktus und mir habe ich erhalten. Ich weiß nicht, was das für eine Ahnung war. Das hier habe ich bestimmt nicht vorhergesehen. Dann hätte ich mich rechtzeitig aus dem Staub gemacht. Wäre nicht auf seine verträumte, verletzliche Nummer reingefallen. Oder ich wäre richtig ätzend zu ihm gewesen. Ein bisschen ordinär. Das finden Jungs doch immer total abtörnend. Oder ich hätte andauernd irgendwelche Smileys reingehackt. Das finden die meisten Typen doch auch albern.

Ich war aber einfach nur ich. So sehr *ich* wie ganz selten. Manchmal hat es sich angefühlt, als wäre ich heimlich verabredet. Wenn ich einen tollen neuen Song entdeckt hatte, musste Kaktus sich den runterladen und wir haben den dann »zusammen« gehört und hinterher drüber gequatscht. Wir sind an einem Abend in den gleichen Kinofilm gegangen und haben hinterher alles ausdiskutiert. Was ich besonders kribbelig fand: Kaktus und ich wussten nicht, ob wir im gleichen Kino sitzen. Wir hatten abgemacht, dass wir uns nicht sagen, wo wir den Film gucken. Natürlich habe ich mir alle Typen in der Vorstellung genau angesehen. So viele ohne weibliche Begleitung waren es nicht. War ein Film mit Hugh Grant. In den gehen Typen meist nicht alleine oder mit einem Kumpel. Direkt vor mir saßen zwei so pubertierende Pickel-Bubbis mit einer riesigen Colaflasche. Mitten in der Vorstellung hatte ich plötzlich die Wahnvorstellung: Einer von den Zwergen ist Kaktus! Ich chatte die ganze Zeit mit einem Jungen, der gerade im Stimmbruch ist und TKKG-CDs hört, während er mit mir spricht! Ich hatte mich dann mutig vorgelehnt und einmal laut »Kaktus« gesagt. Die beiden haben mich kurz erschrocken angeguckt und dann weiter über Hugh Grant gekichert. Das war eindeutig nicht gespielt. Außerdem haben die beiden die einfachsten Gags nicht verstanden. Wer so blöd ist, der kann sich auch im Chat nicht so verstellen.

Kaktus und ich haben uns später am Bildschirm über meine kurzfristige Wahnvorstellung zusammen kaputt-

gelacht. Wie zynisch. Kaktus war keiner von den Milch-
schnitten aus dem Kino. Aber er war auch nicht der, der
er vorgab zu sein. Und er hat es so verdammt gut gespielt.
Er hat mir nie erzählt, wie toll er ist. Auch nicht zwischen
den Zeilen. Er hat nicht damit geprahlt, wie viel er am
Abend vorher wieder getrunken hat oder so. Er hat nicht
über seine spießigen Eltern abgelästert wie die meisten
anderen Typen, die ich so kenne. Er hat in ganzen Sätzen
geschrieben, nicht so hingerotzt wie sonst so viele im
Netz. Das mag ich nämlich überhaupt nicht. Er hat auch
nie lange auf sich warten lassen. Nie musste ich so was
Doofes lesen wie *Sorry, bin gerade auf dem Sprung. CU later*
oder so. Das hasse ich nämlich. Ich mag nicht so abgebü-
gelt und abgewiesen werden. Dann weiß ich sofort: Der
andere hat jetzt was Besseres vor. Was Besseres als ausgerechnet mit mir gerade zu plaudern. Und noch schlimmer: Der andere weiß auch, dass ich gerade eben *nichts*
Besseres vorhabe. Bei so was fühle ich mich, als würde
mich jemand einfach so auf der Tanzfläche stehen lassen.
Kaktus hat sich sogar entschuldigt, wenn er mal ein, zwei
Tage nicht im Chat war. Ein Mal hat er es sogar vorher
angekündigt. Ich fand das total höflich.

Luise klopft an die Tür. So wie sie immer klopft. Drei Mal
kurz und dann steht sie auch schon im Zimmer. Sie wartet nie auf eine Antwort. Ein Mal habe ich ganz schnell
»NEIN« gesagt. Da stand sie schon mitten im Raum und
fragte ganz erstaunt: »Warum nicht?«
    Sie legt sich neben mich aufs Bett.
    »Kommst du klar?«
    »Klar.«
    »Tut es noch weh?«
    Im allerersten Moment weiß ich gar nicht, was sie
meint. Erst als ich ihren Blick, der auf meinem Verband

ruht, sehe, fällt es mir wieder ein. Die Angst tut so weh, dass ich die Schnitte schon ganz vergessen hatte.

»Ein bisschen.«

Es tut gut, sie bei mir zu haben. Luise nervt mich oft. Sie macht mich oft wahnsinnig. Aber sie hat auch was Beruhigendes. Luise ist meine persönliche Überlebensversicherung. Das ist das Gute. Das ist aber auch das Schlimme. Unser Vater hat früher oft »unser Tandem« zu uns gesagt. Das war schon immer Quatsch. Luise lenkt vorne und sie gibt hinten Gas. Ich sitze auf dem Gepäckträger und erzähle Luise, was ich unterwegs Schönes, Witziges oder Seltsames sehe. Seit diesem Sommer sitze ich auf meinem eigenen Rad und ich spüre, dass ich es direkt, ohne jeden Umweg, vor die Wand gefahren habe. Und ich kann ihr noch nicht mal davon erzählen! Sie würde natürlich denken, dass dies reiner Verfolgungswahn sei – ein psychischer Knacks, weil sie mich allein gelassen hat. Wahrscheinlich würde sie sich schuldig fühlen, weil sie von unserem Tandem abgestiegen ist. Vielleicht würde sie sogar glauben, ich denke mir das aus, um ihr ein schlechtes Gewissen zu machen. Wirkliche Hilfe kann ich da nicht erwarten. Von keinem aus meiner Familie.

»Ist Paul heute nicht da?«

»Nö.«

Sie liegt auf dem Rücken und macht leichte Sit-ups.

Nur mit mir zu reden scheint keine allein befriedigende Beschäftigung zu sein. Ich kann sie verstehen. Ich bin nicht gerade gesprächig. Unterhaltsam schon mal gar nicht.

»Dieser Psycho-Fred im Krankenhaus glaubt, dass du dir das Leben nehmen wolltest.«

Also hat er tatsächlich nicht geplaudert? Oder er hat mir nicht geglaubt? Oder denkt Luise sich das nur? Sie trainiert jetzt die schrägen Bauchmuskeln, hat die Arme hinterm Kopf verschränkt.

»Habe ich auch gehört.«

»Und?«

»Lu, du weißt, dass ich dazu viel zu feige wäre.«

»Stimmt, und das finde ich total gut.«

Erst später frage ich mich, ob sie nicht ein bisschen mehr hätte sagen können. Mich mehr mit Worten hätte einpacken können. Aber vielleicht bin ich ja auch nur zu ausgehungert nach netten Momenten.

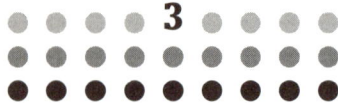

3

In der Nacht höre ich immer wieder das Klirren. Immer und immer wieder zerspringt das Glas. Wie in Zeitlupe sehe ich meine Hand im Dunkeln verschwinden. Als wäre dahinter ein riesiger Abgrund. Schwärze, die mich wie ein Sog verschlingen will. Ich wache kalt verschwitzt auf, fühle mich müde und matschig. Das Samstagsfrühstück gibt mir den Rest.

»Eigentlich können wir uns doch heute mal einen tollen Tag zusammen machen«, schlägt meine Mutter gut gelaunt vor.

»Wie wäre es mit einem Ausflug in das neue Spaßbad?«, legt mein Vater nach. Meine Mutter nickt begeistert.

Die beiden sind irgendwie süß mit ihrem einstudierten Dialog. Süß und nervig. Es ist so durchsichtig. Sie wollen sich kümmern. Sind verwirrt. Wer weiß, was dieser Bleicher denen erzählt hat. Wahrscheinlich sind sie froh, dass ich morgens Müsli esse. So müssen sie mir kein Brötchenmesser in die Hand geben. Sie tun mir leid. Sie haben Angst. Ich weiß, was Angst ist.

»Ich glaube, ich darf hiermit nicht schwimmen gehen«, sage ich und deute auf meinen Verband.

Meine Mutter guckt ganz hilflos meinen Vater an. Da hatten sie sich so was Schönes überlegt, und daran haben sie nicht gedacht. Ich sehe, wie sie fieberhaft nachdenken. Ein neuer, toller Plan muss her.

»Kartbahn?« Mein Vater klingt richtig bittend.

»Shoppen?« Luise mischt sich ein. Sie wittert offenbar die Chance auf neue Klamotten.

Irgendwie niedlich, wie wir vier hier sitzen und verzweifelt nach dem kleinsten gemeinsamen Familiennenner suchen.

»Erst Filmmuseum, dann Italiener, dann Kino«, bestimme ich.

Meine Eltern atmen erleichtert aus und Luise nickt meinen Vorschlag ab.

Natürlich würden meine Eltern am liebsten die ganze Zeit fragen. Aber sie trauen sich wohl nicht. Mein zerschnittener Arm wird als Unfall behandelt und in ihnen brodelt die Furcht, dass etwas anderes dahinterstecken könnte. Ihnen habe ich natürlich nicht die Lüge aufgetischt, die ich dem Psychologen erzählt hatte. Ihnen habe ich nur gesagt, dass da irgendwas auf der Scheibe gewesen war, was ich wegwischen wollte. Dabei sei ich wohl zu hektisch gewesen. Wäre ins Stolpern gekommen. Nur zu gerne möchten sie einen ganz harmlosen Tag mit ihren Töchtern verbringen. Was ist eine zerbrochene Fensterscheibe? Das kann doch mal passieren. Wo ist das Problem?

Ich genieße jeden Moment. Das Filmmuseum ist echt mal ein Museum, das Spaß macht. Am witzigsten sind die Vorführungen unter dem Motto »Szenen, die dann doch nicht gezeigt wurden«. Das sind Szenen, in denen einer der Schauspieler den Text vergessen habe oder sonst irgendwas nicht hingehauen hat. Meine Lieblingsszenen sind die Lachanfälle von Bully Herbig. Die sind fast noch witziger als seine Filme. Unsere Eltern können hier in ihrer Jugend schwelgen und finden es auch klasse. Am liebsten machen sie »Film-Karaoke«. Da kann man bei berühmten Dialogen mitsprechen. Mein Vater ist göttlich, wenn er meine Ma anschmachtet mit »Liebe heißt, niemals um Verzeihung bitten zu müssen«. Das ist aus einer absoluten Mega-Schnulze. Auch bei »Harry und Sally« sind meine Eltern ganz groß. Beim Italiener danach gibt es das ganze Programm. Ich schaffe es nur mit offener Hose ins Kino. Luise hat Glück. Die hat einen Rock mit Gummizug an.

Die zwei Stunden in dem dunklen Kinosaal sind definitiv das Geilste, was ich seit Langem erlebt habe. Ich sitze eingeklemmt zwischen Luise und meiner Mutter in der letzten Reihe. Ich fühle mich so sicher, so wohl. Mir kann nichts passieren. Wie lange hatte ich das Gefühl nicht mehr.

Die Ernüchterung kommt schnell.

Opa wartet auf uns, als wir nach Hause kommen.

»Du hattest Besuch, Linda. Ich wusste ja nicht genau, wann ihr wiederkommt. Der junge Mann hat ein bisschen auf dich gewartet. Aber dann ist er wieder gegangen. Er will sich bei dir melden.«

In meinem Kopf schrillt ein Ton. Sehr hoch. Sehr fies. Eine Alarmanlage am Anschlag. Ich versuche das Zittern in meiner Stimme zu überhören.

»Wer war das denn?«

Mein Opa guckt mich erstaunt an.

»Ich glaube, das hat er gar nicht gesagt. Ich dachte, du wüsstest, wer dich besuchen will.«

Acht Augen gucken mich an, zingeln mich ein. Luises Blick will wissen, ob es da wohl einen Typen gibt, von dem ich ihr noch nichts erzählt habe. Opas Blick sagt: Habe ich was falsch gemacht? Hätte ich nach dem Namen fragen sollen? Und meine Eltern prüfen mich. Wissen sie etwa doch von der Lüge mit dem »Ich will dich ficken«? Hat der Bleicher ihnen das erzählt? Hat er mich reingelegt? Glauben sie, dass ich einen Freund habe, von dem ich noch nichts erzählt habe? Glauben sie womöglich, dass es einen Typen gibt, wegen dem ich mich umbringen wollte? Ich sehe in ihren Augen, dass sie keine Ahnung haben, was sie glauben sollen.

»Ach, Mist. Das habe ich ja total vergessen. Lennart wollte heute Nachmittag vorbeikommen und mir Kopien für das Englisch-Referat bringen. Habe ich ja total vergessen.«

Die Blicke lassen von mir ab. Alle glauben mir.

Vorsichtig gehe ich in mein Zimmer.

Er war also hier. Ich gucke mich um wie eine Fremde. Was würde ich sehen, käme ich zum ersten Mal hier herein? Ich sehe als Erstes einen BH vorm Bett liegen. Es sieht total obszön aus. Wie dicke Wülste sind die Push-up-Einlagen umgeklappt. Ich spüre, wie ich rot werde. Hat er ihn angefasst? Lag der BH vorher schon auf dem Boden oder hat er ihn dahin geworfen? Ich taste nach meinem Tagebuch. Es liegt immer noch hinter einer Bücherreihe im Regal. Hat er es wohl gefunden? Wie lange war er überhaupt hier in meinem Zimmer? Hat er mich beobachtet, wie ich ins Kino gegangen bin, und hat beschlossen, die Zeit zu nutzen? Hat er meine Kuscheltiere angefasst, sie grinsend beschnuppert? Mir wird schlecht. Das Zimmer ist mein Spiegelbild und er konnte alles in Ruhe betrachten. Und begrapschen. Er konnte durch mein äußeres Inneres schlendern. Das Zimmer ist vergiftet. Alles in mir schreit danach, diese von ihm verbrauchte Luft herauszuscheuchen. Aber ich habe Angst, die Fenster aufzureißen.

In dieser Nacht schlafe ich im Wohnzimmer auf der Couch. Ich tue so, als würde ich mir noch einen Spätfilm angucken, und stöhne am nächsten Morgen: »Mensch, da bin ich doch glatt im Wohnzimmer eingeschlafen. Ich war aber auch total groggy.«

Am schlimmsten finde ich, dass alles so aussieht, als wäre er nicht da gewesen. Wenn da eine Spur von ihm wäre, ein

Zeichen, dann hätte ich was in der Hand. Vielleicht wüsste ich sogar, was er von mir will. So jedoch weiß meine Angst gar nicht, in welche Richtung sie taumeln soll. Aber vielleicht hat er doch einen Fehler gemacht. Vielleicht ist er doch zu weit gegangen, mir zu nah gekommen: Als ich Julchen am Montag in der großen Pause von seinem Besuch erzähle, wird sie richtig wütend. Bis jetzt war sie immer nur mitleidig, wenn ich von dem ominösen Unbekannten erzählt habe. Ein bisschen mitleidig und vor allem genervt. Sie konnte es nicht wirklich verstehen. Hat die Bedrohung nicht gefühlt, die Angst nicht geschmeckt. Aber die Vorstellung, dass irgendjemand in ihrem Zimmer heimlich rumschnüffeln könnte, findet sie anscheinend auch abstoßend. Oder tut mir zuliebe wenigstens so.

»Wie konnte dein Opa den denn einfach so in dein Zimmer lassen? Der hätte ja auch alles Mögliche klauen können.«

»Mein Opa ist einfach zu gutmütig. Und er glaubt, alle anderen sind genauso. Der ist nicht so wie andere Alte, die überall nur das Böse sehen. Der ist das absolute Gegenteil. Irgendwie ja auch liebenswert.«

»Liebenswert? Der Typ wühlt da womöglich in deiner schmutzigen Wäsche, aalt sich in deinem Bett und dein Opa sitzt nebenan und legt sich eine Patience. Der hätte sogar deinem Opa was antun können.«

Darüber hatte ich noch gar nicht nachgedacht. Julchen steigert sich jetzt richtig in die Vorstellung rein und wird immer lauter.

»Hast du überhaupt mal geguckt, ob noch alles da ist? Sparbücher oder so was? Wenn dir das nächste Woche auffällt, ist es zu spät.«

Als hätte es der Typ auf die dreihundert Euro auf meinem Sparbuch abgesehen. Wenn es das wäre, hätte ich ihm die Kohle schon längst gegeben.

»Vielleicht hat der ja auch was ganz Persönliches von dir mitgenommen.« Julchen guckt mich richtig panisch an.

»Was meinst du denn damit?«

»Es gibt die perversesten Typen. Manche schnüffeln gerne an alten Socken oder ziehen sich gerne getragene Mädchenslips an.«

»Woher weißt du das denn?«

»Hat Philipp mir, glaube ich, mal erzählt.«

»Und? Ist Philipp auch scharf auf deine Wäsche?«

Sie gluckst vor Lachen. Die Vorstellung, wie sich Philipp in die winzigen Strings und Spitzen-BHs zwängt, ist aber auch komisch. Ihr Gesicht verdüstert sich sofort wieder nach dem Aufflackern.

»Linda, im Ernst, jetzt muss was passieren. Der Typ geht jetzt echt zu weit.«

Sie sagt das so, als hätte ich das die ganze Zeit nicht ernst genommen. Als hätte ich nicht schon längst wieder angefangen mir die Fingernägel blutig zu kauen. Ich war so stolz gewesen, mir das abgewöhnt zu haben. Es hatte anderthalb Ewigkeiten gedauert, bis die ersten Nägel ganz leicht wieder über die Fingerkuppen gewachsen waren. Und jetzt habe ich alles wieder bis auf den letzten Millimeter runtergerissen. Habe mir die eigenen Zähne wieder in das Fleisch gehauen. Nur um etwas zu spüren, was noch ein bisschen tiefer geht als die blanke Furcht.

»Du musst mit deinen Eltern reden.«

»Nein.«

Sie hebt nur eine Augenbraue.

»Vergiss es. Das mache ich nicht.«

Sie legt den Kopf schief, hebt jetzt beide Augenbrauen. »Und warum nicht, bitte schön?«

Jetzt muss ich mir was einfallen lassen. Ich kann Julchen unmöglich den wahren Grund erzählen. Wenn sie mich auch noch als Psychowrack abspeichert, dann habe ich keinen mehr, der mir glaubt. Auf keinen Fall darf sie von meiner Karriere als jüngste Psychopathin auf Frau Stanges' nichtvorhandener Couch erfahren.

»Mein Vater wird mir erst einen mehrstündigen Vortrag über die Gefahren des Internets im Allgemeinen und die des Chattens im Besonderen halten. Wahrscheinlich sperrt er mir den Zugang. Luise wird mit ihrem Paul über mich ablästern. Meine Mutter wird von jetzt auf gleich völlig verstört sein. Sie wird total hysterisch werden und von da ab wahrscheinlich permanent um mich rumscharwenzeln. Das hilft mir alles nicht.«

»Ich werde dir helfen.«

So, wie Julchen das sagt, klingt das, als sei alleine durch die Ankündigung der Ende des Schreckens eingeläutet.

»Und wie willst du das machen? Hast du schon irgendeine Idee?«

»Ganz klar: Wir müssen diesen beknackten Kaktus finden. Ihn zur Rede stellen. Vielleicht solltest du ihn anzeigen. Mit Sicherheit bist du nicht die Einzige, die er so tyrannisiert.«

»Das Beste wird dann eine Sammelklage sein. Ich sehe schon den Gerichtssaal voll mit wütenden Mädels.«

Ich weiß gar nicht, wie ich es schaffe, über all das hier Witze zu machen. Aber seit gerade, seit dem Moment, als Julchen angekündigt hat, dass sie mir helfen will, kann ich schon wieder ein bisschen durchatmen. Mir glaubt jemand. Jemand außer mir sieht die Bedrohung. Und vielleicht schafft sie es ja wirklich, dem Grauen hier ein Ende zu machen. Ein Dreitonhupen, unterlegt von lauter Musik, schallt von der Straße über den Schulhof. Philipp kommt, um Julchen abzuholen. Sie schnappt sich ihre Tasche, drückt mir einen Kuss auf die Wange. »Ich komme heute Nachmittag zu dir. Dann machen wir einen Plan.«

Wir machen einen Plan. Das klingt gut. Das klingt ein bisschen wie »Alles wird gut«. Da ist eine Stimme in mir, die flüstert, dass es so einfach nicht sein wird. Eine Stimme, die wispert: Freu dich nicht zu früh. Ich schnappe meine Tasche und mache mich auf den Heimweg. Zu Hause drehe ich die Musik auf. Dann höre ich die Stimme nicht mehr.

Ich versuche, ihn mir hier vorzustellen. Hat er sich an den Schreibtisch gesetzt und hat sich auf dem Stuhl von rechts nach links schwingen lassen? Jeden Zentimeter mit seinem Blick abgetastet? Hat er sich in den Lesesessel geworfen und die Füße auf meinen Tisch gelegt? Ich glaube nicht, dass er sich aufs Bett gelegt hat. Ich habe überall gerochen. Ich bin schnüffelnd über die Matratze gekrabbelt. Habe nach Haaren gesucht, die nicht von mir sind. Ich habe ein paar dunkle gelockte Haare gefunden, aber die gehören eindeutig Luise. Natürlich habe ich auch alles andere abgesucht, hatte Schiss, dass ich irgendwo eine Nachricht von ihm finde. Ich hatte nicht eine Sekunde darüber nachgedacht, dass er was Wertvolles geklaut haben könnte. Ich hatte eher die Sorge, er hat was hinterlassen für mich.

Was ich einfach nicht begreife: Wie passt das alles zu dem Typen, mit dem ich stundenlang gechattet habe?

Zu dem Typen, mit dem ich mir gleichzeitig einen Sonnenaufgang angeguckt habe? Wir haben überlegt, wo wir in dem Moment gerne wären.

Wir haben über das Geräusch geredet, das die Wellen machen, wenn sie ans Land klatschen. Dass es manchmal wirklich funktioniert, sich eine Muschel ans Ohr zu halten, um das Geräusch wieder zu fühlen. Als Kaktus sagte, dass das aber auch funktioniere, wenn man sich eine leere Bierflasche ans Ohr hält, musste ich total lachen.

Wir haben rumgesponnen. Wie es wäre, ganz woanders geboren zu sein. Wie wir leben würden, wer wir wären. Wir haben parallel Krimis im Radio gehört und zusammen gerätselt, wer wohl warum der Mörder sein könne. Er hat mir von seinem Wunsch erzählt, einfach wegzugehen. Manchmal würde er am liebsten einfach wortlos seinen Rucksack nehmen und die Tür hinter sich zumachen. Ich hatte das Gefühl, dass er sehr traurig war. Er hat mir von einer Kurzgeschichte erzählt, die er geschrieben hat. Eine Geschichte mit einer blinden Katze und einer verbitterten Oma. Die Oma hatte mit Fallen mehrere Mäuse im Garten gefangen. Kaktus hatte mir die Frau genau beschrieben, wie sie mit ihrem Stock ganz langsam die Treppe runtergeht, wie sie mit kleinen Schritten in den Garten trippelt. Sie schnitt die toten Körper auf und rieb sie an den merkwürdigsten Sachen. An einer Gabel, einem Stück Seife, einem Ei, einem Tennisball. Die Dinge verteilte sie in der Wohnung und die Katze fiel natürlich darauf rein. Die Oma saß stundenlang in ihrem Sessel und guckte zu, wie die Katze versuchte, die Seife zu essen. Wie sie immer verzweifelter wurde. Weil die Seife fies schmeckte, sie immer wieder aus ihrem Mund flutschte und doch so toll nach Maus roch. Die Oma studierte, wie die Katze sich an der Gabel verletzte und vom Hunger getrieben doch immer wieder zubiss. Natürlich gab die alte Frau ihrem Haustier auch etwas zu Fressen. Wenn das Tier schwächer wurde, öffnete sie eine Dose des teuersten Katzenfutters. Sie liebte ihre Katze. Aber sie liebte auch das fiese Spiel. Das war für sie besser als jeder Besuch von Florian Silbereisen.

Die Geschichte hatte mich entsetzt. Natürlich. Völlig bescheuert wie ich war, hatte ich gedacht, dass Kaktus sich manchmal wie die Katze fühlte. Jetzt weiß ich genau, wer hier die Katze ist. Und wer die hinterhältige alte Frau.

Nachdem Kaktus mir von der Geschichte geschrieben

hatte, traute ich mich, ihm zu verraten, dass ich ab und zu Gedichte schreibe. Das wissen die wenigsten. Luise natürlich. Und auch Merlin. Aber sonst eigentlich niemand. Merlin ist quasi mein Bruder. Er ist der Sohn von Mamas bester Freundin Heike. Ich glaube, wir haben schon zusammen im Sand gespielt. Bei Wind und Wetter mussten wir auf den Spielplatz. Vielleicht haben wir uns aber auch da erst kennengelernt. Keine Ahnung. Auf jeden Fall ist Heike für mich so was wie eine Zweitmama. Wir waren andauernd zusammen im Urlaub. Ich weiß gar nicht, wie oft Merlin, Luise und ich schon zusammen in einem Kinderzimmer geschlafen haben. Merlin war auch zusammen mit uns in der Grundschule, ist mit uns zusammen in die fünfte Klasse gekommen, und jetzt ist er mit mir aufs Gymnasium gewechselt. Ein bisschen nervt er mich seitdem. Er klettet ziemlich. Was ich besonders kacke finde, weil ich ja selber irgendwie an Julchen klette. Durch Merlin merke ich, wie sehr einen das abtörnen kann, wenn irgendjemand einfach andauernd ankommt und irgendwas will. Irgendwie ein bisschen, als wäre man in Hundescheiße getreten. Auf jeden Fall hat Merlin mal mitbekommen, dass ich ab und zu Gedichte schreibe. Er hat sogar interessiert nachgefragt. Ein blöder Spruch ist auf jeden Fall nicht gekommen. Wäre mir aber auch ziemlich egal gewesen. Merlins Meinung ist einfach nicht wichtig.

Kaktus war auch total interessiert, als ich ihm von den Gedichten erzählt habe. Er wollte natürlich eins haben, aber irgendwie habe ich mich nicht dazu durchringen können. Ich hätte es ihm im Chat schreiben müssen, und das war mir dann doch zu öffentlich. Schon damals war ich kurz davor, ihn nach seiner richtigen Mail-Adresse zu fragen. Habe ich mir dann aber doch verkniffen. Das wäre dann ja ein bisschen so gewesen, als hätte ich um ein Date gebeten. Wenn er mich nach meiner Mail-Adresse gefragt hätte, hätte ich ihm die damals schon geschrieben. Habe ich aber erst später. Und das ist der Haken. Das ist einer der Gründe, warum ich auch Julchen alles so ungern im Detail erzähle. Dabei hatte Kaktus mich noch nicht mal gefragt. Und das macht es natürlich noch peinlicher.

Julchen schafft es dann doch nicht am Nachmittag. Erst am Donnerstag findet sie Zeit. Sie kommt um vier und setzt sich mit wichtiger Miene an meinen Schreibtisch, holt einen Block und einen Kuli aus ihrer Tasche und macht ein angestrengtes Gesicht. »So, jetzt werden wir uns diesen durchgeknallten Typen mal vornehmen. Wir werden ihn enttarnen und dich rächen.«

»Gute Idee«, sage ich vorsichtig. Ich hoffe so sehr, dass Julchen gerade den Anfang vom Ende macht. Dass sie das letzte Kapitel in dieser Horrorgeschichte beginnt. Wirklich glauben kann ich es noch nicht. Und ganz ehrlich? Ich habe auch ein bisschen Schiss davor. Schiss zu wissen, wer er ist. Dann habe ich ein Gesicht vor Augen. Vielleicht ist er so ein Typ »Karussellbremser«. So einer mit faulen Zähnen, Tattoos im Gesicht und gelben Fingern vom vielen Rauchen. Vielleicht ist es aber auch so 'n Typ, der bei »Bauer sucht Frau« mitspielen könnte. Ende vierzig, speckiger Bauch, fettiger Haarkranz. Einer, der sich von seiner Mama in der Wanne den haarigen Rücken waschen lässt. Einer, der sich im wahren Leben nicht an Frauen rantraut. Ich atme tief ein, beruhige mich. Versichere mir, dass das Quatsch ist. Solche Typen schmieren kein Herz an mein Fenster. Die würden mir Liebessulzbriefe mit Rechtschreibfehlern schicken.

»Erzähl mir einfach alles noch mal von Anfang an. Durch irgendwas hat der Typ sich mit Sicherheit verraten.«

Julchen klingt wie in einem Fernsehtatort.

»Er hat mich im Chat angesprochen. Am 17. August.«

»Das weißt du noch so genau?«

»Ja.«

Sie schaut mir forschend ins Gesicht.

»Es war gleich zu Schuljahresbeginn ...«, rechtfertige ich mich. »Deswegen habe ich mir das gemerkt.«

Ich könnte jetzt auch sagen, dass ich alle unsere Gespräche ausgedruckt habe. Dass ich eine Mappe besitze, auf der draußen ganz groß »KAKTUS« steht. Darum habe ich mal – aus einer bescheuerten Laune raus – ein Herz gemalt. Aber nicht nur deswegen sage ich nichts von den Ausdrucken. Sosehr ich will, dass Julchen mir hilft, alles muss sie ja auch nicht wissen. Sie muss nicht in jedem Zimmer meines Herzens rumstöbern. Diese Ausdrucke werde ich nie im Leben irgendjemandem zeigen. Deshalb kann ich ja auch Mama und Papa oder Luise nichts erzählen. Denn dieses Beweismaterial ist topsecret. Das ist mein großes privates Geheimnis. Schlimm genug, dass ich die Türen für einen Typen aufgemacht habe, den ich eigentlich nicht kenne.

»Über was habt ihr denn gesprochen?«

»Eigentlich über alles. Über Musik. Filme. So was eben.«

»Linda, ein bisschen ausführlicher musst du schon sein. Sonst kann ich dir echt nicht helfen.«

Ich weiß ja, dass sie recht hat.

»Julchen, ich habe selber schon Millionen Mal über alles nachgedacht. Ich habe mein Gehirn ausgewrungen nach einem Hinweis. Es ist einfach nichts dabei rausgekommen.«

»Hat er mal von irgendeiner Kneipe erzählt, in die er geht? Hat er erzählt, in welcher Gegend er wohnt? Hat er was von Sport gesagt? Fußball, Handball oder Hallenschach? Er muss doch irgendwas von sich erzählt haben.«

»Er kommt auch von hier. Wir haben uns über das Drachenfestival unterhalten. Das kannte er.«

»Linda, verdammt, im Chat sind nur Leute von hier. Das ist ja der Vorteil. Genau deswegen sind wir ja alle da.« Julchen wird ein bisschen ungeduldig: »Du kannst mir wirklich nicht erzählen, dass ihr stundenlang chattet und du nichts über ihn weißt.«

Ich habe keine Lust. Ich will Julchen einfach nicht erzählen, über was Kaktus und ich geredet haben. Sie würde das nicht verstehen. Nicht verstehen können. Dafür ist sie zu gut gelaunt. Immer. Ich glaube, sie kennt diesen Grauschleier nicht, der sich manchmal über den Tag legen kann. Diese schweren Gedanken, die einen am Boden halten, wenn man doch fliegen will. Diese Sehnsucht nach dem, was man nicht kennt. Wie Heimweh ohne ein Zuhause.

Plötzlich lehnt sie sich zurück. »Du bist im Chat doch als ›Ich + Ich‹, oder? Wie kommt denn der Typ dann plötzlich an deine E-Mail-Adresse? Woher hat der die? Und wie kann der Fotos von dir im Freunde-VZ fälschen? Wie kommt der an deinen Namen?«

Die Stille ist brutal. Als würde sogar die Uhr die Luft anhalten.

Ganz leise formt mein Mund die Worte: »Ich habe ihm meinen Namen geschrieben.«

»Wie bitte?«

Natürlich hat mich Julchen verstanden. Sie will es noch mal hören. Ist völlig ungläubig.

Ich wiederhole es. »Ich habe ihm meinen Namen geschrieben.«

»Bist du wahnsinnig?«

Sie starrt mich an, als hätte ich gerade gestanden, ich sei in unseren Mathelehrer verknallt.

»Deinen vollen Namen mit Vornamen und Nachnamen?«

Ich nicke.

»Auch noch deine Maße, deine Kontonummer? Sonst noch was?«

Ich schüttele nur den Kopf.

Sie atmet ganz tief ein und aus und sagt dann ganz ruhig.

»Das war nicht so gut, Linda. Das war echt nicht gut.«

Als wenn ich das nicht selber wüsste.

»Linda, man sagt Leuten, die man im Netz kennenlernt, seinen Nicknamen. Jemandem, den man nicht kennt, verrät man nichts. Nicht seinen richtigen Namen, nicht seine Mail-Adresse, nicht seine Telefonnummer, nicht seine richtige Adresse. Das lernen die Kids heute schon in der Grundschule. Nicht mit Fremden mitgehen, im Netz anonym bleiben. Liest du eigentlich keine Zeitung? Bist du wirklich so naiv?«

»Sei still.«

Ich kann ihren Vortrag echt nicht ertragen. Als hätte ich mir das selber nicht schon tausend Mal gesagt.

»Warum hast du das dann gemacht? Warum hast du ihm gesagt, wie du heißt?«

»Weil er nicht danach gefragt hat.«

Sie legt den Kopf leicht schräg, guckt nur erstaunt. Wahrscheinlich überlegt sie gerade, ob ich jetzt völlig durchgeknallt bin.

Ich versuche es ihr zu erklären.

»Julchen, wenn er mich irgendwie angebaggert hätte oder so, dann hätte ich meinen Namen natürlich niemals verraten. Hat er aber nicht. Er hat noch nicht mal nach meiner E-Mail-Adresse gefragt. Er hat noch nicht mal ansatzweise versucht, irgendwie anders Kontakt mit mir aufzunehmen. Kein Gefasel wie ›Wir können uns ja mal im Real Life treffen‹ oder so. Dann hätte ich natürlich sofort zugemacht. Ich bin ja nicht blöd. Aber er war so anständig.«

Anständig. Das Wort trifft es. Er war mit Abstand anständig. Ist immer ein bisschen auf Distanz geblieben. Ich hatte das Gefühl, er respektiert mich. Das hat mir so gefallen.

»Es hat dich gestört, oder?« Julchen grinst ein bisschen.

»Was hat mich gestört?«

»Dass er nicht mehr von dir wollte. Dich nicht kennenlernen wollte. Noch nicht mal wissen wollte, wie du aussiehst. Das hat dich gefuchst, oder?«

»Ja.«

Jetzt ist es raus. Ja, es hat mir gefallen. Und ja, es hat mich auch geärgert. Ich wollte, dass er mehr wollte. Ich wollte, dass er neugierig ist auf den Menschen, mit dem er so viel geredet hat. Ich wollte, dass er wirklich *mich* meint. »Ich + Ich«, das bin ja nicht wirklich ich.

»Kannst du das verstehen?«

Julchen zieht eine Schnute. »Ein bisschen schon. Aber trotzdem war es einfach saudoof von dir.«

»Julchen, er war einfach so dermaßen desinteressiert an mehr als chatten, da habe ich mich so sicher gefühlt. Ich dachte, wenn jemand so gar nicht versucht, mehr zu erfahren und zu erfragen, ist das okay. Und ich habe ihm ja nicht beim zweiten Chat meinen Namen verraten. Wir hatten uns schon so viel erzählt, schon so viele Stunden gequatscht, dass ich das Gefühl hatte, ich kenne ihn gut.«

»Interessant. Wie wir nämlich gerade gemerkt haben, weißt du nichts von ihm. Du weißt nicht, auf welche Schule er geht oder ob er noch zur Schule geht. Nicht, ob er ein Hobby hat, ob er in einem Verein ist. Ob er gerne alleine ins Kino geht oder zu zweit aufs Klo. Nichts. Ich habe den Eindruck, er hat nicht ganz so viel von sich verraten wie du von dir.«

»Das merke ich jetzt selber.«

Sie stützt ihren Kopf auf, fängt an auf ihrem Block zu

kritzeln. Ich hocke auf dem Sessel und begutachte meine abgefressenen Fingernägel. Hatte ich Julchen eigentlich davon erzählt, dass der Kaktus und ich alleine ins Kino gegangen sind? Ich kann mich nicht erinnern …

»Okay, ich fasse mal zusammen. Kaktus hat dich im Chat angequatscht. Dann habt ihr euch stundenlang geschrieben, wobei er so gut wie nichts von sich erzählt hat. Dann hast du ihm deinen Namen verraten. Und dann?«

»Das war's.«

»Wie?«

Ich werde ganz rot.

»Dann war er nie mehr im Chat.«

»Wieso nicht?«

»Das weiß ich doch nicht.«

»Warum schreist du mich so an?« Julchen guckt mich erstaunt an.

Ich stehe auf. Das quält mich alles so.

»Raffst du es wirklich nicht? Ich schreibe ihm meinen Namen. Damit kann er sich auf Freunde-VZ meine Fotos angucken. Das hat er mit Sicherheit gemacht und gedacht: ach du Scheiße! Und schwups war er weg. Hat sich nicht mehr gemeldet. Ist einfach gänzlich abgetaucht, weil er wohl den Horror hatte, von mir wieder angequatscht zu werden.«

»Du glaubst, er fand dich hässlich und hat sich deswegen nicht mehr gemeldet?«

»Genau. Und dann hat er sich gedacht: Die ist so hässlich, die muss bestraft werden. Und deswegen verfolgt er mich.«

»Linda? Bist du noch ganz bei dir? Das macht keinen Sinn!«

»Vielleicht war er auch genervt. Ich habe ihn gesucht. Wollte wissen, warum er sich nicht mehr meldet.«

»Wie gesucht?«

»Ich habe andere nach ihm gefragt.«

»Stimmt, ich erinnere mich. Du meinst also, du hast ihn verfolgt, so wie er jetzt dich verfolgt?«

Dieses ganze Gespräch geht mir so auf den Nerv. Das alles zu wissen, war wie ein Stein im Schuh. Das alles jetzt zu erzählen, ist wie ein Striptease im schlimmsten Umkleidekabinen-Neonlicht. Julchen sieht jede Delle auf meiner Seele.

»Ich habe ihn nicht verfolgt! Ich habe ihn gesucht. Nur kurz. Dann wurde mir klar, dass er abgehauen ist. Dass ich ihn nerve. Und ein paar Tage später kam die erste Mail.«

»Von Kaktus?«

»Klar. Von wem sonst?«

»Hat er mit Kaktus unterschrieben?«

Draußen tönt eine Dreitonhupe. Philipps Erkennungszeichen.

»Ist es schon so spät?« Julchen guckt erschrocken auf die Uhr und rafft ihre Sachen zusammen. »Wir sprechen morgen weiter.« Sie lässt ihren Bruder nur ungern warten – wenn er schon so nett ist, um sie abzuholen. Aber auch andere Mädels würden Philipp wohl ungern warten lassen.

Sie drückt mich kurz.

»Linda, wir suchen den Kaktus und wir werden ihn finden. Ich setze alles daran, damit du nicht mehr so fürchterliche Ringe um die Augen hast. Du siehst schon aus wie ein Koalabär.«

Ich bringe Julchen noch zur Tür. Neben der Haustür lehnt das Rennrad von Paul. Schade. Ich hatte überlegt, zu Luise hochzugehen. Kann ich mir auch klemmen. Ich schlendere dafür bei meinem Opa vorbei. Ich brauche jetzt ganz dringend etwas Ablenkung.

»Hallo WG-Mitbewohner«, begrüße ich ihn.

Er guckt nicht hoch, hebt nur kurz die Hand. Ich weiß, was das bedeutet. Er ist in den Endzügen eines Sudokus, steht kurz vor der Lösung und darf jetzt nicht gestört werden. Ganz konzentriert sitzt er da, das Rätselheft direkt unter seiner Schreibtischlampe. Den angespitzten Bleistift in seiner knochigen Hand. Ich habe es noch nicht bereut, zu ihm ins Untergeschoss gezogen zu sein. Ich liebe sogar den Alte-Männer-Duft morgens im Bad und das Aroma der Tee-Aufgüsse in unserer kleinen Küche. Das Zimmer, in dem ich jetzt wohne, war das Zimmer meiner Oma. Sie ist vor zwei Jahren gestorben. Früher fand ich es ganz komisch, dass meine Großeltern nicht ein Wohnzimmer und ein Schlafzimmer hatten, sondern jeder einen Raum für sich. Später fand ich das total modern. Ich glaube, es hatte was damit zu tun, dass mein Großvater der absolute Tagmensch ist und meine Oma eine Nachteule war. Richtig wach wurde die eigentlich immer erst nach ihrem Mittagsschlaf. Dafür konnte die bis spät in die Nacht Karten spielen, quatschen, fernsehen. Mein Opa ist wie ich. »Ihr beide seid das Morgenrot«, hat meine Ma schon oft gesagt.

Ich hatte erst Skrupel, in das alte Zimmer von meiner Oma zu ziehen. Ich wollte meinem Opa damit ja nicht zu nahe treten. Als ich das mal vorsichtig angesprochen habe, hatte er nur abgewunken.

»Es ist doch gut, dass Martha vor mir gestorben ist. Hätte ich sie hier alleine lassen sollen? Das hätte ich mir nie verziehen. Jetzt wartet sie da oben auf mich und ist da gut aufgehoben. Wahrscheinlich fände sie das sogar ganz gut, wenn du hier unten ein bisschen auf mich aufpasst.«

Endlich ist das letzte Kästchen in dem Quadrat ausgefüllt.

»Hallo, Kind. Hattest du Besuch?«

»Julchen war da.«

»Und diese alberne Autohupe gehörte wahrscheinlich zu ihrem Freund, der seine Schöne jetzt zu einer Spritztour abgeholt hat. Warum haben sie dich nicht mitgenommen?«

Spritztour. Das klingt für mich nach alten Schinken mit Peter Kraus, die dauernd im ZDF laufen.

»Das war ihr Bruder. Und die Hupe ist cool.«

»Ach so.«

Mein Opa schmunzelt mich durch seine dicken Brillengläser an. Mit denen könnte man im Zweifelsfall wahrscheinlich auch gut ein Feuer machen. Sie werden von Jahr zu Jahr dicker und trotzdem werden seine Augen schlechter. Der Fernseher meines Opas ist in Wirklichkeit eher sein Radio.

Ich muss ihn unbedingt was fragen: »Du, Opa? Letztens war doch ein Mitschüler von mir hier.«

»Wann?«

»Na, als ich mit Ma und Pa und Luise im Kino war. Da hat der doch hier gewartet und ist dann wieder gegangen.«

»Ach der.«

»Du, sag mal, wie sah der eigentlich aus?«

Mein Opa schaut mich komisch an, so, als verstünde er die Frage nicht.

»Opa, überleg doch mal bitte ... War das wirklich ein Mitschüler? Oder war der schon älter? Und hatte der irgendwas Besonderes?«

Mein Opa sieht mich nachdenklich an. Überlegt er jetzt, ob ich nicht ganz richtig ticke? Weil ich ihn frage, wie mein Mitschüler Lennart aussieht? Oder grübelt er, weil er sich nicht mehr erinnern kann?

»Er hatte eine tiefe Stimme. Und ich glaube, eine Kapuze auf. Mehr weiß ich nicht.«

Opa schaut so zerknirscht, dass ich es nicht übers Herz

bringe, weiter in ihn zu dringen. Mehr hat er wahrscheinlich wirklich nicht gesehen. Schnell lenke ich ab und mache ihn darauf aufmerksam, dass seine Lieblingsserie beginnt. Und weil ich eh gerade nichts Besseres vorhabe, gucke ich mit Opa noch diese Doku aus dem Leipziger Zoo. Die kommt jede Woche. Das ist ungefähr genauso spannend wie eine Zugfahrt durch Mecklenburg-Vorpommern bei Bodennebel. Und jetzt gerade genau das Richtige für mich.

»War deine gut gelaunte neue Freundin heute Nachmittag da?«, will Luise beim Abendessen wissen und schiebt sich fünf Oliven gleichzeitig in den Mund.

»Wenn du Julchen meinst – ja.«

»Wieso gut gelaunt?«, will meine Mutter wissen.

»Die ist immer gut drauf. Wahrscheinlich kannst du die nachts mit einem Eimer Eiswasser wecken und die lacht nur fröhlich und bedankt sich für die erfrischende Dusche. Mir ist die ein bisschen zu anstrengend«, erklärt Luise mit Olivenmatsch zwischen den Zähnen.

»Es kann ja nicht jeder so launisch sein wie du. Aber wenn du auf schlecht gelaunte Typen stehst, hast du ja gerade das große Los gezogen. Dein Paul sieht immer so aus, als käme er gerade von einer Wurzelbehandlung ohne Betäubung.«

»Du musst es ja wissen. Du bist ja die Fachfrau für Bad Vibrations.«

Meine Mutter verfolgt stirnrunzelnd unsere Unterhaltung. »Entschuldigt bitte, seid ihr Linda und Luise, die die ersten zwölf Jahre ihres Lebens ohne einander nicht einschlafen konnten? Die gejammert haben, wenn sie mal einen Tag voneinander getrennt waren? Die sich schriftlich versprochen haben, niemals zu heiraten und immer zusammenzubleiben.«

»Das war doch totale Kinderkacke«, stöhne ich. Und zu Luise gewandt, füge ich zuckersüß hinzu: »Also wenn du deinen Paul wirklich heiraten willst, meinen Segen hast du. Ich glaube aber, du kannst dir mit der Entscheidung noch Zeit lassen. Den nimmt dir garantiert keiner weg.«

»Du wirst dir auch noch Zeit lassen müssen. Zumindest bis da mal was gewachsen ist, ne?«

Sie zeigt mit dem Messer auf meinen Busen. Oder dahin, wo er sein sollte.

Mir wird ganz heiß. Das war richtig gemein von ihr.

In dem Moment flackern die fiesen Bilder vor mir auf. Die von mir mit dem Monsterbusen.

Ich starre Luise an. Gedanken rasen durch meinen Kopf.

Ich stehe auf, höre wie durch Schaumstoff meine Mutter: »Lu, das ging echt zu weit.«

Luises Satz hat mich getroffen wie ein Pfeil aus einem Betäubungsgewehr. Ich fühle mich wie gelähmt. Warum kränkt sie mich dermaßen? Sie weiß doch, dass das ein wunder Punkt bei mir ist. Sie weiß es – auch wenn ich mir das normalerweise nie anmerken lasse. Selbst Julchen weiß nicht, wie sehr mich meine nicht vorhandene Oberweite fertigmacht. Linda weiß es. Und von daher schmerzt dieser Angriff doppelt. Ich stehe ruckartig auf, dabei kippt mein Stuhl nach hinten. Ich hebe ihn nicht auf und renne raus.

4

Am nächsten Tag gehe ich direkt nach der Schule mit zu Julchen. Weil ihre Mutter für eine Woche auf einem Seminar ist und sowohl ihr Arzt-Vater als auch ihr Zivi-Bruder Schicht arbeiten, hat Julchen Hundedienst. Sie findet das total nervig. Ich finde das total klasse. Ich gehe gerne mit Ali spazieren. Ali ist ein verspielter angegrauter Boxer. Mit vollem Namen heißt er Muhammad Ali. Doch das ist natürlich viel zu lang. Er wird von allen immer nur Ali gerufen. Einmal hat Julchen Ärger mit ein paar türkischen Typen bekommen, die das irgendwie doof fanden.

Obwohl Frau Schöneholz, also Julchens Ma, weg ist, riecht es köstlich, als wir die Tür aufschließen. Eine Frau kommt aus der Küche geschossen. Die hat einen Küchenkittel an mit einem großen, hässlichen Muster. Ich kenne so was nur aus Geschichtsbüchern oder aus alten deutschen Filmen, in denen im schlimmsten Fall andauernd gesungen wird.

»Julia Marie, da bist du ja. Das Essen ist längst fertig.«

Ich wusste gar nicht, dass Julchen in Wirklichkeit Julia Marie heißt.

»Seit wann habt ihr eine Köchin?«, frage ich leise.

»Das ist Frau Rohmann. Die kümmert sich irgendwie um alles. Wäsche und Putzen und so. Und wenn meine Mutter mal wieder auf einem Seminar ist, bekocht die uns auch.«

Wir könnten auch eine Köchin gebrauchen, und zwar

wenn meine Mutter nicht auf einem Seminar ist. Das sage ich natürlich nicht.

»Frau Rohmann, ich habe Linda zum Essen mitgebracht«, ruft Julchen während sie sich die Schuhe auszieht. »Passt doch, oder?«, umgarnt Julchen sie, als sie die Küche betritt. »Sie machen doch eh immer viel zu viel«.

Frau Rohmann nickt nur und rührt weiter in drei Töpfen. Bei uns zu Hause gibt es ganz selten eine Mahlzeit, die aus drei unterschiedlichen Bestandteilen besteht. Und wenn, kann es passieren, dass es erst ein Stück Fleisch gibt, dann eine Portion Erbsen und Möhren und ganz zum Schluss Kartoffeln, die immer noch ein bisschen hart sind. Was diese Frau Rohmann aber auf den Tisch stellt – in Schüsseln, nicht einfach in Töpfen –, ist allerdings der Hammer. Einfach köstlich.

»Hast du dir schon Gedanken gemacht?«, frage ich irgendwann vorsichtig. Ich will Julchen nicht nerven, aber es brennt mir einfach unter den Nägeln, hinter der Stirn. Überall.

»Über Kaktus und die Enttarnung?«

Sie schiebt sich ein Schweinemedaillon im Ganzen in den Mund. Kaut bedächtig. Irgendwann schluckt sie.

»Ich habe gestern noch mit Philipp darüber gesprochen.«

Sie sieht meinen erschrockenen Blick.

»Also nicht wirklich über dich. Sondern ganz allgemein über unerwünschte Mails und so. Er sieht wenig Chancen, dass wir Kaktus finden. Über seine E-Mail-Absender können wir ihn nicht ausfindig machen. Und die SMS schickt er ja, wie du sagst, schlauerweise auch nicht von seinem Handy, sondern aus dem Netz. Das ist schon clever von ihm.«

»Du meinst, wir haben keine Chance? Ich soll einfach warten, langsam wahnsinnig werden und hoffen, dass der Typ sich irgendwann ein anderes Opfer sucht? Das ist ja ein toller Plan.«

Ich wollte nicht so ätzend klingen. Aber ich bin so enttäuscht. Ich hatte echt gehofft, dass Julchen mir helfen kann. Ich hatte mir vorgestellt, dass irgendwann die Angst ihren Klammergriff lockert. So ein bisschen wie bei »Heinrich, der Wagen bricht«. Dass die Ketten abfallen, ich mich wieder frei bewegen, durchatmen kann. Aber ich hatte mich wohl zu früh gefreut.

»Wart doch mal ab«, besänftigt mich Julchen mit gefülltem Mund. Sie kaut wieder in Seelenruhe, schluckt endlich.

»Nur weil wir Kaktus nicht finden können, heißt das doch nicht, dass wir aufgeben. Im Gegenteil. *Wir* lassen uns einfach von Kaktus finden. Wir können ihn nur kriegen, wenn *er* den Kontakt aufbaut«, erklärt sie.

Die hat Nerven.

»Super Idee. Dieser kranke Typ baut andauernd Kontakt auf. Mit Blumen, mit Herzen, mit Briefen. Viel geholfen hat das noch nicht. Ich könnte natürlich die Briefe nach Fingerabdrücken untersuchen lassen.«

»Jetzt reg dich mal ab, Linda. Er soll dich nicht weiter belästigen. Er soll mich kennenlernen. Dir wird er wohl kaum seine wahre Identität verraten. Mir aber vielleicht. Ich mache den Köder, verstehst du?«

Ich nicke nur. Wirklich gut finde ich die Idee nicht.

Ich habe ja schließlich seinerzeit versucht, ein bisschen was Wahres über Kaktus zu erfahren. Ich hätte gerne mehr gewusst über den Menschen, der auf der anderen Seite am Computer sitzt. Ich habe mich weit aus dem Fenster gelehnt – und bin abgestürzt. Ich habe Schiss, dass Julchen mit ihren Versuchen auch ins Leere läuft. Dass der Typ sofort wieder dichtmacht, wenn es zu persönlich wird.

Aber ich habe genauso Schiss, dass er nicht zumacht. Dass er Julchen mehr verrät, auf sie zugeht. Aber wieso sollte es mir mit Julchen besser gehen als mit Luise? Wieso sollte sich wirklich was ändern? Ich bin es doch, die einfach immer zu leise ist, zu banal. Die, die immer zögert und lieber einen Schritt zurückgeht als zwei nach vorne. Ich nehme das, was übrig bleibt. Wenn wir früher Pizza essen waren, hat Luise mir immer den Rand gegeben. Der war ihr zu hart. Den wollte sie nicht. Ich habe den immer gegessen. Habe irgendwann geglaubt, dass sei eh das Leckerste an einer Pizza. Habe mir eingeredet, dass ich das am liebsten mag. Da musste ich nicht protestieren. Und alle waren glücklich. Fast alle.

Ali stupst Julchen an. Der Boxer will endlich raus. Julchen füttert ihm ein paar Fleischbrocken, damit er Ruhe gibt. Er schlingt die runter, rennt raus, kommt mit seiner Leine zurück.

»Ali, nerv nicht. Wir gehen gleich«, stöhnt Julchen.

Sie hat wie immer so überhaupt keine Lust auf einen Spaziergang.

»Soll ich mit ihm gehen?«, biete ich an.

Ich kann Julchen gerade nicht gut ertragen. Sie ist so selbstgefällig. Wieso glaubt sie, dass der Kaktus auf sie abfährt? Es kommt ihr überhaupt nicht in den Sinn, dass er sie nicht kontaktieren wird. Was mich am meisten nervt: Ich glaube auch, dass er auf sie anspringt. Spätestens, wenn sie ihm ein Foto schickt. Und dann wird sie ihm irgendwann sagen, dass er mich mal in Ruhe lassen soll. Dass es nicht nett ist, solche Spiele mit mir zu spielen. Und er wird natürlich sofort damit aufhören. Nur, damit Julchen nicht böse auf ihn ist. Er wird ohnehin aufhören, mir nachzustellen, weil er gar keine Zeit mehr dafür hat. Er wird viel zu sehr damit beschäftigt sein, Julchen zu gefallen. Und wenn er das tut? Meine Gedanken jagen sich in die abstrusesten Gegenden. Was, wenn Kaktus und Julchen sich verknallen? Ich lasse das Gummiband an meinem Handgelenk schnacken. Ich trage es seit ein paar Tagen. Geholfen hat es noch nicht sehr viel. Immer, wenn ganz schlimme Vorstellungen sich vor meinen inneren Diaprojektor schieben, lasse ich das Gummiband gegen mein Handgelenk schnacken. Manchmal ein paar Mal hintereinander, bis die dünne weiße Haut ganz rot ist. Im besten Fall frieren die Bilder in mir dann nur ein.

Julchen schaut erstaunt und freudig ob meines Gassi-geh-Angebots. »Würdest du das echt machen?«

»Klar, etwas Bewegung kann mir und meinem Po nicht schaden.«

Ein bisschen hatte ich gehofft, dass Julchen so was sagt wie: »Spinn nicht rum. Der ist doch total knackig.« Tut sie nicht. Wäre auch gelogen.

Ich schnappe mir die Leine und Ali hüpft richtiggehend zur Tür.

Ich bin schon oft zusammen mit Julchen und ihrem Hund Gassi gegangen. Julchen rennt mit Ali immer vier oder fünf Mal die Straße hoch und runter, wartet, bis er irgendwo einen Haufen hingemacht hat, und geht wieder nach Hause. Mit dem Haufen in einer Plastiktüte. Immer wenn er dann mit hängenden Ohren zur Haustür geht, verspricht sie ihm: »Nächstes Mal, Ali, gehen wir woanders hin. Dann machen wir eine richtig große Runde. Versprochen.« Es tut ihr anscheinend schon leid, wenn der Hund sie enttäuscht mit seinem Hundekuchenblick ansieht, aber in Ruhe spazieren gehen, das ist einfach nicht Julchens Ding. Sie bringt ihm lieber ein paar Kunststücke bei. Was er, glaube ich, gar nicht so spannend findet und nur ihr zuliebe brav mitmacht. Mich hat er als seine

Ruheinsel auserkoren und nimmt gemütlich auf meinen Füßen Platz, sobald ich mich bei Julchen irgendwo niederlasse.

»So, Ali, heute gibt es die große Runde«, kündige ich an. Mir ist der Hund in den letzten Wochen ans Herz gewachsen und jetzt bin ich richtig ein bisschen aufgeregt, weil ich das erste Mal alleine mit ihm unterwegs sein werde.

Er wedelt mit dem Schwanz und rennt die Straße hoch. Ich habe echt ein bisschen Mühe mitzukommen. An der Kreuzung dreht er rum und will wieder den Bürgersteig hinunterjagen. Ich gehe weiter geradeaus, und Ali ist völlig irritiert. Er guckt mich an, als wollte er sagen: »Wir müssen umdrehen. Da geht es nicht weiter. Da ist die Welt zu Ende.«

Ich ziehe ein bisschen an der Leine und er geht ganz vorsichtig neben mir her. Als würde er wirklich jeden Moment damit rechnen, dass der Rand der Erdscheibe erreicht ist. Doch Ali ist nicht doof. Er rafft schnell, dass sich eine neue Welt auftut. Wir biegen irgendwann ab, kommen in einen kleinen Wald. Alleine würde ich mich da niemals reintrauen. Never. Mit Ali fühle ich mich sicher. Dabei ist er kein Wachhund und sieht noch nicht mal aus der Entfernung gefährlich aus, aber neben ihm läuft es sich gut. Irgendwann fange ich an, mit ihm zu reden. Ich erzähle alles Mögliche, was mir gerade so in den Sinn kommt. Der Boxer lauscht aufmerksam. Auch, als ich vom Kaktus erzähle. Und von meiner Angst. Ab und zu kommt ein interessierter Blick von unten nach oben, dann klebt seine Nase wieder am Boden.

Als wir irgendwann viel später und ziemlich verdreckt wieder bei Julchen vor der Tür stehen, ist die schon ganz aufgelöst.

»Alles in Ordnung? Ist er dir weggelaufen? Ich habe versucht dich anzurufen, aber dein Handy ist aus.«

»Alles okay«, beruhige ich sie. »Ali hat heute auf die große Runde bestanden, die wir ihm schon so oft versprochen hatten«, erkläre ich. Wenn ich gesagt hätte: »Die du ihm schon so oft versprochen hast«, hätte das wie ein Vorwurf geklungen.

»Wo wart ihr denn?«

»In einem kleinen Wald hier um die Ecke. Ali fand es super.«

Julchen umarmt mich, drückt mir einen fetten Kuss auf die Wange.

»Linda, du bist ein Schatz. Das ist doch ein guter Deal. Du kümmerst dich um unseren vernachlässigten Hund, ich kümmere mich um deinen aufdringlichen Verehrer.«

»Hast du schon was unternommen?«, frage ich sofort.

»Noch nicht. Philipp ist mit einem Kumpel da und das Au-pair von nebenan ist rübergekommen. Wir haben ein bisschen gequatscht und eigentlich nur auf dich gewartet. Wir wollen eine Runde Cranium spielen.«

Ich bin enttäuscht. Zeige es aber nicht. Ich muss einfach darauf vertrauen, dass Julchen schon das Richtige machen wird.

Die Jungs und Olga, das Au-pair, haben es sich bei Julchen im Zimmer bequem gemacht. Wir spielen bis spätabends, und ich bin ein bisschen stolz, dass ich jedes Mal zum Gewinnerteam gehöre. Natürlich betone ich das nicht.

Als ich die Jacke anziehe und Ali mich ein bisschen hoffnungsvoll ansieht, stupst Julchen mich an: »Hast du in den letzten Stunden an diesen beknackten Kaktus gedacht?«

Ich schüttele den Kopf. Habe ich wirklich nicht.

»Vielleicht ist das ja die Lösung. Denk einfach nicht mehr an ihn. Amüsier dich. Lenk dich ab. Vergiss ihn einfach.«

Das ist ja ein ganz toller Vorschlag. Er erinnert mich an

Leute, die an Krebs erkranken und hoffen, dass der einfach wieder verschwindet. Ist ja auch einfach so gekommen. Aus dem Nichts. Dann kann er doch dahin wieder zurückkehren.

»Ich glaube, ich könnte ihn besser vergessen, wenn er nicht permanent in meinem Leben herumschleichen würde.«

»Der verpisst sich schon wieder«, verspricht Julchen. »Du darfst einfach keine Angst haben.«

Einfach.

Das ist ja so verfickt einfach.

Ich wache am nächsten Morgen viel zu früh auf. Die Gedanken sitzen auf der Bettkante, grinsen mich an. Ich verkrieche mich unter die Bettdecke, versuche noch einen Zipfel Schlaf zu retten. Als mein Handy piept, erstarre ich. Ich bin sicher: Er ist es. Hat vielleicht nur darauf gewartet, dass ich wach werde. Hat es beobachtet. Wahrscheinlich lauert er im Garten. Hätte ich das Handy nur ausgemacht. Obwohl, es ginge mir auch dann nicht besser. Dann würde ich die ganze Zeit denken, dass da eine SMS in der Luft hängt, die nur darauf wartet, dass ich mich einlogge. Ich taste nach dem Telefon, das auf dem Nachttisch liegt, hole es zu mir unter die Decke.

Guten Morgen, Skihase. Zieh dich warm an, wir holen dich gleich ab. J.

Ich bin so erleichtert. Habe zumindest etwas Zeit bis zur nächsten kalten Dusche gewonnen. Aber Skihase?

Hat es bei euch geschneit? Hier nicht, antworte ich.

Quatsch. Wir fahren in die Skihalle. Philipp, Olga, du, ich. Und vielleicht noch zwei Kumpels von P. Wir holen dich in einer halben Stunde ab.

Halbe Stunde. Die hat Nerven. Außerdem kann ich gar nicht Skifahren.

Ich kann nicht Ski fahren. Da breche ich mir beide Beine. Mindestens.

Wenn man es kann, macht es in der Halle eh keinen Bock. Zick nicht, zieh dich an.

Ich durchwühle meinen Kleiderschrank nach den Wintersachen, finde einen dicken Fleece-Pulli und einen zwei Meter langen Schal. Mir fällt ein, dass Luise mal einen Ski-Kurs gemacht hat, und stürme in ihr Zimmer. Sie muss eine passende Hose haben.

Mit verheulten Augen starrt sie mich an. Hatte gar nicht damit gerechnet, dass sie überhaupt schon wach ist. Luise ist eher der Typ Siebenschläfer. Wenn nicht gar ein Achtschläfer.

»Hast du eine Skihose? Leihst du mir die?«

Im selben Moment fällt mir ein, dass ich ja erst mal fragen könnte, warum sie so verweint aussieht.

Sie zeigt auf ihren Kleiderschrank. »Muss unten drin liegen. Ganz hinten.« Ihre Stimme ist total belegt.

»Alles in Ordnung mit dir?«, frage ich vorsichtig.

Sie räuspert sich. »Klar.«

Ich nicke nur. Die Hose habe ich schnell gefunden.

»Bis später.«

Sie hebt nur die Hand.

Ich fühle mich kacke. Normalerweise hätte ich mich zu ihr gelegt. Wir hätten uns gegenseitig den Rücken gekillert. Uns allen möglichen Quatsch erzählt. Irgendwann hätten wir uns eine große Kanne Tee gekocht, uns damit wieder ins Bett gelegt. Weitergequatscht. Aber dieses »Normalerweise« ist schon ziemlich lange her.

Vor der Tür hupt es. Ich zerre die Hose hoch, die am Arsch ziemlich kneift, schmiere noch schnell ein paar Sätze für meine Eltern auf einen Zettel, schnappe mir eine Banane als Frühstück und bin raus.

Philipp sieht original so aus, als ging es direkt in die

Berge. Er hat einen Helm auf, hinten baumelt eine Skibrille dran. Und er trägt einen quietschegelben Overall.

»Du siehst ein bisschen aus wie ein Postbote«, sage ich lachend, während ich Julchen und Olga auf der Rückbank zuwinke und mich auf den Beifahrersitz fallen lasse.

»Meinst du, ich habe vielleicht einen geheimen Brief für dich?«

Er lacht nicht dabei. Guckt mich nur an. Schließlich fährt er los. »Und überhaupt – wer braucht heute noch Briefträger? Geht doch alles per Mail oder SMS viel schneller.«

Mir ist in Leggins, Skihose, dickem Pulli, Daunenjacke kalt. Wie meint Philipp das? Weiß er was? Hat Julchen ihm etwa alles erzählt? Das wäre mir total peinlich.

Ich starre ihn von der Seite an. Bis er kurz zu mir rüber-guckt. Lächelt.

Ich schaue schnell nach unten. Ich hätte einfach nicht so einen saudoofen Spruch machen sollen. Postbote! Wie albern und frech. Philipp ist nicht irgendein Typ aus un-serer Stufe. Philipp ist – einfach Philipp. Selbst wenn Julchen total hässlich und hinterhältig wäre, wenn sie fie-sen Mundgeruch hätte oder dauernd furzen würde, sie hätte trotzdem genug Freundinnen. Allein wegen ihres Bruders.

Mir wäre ja lieber, er würde nicht so gut aussehen. Dann wäre es mir auch nicht so peinlich, neben ihm im Schlepp-lift zu hängen. Julchen hat einfach bestimmt, dass Phi-lipp mit mir liftet, weil ich auf Skiern aussehe wie eine kleine Ente, die zum ersten Mal auf ihren Watschelfüßen stehe. Wenn Julchen so was sagt, meint sie das nicht böse. Sie will einen nicht beleidigen. Olga und Philipps Freun-de Thilo und Kai, die inzwischen zu uns gestoßen sind, befinden sich bereits ebenfalls auf dem Weg nach oben.

Als ich einmal das Gleichgewicht verliere und fast aus dem Lift kippe, legt er den Arm um mich. »Du musst keine Angst haben. Ich passe schon auf dich auf.«

Ich würde am liebsten direkt in seinen Overall kriechen. Ich bin sicher, da hätte ich wirklich zum ersten Mal seit drei Ewigkeiten das Gefühl, dass mir nichts und niemand auf der Welt etwas anhaben kann. Ich versuche ihn anzulächeln und bekomme doch nur ein schiefes Gesicht hin.

Als wir uns irgendwann zu sechst zum Mittagessen ins Restaurant setzen, bin ich ganz überrascht, immer noch nichts gebrochen zu haben. Ich bin ein paar Mal gestürzt, zwei Mal auch aus dem Lift gekippt, aber es hat auch Spaß gemacht. Wir haben Merlin auf der Piste getroffen und er hat ganz erstaunt gefragt, seit wann ich denn Skilaufen kann. Wir mussten alle lachen und Philipp hat geantwortet: »Kann sie ja gar nicht. Sie tut nur so.« Jetzt hier im Restaurant fühle ich mich, als würde ich seit Jahren in diesen Skibetrieb und zu dieser Clique gehören. Julchen bestellt für alle Germknödel.

»Das gehört dazu«, bestimmt sie.

Ich verdrücke einen riesigen Klumpen Teig mit Mohn und Butter und bin sicher, dass der Klops in meinem Bauch auf Volleyballgröße aufquellen wird. Egal. Nach dem Mittagessen schnallen wir die Skier ohnehin nicht mehr unter. Wir gehen auf die Rodelbahn, stürzen uns auf überdimensionalen Autoreifen eine Eisbahn runter. Der Hammer. Der Witz ist natürlich, sich dabei zu rammen, am besten, sich aus der Spur zu katapultieren. Als Philipp mit seinem Helm gegen mein Bein donnert, bin ich kurzfristig überzeugt, dass er meine Kniescheibe zerschmettert hat. Blitzschnell wirft er mich auf den Boden und fängt an wie wild Schnee auf mein Bein zu schaufeln. Wie ein Hund, der einen Fuchsbau entdeckt hat.

»Willst du mich unter dem Schnee verscharren?«, frage ich ihn. »Ich bin noch nicht tot, nur mein Bein muss amputiert werden.« Ich beginne zu lachen und vergesse bereits, wie weh mein Knie noch tut.

»Das Bein muss gekühlt werden«, behauptet Philipp und schaufelt weiter wie ein Hund zwischen seinen Beinen durch. Ich kriege auch jede Menge Schnee ins Gesicht.

»Das heißt doch nicht, dass ich deswegen an Unterkühlung verenden muss.«

»Ich dachte, das macht dir nichts. Du bist doch eh immer so kühl.«

Er mustert mich und mir wird trotz des ganzen Schnees auf mir und um mich total heiß.

Ich bin ziemlich froh, dass Julchen in dem Moment mit ihrem Autoreifen zwischen uns durchrast.

»Macht ihr eine Schneeballschlacht?«, ruft sie und Philipp bekommt schon die erste Kugel von ihr direkt in den Magen.

Nach einer weiteren halben Stunde schwenken wir Mädchen Olgas Schal. Der ist weiß und wird als Zeichen der Kapitulation akzeptiert. Gegen Philipp, Thilo und Kai haben wir keine Chance. Ich bin patschnass, sogar mein Slip und mein Unterhemd sind nicht mehr trocken. Und trotzdem: Ich weiß nicht, wann ich mich das letzte Mal so leicht gefühlt habe. Und das mit Skischuhen und nasser, schwerer Daunenjacke.

Eigentlich hatte ich gehofft, dass Philipp mich auch wieder nach Hause fährt. Tut er aber nicht. Er und seine Schwester haben beschlossen, dass wir alle bei ihnen noch Pizza essen.

»Philipp schmeißt den Kamin an, das gehört doch zu einem perfekten Skitag dazu«, freut sich Julchen.

Selbst wenn ich wollte, ich wüsste gar nicht, wie ich aus der Nummer herauskäme. Denn Olga legt gleich einen Arm um mich und sagt in ihrem gebrochenen Deutsch: »Wir sind dabei!«

Bei Schöneholzens angekommen, machen die Jungs den Kamin klar und Julchen schiebt jede Menge Junkfood in den Ofen.

»Schließlich haben wir heute Sport gemacht«, sagt sie lachend.

Mir läuft schon das Wasser unter der Zunge zusammen. Nur weil meine Mutter nicht kochen kann, heißt das nicht, dass sie zu Fast Food greift, selbst im Notfall nicht. Und dabei gibt es häufig Notfälle. Nehmen wir als Beispiel das Nudelkochen, was ja eigentlich nur fünf Minuten dauert. Meine Mutter hat aber keine Lust darauf, fünf Minuten, das sind ja dreihundert Sekunden, einfach zu warten. Sie ruft mal eben – mal eben – eine Freundin an. Das Ergebnis liegt auf der Hand. Aber – sie hat gleich eine Idee. Wenn man aus zu weichen Kartoffeln Kartoffelpüree machen kann, dann kann man doch auch ... bingo! Meine Mutter püriert die weichen Nudeln und die Familie streikt. Jetzt kommt der Notfallplan: Zeit für einen »bunten Teller«. Meine Mutter zückt ein Messer und schnippelt aus dem Kühlschrank alles klein, was ihr vor die Klinge kommt. Kohlrabi, Möhren, Tomaten, Salami, Eier (vorher gekocht), Oliven, Käse, Käse, Käse, dazu gibt es dann Cracker, Brot, altpappige Brötchen als geröstete Croûtons und so. Ich finde das eigentlich ganz okay. Luise meckert dann mehr aus Spaß und um Ma zu veralbern.

Nachdem wir alles aufgefuttert haben, was Julchen in den Backofen geschoben hatte, bleiben wir einfach im Wohnzimmer sitzen. Philipp hat im Kamin einen Haufen Holz aufgeschichtet und angesteckt. Ich bin ganz schwer und schläfrig. So ruhig wie ewig nicht mehr. Ali liegt neben mir auf dem Teppich, ich kraule ihn ganz leicht hinter den Ohren. Wenn ich den Moment hier einfrieren könnte, ich würde einen Hunderterpack Gefriertüten kaufen. Jede Sekunde reinstopfen, jeden Atemzug, jeden Blick, jedes Lachen. Und ins Eisfach schieben. Mein Handy meldet sich. In mir stöhnt eine Stimme. Nicht jetzt, denke ich. Bitte nicht. Lass es mich noch einen Moment genießen. Ich schaue Julchen an. Sie fängt meinen Blick auf, hält ihn fest. Sie versteht sofort.

»Gib mir mal dein Handy«, sagt sie ganz ruhig.

Ich hole es raus, reiche es ihr rüber.

Sie tippt kurz entschlossen darauf herum, gibt es zurück.

Es ist kein Briefumschlag mehr zu sehen. Die SMS, die ich gerade bekommen habe, ist weg.

»War er es?«, frage ich nur kurz.

»Keine Ahnung. Habe einfach alle gelöscht.«

Erleichterung fühlt sich anders an. Jetzt ist die Bedrohung wortlos. Nur noch eine Ahnung. Vielleicht hat Julchen aber auch ein Aufatmen erstickt. Wenn er es nicht war. Ich weiß nicht, was ich denken soll. Meine Gefühle sind auf halber Strecke gestoppt worden.

»Entspann dich. Was du nicht weißt, kann dich nicht schocken«, sagt Julchen und lächelt.

Philipp guckt mich interessiert an. »Hast du etwa einen Verehrer?«

Etwa. Ob ich »etwa« einen Verehrer habe. Das klingt so, als sei es völlig abwegig. Als hätte er gefragt, ob ich etwa über Wasser laufen könne. Natürlich. Es ist absolut undenkbar, dass irgendjemand mich spannend genug findet, um sich die Mühe einer SMS zu machen. Ich schüttele nur den Kopf.

»Natürlich nicht.«

Er wendet den Blick nicht ab. Das macht mich nervös. Diese Augen, die von außen auf mir ruhen, die Gedanken, die von innen an mir zerren. Ich bin so angespannt, dass mir die Muskeln wehtun.

»Entspann dich«, mahnt Julchen wieder. »Vergiss den Typen. Vergiss einfach die letzten fünf Minuten. Du musst mal lernen zu verdrängen.«

Ich kann total viel verdrängen. Jede Menge Wasser zum Beispiel. Mehr, als mir lieb ist. Das sage ich jetzt nicht. Es ist ein paar Jahre her, da sollte ich mit Luise baden. Sie lag schon in der Wanne. Ich habe mich vor sie gesetzt und plötzlich stand das Badezimmer unter Wasser. Literweise ist das Badewasser rausgeschwappt. Luise hat total gelacht. Mit mir zusammen baden wäre ja total sparsam. Man käme quasi mit zwei Litern aus. Ja, es ist schon einige Jahre her. Ich habe das aber nicht vergessen.

Ich drehe mein Handy in der Hand, sehe eher zufällig die Uhrzeit und weiß, dass ich ein kleines Problem habe. Es ist nach acht. Ich hatte heute Morgen auf den Zettel geschmiert, dass ich zum Abendbrot zu Hause sei. Das wird nicht mehr klappen.

»Mist. Ich muss los.«

Ich rappele mich hoch. Philipp schält sich auch aus dem Sessel.

»Wenn du dich von einem Briefträger kutschieren lässt, bring ich dich eben.«

Ich würde lieber laufen. Nein, würde ich nicht. Ich wäge ab. Laufen, noch später kommen und permanent das Gefühl haben, beobachtet zu werden, oder mit Philipp fahren, mich klein und doof und hässlich fühlen. Ich entscheide mich für die kleine, doofe, hässliche Variante. Ist immer noch besser als diese Angst.

»Das wäre total nett.«

Das ganze Haus stinkt bestialisch nach Käse. Es gab offenbar Fondue. Ein Gericht, das meine Mutter super beherrscht. Mein Vater zündet den Spiritus an, macht den Käse warm, meine Mutter schneidet Brot in kleine Würfel. Ein Rezept ganz nach ihrem Belieben.

»Warum hast du nicht angerufen? Wir haben auf dich gewartet. Das nächste Mal sagst du Bescheid, ja?«

Das ist alles. Ich hatte mit einem mehrminütigen Monolog gerechnet. Wie wichtig gemeinsame Mahlzeiten sind, dass nicht jeder kommen und gehen kann, wie er will. Wir seien schließlich eine Familie, keine Wohngemeinschaft. Es sei respektlos, andere warten zu lassen. Und so weiter. Das alles kommt nicht. Ich habe offenbar doch nicht so gefehlt. So wichtig scheint es nicht zu sein, dass ich auch mit dabei bin. Ob ich schon Abendessen hatte, interessiert auch niemanden.

Ich gehe runter in mein Zimmer, höre im Dunkeln noch ein neues Hörbuch. Wenn ich es laut genug mache, ist außer für die Stimmen für nichts anderes Platz in meinem Kopf. Ich hatte gehofft, dass ich bei der Story einschlafe. Sie ist leider zu spannend. Nach dem letzten Wort bin ich noch immer wach. Kurz entschlossen lasse ich mir Badewasser ein. Ich habe einen ziemlichen Wasserverbrauch in letzter Zeit – aber das Badezimmer ist perfekt. Fensterlos. Abschließbar. Nach ein paar Minuten ist der Spiegel über dem Waschbecken beschlagen. Die Luft feucht und warm. Der Schaum türmt sich auf der Oberfläche. So sehe ich nicht, wie viel Wasser drin ist. Die Erinnerung ist noch da. Irgendwo tief in mir. Ich liebe es, in das Wasser zu gehen, wenn es einen Millimeter zu heiß ist. Wenn ich reinsteige und das Gefühl habe, das Bein sofort wieder rauszuziehen zu müssen. Dann zähle ich. Wenn es extrem ist, zähle ich laut. Bis die Hitze irgendwann erträglich wird. Dann ziehe ich das zweite Bein nach. Zähle wieder. Fast ganz langsam setze ich mich dann hin. Nicht ganz langsam, weil ich mich so ohne Klamotten nicht so gerne angucke. Ziemlich langsam, weil es einfach so verdammt heiß ist und ich mich fast verbrühe. Vollgas mit angezogener Handbremse. Wenn ich dann endlich sitze, wird die Luft knapp. Aber jeder Atemzug wird länger. Und irgendwann bin ich Teil des flüssigen Schaumbergs. Dann lege ich meinen Kopf in den Nacken, bis auch die Ohren unter Wasser sind, und höre. Auch wenn es vorher ganz still war, unter Wasser hört man immer was. Ein Gurgeln und Klopfen und Rauschen. Und alles ganz dumpf. Meilen von mir entfernt. In einer anderen Dimension. Ich bin unerreichbar. Ich spüre dann, wie ich immer tiefer sinke, wie meine Gedanken langsamer werden. Die Stimmen in mir leiser. Ich werde leichter und gleichzeitig schwerer. Was ich dann fühle, ist nicht einfach Müdigkeit. Es ist eher so eine Lähmung, die ganz beruhigend in mir hochkriecht. Ich genieße das Gefühl so sehr. Das ist noch besser als der Moment kurz vorm Einschlafen, wenn es ganz langsam dunkler wird in einem. Wenn man sehr müde ist, geht einfach das Licht aus. Von jetzt auf gleich. Hell – dunkel. Wenn man langsam einschläft, wird das Licht gedimmt. Dann greift der Schlaf mit seinen Krakenarmen ins Denken. Dann vermischt sich alles. So, als würde man mit sehr viel Wasser malen. Dann läuft alles ineinander, die Grenzen tasten sich langsam vor. In alle Richtungen. Manchmal klemme ich mir die Kette, an der der Stöpsel befestigt ist, zwischen meine Zehen. Damit ich im letzten Moment, ehe der Schlaf das Sagen hat, den Stöpsel rausziehen kann. Ich weiß, dass man erfrieren kann, wenn man in der Wanne einschläft, das Wasser immer kälter wird und das Leben aus einem rauszieht. Oder ist das ein Ammenmärchen? Als ich mich endlich entschließen kann, aus dem Wasser zu steigen, das ohnehin schon ziemlich kalt ist, friere ich sofort. Ich wickele mich in den gestreiften Bademantel von meinem

Opa und lege mich damit ins Bett. Unter seiner Tür kroch noch bläuliches Licht in den Flur. Er hat noch irgendwelche Volksmusiker zu Gast. Ich höre den immer gleichen Rhythmus. Es ist fast peinlich, aber das ewige Bum-Bum-Bumbumbum bringt mich wie ein Schlaflied in die Träume.

Es ist Samstagabend. Ich müsste jetzt auf irgendeiner Party sein, Spaß haben, flirten und das alles. Luise ist bestimmt gerade unterwegs. Hängt irgendwo mit und halb auf Paul ab. Kichert, quatscht, knutscht zwischendurch. Irgendwann wird vielleicht sogar jemand fragen: Wo ist denn eigentlich deine Schwester? Dann wird sie mit den Schultern zucken. Luise weiß schon lange nicht mehr, was Linda macht. Und umgekehrt.

Kann ich wohl Julchen morgen schon wieder anrufen und fragen, ob wir irgendwas zusammen machen? Ich will nicht klammern. Heiße ja nicht Merlin. Aber ich könnte ja noch mal eine Runde mit Ali vorschlagen.

Am Himmel zieht ein Stern vorbei,
und ein Flugzeug fliegt nach Wien.

Ganz plötzlich sind die Zeilen aus dem Song in meinem Kopf. Der Gedanke fühlt sich warm an. Verlockend. Verführerisch. So erwachsen und verwegen gleichzeitig. Einfach gehen. Einfach abhauen. Vielleicht wär's das? Ich muckele mich tiefer in den Bademantel und die Bettdecke. Ich bin nicht verwegen. Kriege ja schon die Krise, wenn ich aus Versehen in den falschen Bus steige und irgendwo lande, wo ich nicht hinwill. Aber kurz vorm Einschlafen bin ich mutig genug für eine solche Vorstellung.

5

Ich wache auf und erschrecke mich zu Tode. Mein Puls schnellt hoch und ich fühle ihn im Hals. Julchen lehnt in der Tür. Im ersten Moment habe ich nur einen Schatten gesehen. Eine Silhouette.

»He, aufstehen, du Schlafmütze.« Sie kommt an mein Bett, zerrt an meiner Decke. »Los. Raus. Wir haben was vor.«

Ich versuche meine Gedanken zu sortieren, versuche mich zu finden. Ich gucke auf die Uhr. Es ist schon zehn. Ich erinnere mich daran, dass ich um sieben schon mal wach gewesen bin. Ich muss wieder eingeschlafen sein.

Luise klopft an, wartet erstaunlicherweise ein, zwei Sekunden, ehe sie reinkommt. Sie bleibt steif an der Schwelle stehen.

»Willst du mit frühstücken?«

»Nee, danke«, lacht Julchen.

»Ich meinte eigentlich meine Schwester.« Luise klingt wie eine saure Gurke.

»Ich komme gleich«, verspreche ich.

»Nein, wir wollen los. Frühstücken kannst du unterwegs«, korrigiert mich Julchen.

»Wohin wollen wir denn überhaupt?«

Ich fühle mich nicht wohl zwischen den beiden. Beide stehen da, warten. Das macht mich nervös.

»Wir fahren in den Kletterpark. Philipp trifft sich da mit ein paar Kumpels, und ich habe beschlossen, dass das auch für uns genau das Richtige an einem langweiligen Sonntag ist. Komm jetzt, Philipp wartet draußen.«

»Ich muss erst noch duschen.«

»Du darfst also nicht frühstücken«, stellt Luise kalt fest und zieht die Tür hinter sich zu. Mit ihrem Blick hätte sie ein Loch in einen Eiswürfel brennen können. Julchen reagiert da gar nicht drauf. Ich hatte schon nach einer Entschuldigung in meinem Kopf gekramt. Dass Luise ihre Tage kriegt oder so und deswegen so zickig ist.

»Du musst nicht duschen. Du schwitzt da doch eh. Wir duschen danach dort. Mach ich auch. Pack einfach Sportklamotten, Handtuch und so ein. Das reicht.«

Ich gehorche. Schnappe mir Jogginghose, Shirt, Sportschuhe und wahllos ein paar Sachen aus dem Bad.

»Warum gehen wir klettern?«, frage ich auf dem Weg zum Auto. Ich stelle fest, dass ich meine Jacke vergessen habe, will aber jetzt nicht noch mal zurück. Meine Eltern sahen ohnehin schon so beleidigt aus, wahrscheinlich wegen des verhinderten Familienfrühstücks. Die Blicke muss ich nicht noch mal haben.

»Weil das totalen Spaß macht. Und weil das zu deinem aktuellen Ablenkprogramm gehört. Du hast dich doch total in deiner Panik verkrochen. Dieser Typ beherrscht dich doch schon völlig. Wenn man Spaß hat, hat man keine Zeit, auch noch Angst zu haben. Wenn du erst mal in der Wand klebst, werden dir irgendwelche E-Mails von einem Pickelgesicht absolut am Arsch vorbeigehen. Verlass dich drauf.«

Okay, ich sollte nicht enttäuscht sein. Es ist ja eigentlich schon super-süß von Julchen, dass sie sich so reinhängt. Aber auf der anderen Seite hatte sie ja eigentlich versprochen, dass sie Kaktus finden würde. Und ich glaube, dass mir ein dingfest gemachter Kaktus mehr helfen würde, als die Wände hochzugehen. Ich traue mich nicht, das so zu sagen. Ich will nicht undankbar sein. Ich kann es ja oft immer noch nicht fassen, dass Julchen ausgerechnet mich zur Nachfolgerin von Lilly auserkoren hat. Oder als Ersatz. Lilly war Julchens absolut beste Freundin. Sie ist vor den Ferien für ein Schuljahr nach Denver gegangen mit dem Schüleraustausch. Regelmäßig telefoniert Julchen via Skype mit Lilly. Ich habe schon zwei Mal zugesehen. Beim zweiten Mal musste ich völlig verkrampft einen Hustenanfall unterdrücken. Ich wollte nicht, dass Lilly weiß, dass da jemand mithört und -sieht. Habe mich gefühlt wie eine Geliebte. Natürlich hat Julchen mehrere Freundinnen. Eigentlich alle anderen aus der Stufe. Julchen versteht sich mit allen gut. Und alle finden sie gut. Aber Lilly hatte einen Platz frei gemacht. Auf den hat Julchen mich gesetzt. Vielleicht habe ich mich auch selber gesetzt. Ohne Luise war ich einfach ein bisschen hilflos. Orientierungslos. Wortlos. Julchen war nett zu mir. Da habe ich mich irgendwie festgebissen. Nein, das stimmt nicht. Ich bin kein Kampfhund. Ich beiße nie. Und wenn ich schnappe, dann nur nach Luft. Ich habe mich einfach gefreut über Julchens Nettigkeit. So wie Ali sich immer freut, wenn Julchen mit ihm vor die Tür will. Ich erinnere mich ganz kurz, wie Ali immer wieder der große, ausgedehnte Spaziergang versprochen wird. So hat Julchen auch versprochen, dass sie Kaktus finden werde. Bis jetzt hat sie noch nicht mal gesucht. Ich lasse das Gummiband gegen mein Handgelenk sausen. Solche Gedanken bringen mich nicht weiter. Spielt Julchen ein Spiel? Wie immer?

In der Kletterhalle bleibt mir alleine beim Anblick die Luft weg. Die Höhe, die Seile, alles dreht mir den Hals zu. Ein paar Mal musste ich auf Kindergeburtstagen so was schon über mich ergehen lassen. Als ich einmal abgerutscht und ins Seil gefallen bin, hat der Typ unten überrascht gestöhnt. Peinlich.

Philipp begrüßt seine Kumpels so, wie das jetzt alle machen. Sie geben sich die Hand und stupsen ihre Schultern aneinander. Ich frage mich, wer mit diesem Ritual angefangen hat. Aber ich kenne auch immer mehr Mädchen, die sich mit Küsschen rechts, Küsschen links begrüßen. Als ich das das erste Mal mitgemacht habe, hat sich das Mädchen danach die Wange mit dem Ärmel abgewischt und mich angewidert angeguckt. »Man tut doch nur so«, hat sie gezischt. »Du hast mich voll angesabbert«, hat sie auch noch angefügt. Woher soll ich mich mit diesen bescheuerten Kussritualen auskennen? Bis dahin hatte ich nur Familienmitglieder geküsst, und zwar Mama, Papa, Oma und Opa. Luise sowieso. Und wir küssen richtig. Seitdem verkrampfe ich bei jeder Begrüßung. Als Julchen und ich aus der Umkleide kommen, hängt Philipp schon unter der Decke. Er hat natürlich den schwarzen Weg gewählt, den schwierigsten.

»Kommt Mädels, zum Aufwärmen steigt ihr mal hier hoch«, begrüßt uns Thilo. Er sichert Philipp gerade.

»Zum Aufwärmen?«, frage ich vorsichtig.

Zwei Stunden später bin ich schon völlig fertig und wir fangen gerade erst an. Ich musste echt drei Mal die Wand hoch – also so hoch, wie es ging. Und es ging nicht sehr weit. Immer wieder brüllte Thilo von unten: »Hintern rein.« Ich hätte ihm gerne geantwortet, dass ich meinen Po nicht einfach einziehen kann. So wie man einen Bauch einziehen kann. Mein Po behält seine Form, ganz egal, was ich auch tue. Das alles habe ich nicht gesagt, weil ich damit beschäftigt war, mich an winzige Erhebungen zu krallen und gleichzeitig zu atmen. Jetzt stehen wir vor einem Stahlgerüst. Die Halle ist an dieser Stelle noch ein bisschen höher.

»Also: Wir klettern in dem Turm hoch, stellen uns oben auf die Plattform – und dann einfach fallen lassen und genießen«, ordnet Philipp an.

»Wie hoch ist denn das?«, frage ich vorsichtig. Als ob irgendeine Zahl den Schwindel in mir anhalten könnte.

»Zehn Meter. Du brauchst also keine Sauerstoffmaske«, lacht er.

Hat der eine Ahnung. Ich habe schon hier am Boden das Gefühl, als würde meine Lunge zitternd schrumpfen.

»Ich gehe vor. Dann kommt Linda«, befiehlt Philipp weiter.

Ich würde jetzt gerne einfach »Nö« sagen. Mir eine Cola holen, mich auf den Boden setzen und freundlich, aber bestimmt verkünden: »Ich gucke nur zu.«

Ich traue mich nicht. Also muss ich das machen, was ich mich eigentlich noch weniger traue. Vielleicht ist mein Körper aber auch schon so an die Angst gewöhnt, dass ich gar nicht mehr weiß, wie ich ihr ausweichen kann. Als wäre das alles ohnehin nicht schon schlimm genug, will ausgerechnet Philipp mich bei meinem Aufstieg sichern. Nachdem er mit lautem Gebrüll wieder auf dem Boden gelandet ist, schnallt er mich an. Das heißt, dass er zwischen meinen Beinen rumfummelt, um die Haken zu befestigen. Ich kann mich nicht erinnern, dass mir jemals irgendwas peinlicher war.

Ich steige. Schritt für Schritt. Ich gucke immer nur auf die Hand vor mir, meine Hand. Ich schaue nicht nach unten, nicht nach oben. Starre nur ganz geradeaus. Mein Herz ist eine Bassbox. Ganz tief und schnell schlägt es, als wolle es an allen Enden gleichzeitig raus. Als ich an der Spitze angekommen bin, brüllt Philipp von unten: »Super. Jetzt stell dich auf die Plattform. Und nicht wackeln.«

Die Plattform ist ungefähr so groß wie ein DIN-A4-Blatt. Irgendwann hänge ich drauf. In der Hocke. Ganz langsam habe ich die Füße neben meine Hände gestellt. Ich kann nicht aufstehen.

»Stell dich gerade hin. Kopf hoch«, brüllt Thilo.

Kalter Schweiß liegt auf mir wie eine zweite Haut. Ich rieche meine Angst.

»Jetzt!«, schreit Philipp.

Ich tue es. Millimeter für Millimeter ziehe ich meine Hände von dem kalten Metall. Meine Handabdrücke sind feucht zu sehen. Ich richte mich langsam auf.

»Hintern rein«, brüllt Thilo schon wieder.

Ich beiße die Zähne aufeinander.

Und dann fängt es an. Mein Körper fängt an zu wackeln. Das ist kein Zittern mehr. Völlig unkontrolliert bewegen sich die Arme. Ich kann die Beine nicht ruhig halten. Der ganze Turm wackelt mit. Erst langsam, dann stärker. Ich bin ein einziges Beben. Kann mich nicht beherrschen.

»Spring«, befiehlt Philipp endlich.

Ich springe nicht, lasse mich einfach fallen, knicke ein.

Er grinst mich von oben an. Ich sitze vor ihm auf dem Boden.

»Das ist irre, was?«, lacht er.

»Es hat so fürchterlich gewackelt«, stöhne ich.

»Das ist die Angst. Die Furcht, die in dir steckt. Wie bei einem Tier. Wenn Tiere Angst kriegen, wollen sie fliehen. Dann schüttet der Körper haufenweise Adrenalin aus. Das macht wachsamer. Du hast da oben auch voll Adrenalin gesteckt, hattest Schiss. Aber du konntest ja nicht weglaufen. Unter dir war nur der Abgrund. Also wird das Adrenalin ganz schnell in den Muskeln wieder abgebaut, und die werden zum absoluten Wackelpudding. Geil, was?«

Ich nicke. Ein Vortrag über Biochemie ist genau das, was ich jetzt brauche.

Bei Julchen wackelt der Turm fast nicht. Sie steht ganz

gerade auf der winzigen Platte, jodelt zwei Mal laut, ehe sie sich in die Tiefe fallen lässt.

Eigentlich könnte ich stolz sein, denke ich, als ich unter der Dusche den Angstgeruch wegschäume und abwasche. Immerhin habe ich es geschafft. Ich bin den Turm hoch. Immerhin zehn Meter. Aber in mir ist kein Stolz. Nur die Erinnerung an das Beben, die Panik. Mein Körper hat sich fremd gefühlt, war unkontrollierbar. Und die Erinnerung daran ist jetzt abgespeichert auf meiner internen Festplatte. Mit Überschreibschutz. Es gibt Dinge, die vergisst man nicht so schnell. Manche vergisst man gar nicht.

Als ich als Letzte mit noch nassen Haaren am Auto ankomme, haben die anderen beschlossen, noch eine Pizza essen zu gehen. Ich würde lieber nach Hause fahren. Traue mich aber nicht, Philipp zu bitten, den Umweg zu machen. Und alleine will ich jetzt nicht los.

»Ich habe gar kein Geld mit«, versuche ich es trotzdem.

»Ich habe genug. Kein Problem«, kontert Julchen sofort.

»Oder willst du lieber nach Hause?«, fragt sie weiter.

»Nein, nein«, wehre ich fast zu schnell ab.

»Ich dachte schon, du willst dich wieder vergraben«, lacht sie.

Ich grinse schief. »Quatsch.«

Kurze Zeit später lasse ich mich auch noch überreden, zu meinen Käse-Tortellini ein Glas Wein zu trinken. Ich merke, wie ich müde werde und schwer. Als würde ich langsam wieder in mir landen, mich in mir ausbreiten und nicht mehr verschreckt in einer Ecke hocken. Wenn ich mich bewege, spüre ich meine Arme, die Waden, meinen Po und Muskeln im Rücken, von denen ich bisher noch nicht wusste, dass ich sie habe. Aber ich will mich gar nicht bewegen. Ich sitze nur da und lasse das Gerede an mir vorbeirauschen. Wie einen Radiosender. Philipp, Thilo, Julchen und Kai samt seiner Freundin Helene, die noch vorbeigekommen sind, quatschen über alles Mögliche. Kai und Philipp lästern über ihre Patienten. Die beiden kennen sich von dem Pflegedienst, bei dem sie ihren Zivildienst machen. Ich wundere mich einmal mehr, dass Philipp tatsächlich im Alltag noch etwas anderes macht, außer gut auszusehen und Spaß zu haben. Philipp und Kai amüsieren sich über eine alte Frau, die sie betreuen müssen. Die hat vor Kurzem mit ihrer Brille die Suppe umgerührt und ihre Schuhe in den Backofen gestellt.

»Wenn die sich demnächst zum Schlafen in die Tiefkühltruhe legt, haben wir einen Kunden weniger«, sagt Kai und lacht.

»Zur Feuerbestattung müsste die auf jeden Fall wieder aufgetaut werden«, kontert Philipp. »Sonst gehen die Flammen aus.«

Ich muss mich anstrengen, ein bisschen mitzulachen. Meine Oma war zum Schluss auch schon ziemlich durcheinander. Mein Opa hat immer versucht, das zu vertuschen. Ich glaube, er hatte ein bisschen Angst, dass Oma in ein Heim gebracht wird. Als einmal das ganze Bad unter Wasser stand, weil die Wanne übergelaufen war, hat er behauptet, das sei seine Schuld gewesen. Er habe vergessen, dass er sich Badewasser angestellt hätte. Wir wussten alle, dass das Quatsch war. Haben aber so getan, als würden wir ihm glauben.

Ich lasse mich einlullen von den Gesprächen. Die Worte plätschern und ich sitze wie unter einer warmen Dusche und lasse alles auf mich wohlig herabregnen. Kurze zehn oder zwanzige Minuten genieße ich das Gefühl, die Schwere in mir, die Leichtigkeit des Moments. Dann denke ich an zu Hause. An meine Eltern, an Luise und meinen Opa. Sie werden jetzt alle im Wohnzimmer hocken. Luise hatte schon Anfang der Woche ein fettes Ausrufezeichen in die Fernsehzeitung gemacht. Vor ein paar

Minuten hat der »Tatort« angefangen. Das ist bei uns eigentlich schon Kult. Heute sind unsere Lieblingskommissare dran. Ma und Pa gucken natürlich auch immer mit, manchmal kommt Opa auch dazu. Aber nur, wenn auf einem anderen Sender keine Volksmusik verbrochen wird. Einmal hat er uns von den tollen Fernsehshows von früher erzählt. Süß. Am besten fand er »Spiel ohne Grenzen«. War wohl so eine Mischung aus Bundesjugendspielen und Kindergeburtstag. Das »laufende Band« fand er auch gut. Luise und ich haben dann aus Spaß mal die unsinnigsten Gegenstände auf eine Wolldecke gepackt und durchs Wohnzimmer gezogen. Er musste sich das merken und hinterher alles aufzählen. So wie in der Sendung damals. Fand er gut, glaube ich.

Ich hatte mich total gefreut, als ich sah, dass Luise das fette rote Ausrufezeichen in die Zeitung gemacht hatte. Ich hätte es nicht gemacht. Hätte Schiss gehabt, dass Luise sagt: »Ach, da kann ich nicht mitgucken. Bin schon mit Paul verabredet.« Und dann hätte ich alleine mit Mama, Papa und Opa vor der Glotze gehangen und fade No-Name-Flips in mich reingestopft. Das hätte sich richtig mies angefühlt. Jetzt bin ich hier und Luise sitzt da vor den geschmacklosen Flips. Ich wollte sie noch fragen, warum sie an einem Sonntagabend nicht mit ihrem Freund unterwegs ist. Bin dann aber nicht dazu gekommen.

Vor einigen Wochen noch hätte es keine Frage gegeben, die ich Luise nicht gestellt hätte. Obwohl, viel fragen musste ich sie nie. Sie hat mir auch ungefragt alles erzählt.

»Ihr seid wie Tag und Nacht, ihr gehört einfach zusammen«, hat meine Ma mal gesagt. Das stimmt. Wir sind so unterschiedlich und doch waren wir immer eins. Ein bisschen wie diese albernen Pärchen-Anhänger. So ein durchgebrochenes Herz, wo jeder eine Hälfte trägt.

Am ersten Tag nach den Ferien hat sich eine durchsichtige Folie zwischen Luise und mich geschoben. Sie macht jetzt ihre Ausbildung, ist da immer total busy, findet die Leute in der Firma alle total crazy, und außerdem hat sie Paul. Ich hatte weiter Merlin. Ein paar Mal haben wir echt zu viert was gemacht. Als wären wir zwei Paare. Total peinlich. Die anderen drei fanden es gut.

»Bist du im Wachkoma?« Julchen stupst mich in die Seite. »Wir gehen.«

Ich schrecke hoch, raffe meine Sachen zusammen. Ein bisschen freue ich mich. Vielleicht kann ich zu Hause noch eintauchen in den Fernsehabend, vielleicht hat Luise den Platz neben sich auf der Couch unter ihrer Kuscheldecke für mich noch frei gehalten.

»Meinst du, Philipp kann mich nach Hause fahren?«, frage ich sie leise.

»Nachher bestimmt. Aber jetzt gehen wir erst noch ins ›Fusion‹. Da ist heute Abend ein Rap-Konzert. Ein Kumpel von Philipp macht da mit. Er hat extra Karten an der Kasse hinterlegt.«

Sie sieht, dass die Begeisterung mich nicht gerade wegspült.

»Willst du lieber nach Hause? Dich in dein Zimmer setzen und abwechselnd panisch vom Handy auf den Computer starren und warten, bis die nächste blöde Mail kommt? Bis dieses feige Arschloch dir wieder irgendeinen Scheiß schreibt und du die nächste Panikattacke bekommst?«

Ich schüttele nur den Kopf.

»Also. Dieser Typ hat sich wie ein Hausbesetzer in dir breitgemacht. Du musst ihn rausschmeißen. Und am besten geht das, wenn du dich ablenkst. Und dafür bin ich da.«

Sie strahlt mich richtig an. Ich bin irgendwie zu Julchens persönlichem Projekt geworden. Ich nehme meinen Mut zusammen. »Vielleicht wäre es ja ganz gut, wenn ich wüsste, wer sich in mir ausbreitet. Wer jedes Zimmer in meinem Kopf besetzt. Dann könnte ich ihn vielleicht noch besser rausschmeißen.«

Ganz direkt will ich sie ja nicht daran erinnern, aber eigentlich hatte sie doch versprochen, dass sie mir helfen wird herauszufinden, wer da seine fiesen Spielchen mit mir treibt.

»Vielleicht ist das gar nicht mehr nötig. Wenn der merkt, dass du dich nicht unterkriegen lässt, haut der bestimmt von ganz alleine ab. Sucht sich ein neues Opfer.«

Ich könnte jetzt sagen, dass ich nicht möchte, dass ein anderes Mädchen diese Angst hat. Aber das würde ja auch total undankbar klingen.

Im »Fusion« ist es irre voll und irre laut. Wir haben uns ausgerechnet einen Platz vor der Box ausgesucht. Die Bässe knallen in meinen Kopf. Von den Texten verstehe ich kein Wort. Hart prasseln die Worte auf mich ein. Durchdringen mich. Als ich es nicht mehr aushalte, kämpfe ich mich zum Klo durch, setze mich erschöpft auf einen Toilettendeckel. Zwei Lieder lang rede ich mit mir. Rede ich auf mich ein. Wie blöd ich bin. Ich bin mit Freunden unterwegs. Wir hatten einen tollen Tag im Kletterpark, waren essen und vergnügen uns jetzt noch auf einem Konzert. Das ist doch super! Das klingt doch nach einem richtig guten Tag. Ich habe die Blicke von zwei Girlies neben mir gesehen. Wie die Philipp und Thilo immer wieder bewundernd angesehen haben. Immer wieder versucht haben, deren Blicke auf sich zu ziehen. Aber Philipp und Thilo sind mit mir und Julchen hier! Außerdem ist Julchen meine Freundin. Julchen, die hübsch ist, witzig, unterhaltsam und immer gut gelaunt. Sie ist meine Freundin! Da ist irgendein Typ, der mir Angst machen will? Der soll sich verpissen.

Vorm Spiegel style ich mir mit Seife erst mal die Haare. Wenn man kein Gel hat, geht das ganz gut. Die Seife hier riecht sogar nach Kokos. Ich gucke mir auf kürzestem Weg in die Augen, nehme das Kinn ein bisschen höher und versuche ein Lächeln. So! Auf dem Weg zurück sehe ich plötzlich Paul. Er hängt mit ein paar Freunden an der Bar ab. Offenbar hat er heute seinen »Jungsabend«, deswegen ist Luise wohl zu Hause. Ich habe mir so viel gute Laune eingeredet, dass ich ihn sogar begrüßen will. Als ich gerade die Hand heben möchte, um ihm zuzuwinken, sehe ich ein Mädel neben ihm. Sehr nah neben ihm. Ich gucke schnell weg. Das will ich nicht sehen. Und ich will nicht, dass er sieht, was ich sehe. Ich drücke mich an ihm vorbei und versuche nicht an Luise zu denken, die vielleicht gerade eine SMS an Paul schreibt und immer wieder aufs Handy guckt und vergeblich auf eine Antwort wartet.

Ich bin total froh, dass Luise schon schläft, als ich nach Hause komme. Meine Eltern sind fast unerträglich beiläufig. Seit meinem Fenstersturz sind sie total verkrampft normal.

»War's nett?« Meine Mutter wirft die Frage eher vage in meine Richtung. Normalerweise hätte sie mich auf die Couch gezogen, in den Arm genommen und gebettelt: »Wie war es? Erzähl mal!« Sie hätte alles wissen wollen. Mit wem ich weg war, wie ich die Musik fand, ob ich getanzt hätte, wie die Stimmung war und so weiter. Sie saugt normalerweise alles auf. Wenn ich zu müde zum Reden bin, bettelt sie. »Mensch, gönn mir das doch. Ich kann doch selber nicht mehr weg. Ich bin doch jetzt erwachsen und sogar verheiratet. Ich kann doch nicht mehr tanzen und Bier aus der Flasche trinken und zu zweit aufs Klo gehen. Das fehlt mir so«, muss ich mir dann anhören.

Mein Vater verdreht dann regelmäßig die Augen. Natürlich macht sie nur Spaß, zumindest ein bisschen.

In letzter Zeit behandeln sie mich jedoch wie eine alte Fliegerbombe, die zufällig entdeckt wurde und jederzeit hochgehen kann. Sie tasten sich an mich ran. Sind auf der Hut, um sich jederzeit in Deckung bringen zu können.

Mein Handy erspart mir eine Antwort. Ich halte die Luft an, öffne die frische SMS. Sie ist von Julchen.

Ich bin es nur. Hab vergessen dir zu sagen, dass wir morgen ins Kino gehen. Fünf-Uhr-Vorstellung.

Die will es echt wissen.

»Hast du eine SMS bekommen?«, fragt meine Ma und tut dabei so, als würde sie in der Fernsehzeitung etwas lesen. Bloß nicht zu interessiert wirken. Blöderweise studiert sie das Programm von letztem Mittwoch. Irgendwie aber auch süß. Ich antworte ganz ruhig: »Ja, ich habe eine Shortmessage bekommen. Warum?«

»Nur so.«

Sie liest jetzt original die Film-Film-Empfehlung von Mittwoch. Ich kann mir genau vorstellen, was dieser Bleicher im Krankenhaus meinen Eltern geraten hat. »Bedrängen Sie Ihre Tochter nicht, halten Sie den Kontakt, seien Sie als Ansprechpartner da, aber wühlen Sie nicht in Lindas Gefühlen.« Meine Güte, ich habe Erziehungswissenschaften in der Schule. Was meine Eltern da spielen, ist so durchsichtig, dass es fast schon lustig ist. Fast.

Als ich Luise am Montagmorgen am Frühstückstisch treffe, habe ich fast ein schlechtes Gewissen. Mir ist es unangenehm, dass ich ihren Freund in so einer doofen Situation gesehen habe. Paul sah nicht so aus, als sei ihm das Mädel unangenehm gewesen.

»Heute Nachmittag ist klar, oder?«

Sie guckt mich über den Rand ihrer Kaffeetasse an. Ich hebe nur die Augenbrauen.

»Aktion Schwarzwälder Kirsch. Hast du das etwa vergessen?«

Ich schlucke schwer an meinem Müsli. Ich habe es wirklich vergessen. Mein Opa hat morgen Geburtstag. Und seit Jahren schon backen Luise und ich ihm dafür seine Lieblingstorte. Früher hat meine Oma das gemacht. Jedes Jahr eine wunderschöne Schwarzwälder Kirschtorte. Als sie das nicht mehr konnte, haben Luise und ich das übernommen. Die Anfänge waren eine Katastrophe. Zumindest optisch. Opa hat sich trotzdem jedes Jahr gefreut – oder so getan. Wir haben uns langsam verbessert. Und dieses Jahr ist es natürlich besonders wichtig. Jetzt, wo Oma tot ist.

»Ich bin mit Julchen fürs Kino verabredet«, sage ich matt.

Ich bereue es im selben Moment. Ich hätte nicken sollen, in der Schule hätte ich Julchen Bescheid sagen können, dass sie alleine ins Kino gehen muss – als ob Julchen alleine ginge. Sie könnte zehn andere Mädels fragen und alle würden mitkommen. Es wäre so einfach gewesen, aber jetzt fixieren mich Luises Augen kalt.

»Das verstehe ich natürlich. Wenn du mit Julchen verabredet bist, hat das natürlich Vorrang. Julchen ist ja schließlich deine neue Göttin. Du hast sie ja mindestens schon zwölf Stunden nicht mehr gesehen, oder? Was ist dagegen Opas Geburtstag? Nächstes Jahr kommt ja schon der nächste. Vielleicht.«

Sie lächelt zuckersüß und sieht mich gleichzeitig angewidert an.

Ich kann sie verstehen. Sie ist wütend, gekränkt, sauer, beleidigt, enttäuscht. Ich hätte gerne einen Rückspulknopf für die Zeit. So wie am DVD-Rekorder. Fünf Minuten würden reichen. In der neuen Version hätte ich gesagt: »Heute Nachmittag geht klar. Wir treffen uns um fünf an der Rührschüssel.« Wir hätten eine super Torte fabriziert. Mit einer Siebenundziebzig aus Sahne. Wir hätten den restlichen Teig mit einem Löffel aus der Schüssel gekratzt und genüsslich abgeleckt. Und vielleicht hätte ich Luise ein bisschen was erzählt. Von dieser Angst. Vielleicht hätte ich ihr sogar alles erzählt, und sie hätte es verstanden.

Plötzlich werde ich wütend. Nein, sie hätte natürlich nichts verstanden! Sie hätte geglaubt, dass ich wieder »Gespenster sehe«. Sie hätte sich was eingebildet darauf, dass ich offensichtlich ohne sie nicht zurechtkomme. Ich wäre wieder der Psycho gewesen. Überhaupt, diese Situation hier ist auch wieder typisch: Sie hat sich jetzt ausnahmsweise diesen Nachmittag frei gehalten und ich soll gleich springen. Sie gluckt ausnahmsweise nicht auf oder unter ihrem Paul und ich muss zur Stelle sein. Und was soll dieser Scheißspruch über Julchen? Die kümmert sich wenigstens. Sie ist die Einzige, die mir in meiner Angst beisteht. Die von dieser Angst weiß. Der ich davon erzählen kann. Julchen lenkt mich ab von mir.

»Nur weil dein Paulchen Panther gestern alleine auf der Rolle war, musst du deinen Frust nicht an mir auslassen«, antworte ich kühl.

»Paul hatte eine Familienfeier.«

»Coole Familie, dass die in einem Klub feiert.«

Der Satz trifft sofort. Ihre Augenlider flackern kurz. Sie holt hörbar Luft. Es rasselt ganz leise. Luise raucht zu viel. Sie will jetzt eigentlich nicht fragen, ich will nicht antworten. Aber ich habe die Runde eingeläutet. Sie kann nicht fliehen, muss sich den nächsten linken Haken abholen. Ich will ihr nicht wehtun. Aber wenn ich jetzt ginge, wäre das noch gemeiner.

»Klub?«

Ich weiß etwas, was sie nicht weiß. Ich halte den Ball in der Hand, sie steht schutzlos vor mir. Ich könnte sie jetzt abwerfen. Ich versuche danebenzuzielen.

»Ich habe Paul gestern noch im ›Fusion‹ gesehen. Mit ein paar Leuten. Vielleicht waren das ja auch ein paar Cousins und Cousinen.«

»Ja, vielleicht«, sagt Luise wie nach einem Streifschuss und geht steif raus.

So fühlt man sich also, wenn man anderen Angst einjagt. Nicht gut.

Ich bin auf beiden Seiten der Furcht nicht zu Hause.

Als ich mit dem Rad zur Schule fahre, sehe ich Luise an der Bushaltestelle sitzen. Sie hat das Handy gezückt, starrt auf das Display. Mich sieht sie nicht. Sie ist eine halbe Stunde vor mir gegangen. Der Bus kommt alle zehn Minuten. Wie viele SMS hat sie in der Zeit geschrieben?

Ich versuche gar nicht erst Julchen abzusagen. Sie würde es nicht dulden. Sie hat sich vorgenommen, mich wieder lachen zu machen. Wir haben bis drei Uhr Schule und fahren danach direkt in die Stadt. Zwischen ein paar Sandwiches und mehreren Latte tun wir sogar so, als wollten wir die Hausaufgaben erledigen. Natürlich kommen wir nicht weit. Lassen uns sogar von dem saudoofen Kellner ablenken, der für uns – oder vielmehr für Julchen – mit Pappbechern jongliert. Sie stupst mich an. »Siehste, es gibt genug bescheuerte Typen. Und sie sind fast alle harmlos.«

Fast. Das ist das Problem.

Wir verquatschen uns und müssen einen kleinen Spurt zum Kino einlegen. Philipp und Kai warten schon ungeduldig. Philipp hat allen Ernstes einen riesigen Eimer Popcorn gekauft. Ich habe mich immer gefragt, wer die nimmt – außer Eltern bei einem Kindergeburtstag. Wir gehen in einen absoluten Actionthriller. Eigentlich nicht mein Ding. Aber es ist nicht wichtig. Ich schaffe es sogar kurz, alle Bilder, die mich belasten, aus meinem Kopf zu verbannen. Sie zu verjagen. Aber plötzlich rieche ich unseren Backofen. Ich denke an Mama und Luise, wie sie mit dem Mehl rumsauen, völlig hektisch den Mixer suchen, feststellen, dass die Backform total verdreckt ist, sich erst mal einen Kaffee machen – wie jedes Jahr am Tag vor Opas Geburtstag. Ich lasse das Gummi ein paar Mal fest gegen die Haut am Handgelenk zischen. Es hilft. Mama und Luise verschwinden. Der Film auf der Leinwand macht mich vom Hinsehen fast atemlos. Schnelle Bilder, schnelle Schnitte und natürlich schnelle Autos, die schnell zu Schrott gefahren werden. So laut, dass ich mein Telefon nicht höre, sondern es nur vibrieren spüre. Mir stockt der Atem. Warum habe ich es nicht ausgeschaltet? Mir wird heiß und kalt. Dann ein Blick aufs Display: Ich atme auf. Da steht eine Nummer. Eine Nummer, die ich nicht kenne. Bei Kaktus steht da immer nur »anonym«. Der Feigling.

»Ja?«

»Hallo, du geiles Luder. Wie wäre es mit 'ner schnellen Nummer? Ich habe gerade Zeit.«

Ich drücke meinen Daumen zitternd auf den roten Telefonhörer. Das Gespräch ist vorbei. Das Zittern bleibt.

Da hat sich jemand verwählt. Da hat sich jemand verwählt. Da hat sich jemand verwählt. Da hat jemand nicht mich gewählt. Da hat jemand nicht richtig gewählt. Der wollte nicht meine Nummer. Wollte eine andere Nummer.

Ich hacke die Worte in mein Bewusstsein, muss mich an den Armlehnen festhalten, um nicht aufzuspringen. Ich befehle mir: löschen. Vergessen. Ignorieren.

»Alles gut?«

Julchens Hand liegt auf meinem Arm.

»Ja, ja. Falsch verbunden.«

Ich lege meine Hand auf ihre. Fühle den kalten Film in meiner Handfläche. Hoffentlich merkt sie das nicht.

Julchen wispert: »Warum hast du auch im Kino dein Telefon an? Mach es aus, ja?«

»Ja, ja«, flüstere ich zurück – stehe noch unter Schock und fummele umständlich daran herum. Da klingelt es wieder. Und diesmal hören es alle im Kino. Denn gerade genießen wir die einzige ruhige Szene des ganzen Schrottfilms. Was soll ich machen? Ich kann unmöglich nicht rangehen.

»Ja?«, flüstere ich.

»Geile Titten. Du hast Glück, ich habe heute Abend noch Zeit. Da kann ich dich so richtig rannehmen.«

Der Mann klingt brutaler als der erste Typ. Er hechelt auch nicht so. Ich bin angeekelt, fühle mich bedroht. Angewidert.

»Falsch verbunden«, sage ich knapp und versuche hart zu klingen.

Ich drücke den roten Hörer. Wieder und wieder. So lange, bis ich es schaffe, ihn zitternd ausdauernd genug auf der Taste zu halten, damit sich das Telefon abschaltet.

Die nächste Runde ist eingeläutet.

Ein paar Tage lang durfte ich in meiner Ecke sitzen. Mich erholen. Mir kurz vorstellen, ich könnte mich aus dem Ring stehlen. Ich bin ein bisschen zu Luft gekommen, die Stiche hatten aufgehört. Julchen hatte es echt geschafft. Für wie viele Stunden? Vierundzwanzig? Sechsunddreißig? Das zählt jetzt nicht mehr. Die Pause ist vorbei. Es geht wieder los. Habe ich wirklich geglaubt, mein Schatten hätte mich ziehen lassen? Natürlich steckt er dahinter. Alles andere zu glauben, wäre völlig naiv. Ich bin schon länger nicht mehr naiv. Gezwungenermaßen.

Der Rest des Abends vergeht wie ein Daumenkino. Ich bin nicht drin. Stehe davor. Ich spüre die ganze Zeit mein Telefon wie eine tickende Bombe in meiner Jackentasche. Springt jetzt gerade die Mailbox an? Hechelt gerade wieder ein Mann irgendeinen perversen Mist nach dem Piepton? Wie kommen diese Männer an meine Telefonnummer? Ist der Kaktus nicht alleine? Hat er die Nummer weitergegeben? Ich weiß genau, dass er das nicht selber war.

Plötzlich wird mir eiskalt.

Vielleicht ist er aber hier im Kino. Sitzt vielleicht ein, zwei Reihen hinter mir. Guckt sich amüsiert an, wie ich wieder in ein Loch aus Angst falle. Vielleicht kann er meine Angst sogar riechen. Als wäre ich ein verwundetes Tier.

Ich sehe schemenhaft ein paar Typen vor uns sitzen, stelle mir plötzlich vor, einer dreht sich zu mir um. Hat eine grässliche Grimasse. Wie in »Scream« oder so. In mir schreit eine Stimme zu laut. Ich höre mein Herz rasen, es pumpt in alle Richtungen, schlägt im Hals, in den Füßen, ganz tief in meinem Bauch. Gleichzeitig wird alles an mir fremd. Ich schaue auf meine Hände, die seltsam ruhig auf meinen Beinen liegen. Wie Handschuhe aus Fleisch. Ich fühle mich nicht mehr. Erreiche mich nicht mehr. Die Angst fährt Achterbahn mit mir. Lässt mich fallen, zittern, schleudert mich wieder hoch. Und die ganze Zeit sitze ich ganz ruhig da. Halte den Kopf gerade und oben. Ich funktioniere.

Wie durch einen Nebel erlebe ich den Rest des Abends. Irgendwann ist auch das letzte Auto kaputt, der letzte coole Spruch gesagt. Wie in Trance gehe ich mit raus. Ich höre mich reden. Höre erstaunt meiner Stimme zu. Kai hat mich angesprochen. Ich weiß nicht mehr, was er gesagt hat. Was ich gesagt habe, habe ich schon im selben

Moment vergessen. Ich bin ein schlechtes Abbild von mir. Noch nicht mal von der, die ich sein möchte. In meiner Tasche schlummert die Bombe. Wie viele sabbernde Anrufe sind da drauf? Wie viele obszöne Aufforderungen? Wie viele gestöhnte, gestammelte Bitten und Befehle? Wie viele dicke, hornige, fiese Finger haben meine Nummer gewählt? Es ist nicht, dass mir schlecht ist. Ich fühle mich vergiftet.

Irgendwann gegen ein, zwei Uhr nachts halte ich es nicht mehr aus. Ich habe stundenlang das Telefon angesehen, wie es tot und stumm auf dem Tisch liegt. Ich war im Niemandsland zwischen Wachen und Schlafen. Zwei Mal hatte ich das Gefühl, dass Telefon bewegt sich. Wie ferngesteuert stehe ich mit steifen Beinen auf. Hacke die vier Zahlen ein. Ich halte die Luft an. Der Briefumschlag erscheint. Dahinter eine Eins. Wenige Sekunden später steht eine Vierunddreißig da. Vierunddreißig Textnachrichten. Angewidert öffne ich die erste. Ein Typ namens Bernd schreibt mir, was er mit mir alles machen möchte. Mein Magen stülpt sich um. Das tut nur noch weh. Es kommt nichts mehr. Alles schon draußen. Die zweite SMS ist von Mike. Er schreibt nur: *kom ficken*. Ich lese vierunddreißig perverse, eklige Nachrichten. Alles in mir ist taub. Als Nachricht Nummer fünfunddreißig erscheint, tue ich es automatisch. Ich gehe auf die Nummer, drück den grünen Hörer. Es klingelt nur zwei Mal. Dann meldet sich ein Mann.

»Du hast es aber eilig.« Er klingt noch nicht mal unnett.

»Was wollen Sie von mir?« Ich klinge wohl unnett.

»Machst du jetzt auf unberührte Jungfrau, oder was? Stehe ich nicht so drauf.«

Ich will nicht wissen, auf was er steht. Ich *bin* noch Jungfrau. Schon diese vielen Worte fassen mich an Stellen an, die nur mir gehören. »Woher haben Sie meine Nummer? Warum schreiben Sie mir?«

»Pass mal auf, du Ziege. Wenn du keinen Bock auf 'ne Nummer hast, dann schreib nicht so 'n Scheiß. Dann pack deine Titten wieder ein.« Er klingt nun auch nicht mehr nett.

»Was soll ich nicht schreiben?« Ich schreie in den Hörer und hoffe, dass mein Opa nicht wach wird.

»Du bist doch Belinda, oder? Du bist heiß und rekelst dich feucht hier auf meinem Bildschirm.«

Belinda. Linda. Ein Foto.

»Wo?« Ich flüstere die Frage nur.

»Ich weiß ja nicht, wo du überall inseriert hast, ich hab dich auf ›2hot‹ gefunden.«

Ich kann nicht gut werfen. Es reicht aber. Das Handy zerplatzt, als es auf die Wand trifft. Wenn Opa jetzt wach geworden ist: scheißegal. Ich krieche auf allen vieren über den Boden. Sammle die Teile ein, das Display ist noch ganz. Ich stelle ein Stuhlbein drauf, setze mich unter Knirschen. Aus dem Regal greife ich mir einen Stein vom letzten Urlaub. Ich schlage zu. Zermalme alle Teile, die mir in die Finger kommen. Eine scharfe Kante bohrt sich in meinen Handballen. Ich wische das Blut an der Jeans ab, wo es einen hässlichen braunen Streifen hinterlässt.

In letzter Zeit gibt es in meinem Leben zu viel Blut.

Ich will es nicht.

Natürlich will ich es nicht.

Ich tue es ganz automatisch. Wie unter Zwang. Die Seite baut sich nur langsam auf. Immer mehr Bilder erscheinen. Viel Fleisch, viel Haut. Als »Girl des Tages« präsentiert sich Sabrina. Ihre dicken Brüste springen mich fast an. Sie hat sie mit den Händen umklammert. Zwischen den Fingern quillt das Fleisch raus. Sie hat den Mund geöffnet. Die Lippen sind nass und leicht nach außen gestülpt. Dahinter lauert eine fette Zunge wie ein hinterhältiges Tier. Mir wird schlecht. Immer wieder zieht sich mein Magen zusammen. Ich lese stockend, was Sabrina schreibt. Über ihre nasse Muschi. Und dass sie mal wieder ausreiten will. Ich hole tief Luft. Versuche mich zu konzentrieren. Ich finde ein Suchfenster. Meine Finger tippen »Belinda« ein. Ganz kurz hoffe ich auf einen Irrtum und weiß doch schon jetzt, dass mich hier gleich das Übelste erwartet. Ich lasse den Cursor auf »Suche« gleiten, tippe auf die Maustaste – und dann springe ich mich an. Riesengroß starre ich vom Monitor. Es ist das Foto vom Strand. Ich stehe da oben ohne. Der Busen ist nicht meiner. Schwer und prall hängt er an mir runter. Auch der Gesichtsausdruck ist nicht von mir. Der Mund wirkt größer, die Augenlider sind halb geschlossen. Aber ich bin zu erkennen. Ich bin eindeutig zu erkennen. Ich sehe dumm aus. Und so nackt. Der Schwall kommt über- raschend. Ich kann mich gerade noch zur Seite wenden, sonst hätte ich auf die Tastatur gekotzt. Auch aus der Nase kommt es geschossen. Überall habe ich diesen sauren Geschmack. Es ist nichts gegen das saure Gefühl in mir. Meine Gedanken schmecken wie verdorben. Ich sehe so verdorben aus. So schmutzig.

Belinda mag es, wenn die Wellen in ihrem Höschen kitzeln. Sie mag es gerne feucht. Du auch? Dann ruf sie doch mal an.

Meine Handynummer folgt.

Zum ersten Mal habe ich den Wunsch, nicht mehr leben zu wollen. Nicht nur, dass ich nicht mehr *mein* Leben leben möchte. Ich möchte einfach nicht mehr. Ich erschrecke mich vor mir selber. Aber ich bin von dem Ge- danken auch fasziniert. Da ist ein Ausweg. Es gibt doch eine Möglichkeit, das alles zu beenden. Einen Schlussstrich zu ziehen. Unter alles. Ich stehe schnell auf, mein Stuhl kippt hinter mir um. Habe *ich* das gerade gedacht? Ich lege mich unter die Bettdecke. Ganz. Das Bild kommt mit. Ist wie ein Bildschirmschoner hinter meinen Augenlidern. Ich gehe ins Bad, wasche mich. Rubbele mein Gesicht mit Peelingcreme. Im Spiegel sehe ich mich nicht. Nur das Foto vom Strand. Einzelne Worte tauchen auf. Feucht. Kitzeln. Ich gehe zurück in mein Zimmer, trete barfuß in einen Splitter vom Handy. Ich stelle fest, dass es wehtut. Wirklich spüren tue ich es nicht. Plötzlich die neue Angst. Was, wenn er mitkriegt, dass mein Handy kaputt ist? Gibt er dann demnächst meine Adresse an? Meinen richtigen Namen? Riesige Hände wringen meinen Magen aus. Es ist nichts mehr drin. In mir ist nur noch Säure.

6

Der Schlaf hatte irgendwann ein Erbarmen mit mir. Ist in mich gekrochen, hat von mir Besitz genommen. Nicht lange. Wahrscheinlich haben die Gedanken die ganze Zeit in mir gepocht. Riesige Hämmer in einem Bergwerk. Als die Kraft des Schlafes kurz nachließ, hat mich der klopfende Schmerz in meinem Kopf wieder ins Bewusstsein geholt. Ich werde mühsam wach. Sofort sind da wieder eklige Szenen in meinem Kopfkino. Szenen, bei denen ich mich schäme. Weggucke. Mir ist es immer unangenehm, wenn im Fernsehen oder im Kino Sexszenen gezeigt werden. Ich will das nicht sehen. Am schlimmsten finde ich Vergewaltigungsszenen. Warum wird das gezeigt? In mir zieht sich dann alles zusammen. Ich fühle mich als ungewollter Zuschauer, der nichts tut. Sich das nur ansieht. Ich schlinge meine Arme um mich, jetzt erst wird mir bewusst, dass ich immer noch meine Klamotten anhabe. Der Tag versucht mühsam sich durch den geschlossenen Rollladen zu pressen. Ganz dünne helle Streifen quetschen sich durch das Plastik.

Ich weiß nicht, ob ich das Klopfen nicht gehört habe. Oder ob Luise mal wieder nicht geklopft hat. Plötzlich steht sie neben mir.

»Wo bleibst du?«, fragt sie erstaunt.

Es ist ihr einfach zutiefst fremd, dass der Tag schon angefangen hat und ich noch nicht in der Küche sitze.

Sie schaut irritiert auf mich runter, starrt auf meinen Arm, sieht sofort, dass ich noch einen Pulli anhabe.

»Bist du schon angezogen?«

Ich nicke nur.

»Oder bist du noch angezogen?«

Ich mache die Augen zu. Will jetzt nichts erklären. Plötzlich schrecke ich hoch. Habe ich den Computer ausgemacht? Ist auf dem Bildschirm noch das Foto von mir? Luise sieht meinen Blick, guckt auch zu dem schwarzen Monitor. Guckt wieder zu mir und schlüpft dann unter die Decke.

»Stück mal ein Rück«, sagt sie leise und dieser Satz fühlt sich so wohlig an. Unsere Mutter sagt das immer. Findet das lustig. Wir haben sie damit immer aufgezogen und den Satz einfach irgendwann übernommen.

»Stück mal ein Rück« ist der Beginn des Kuschelns. Wie oft habe ich das Luise nachts ins Ohr geflüstert, wenn in meinen Träumen wieder Monster getobt hatten? Wenn ich mich dann an meine Schwester gekuschelt habe, lösten sich alle Dämonen in Luft auf.

Die Dämonen, die jetzt in meinem Kopf kreischen und wüten, lösen sich nicht auf. Aber sie werden ein bisschen leiser. Ich nehme einen tiefen Atemzug und rieche das Kokosgel von Luise. Luise ist der absolute Kokosfan. Ihr Gel riecht danach, ihre Bodylotion, ihr Badeschaum. Sie riecht immer wie ein Bounty. Ein bisschen nach Sonne, nach Urlaub, nach Strand. Und genau deswegen schiebt sich das Foto wieder vor mein inneres Auge. Ich am Strand, dicke Lippen, fleischige Brüste. Es ist so grausam.

Luise killert mich mit dem Zeigefinger am Hals. Eigentlich bin ich da total kitzelig. Heute nicht. Ich bin stumpf.

»Was ist los mit dir?«, will sie wissen.

Ich werde verfolgt. Ich werde tyrannisiert, gequält. Ich bin in meinem Leben nicht mehr zu Hause. Habe nur noch Angst. Unbändige Angst, die wie ein Orkan in mir wütet.

Ich habe das Gefühl, dass alle mich beobachten. Ich werde immer kleiner. Ich fülle meine Haut nicht mehr aus.

Soll ich das sagen? Soll ich sie bitten, mich zu beschützen?

Ja, vielleicht sollte ich das.

Ich kann es aber nicht. Meine Zunge ist gelähmt. Mein Mund zu trocken. Ich huste kurz, versuche mit ein bisschen Spucke die Lippen zu befeuchten.

»Ich glaube, ich habe mich erkältet«, fasele ich.

»Kannst du mich bitte, bitte anstecken. Morgen ist Berufsschule. Darauf habe ich überhaupt keinen Bock«, fleht Luise mit einem Grinsen im Blick.

Sie beginnt, an mir zu schnuppern. Wie ein Hund. Sie schnüffelt mit ihrer Nase über mein Gesicht, über meinen Hals.

»Wo sind die Bazillen? Her damit«, sagt sie lachend.

Vielleicht sind es nur zwei, drei Sekunden, die ich ihre Nähe genießen kann. Ich sauge sie auf, sauge sie ein.

Luise richtet sich auf. »Soll ich Ma Bescheid sagen, dass du krank bist?«

Es ist so verlockend. Einfach im Bett bleiben. Unter der Decke, hinter den Rollladen. Vielleicht kann ich die kleinen Schlitze mit Pappe zukleben. Ich würde den ganzen Tag Musik hören. Über Kopfhörer. Die Musik würde meinen Kopf fluten. Ich würde nichts sehen, nichts riechen, nichts sagen. Nur hören.

Aber ich weiß auch: So laut kann ich die Musik gar nicht drehen, dass sie die Stimme in mir übertönt. Ich kann mich nicht vor mir selber verkriechen. Das ist das Perverse. Ich muss mich gar nicht mehr vor ihm verstecken. Ich will vor mir selber fliehen. Mich von mir verabschieden.

»Nee, geht schon«, sage ich nur und setze mich auf.

Luise sieht die Plastikteile auf dem Fußboden.

»Was ist das denn?«

»Mein Handy.«

Sie guckt mich nur fragend an.

»Es ist mir runtergefallen.«

»Und dabei ist es so zersprungen?« Ihr Blick sagt: Willst du mich verarschen?

Meine Augen tasten mein Zimmer nach einer Erklärung ab. Sie werden fündig. »Es ist vom Bett gefallen, und die Hantel ist dann auch runtergefallen und direkt darauf. Totale Scheiße.«

Ihr Blick ist ein einziges Fragezeichen. Sie guckt von mir zu den Hanteln neben meinem Bett. Irgendwann habe ich mir in einem Anflug von sportlichem Wahn die beiden Teile und so ein Gymnastikband gekauft. An der Staubschicht darauf sieht man, dass mein sportlicher Ehrgeiz eher unterentwickelt ist.

»Die Hantel ist direkt auf das Handy gefallen und hat es zertrümmert?«

Luise weiß, dass ich lüge. Ich weiß, dass sie es weiß, und es ist mir egal. Ich nicke nur.

Sie nickt auch. »Hoffentlich ist die SIM-Karte noch heile. Dann kannst du wenigstens deine Nummer behalten.« Sie steht langsam auf, geht zu Tür und sieht sich noch mal um. »Verarsch mich nicht, Linda.« Ihre Stimme klingt enttäuscht. Dann ist sie weg.

Scheiße. Die SIM-Karte. Wenn die jetzt noch funktioniert, hat sich mein Anfall gar nicht gelohnt. Ich finde sie in dem Gehäuse. Der Chip leuchtet golden, die Karte ist natürlich unversehrt. Ich schneide sie mit einer Nagelschere durch und quäle mich Richtung Küche.

Es ist, als würde ich aus meinem persönlichen Verlies, meiner eigenen kleinen Folterkammer aufsteigen. Die Bühne betreten. Das Publikum sind in dem Fall meine

Mutter und Luise. Ich kenne meinen Text, versuche ihn runterzuspulen. Ich stelle auf Automatik. Nehme mir einen Tee, blättere in der Zeitung. Meine Mutter spricht mich an, irgendwas Belangloses. Ich fixiere meinen Blick auf ihren Mund, konzentriere mich auf jedes Wort. Es ist so anstrengend, jetzt normal zu sein. Ich bin erleichtert, als ich gehen darf. Ja, jetzt muss ich raus. Auf die ganz große Bühne, wo ich von allen Seiten sichtbar bin. Egal. In unserer Küche war mir zu viel Nähe.

Deswegen kann ich auch den Bus heute nicht nehmen. Obwohl es regnet. Ich kriege Atemnot, wenn ich daran denke, mit fremden Menschen eingeschlossen zu sein. Das kann ich nicht. Es fällt mir sonst schon schwer. Heute geht es nicht. Ich lasse mir Zeit, fühle mich unendlich müde und achte darauf, angemessen zu spät zu kommen. So spät, dass ich keine Gespräche mehr führen muss, so früh, dass ich nicht in den Unterricht platze und alle Augen auf mich ziehe. Ich schaffe es gerade noch, vor Herrn Lück in den Klassenraum zu schlüpfen.

In der ersten großen Pause gehe ich zum Büdchen gegenüber. Ich stelle mich geduldig an. Warte, bis ungefähr fünf Fünftklässler sich ihre Mischungen aus Lakritz, Weingummi und sauren Zungen zusammengestellt haben. Als ich dran bin, weiß ich gar nicht, was ich nehmen soll. Ich hatte mich nur angestellt, um nicht mit jemandem reden zu müssen. Ich greife wahllos zu, schnappe mir zwei Schokomüsliriegel und drei Packungen Kaugummi. Die zweite Pause verbringe ich auf dem Klo. Ich schiebe stumpf die Riegel in mich rein, falte Papierflieger aus Klopapier, höre zu, wie nebenan jemand kackt. Im Spiegel gucke ich in zwei blasse Augen. Meine Haut, meine Augenringe, meine Lippen, meine Augenfarbe. Alles wirkt grau. Hellgrau, mattgrau, dunkelgrau. In mir ist das Licht aus.

Warum können Luise und ich eigentlich keine einei-
igen Zwillinge sein? Dann würde ich mich nicht so alleine
fühlen. Oder wäre ich noch einsamer, weil nur die Hülle
identisch wäre?

In der sechsten Stunde halte ich die selbst gewählte
Wortlosigkeit nicht mehr aus. Es muss raus, aber ich will
es nicht sagen. Ehe ich es mir anders überlegen kann,
schmiere ich es auf einen Zettel: *Guck auf www.2hot.de. Such
Belinda. Hilf mir.*

Ich schiebe den Wisch schnell zu Julchen rüber. Obwohl sie den Kopf gesenkt hält, ahne ich, wie sie die Stirn
kräuselt. Ich bin so froh, dass sie mich jetzt nicht ansieht.

Ich habe es vergessen. Ich bin nach der Schule noch
schnell mit Julchen nach Hause und habe mir Ali ausgeliehen. Ich brauchte einfach einen Waldspaziergang. Und
zwei Hundeohren, die sich meine Sorgen anhören. Wenn
er mich mit seinen Frolic-Augen ansieht, habe ich wirklich das Gefühl, er würde direkt in mein Herz gucken und
alles verstehen. Manchmal, wenn ich länger nichts gesagt
habe, schleckt er an meiner Hand. Am besten ist es aber,
wenn ich mich vor ihn auf den Boden setze. Dann legt er
seine Schnauze auf meine Schulter. Das ist so gut. Und
mir ist es scheißegal, wenn hinterher alles vollgesabbert
ist. Als ich gegen halb vier nach Hause komme, sitzen sie
schon da. Mein Opa, zwei alte Arbeitskollegen von ihm,
der Nachbar aus dem Kleingartenverein, Tante Mechthild,
die Schwester von meiner Oma, natürlich meine Eltern
und Luise, die wohl sogar eher nach Hause gekommen ist.
Ich stehe im Türrahmen wie ein Fremdkörper.

»Linda, Kind, da bist du ja«, freut sich mein Opa.

Natürlich ist er nicht böse, dass ich zu spät bin. Er freut
sich wirklich, mich zu sehen. Dass ich kein Geschenk
habe, nimmt er lächelnd zur Kenntnis.

Ich stammele etwas von: »Habe ich bestellt. Ist nicht rechtzeitig gekommen.« Er winkt ab. Das interessiert ihn überhaupt nicht.

»Danke für die Torte. Die habt ihr wieder ganz toll hingekriegt«, sagt er. Mein Blick schnellt zu Luise.

»Das machen Linda und ich doch gerne«, betont sie und schaut mich eiskalt an. Das macht sie nicht für mich. Das macht sie nur für unseren Opa.

Das Geschnatter um mich fängt mich ein. Es sind keine dicken Seile, die mich festhalten. Da wird kein Netz gesponnen, in das ich mich fallen lassen könnte. Es sind eher dünne Nylonfäden. Aber wenn ich mich nicht bewege, ist es die Illusion von Halt. Es sind die immer gleichen Geschichten. Tausend Mal gehört. Manchmal im Dialog erzählt. Jeder weiß, wann sein Einsatz kommt.

Opas Kleingartenkumpel packt wieder die Geschichte von der Maulwurfjagd aus, irgendwann in den Siebzigern, und wie sie mit Lärm versucht haben, den Kerl zu vertreiben.

Tante Mechthild winkt wie immer nach der ersten Tasse Kaffee ab, weil sie sonst abends nicht einschlafen könne. Dafür kippt sie roten Sekt in sich rein und wird immer aufgekratzter.

Irgendwann fängt Luise an, mit den beiden alten Kollegen von Opa Skat zu spielen. Was sie nicht kann, was die beiden alten Männer aber nicht interessiert. Mama macht dann für alle belegte Brote, die dann Schnittchen heißen. Sie sticht mit einem Glas sogar runde Scheiben aus dem Brot aus, weil sie das vor Kurzem in einer Kochsendung gesehen hat. Später kommt dann noch mal der Rest von der Schwarzwälder Kirsch auf den Tisch, weil mein Opa »so einen süßen Zahn hat«, und um neun Uhr bringt mein Vater alle nach Hause.

Ich verabschiede mich ebenfalls. Will jetzt nicht mit

Luise und Ma alleine sein. Ich ziehe mich im Dunkeln aus, krieche in mein Bett wie in eine Höhle. Versuche nicht daran zu denken, dass irgendwelche Männer vielleicht gerade sabbernd vor meinem Foto sitzen, immer wieder meine Handynummer anwählen, sich obszöne Dinge vorstellen.

Ich bin spät dran am nächsten Morgen. Umso mehr erschrecke ich mich, als mir an der ersten Straßenecke Julchen den Weg versperrt. Sie lehnt am Auto ihres Bruders.

Als sie mich sieht, kommt sie mir entgegen.

»Ich habe seit gestern Mittag ungefähr fünftausend Mal versucht dich zu erreichen. Ich habe dir bestimmt zwanzig Mal gesimst. Warum meldest du dich nicht?«

Sie klingt echt besorgt und hält mir die Tür von Philipps Wagen auf.

»Steig ein. Philipp fährt uns. Dann können wir in Ruhe reden.«

Philipp hält sich zum Gruß die Hand an die Stirn, als ich hinten reinklettere. Julchen kommt mit nach hinten. Ich fühle mich wie im Taxi. Sie hat einen Zettel in der Hand. Er ist zusammengefaltet. Ich weiß trotzdem, was es ist. Ich sehe sie erschrocken an. Gucke wieder zu Philipp. Ich will nicht, dass er auch dieses fiese Foto gesehen hat.

Julchen winkt ab. »Mach dir deswegen keine Sorgen. Du hast echt andere Probleme.«

Sie hat recht.

»Linda, wir müssen jetzt echt was unternehmen. Das geht zu weit.«

Ich bin ein bisschen erstaunt. Als hätte ich bis jetzt immer gesagt: ach, alles nicht so schlimm. Lass mal.

»Wir könnten zum Jürgens gehen. Der ist immerhin Vertrauenslehrer. Und Informatik gibt der auch. Der kennt sich mit so Internet-Schweinereien vielleicht aus und kann uns helfen.«

Dieses »uns« tut gut. Die Idee ist unbrauchbar.

»Meinst du wirklich, ich sage irgendeinem Pauker, er soll mal ins Netz gehen, um sich da perverse Fotos von mir anzugucken? Das ist nicht dein Ernst.«

»Ich habe mir schon gedacht, dass du da keinen Bock drauf hast.«

Julchen lehnt sich zurück.

»Dann doch Plan A. Ich werde dieses Schwein ködern. Aber dafür musst du mir einfach noch irgendeinen Tipp geben. Wie soll ich ihn sonst auf mich aufmerksam machen? Ich muss irgendwas schreiben oder erwähnen, auf das er anspringt.«

Ich nicke stumm. Seufze tief. Ist jetzt auch egal.

»Komm heute Abend zu mir. Dann zeige ich dir alles.«

»Zeigen?«

»Ich habe unsere Gespräche ausgedruckt. Du kannst alles lesen. Vielleicht hilft es ja wirklich.«

Ihr Blick sagt: Warum hat sie das nicht längst erzählt? Warum hat sie mir das nicht längst gegeben? Ihr Mund bleibt stumm. Gott sei Dank.

Am Nachmittag schaffe ich es erstaunlicherweise, mich auf das Physik-Referat vorzubereiten. Zusammen mit Merlin ackere ich mich durch die Gravitation. Ich weiß nicht, warum Merlin mich als Referatspartner ausgesucht hat. Alles, was mit Physik zu tun hat, versetzt mich in eine Art Wachkoma. Als würden sämtliche Türen in meinem Kopf mit einem lauten Knall zufliegen und die Gedanken würden verzweifelt an den Klinken rütteln. Es ist gar nicht so, dass ich Physik doof finde. Dafür müsste ich ja zumindest eine leise Ahnung haben, um was es geht. Die habe ich leider nicht. Als es an der Tür geklingelt hatte und meine Mutter »Linda, Besuch für dich« nach unten rief, war mir kurz sehr übel geworden.

»Das ist er«, hatte in riesigen flackernden Buchstaben

in meinem Kopf gestanden. Als Merlin dann zur Tür reinkam, war ich echt erleichtert gewesen. Selbst Physik kann mich nicht mehr schocken. Alles ist relativ geworden in den letzten Wochen. Ganz geduldig führt Merlin mich durch das Thema.

»Jetzt kümmern wir uns um Gal«, erklärt er.

»Kenn ich nur als Seife. Gallseife. Ist super gegen ganz hartnäckige Flecken. Echt.«

Er grinst mich an.

»Ich glaube, Frauen sind doch nur für die Hausarbeit da. Ihr solltet einfach weiter am Fluss die Wäsche waschen, von mir aus mit Gallseife, und wir Männer erobern die Welt.«

»Und werdet entweder vom Mammut gefressen oder bringt euch im Kampf um die schönste Frau gegenseitig um. Da sitze ich doch lieber am Fluss«, sage ich. Merlin bringt mich zum Schmunzeln. Und das beim Physiklernen!

Der Gute erklärt mir wie einem kleinen Kind, dass mit Gal die Erdbeschleunigung gemessen wird. Wir rasen also gerade mit soundso viel Gal durchs All. Komische Vorstellung. In meinem Teil des Referats geht es auch noch um Erdanziehung. Ich möchte eigentlich nicht nur von der Erde angezogen werden, sondern am liebsten von ihr verschluckt werden. Es scheint so zu sein, dass die Erdanziehung davon abhängt, wie viel Masse gerade unter einem ist. Ich dachte immer, die sei überall gleich. Auch die Gezeiten, Ebbe und Flut und so, hängen von der Erdanziehung ab. Und von der Rotation der Erde und des Mondes. Für einen kurzen Moment bin ich fasziniert. Meine Gedanken fangen an zu schlendern. Von Flut und Ebbe ist es nicht weit bis zum Strand. Und da sehe ich mich wieder am Strand stehen. Sehe meine nackte Haut, meinen devoten Blick. Fühle mich so schmutzig. Ich habe Mühe, mich auf die einfachsten Dinge zu konzentrieren. Merlin merkt nichts. Er redet weiter. Macht seinen Plan, wer welchen Teil des Referats hält, was wir für Folien dazu zeigen, achtet darauf, dass ich den Part bekomme, bei dem noch nicht mal schwierige Wörter, geschweige denn schwierige Zusammenhänge vorkommen. Er ist echt nett. Richtig lieb. Und ein bisschen beneide ich ihn. Er geht jetzt wieder zurück in sein langweiliges Leben, wo Ebbe und Flut sich nur durch ein paar Zentimeter voneinander unterscheiden. Mir wird gerade schon wieder der Boden unter den Füßen weggespült. Wenn ich heute Mittag irgendwas gegessen hätte, würde ich jetzt kotzen. Erst jetzt merke ich, wie nah wir zusammensitzen. Ich lehne mich sofort zurück. Dabei wische ich aus Versehen mein Buch vom Tisch. Wir bücken uns gleichzeitig und ich spüre, wie Merlin mir in den Ausschnitt glotzt.

Die meisten sexuellen Übergriffe finden nicht von Fremden statt, sondern von Tätern aus dem vertrauten Umfeld.

Das habe ich kürzlich gelesen. Das Zimmer wird plötzlich zu eng. Ich beende das Treffen sofort. Bin ich der Lösung nah oder von Misstrauen zerfressen?

Ich sehe Julchen beim Lesen zu. Sie hat Ali mitgebracht, der auf meinen Füßen liegt. Ich streichle ihn und es tut gut. Als sie reinkam, habe ich ihr sofort die Ausdrucke gegeben, wir haben uns nicht lange mit Geplänkel aufgehalten. Ich schaue zu, wie ihre Augen die Zeilen abtasten. Obwohl für mich die Blätter auf dem Kopf liegen, weiß ich sofort, wo sie gerade ist. Was sie gerade liest. Sie erfährt so viel über meine Träume, über meine Ängste. Sie stöbert in meinem Innersten. Und wahrscheinlich spürt sie auch, wie der Ton weicher wird. Wie die Wörter sich näherkommen. Vielleicht registriert sie auch die Uhrzeiten. Julchen weiß jetzt, dass ich nachts hier gesessen habe und mit einem wildfremden Jungen gechattet habe. Dass ich wie eine Zwiebel immer Schichten abgelegt habe. Schutzschichten. Wie verletzlich ich mich gemacht habe. Meine fast geheimen Wünsche habe ich geschildert. Und Gefühle, die man nur nachts im Dunkeln formulieren kann. Wie klein ich mich oft fühle. Wie vorsichtig ich mich oft durchs Leben taste. Wie tief in mir der Dorn des Zweifels steckt. Dass ich nicht genüge. Dass ich das Leben nicht begreife, nicht zugreife. Wie oft ich danebenstehe. Neben mir und neben dem Leben.

Kaktus hat es mir so leicht gemacht. Auch er wirkte gleichzeitig so kratzig und so zart. So wie ich mich oft fühle. Er gab zu, wie verzweifelt er oft sei. Weil er sich einsam fühle und so müde. Auf der anderen Seite liebe er aber seinen Panzer, der ihn nach außen schützt und es drinnen schön warm hält. Ich wusste genau, was er meint. Ich beobachte Julchen, versuche zu erahnen, was sie wohl gerade denkt. Aber sie hält den Kopf gesenkt, konzentriert sich auf die Mails, macht sich ab und zu Notizen. Sie schreibt Begriffe wie »Sehnsucht«, »Flugzeuge«, »Hörspiele« auf.

Am peinlichsten ist, dass auch Julchen vorkommt – in den Mails. Nicht namentlich, aber sie wird sofort wissen, dass sie gemeint ist. Und sie wird gleich erfahren, wie wichtig sie für mich ist. Wie beeindruckt ich von Anfang an von ihr war, wie ich mitgerissen wurde von ihrer guten Laune, ihrem Tatendrang.

»Sie verschlingt mich wie ein Sog. Ein Sog aus Lachen und Leichtigkeit und ich hoffe so sehr, dass sie mich nicht so schnell wieder ausspuckt«, habe ich über Julchen geschrieben. Wenn ich das jetzt so lese, fühle ich mich wie ein Hündchen, das aus dem Tierheim geholt wurde und sich nun über jeden dahingeworfenen Fleischbrocken freut.

Komisch, heute klingt »Sie verschlingt mich wie ein Sog« nicht mehr so nett.

Auch die Passagen über sich selber liest Julchen scheinbar unberührt. Ganz konzentriert studiert sie Satz für Satz, lässt sich nichts anmerken. Als sie das letzte Blatt umgedreht hat, guckt sie mich ganz ruhig an. Sie macht sich nicht lustig über mich und meine Naivität. Sie verdreht nicht die Augen über meine Dummheit. Sie macht keinen dummen Spruch über meine Ängste. Das rechne ich ihr hoch an. Aber natürlich wird sie denken: »Wie kann man nur so blöd sein?«

Eine Frage, auf die ich schon seit Wochen vergeblich eine Antwort suche.

»Und das war es dann«, stellt sie fest und deutet auf das letzte Blatt.

»Ja. Und nein. Zumindest im Chat. Da hat er sich nicht mehr blicken lassen. Und ein paar Tage später fing dieses gemeine Spiel an.«

»Und bist du auch ganz sicher, dass er im Chat nicht mehr war?«, vergewissert sich Julchen.

»Nein, er war raus. Sein Profil war abgemeldet. Ich habe sogar ein paar Leute angequatscht, mit denen er sich auch ein paar Mal unterhalten hat. Aber alle haben geblockt. Als hätte er allen gesagt: »Haltet mir bloß diese dumme Kuh vom Hals.«

Julchen nimmt meine Hand, die auf dem Tisch zwischen uns lag. Mir ist es ein bisschen peinlich, dass die Hand etwas klebrig ist. Das ist mir einfach alles so peinlich. Und da kriege ich nun mal nasse Hände. Schnell fange ich wieder an, Ali zu streicheln, suche seinen warmen Blick.

Wahrscheinlich tue ich ihr unendlich leid. Es war ja nicht schwierig, zwischen den Zeilen zu lesen, dass ich mich schon ein bisschen verliebt hatte. In ein schönes Bild, das mir ein Arschloch hingehalten hat. Ob er wohl von Anfang an vorhatte, mich erst mit weichen Worten zu ködern, um dann umso hinterhältiger loszuschlagen? Oder ist er erst auf die Idee gekommen, nachdem er sich das Foto von mir im Netz angesehen hatte? Und vor allem: Was wird er sich noch ausdenken? Und warum? Warum will er mich so fertigmachen? An den Rand des Wahnsinns bringen. Oder noch ein Stückchen weiter. Törnt ihn das an? Geilt er sich daran auf? Oder habe ich mir – ohne es zu wissen – einen Feind gemacht? Womit könnte ich jemanden so verletzt haben?

Julchen haut mit der flachen Hand auf den Stapel. »So!«

»So?«

»Jetzt wird dieses Arschloch was erleben.«

»Ja?« Ich würde ihr so gerne glauben.

»Ja! Jetzt habe ich Futter. Jetzt weiß ich, welche Köder ich ihm hinwerfen muss. Da wird er nicht widerstehen können.«

Sie hört sich an, als wüsste sie, was sie tut. Tun will. Sie steht mit einem Ruck auf. Schnappt sich ihre Tasche. Sie wirkt so bestimmt.

Als sie auf dem Schreibtisch die kläglichen Reste von meinem Handy und die zerschnittene Karte liegen sieht, nickt sie nur.

In der Tür dreht sie sich noch mal um.

»Und besorg dir schnell ein neues Handy, damit ich dich erreichen kann, wenn wir auf die Piste wollen. Du musst dich nicht mehr einschließen.«

Als ich sie und Ali zur Tür bringe, höre ich meine Ma von oben nach mir rufen. Sie hat sich in meinem alten Zimmer neben Luise eine Bastelstube eingerichtet. Da bereitet sie auch ihren Unterricht vor. Offiziell ist sie Sonderpädagogin für den Kunst- und Textilunterricht. In Wirklichkeit heißt das, dass sie behinderten Kindern zeigt, wie man mit Kleber, Stoff oder auch Farbe unnützen Krams herstellen kann. In einem dicken Zoff habe ich ihr mal gesagt, dass ihr »Basteln für Bescheuerte« der letzte Mist sei. Am nächsten Tag hat sie mich mitgezerrt in ihre Schule. Am Anfang fand ich es fast unerträglich, wie nahe einem die Kids kommen. Die kannten echt keine Grenze. Die wollten mich anfassen, ein Mädchen hat mich sogar auf die Wange geküsst. Ein älterer Junge wollte unbedingt meine Hand halten. Ich hätte am liebsten um mich gehauen. Meine Mutter hatte damals grinsend danebengestanden. Auch als die Fragen kamen. Ob ich jetzt auch auf ihre Schule gehen würde. Ob ich einen Freund habe. Ob ich Süßigkeiten in meiner Tasche hätte.

Ich habe damals richtig gespürt, wie ich gekämpft habe. Um Haltung und Distanz. Ich war permanent im Rückwärtsgang. Angespannt und auch irgendwie peinlich berührt. Ich wäre am liebsten sofort wieder gegangen. Das konnte ich nicht. Dann hätte ich gekniffen – vor ein paar halbwüchsigen Behinderten.

Ich glaube, schon nach der ersten großen Pause fing meine Starrheit zu bröckeln an. Irgendwie waren die Kiddies auch witzig. Sie waren so echt. In allem. Ganz konzentriert – egal ob beim Ausschneiden von Sternen, beim Weben kleiner Teppiche, beim Essen der Pausenbrote, beim Streiten um einen Kasten Wasserfarbe. Ich hatte den Eindruck, egal, was sie taten, sie taten es mit aller Kraft, ohne nach vorne oder hinten zu gucken. Ehrlich gesagt: Ich fand das beneidenswert. Als gäbe es keine Erinnerung, keine Zukunft. Nur das Jetzt. Seitdem habe ich mir das Wort »Bescheuerte« verkniffen.

Ich gehe hoch zu meiner Mutter. Sie sitzt da bis zu den Schultern in Pappmaschee.

»Süße, kannst du mal eben unten nachgucken. Ich glaube, die Kartoffeln sind jetzt fertig. Kannst du die abstellen?«

Ich ahne Böses. Wahrscheinlich sind die Kartoffeln angebrannt. Dann muss ich jetzt den Topf schrubben, prüfen, ob von den Kartoffeln noch was zu retten ist, was dann in die Pfanne wandern müsste. Ich habe Glück. Meine Mutter hat vergessen, den Herd überhaupt anzustellen. Ich hole das nach und gehe wieder hoch. Meine Ma seift gerade einen Luftballon mit dem Pappmatsch ein.

»Die Kartoffeln hatten sich jetzt so weit an das Wasser gewöhnt, dass wir sie jetzt ruhig darin erhitzen können, ohne dass sie sich zu sehr erschrecken.«

Sie guckt mich fragend an, versteht dann offenbar und sieht zufrieden aus. »Dann habe ich ja hier noch etwas Zeit«, freut sie sich.

Ich frage mich, warum sie Luise nicht gerufen hat. Unter ihrer Zimmertür sehe ich einen Lichtschein. Auf mein Klopfen reagiert sie nicht. Ganz vorsichtig öffne ich die Tür einen Spaltbreit. Luise liegt auf dem Bett, Kopfhörer auf den Ohren, ein paar zerknüllte Taschentücher auf dem Kissen. Sie hat das Gesicht zur Wand gedreht. An ihrem zitternden Rücken und den angespannten Schultern sehe ich, dass es ihr nicht gut geht. Ich könnte jetzt ganz leise wieder die Tür schließen. Von außen. So tun, als hätte ich nicht mitbekommen, dass es ihr schlecht geht. Aber das schaffe ich nicht. Ich knie mich vor ihr Bett, lege leicht meine Hand auf ihren Oberarm. Sie schreckt zusammen, reißt den Kopf zu mir rum. Ihr Blick sagt, dass sie sich jemand anderen erhofft hat. Ihre Augen füllen sich wieder und sie dreht den Kopf wieder weg. Ich bleibe einfach da sitzen. Ich kann hören, dass sie irgendeine sehr traurige CD hört. Viel Klavier. Ein paar Mal holt sie ganz tief Luft. Jedes Mal hoffe ich, dass sie endlich was sagt. Natürlich könnte ich fragen. Aber ich habe Angst, dass sie mich mit einer Lüge abspeist. So wie ich sie gestern Morgen. Dass sie mir nicht die Wahrheit sagen will, weil ich nicht mehr die bin, der sie alles sagen kann.

Meine Füße schlafen langsam ein. Ich bewege mich trotzdem nicht. Damit würde ich den Moment ausknipsen. Luise würde sofort denken, dass ich gehen will. Sie ist gerade so verletzlich wie ein Schmetterling. Auch so schreckhaft. Sie ist oft so laut, so bestimmt und bestimmend. Sie ist oft so stark. Doch ich kenne auch ihre andere Seite. Wenn ihre Augenlider ganz leicht flattern. Sie die Hände ganz tief in die Taschen steckt, die Schultern hochzieht. Genau in dem Moment, als meine Mutter von unten ruft, »Mädels, Essen ist fertig«, sagt sie leise: »Ich glaube, es ist aus.«

Ich schiebe ihren Kopfhörer nach hinten.

»Warum glaubst du das?«

»Das weißt du doch genau. Du hast ihn doch gesehen. Nach der Familienfeier.«

Sie lacht unlustig und mit viel Rotz im Hals.

Natürlich könnte ich jetzt behaupten, dass Paul an dem Abend im »Fusion« total genervt aussah. Dass er sich überhaupt nicht amüsiert hätte. Dass die Leute, die bei ihm standen, extrem uncool waren, wie Cousins vom Land. So richtig peinlich. Wenn ich mich total anstrengen würde, könnte ich auch lügen, dass Paul sich gefreut habe, als er mich sah, weil er für einen Moment die Hoffnung gehabt habe, dass Luise auch da sei. Ich schaffe das nicht. Ich will Luise nicht in warmen Worten baden, weil ich ja ahne, dass die kalte Dusche kommt.

»Warum glaubst du, dass es vorbei ist?«

»Ich habe ihn angerufen. Ein Mädel ist an sein Handy gegangen. Hat gesagt, ich soll einfach gleich noch mal anrufen.«

Ich kann nicht anders. Ich muss ihr Hoffnungen machen. Auch weil ich sehe, dass sie kaum noch Tempos hat.

»Aber das heißt doch nichts. Vielleicht ist er gerade in einer Kneipe und die Freundin von irgendeinem Kumpel ist an das Handy gegangen, weil Paul gerade pinkeln ist. Kann doch sein.«

»Paul ist krank. Wir wollten heute Abend eigentlich ins Kino, aber er hat abgesagt. Ich habe noch vorgeschlagen, ihm Erkältungstee und Halsbonbons vorbeizubringen. Wollte er aber nicht. Natürlich nicht.«

Sie lacht wieder gekränkt.

»Das Essen ist fertig«, brüllt meine Mutter wieder. Schon leicht vorwurfsvoll.

»Komm, lass uns runtergehen. Sonst kocht sie nie wieder was«, lenke ich ab.

»Dann sollten wir auf gar keinen Fall gehen«, kontert Luise.

Direkt nach dem Essen gehe ich wieder mit hoch zu ihr.

Sie legt sich gleich wieder aufs Bett. Ich lege mich daneben. Wir starren beide einem fetten Engel ins Gesicht. Luise hat den vor einiger Zeit selber dahin gemalt. Einen blaugrauen Himmel, pralle weiße Wolken und hinter einer guckt dieser Engel hervor. Er sieht sehr feist und sehr frech aus. Wenn man genau hinsieht, erkennt man sein Piercing und ein tätowiertes Herz auf dem Oberarm.

»Ruf ihn einfach noch mal an«, sage ich irgendwann.

»Du spinnst wohl. Ich laufe ihm doch nicht hinterher.«

»Aber sonst machst du dir den ganzen Abend einen Kopf. Du wirst nicht schlafen können, dich in die absoluten Horrorvorstellungen reinsteigern. Irgendwann, wenn du kurz vorm Durchdrehen bist, wirst du doch kurz einnicken, aber schnell wieder mit Herzrasen aufwachen und dich weiter quälen. Morgen früh wirst du völlig erledigt sein. Du wirst nichts essen können und so kacke aussehen, dass Paul wirklich einen Grund hätte, an seiner Liebe zu dir zu zweifeln.«

»Das hört sich ja fast so an, als hättest du das alles schon erlebt.«

Natürlich könnte ich jetzt sagen, dass ich genau weiß, wie Angst sich anfühlt. Wie sie in der Dunkelheit immer größer wird. Dass sie immer lauter in einem lärmt, je leiser es drumrum wird. Sage ich aber nicht.

»Ruf ihn einfach an. Was spricht denn dagegen? Du bist seine Freundin, nicht irgendein Girl, das ihm hinterherläuft. Wahrscheinlich hat ihn irgendein Kumpel bequatscht, noch rauszugehen. Du weißt doch, wie Jungs sind. Dann kommt so ein blöder Spruch wie ›Stell dich nicht an wie ein Mädchen‹ und schon sind sie wieder fit.«

Ich weiß gar nicht, ob ich möchte, dass sie sich vertragen. Dass Paul und Luise gleich wieder kichernd und säuselnd an ihren Telefonen hängen. Ich bin echt kein Fan von Paul. Er ist mir zutiefst unangenehm. Ich finde eigentlich auch, dass Luise etwas Besseres verdient hätte. Allein optisch schon. Paul ist sogar ein oder zwei Zentimeter kleiner als Luise. Seit Wochen kann sie nur in superflachen Schuhen rumlaufen. Könnte mir eigentlich recht sein, weil ich mir seitdem permanent die geilsten Treter bei ihr ausleihen kann. Aber trotzdem werde ich wütend darüber, wie klein Luise sich für einen Typen macht.

»Und wenn wieder das Mädel rangeht?«

»Dann fragst du sie, ob sie kein eigenes Telefon hat oder ob sie die persönliche Assistentin von Paul ist.«

»Und wenn sie dann sagt, dass sie Pauls Freundin ist? Was mache ich dann?«

Ich überlege. Luise ist so verzweifelt.

»Dann sagst du ganz fröhlich: ach wie schön, dass Paul sich schnell mit irgendjemandem getröstet hat. Er war ja so fertig, nachdem ich mich von ihm getrennt hatte.«

Ich finde meine Idee ganz gut. Schön gemein.

»Das schaffe ich nicht.« So ein Satz aus Luises Mund hat Seltenheitswert. »Kannst *du* da nicht mal anrufen?«

Sie klingt richtig verzagt. Fast schüchtern. Und sehr bittend. Sie muss sehr verzweifelt sein.

»Und was soll ich dann sagen?«

Ich hoffe so sehr, dass ihr nichts einfällt. Dass ich nicht anrufen muss. Ich bin mir einfach ziemlich sicher, dass Paul jetzt gerade mit der Schnalle aus dem »Fusion« in einer Kneipe sitzt und wahrscheinlich gerade eine Hand auf ihrem Oberschenkel oder ihrer Schulter parkt.

Luise hat eine Idee: »Du könntest so tun, als würdest du mich suchen. Frag ihn doch, wo er gerade ist und ob ich auch dabei bin. Tu einfach so, als müsstest du mich dringend mal sprechen.«

»Ich finde solche Spielchen doof. Warum hast du das nötig?«

Wenn man den Engel unter der Decke lang genug anguckt, wird sein Blick immer durchdringender. Er lächelt dann nicht mehr fröhlich, sondern sieht aus, als würde er verschlagen grinsen.

»Weil ich ihn liebe. Und wer liebt, macht sich lächerlich.«

Ich weiß nicht, in welchem Herz-Schmerz-Film sie so einen Dreck gehört hat, aber ich rieche fast ihre Angst.

Ich winde mich. »Ich kann ja schlecht von deinem Handy aus anrufen. Mein Handy ist kaputt. Und wenn ich jetzt nach unten gehe, kriegt Ma das mit und stellt tausend unnötige Fragen.«

»Dann geh zu Opa.«

Mist. Daran hatte ich nicht gedacht. Opas alter Apparat. »Schreib mir mal die Nummer auf.«

Luise schnappt sich einen Block. Auf dem obersten Blatt ist immer und immer wieder »Paul« draufgeschrieben. Wenn in seinem Namen ein »i« wäre, hätte Luise ein Herz als Punkt gemalt. Es muss ihr wirklich schlecht gehen.

Es klingelt oft. Ich bin kurz davor, aufzulegen, als Paul sich meldet.

»Hi, hier ist Linda. Ist Luise bei dir, ich muss sie dringend mal sprechen.«

Ich haspel meinen Text runter. Ziemlich laut. Ich höre Gelächter und laute Musik im Hintergrund.

»Luise?«

Er sagt den Namen, als müsste er kurz überlegen, wer das ist. Arschloch.

»Ja, Luise. Meine Schwester.«

»Nee, die ist nicht hier. Versuch es doch auf ihrem Handy.«

Ich will was sagen. Weiß nicht genau, was. Er kommt mir zuvor: »Viel Glück. Tschüss.«

Er legt auf.

Ich höre dem Besetztzeichen zu. Drücke langsam mit dem Finger auf die Taste mit dem roten Hörer.

Und jetzt? Ich kann doch jetzt nicht zu Luise nach oben gehen und sagen, dass Paul wirklich in einer Kneipe ist. Das hilft ihr doch gar nicht. Das weiß sie schließlich schon. Sie wird maßlos enttäuscht sein von mir. Ich hole tief Luft und drücke die Wahlwiederholung.

Paul meldet sich sofort wieder: »He, gut, dass du noch mal anrufst.«

»Ja?«

Jetzt wird er alles erklären. Dass Luise auch schon versucht hat, ihn zu erreichen, und die bescheuerte Freundin von seinem Kumpel einfach ans Handy gegangen ist. Dass Luise sich keine Gedanken machen soll. Er sei überredet worden, noch auf ein Bier mit rauszugehen. Dabei ginge es ihm total schlecht. Er würde sich total ärgern, dass er Luise für heute Abend abgesagt hat. Und dass er Schiss hat, sie jetzt selber anzurufen, weil sie bestimmt tierisch wütend ist.

All das würde ich jetzt nicht wirklich gerne hören wollen, aber ich würde das gerne Luise erzählen.

»Es ist vielleicht sogar besser, wenn *du* es ihr sagst.«

»Was sage?«

Irgendwas in mir wird sehr wach.

»Ich wollte da schon länger mit ihr drüber reden, aber irgendwie ging es nicht. Als Schwester kannst *du* ihr das bestimmt besser erklären.«

»Was erklären?«

»Es ist vorbei. Mit Luise und mir – das läuft nicht mehr richtig.«

Ich fasse es nicht.

»Ich soll ihr jetzt sagen, dass du Schluss machst?«

»Ja. Wenn ich ihr das sage, dann will sie doch noch stundenlang reden. Aber es gibt einfach nichts mehr zu reden. Und dann heult sie, und das ist ihr bestimmt total peinlich vor mir. Jenny, hör mal eben auf, ja?«

Der letzte Satz bringt die Gewissheit. Er hat schon eine Nachfolgerin für Luise. Wahrscheinlich grapscht die gerade an ihm rum, während er mir sagt, dass ich seine Beziehung für ihn beenden soll. Dieser Feigling.

»Kann ich sonst noch was für dich tun?«, frage ich eiskalt.

»Jetzt werd nicht ätzend, Linda. Es ist doch viel besser, wenn du gleich zum Trösten für sie da bist.«

»Du bist so ein Arschloch, Paul. Ich glaube nicht, dass Luise viel Trost braucht. Wahrscheinlich wird sie erleichtert sein, dass sie endlich mal wieder aufrecht gehen kann und nicht immer so einen Buckel machen muss, weil ihr Freund so groß ist wie ein Shetlandpony.«

»Linda, es ist mir so scheißegal, was du von mir denkst. Und genau *das* ist dein Problem. Du bist allen scheißegal. Ob du da bist oder nicht, ist einfach unwichtig. Du bist eigentlich überflüssig. Aber jetzt kannst du dich ja wieder an Luise kletten. Ach ja, sag ihr doch noch, dass ich morgen meine Sachen abhole. Tschüssi.«

Ich höre noch ein quiekendes Lachen, ehe die Verbindung tot ist. Genauso fühle ich mich. Tot. Leer. Paul hat mir ein Messer in die Hand gedrückt. Und damit muss ich jetzt zustechen. Ich werde Luise direkt ins Herz treffen. Ich kann das Messer nicht verstecken. Ich kann nicht nichts sagen. Vielleicht so tun, als hätte ich Paul nicht erreicht. Dann wird er es ihr sagen. Auch dass er mich beauftragt hatte, mit ihr Schluss zu machen. Luise würde mir nicht verzeihen, wenn ich sie jetzt anlüge. So gemein, fies, hart die Wahrheit jetzt ist. Ich habe sie in der Hand und muss sie weitergeben.

Ich höre leise Schritte auf der Treppe. Luise schleicht sich auf Socken ran, kann es wohl nicht mehr aushalten. Sie sieht mich neben dem Telefon an der Wand lehnen.

»Und?«

In diesen drei Buchstaben liegt so viel Hoffnung. So eine Anspannung. Die Sucht nach Erlösung. Ich könnte sie jetzt glücklich machen. Irgendeinen Scheiß erzählen. Sie wäre erleichtert und die Wahrheit würde sie umso unvorbereiteter treffen. Jetzt hat sie schon Zweifel. Da ist der Schritt zur Gewissheit nicht mehr groß.

»Komm, wir gehen hoch.«

Ich gewinne zwei Treppen Zeit. Aber mir fällt nichts ein, womit ich die Wahrheit angenehmer machen könnte. Ich habe kein Zuckerstück, auf das ich die bittere Nachricht träufeln könnte. Ich setze mich. Luise bleibt vor mir stehen. Ich kann sie nicht angucken.

»Paul bittet mich, dir zu sagen, dass es vorbei ist. Er will sich von dir trennen. Er traut sich aber nicht, dir das selber zu sagen. Er glaubt, es ist besser, wenn ich es dir sage, weil ich dich dann gleich trösten kann. Ich habe ihm zu verstehen gegeben, dass du keinen Trost brauchst.«

Meine Stimme klingt wie die einer Nachrichtensprecherin. Und ich hoffe sehr, dass Luise auf den letzten Satz hört. Dass der schwerer wiegt als die Sätze davor. Dass sie mich gleich wütend anfunkelt.

»Er lässt dich Schluss machen.« Sie stellt das einfach nur fest. Ihre Augen blicken ungläubig auf mich runter. Ich wage einen kurzen Blick, sehe, dass sie kurz vorm Überlaufen sind. »Warum?«

Ihre Frage hängt im Raum. Ich weiß nicht genau, was sie meint. Warum er die Beziehung beendet oder warum er ausgerechnet mich bittet, das zu tun. Ich entscheide mich für die letzte Möglichkeit.

»Weil er ein feiges Arschloch ist. Weil er egoistisch ist und sich einen Scheiß um deine Gefühle kümmert.«

Sie setzt sich vor mich auf den Boden, zieht die Knie an die Brust.

Zum ersten Mal seit ewigen Zeiten fühle ich mich ein bisschen stark. Und ein bisschen gut. Ich weiß, dass das fies ist. Dass ich auch egoistisch bin. Aber es tut einfach gut, dass es mir mal nicht alleine mies geht. Dass es anderen auch mal schlecht geht. Ich verbiete mir den Gedanken, konzentriere mich wieder auf Luise. Ich muss noch ein bisschen Benzin ins Feuer kippen. Vielleicht lodert dann endlich die Wut.

»Morgen will er seine Sachen abholen.«

»Seine Sachen?«

»Er scheint noch irgendwas hier zu haben, was ihm wichtig ist.«

Als ich das sage, weiß ich sofort, was Luise denkt. Dass sie ihm eben nicht mehr wichtig ist.

Sie steht auf, nimmt die traurige CD aus ihrer Anlage, bricht sie mit einem Ruck durch und reicht sie mir.

»Hier, kannst du ihm geben.«

Unter ihrer Bettdecke zieht sie ein T-Shirt hervor. Offenbar hat sie in der letzten Zeit in einem Shirt von Paul geschlafen. Vorne ist Superman drauf. Das sieht ihm ähnlich. Superman. So sieht der aus. Luise betrachtet das Shirt kurz. Dann reißt sie mit den Zähnen einen Riss in den Saum, nimmt die beiden Ecken in die Hand und reißt das T-Shirt mit einem Ruck auseinander. Superman wurde soeben ein Bein amputiert. Sie wirft mir die Fetzen auf den Schoß.

»Hier, das kannst du ihm auch geben.«

»Wieso eigentlich ich?«

»Meinst du, ich will ihn noch mal sehen?«

Endlich ist sie wütend. Ich hoffe, dass ihr das hilft. Sie spielt mit ihrer Halskette. Ich sehe jetzt erst, dass sie einen neuen Anhänger hat. Sieht ein bisschen aus wie ein Meteorit – oder mehr noch wie so ein Klumpen, der beim Bleigießen entsteht und bei dem niemand genau weiß, wie man die Form deuten soll. Im ersten Augenblick denke ich, sie reißt sich die Kette auch ab. Doch ihre Faust umschließt den Klumpen. Sie setzt sich im Schneidersitz vor mich hin. All ihre Wut scheint jetzt schon aufgebraucht. Es war nur ein kurzes Aufflackern. Jetzt ist das Feuer schon wieder aus. Ich höre ihr kehliges Schluchzen.

»Ich hätte es nicht tun sollen«, sagt sie leise.

»Was? Ihn anrufen? Gibst du dir jetzt etwa die Schuld? Spinn doch nicht rum.«

»Halt den Mund. Du hast keine Ahnung.«

Sie klingt so verletzt.

Ich ahne es. Ahne, was sie nicht hätte tun sollen. Sie hat mit ihm geschlafen. Ich spüre es. Ich soll sie doch trösten, hat Paul gesagt. Aber wie? Ich weiß nicht, was jetzt in ihr vorgeht.

Ich nehme meinen ganzen Mut zusammen. »War es denn schön?«

Sie schüttelt ganz leicht den Kopf.

»Warum hast du es dann gemacht?«

Sie schaut zu mir hoch. Völlig verzweifelt.

»Weil ich dachte, dass ich das will.« Sie spielt mit ihren Fingern. »Ich wollte ihm nah sein«, fährt sie irgendwann fort.

Ich bin ein bisschen angewidert und neugierig.

»Aber dann fand ich es peinlich. Es war irgendwie zu nah. Aber ich konnte nichts sagen. Danach war es dann zum Glück richtig schön. Paul war echt lieb.«

»Habt ihr wenigstens verhütet?«, frage ich vorsichtig.

»Klar. Er hat ein Kondom genommen. Ging ganz einfach.«

Wir denken beide das Gleiche. Paul hat nicht zum ersten Mal ein Kondom benutzt.

7

Es ist klar, dass ich in dieser Nacht bei Luise schlafe. Ich halte sie von hinten umschlungen. Ganz kurz flackert ein Gedanke in mir auf: Ich habe mein Handy zerstört, bin nicht mehr zu erreichen. Und genau in dem Moment trennt Paul sich von Luise. Was hat er gesagt? Ich sei überflüssig? Warum findet er mich so scheiße? Jetzt könnte ich mich wieder an Luise kletten. Warum sagt er das? War er eifersüchtig auf mich? Hat er mich deswegen gejagt? Und so wie er bei uns aus und ein gegangen ist, konnte er genüsslich beobachten, wie es mir schlechter ging. Hat er sich von Luise getrennt, weil es ihm keinen Spaß mehr machte, mich zu verfolgen? Hört er jetzt damit auf, weil er sich eh von Luise getrennt hat? Oder spinne ich gerade total, weil ich so sehr hoffe, dass es endlich aufhört? Wieso kann *ich* nicht einfach Schluss machen. Schluss mit meinem Feind?

Ich wache auf, ehe der Tag anbricht. Luise sieht selbst im Schlaf unglücklich aus. Ich würde gerne über ihre Stirn streicheln. Über die zusammengezogenen Brauen. Aber vielleicht baut sie das Gefühl dann in ihren Traum ein und Paul schleicht sich wieder in ihren Kopf. Das will ich nicht. Immerhin – sie kennt ihren Peiniger. Geht es ihr damit besser? Zumindest geht es ihr nicht gut genug, um zur Arbeit zu gehen. Sie sieht richtig krank aus. Wirklich erbärmlich. Ich lasse sie nur ungern alleine zu Hause, aber heute habe ich eine Doppelstunde Mathe. Da kann ich mir definitiv keine Fehlstunde erlauben. Ich raffe ja schon kaum, um was es geht, wenn ich angestrengt zuhöre. Als ich nach Hause komme, schläft Luise noch. Oder wieder. Vielleicht tut sie auch nur so. Mit Julchen habe ich abgemacht, dass ich heute Nachmittag mit Ali spazieren gehe. Es ist inzwischen fast ein Ritual geworden, ich liebe diesen Hund, der so gut zuhören kann. Eigentlich könnte ich Lu mitnehmen. Ein bisschen frische Luft würde ihr guttun. Aber sie schläft weiter tief und fest und ich ziehe dann doch allein los. Bald kann ich wieder öfter mit Luise rausgehen. Sie hat mir gefehlt in den letzten Wochen. Und eigentlich gefällt es mir ganz gut, dass sie gerade selber wackelt. Dass sie mal wankt. Ich weiß, wie fies das ist. Aber ich kann meine Gedanken nicht umlenken. Hat die Angst mich schon so weit? Dass ich mich heimlich freue, wenn es anderen schlecht geht? Hat die Angst mein wahres Ich freigelegt?

Julchen ist nicht da, sie hat aber Frau Rohmann einen Zettel hingelegt, dass ich Ali abhole. Es hat sich wirklich noch nie jemand so gefreut, mich zu sehen, wie dieser Hund. Er wedelt mit dem ganzen Popo. Wir gehen wieder Richtung Wald. Es riecht nach Herbst und ich atme tief die würzige Luft ein. Ich sehe ihm zu, wie er mit der Nase am Boden klebt, irgendeine Witterung aufnimmt. So würde ich auch gerne eine Fährte verfolgen. Aus irgendeinem Grund fühle ich mich heute nicht so sicher wie sonst, wenn ich mit dem Hund unterwegs bin. Immer wieder drehe ich mich abrupt um, weil ich das diffuse Gefühl habe, dass da jemand ist. Ich sehe niemanden und frage mich, ob jetzt der Zeitpunkt gekommen ist: die Gespenster. Ich sehe Gespenster. Bin ich wirklich bald reif für die Klapsmühle? Vielleicht habe ich mich einen Moment zu lange umgedreht. Auf jeden Fall ist Ali weg. Ich versuche, ruhig zu bleiben. Rufe ihn erst halblaut, dann lauter. Ich habe nur eine vage Ahnung, wo er kurz zuvor war. Ich brülle seinen Namen, laufe los. Ich habe mehrere ätzende Gedanken gleichzeitig.

Ich bin jetzt hier ganz alleine.

Ich kann ohne Ali nicht zu Julchen zurück.

Vielleicht ist der Hund nicht freiwillig weggelaufen.

Kurzfristig verliere ich die Orientierung, weiß nicht mehr, aus welcher Richtung ich gekommen bin. Alles sieht gleich aus. Ich lasse mich auf einen schmutzigen Baumstamm fallen und heule. Was soll ich denn jetzt tun? Mit der Leine in der Hand zurückgehen, zugeben, dass Ali mir abgehauen ist? Kann ich noch nicht mal auf einen total lieben Hund aufpassen, der zu Hause nicht mal wegläuft, wenn die Haustür sperrangelweit offen steht? Kann man wegen so etwas die Polizei anrufen? Hilft die dann suchen? Vielleicht hat Ali sich ja auch verlaufen. Wir sind heute in ein anderes Waldstück gegangen als sonst. Er kennt sich doch hier auch nicht aus. Irgendwann ist mein Jackenärmel nass und rotzig. Ein Taschentuch habe ich nicht.

Und dann steht er vor mir. Wie aus dem Nichts. Ich kann es kaum glauben. Er kaut auf irgendwas rum. Es sieht aus wie ein Knochen. So ein Gummiknochen, den man in Tierhandlungen kaufen kann. Ich knie mich vor Ali in den Dreck, umarme ihn schniefend. Frau Rohmann guckt ein bisschen irritiert, als ich völlig verdreckt den Hund abgebe. Ich bin so erleichtert, dass mir das total egal ist.

Vor unserer Haustür laufe ich Paul in die Arme. Also fast nur.

»Hallo, Linda.« Total fröhlich haut er mir zur Begrüßung leicht auf die Schulter.

»Finger weg.«

Er verdreht die Augen und guckt einen Moment zu

lang zu einem Auto, das schräg gegenüber parkt. Hinter dem Steuer sitzt ein langhaariges Wesen. Das Schwein. Da lässt er sich von seiner Neuen hierhin kutschieren, um seine Sachen abzuholen. Billiger geht es echt nicht.

Ich zeige zu ihr rüber. »Ist die auch klein genug, damit du nicht wieder zu deiner Freundin aufschauen musst?«

»Ach, Linda, du bist so arm. Deine ganzen Sprüche kannst du dir sparen. Du bleibst ein verhuschtes kleines Mädchen. Kein Arsch, keine Titten, kein Spaß. Man kann echt nicht glauben, dass Luise und du Zwillinge seid. Ist sie überhaupt da? Ich wollte eben meine Sachen abholen. Viel Zeit habe ich nicht.«

»Hast du noch einen Termin auf der Streckbank?«

Ich gehe zur Haustür, schließe auf. Soll Luise sich um dieses Arsch kümmern. Im letzten Moment überlege ich es mir anders.

»Luise ist übrigens nicht da. War schon mit ein paar Leuten verabredet. Sie hat mir aber deine Sachen gegeben. Ich hole sie dir.«

Ich will nicht, dass Luise ihn jetzt sieht. Hinterher fängt sie in seinem Beisein an zu flennen. Oder schlimmer noch: will mit ihm reden, von wegen »es noch mal versuchen« oder so einen Scheiß. Die Erniedrigung will ich ihr ersparen.

Ich habe Glück. Sie schläft. Ganz vorsichtig schleiche ich in ihr Zimmer, schnappe mir die kaputte CD und das zerrissene T-Shirt.

Ich drücke Paul beides in die Hand. Er starrt die Sachen ungläubig an, verdreht nur die Augen. »Da fehlt was.«

»Was denn noch? Deinen schlechten Atem, den du immer hier zurückgelassen hast, kann ich dir leider nicht eintüten.«

»Da fehlt noch ein Anhänger.«

Er will allen Ernstes den silbernen Anhänger zurück, den Luise gestern um den Hals baumeln hatte. Wie armselig.

»Du meinst dieses Billigteil, das aussah wie zerknüllte Alufolie? Das hat Luise gestern Abend direkt ins Klo geworfen. Die war total happy, dass sie das hässliche Teil nicht mehr tragen musste. Wusstest du übrigens, dass sie das nur umgehängt hat, wenn sie dich getroffen hat?«

»Sie hat es ins Klo geworfen?«

Er wirkt zum ersten Mal zumindest interessiert an der Situation.

»Ja. Aber vielleicht hat sie nicht abgezogen. Wenn du willst, kannst du ja gucken, ob es da noch irgendwo schwimmt.«

Paul verzieht angewidert das Gesicht.

Er hält das Superman-T-Shirt zusammengeknüllt in der Hand. Ein paar Buchstaben sind nicht zu sehen. Einige schon. Das Wort »SPERMA« springt mich an. Ich ekele mich. Sofort sehe ich Paul und Luise im Bett. Seine Hände auf ihrem Busen. Meine Gedanken hüpfen. Ich sehe wieder das Bild von mir mit den großen Brüsten. Es ist nicht mehr im Internet. Ich habe mit schweißnassen Händen nachgeguckt. Es ist in meinem Kopf. Und auf weiß ich nicht wie vielen Festplatten.

Von gegenüber hupt es. Geduld scheint nicht unbedingt die Stärke von Pauls neuer Flamme zu sein.

»Husch, husch, ins Körbchen, dein Frauchen ruft«, sage ich und grinse Paul an.

Er trollt sich wirklich sofort.

Luise kann froh sein, dass sie den los ist. Ich hoffe nur, sie sieht das auch so.

Mein Vater kommt Gott sei Dank so früh von der Arbeit, dass er noch mit mir in die Stadt fahren kann, um ein neues Handy zu kaufen. Ich bin seit drei Tagen ohne und fühle mich von dieser Welt abgeschnitten. Ich brauche den Draht zu Julchen. Beim Frühstück hatte ich erzählt, dass mir mein altes Telefon runtergefallen sei. Mein Vater wollte natürlich auch die Karte sehen, gucken, ob die nicht noch zu gebrauchen ist. Als ich ihm mit hochrotem Kopf die beiden zerschnittenen Teile in die Hand gedrückt habe, hat er mich nur fragend angesehen. Er hat dann aber nicht wirklich gefragt, sondern sofort geantwortet, dass er heute mit mir einen neuen Vertrag abschließen würde.

Es fühlt sich ein bisschen wie ein Neuanfang an, als ich in meinem Zimmer sitze und zum ersten Mal das neue Handy anschalte. Es ist noch so unbeschrieben, kennt noch keine fiesen SMS. Sein Piepen hat mich noch nie hochschrecken lassen. Ich versuche, mir einen Hauch Optimismus einzureden. Paul ist weg. Mein altes Handy tot. Seit heute Nachmittag habe ich auch eine neue Fensterscheibe. Ohne Herz drauf.

Den Abend verbringe ich mit meinem Opa. Wir gucken zusammen eine Sendung über die Anden und lösen drei Sudoku-Rätsel. Dazu gibt es Lakritzschnecken, Toffifee und Pfefferminzschokolade. Bevor ich ins Bett gehe, gucke ich noch bei Luise vorbei. Ich hatte ihr einen Zettel unter der Tür durchgeschoben, dass Paul mit seiner neuen Flamme da war und seine Sachen abgeholt hat. Dass er auch den Anhänger wiederhaben wollte, habe ich nicht erwähnt. Kann ich immer noch nachholen, falls Luise rückfällig werden sollte.

Julchen grinst mich an, als ich kurz vorm Klingeln in die Klasse stürme. Was hat sie nur? Ich selbst bin nicht in Grinselaune. Beim Frühstück hatte Luise heute Morgen einen absoluten Heulflash. Ich konnte sie nur mit Mühe so weit bekommen, dass sie zur Arbeit geht. Während

Französisch gucke ich immer wieder zu Julchen, versuche ihren Blick zu deuten. Sie zieht nur zwei Mal vielsagend die Augenbrauen hoch. Aber wie viel will sie sagen? In der ersten Pause komme ich auch nicht an sie ran. Sie ist von den Leuten von der Tanz-AG umringt, die Julchen zu irgendeinem Auftritt überreden wollen. In der großen Pause hat sie Orientierungsgespräch. Da geht es darum, was man nach dem Abi machen will, ob man irgendwo ein Praktikum braucht oder sonst einen Mist. In der dritten Stunde endlich schreibt sie mir einen Zettel.

Ich habe ihn.

Ich schreie fast auf, als ich die drei Worte lese.

Sie hat ihn. Sie hat den Kaktus. Ich fasse es nicht. Am liebsten würde ich jetzt den Unterricht unterbrechen und Julchen vor die Tür ziehen, um alles aus ihr rauszuquetschen. Wie hat sie das bloß gemacht? Und woher weiß sie, dass er es ist? Unter seinem Nicknamen »Kaktus« habe ich ihn nie wieder angetroffen. Und ich habe es weiß Gott Millionen Mal versucht. Ich krame einen Zettel raus und fange an.

Wie? Was schreibt er? Woran hast du ihn erkannt?

Die Fragen in meinem Kopf überholen sich. Jeden Moment drängt eine andere nach vorne. Ich habe eine Carrerabahn in meinem Schädel. Die Gedanken überschlagen sich wie beim Looping. Was will sie jetzt machen? Darüber haben wir noch nie gesprochen. Sie kann ihm ja schlecht schreiben: Hör sofort auf, meine Freundin Linda zu belästigen und zu verfolgen und in den Wahn zu treiben, sonst ...

Ja, was sonst?

Womit wollen wir ihm drohen?

Sie muss sich mit ihm treffen. Sonst geht gar nichts. Wir müssen mehr über ihn erfahren.

Ich habe angefangen, auf dem Zettel rumzukritzeln.

Will ich, dass Julchen sich mit ihm trifft? Dass sie über mich reden? Ich mache einen fetten Strich quer über das Blatt.

Ich will, dass es endlich vorbei ist. Der Rest ist egal. Dafür tue ich alles.

Mit dem Klingeln stehe ich auf, bin mit ein paar Schritten bei Julchen. Sie packt betont langsam ihre Tasche ein, bindet sich sogar noch einen Schnürsenkel zu. Dann grinst sie mich an. »Ist was?«

Sie genießt es ein bisschen, mich zappeln zu lassen, reckt sich und sagt genüsslich: »Tja, ich war erfolgreich. Ich glaube, ich habe ihn.«

»Kannst du mir ein bisschen mehr erzählen?«

Ich platze fast. In meinem Kopf sind tausend kleine Kurzschlüsse. Ich bin elektrisiert.

»Also die Nummer mit dem Sexbild war echt der Hammer. Da musste ich ja was machen.«

Bei dem Wort »Sexbild« gucke ich kurz nach rechts und links. Außerdem: Warum fängt sie jetzt beim Urknall an? Ich unterbreche sie aber nicht.

»Also habe ich mich zwei Nächte lang im Chat rumgetrieben. Du schuldest mir echt zwei Pfund Kaffee. Und gestern Nacht hat er angebissen. Er nennt sich jetzt ›Ghostwriter‹, aber ich bin absolut sicher, dass er sich vorher als ›Kaktus‹ da rumgetrieben hat.«

Simon kommt von hinten, schiebt mich einfach zur Seite.

»He, Julchen, hast du Philo gemacht? Gib mal.«

»Du störst. Mach dein Philosophie-Scheiß alleine«, höre ich mich sagen.

Simon ist völlig überrascht. Ich bin es auch. So kennen wir mich beide nicht. Er hebt die Hände, als hätte ich eine Knarre in der Hand, und geht rückwärts zurück.

»Wieso glaubst du, dass er es ist? Hat er so was angedeutet?«

»Natürlich nicht.«

»Ich störe ungern, aber ich möchte jetzt mit dem Unterricht anfangen, wenn Sie nichts dagegen haben.« Der Neufert steht schon am Pult.

Ich würde ihm am liebsten sagen, dass ich durchaus was dagegen habe. Dass Politik das Allerletzte ist, was ich jetzt brauche. Dass der Zusammenbruch der Weimarer Republik ein Scheiß ist gegen das, was gerade in meinem Leben passiert. Ich halte das Maul und gehe zu meinem Platz.

Womit wohl hat Julchen Kaktus aus der Deckung geholt?

Die nächsten fünfundvierzig Minuten ziehen sich wie ein Kaugummi unterm Schuh. Schlimmer. Wie »Sommer-Wetten-dass« mit zweistündiger Überziehungszeit. Danach stehen zwei Freistunden auf dem Plan. Ich zerre Julchen an der Hand ins Café um die Ecke.

Sie hält mir ihren Latte macchiato hin: »Los, lass uns anstoßen. Darauf, dass wir das Schwein aus der Reserve gelockt haben.«

Süß von ihr, dass sie »wir« sagt.

Dann erzählt sie. Endlich.

»Ich habe die ganzen Unterlagen noch mal zu Hause in Ruhe studiert. Viel hat der Typ ja echt nicht von sich verraten«, sagt Julchen. In meinen Ohren klingt das wie: »Du hast den ja echt ganz schön zugequatscht.«

»Aber ein bisschen was über ihn habe ich doch rausbekommen. Ist dir mal aufgefallen, dass er ganz oft zwischen zweiundzwanzig und dreiundzwanzig Uhr im Chat war? Außerdem hat er irgendwann mal was von Bogenschießen erzählt. Und so ein bisschen poetisch angehaucht ist der ja auf jeden Fall auch«, fasst Julchen zusammen.

»Bogenschießen?«

Konnte ich mich nicht mehr dran erinnern. Ich sehe mich plötzlich im Wald sitzen. Als mir Ali plötzlich abgehauen war. Ich saß da heulend und starr und wäre das perfekte Ziel gewesen. War er vielleicht in der Nähe gewesen? Mit dem Bogen im Anschlag?

»Eigentlich hat er schon vorgestern angebissen«, sagt Julchen stolz und tunkt langsam ihren Keks in den Kaffee.

»Ich habe so ein bisschen auf depressiv gemacht. Habe ein bisschen geschwafelt von dem besonderen Licht, das entsteht, wenn der Tag langsam von der Nacht verdrängt wird. Wenn die Stille alles Laute verschluckt. So was eben.«

Es tut mir weh. Julchen hat auf »depressiv gemacht«. Das klingt so verächtlich. Dabei meint sie noch nicht mal mich. Nicht persönlich. Ihr sind diese Stimmungen einfach fremd. Und doch trifft sie mich damit.

»Und da hat sich schon ein Ghostwriter gemeldet. Er ist sofort angesprungen auf die Nummer. Ich habe dann einen Versuchsballon gestartet. Habe behauptet, dass ich mich bei dem Licht dann manchmal in französische Filme träume. Ist dir mal aufgefallen, wie sehr sich der Kaktus mit Filmen auskennt? Der muss eine Wahnsinns-DVD-Sammlung haben. Oder dauernd ins Kino rennen. Bestimmt so ein Typ, der immer nur ins Programmkino geht oder Filme im Original guckt. Auf jeden Fall hat er den Köder sofort geschluckt. Der hat sich gar nicht mehr eingekriegt. Wollte wissen, was mein Lieblingsfilm ist. Ob ich auch diese tschechischen Märchenverfilmungen so toll finde. Ob ich schon mal auf einem Filmfestival war und so weiter. Ich musste mir echt ganz schön was zusammenlügen.«

Ich erinnere mich an den Abend, als ich »mit ihm« im Kino war. Wie ich wirklich das Gefühl gehabt hatte, er säße neben mir im Dunkeln. Ich war vorher noch nie in meinem Leben alleine im Kino gewesen.

»Gestern Abend kurz nach zehn war er wieder da. Ich habe es dann einfach mal versucht und habe ihn direkt gefragt, ob er zufälligerweise wüsste, wo man hier in der Nähe Bogenschießen lernen könne. Ich würde meinem Bruder gerne einen Kurs zum Geburtstag schenken wollen.«

»Und er kannte sich aus.«

Konnte ich mir ja jetzt denken. Ich war ein bisschen abgetörnt von Julchens selbstgefälliger Haltung.

»Du sagst es. Er hat mir sofort einen Verein genannt, der ganz tolle Anfängerkurse gibt. Und überhaupt, das sei auch was für Mädchen. Da war mir klar, dass er angebissen hat. Was sagst du dazu?«

Was soll ich dazu sagen? Ich habe mit Drohen, mit Flehen, mit Betteln versucht wieder Kontakt mit dem Kaktus aufzunehmen. Um ihn zu fragen, warum er das tut. Um herauszukriegen, was er erreichen will. Er blieb abgetaucht. Kaum tauchte Julchen auf, kam er wieder an die Wasseroberfläche.

»Wahnsinn«, sage ich, um überhaupt was zu sagen. »Und jetzt?«

»Jetzt muss ich ihn warmhalten, bei Laune halten. Er soll mir vertrauen. Und irgendwann werde ich beiläufig ein Treffen vorschlagen. Und da schnappen wir ihn dann.«

Ihr Plan klingt so klar. So einfach.

»Was meinst du genau mit ›Wir schnappen ihn‹? Womit willst du ihm drohen, wenn er nicht aufhört?«

»Am besten engagieren wir Philipp. Der soll mitkommen und sich den dann mal vornehmen.«

Das hört sich nicht wirklich nach einem durchdachten Plan an, aber ich glaube ohnehin: Wenn ich erst mal sein Gesicht kenne, hat die Angst ihren schlimmsten Schrecken verloren. Der Typ kann mich doch nicht weiter quälen, wenn er mir einmal in die Augen gesehen hat – und ich ihm.

Julchen redet schon wieder.

Über komische Typen im Chat, die sie angequatscht haben. Über ein paar Typen aus unserer Stufe, die da auch andauernd sind, die sie aber nicht erkannt haben. »Die haben sich original Tipps über ferngesteuerte Flugzeuge gegeben«, berichtet sie gerade lachend. »Dein Freund Merlin ist auch dabei, und zwar ständig – der hat anscheinend echt nichts Besseres zu tun.«

Ich sage nicht, dass ich diesen Chat am Anfang auch dubios fand. Einfach überflüssig eigentlich. Dass ich dieses Versteckspiel erst irritierend fand. Bis ich diese Anonymität zu lieben lernte. Ich fand es wohlig. Dieses Verstecken hinter merkwürdigen Namen. Ich hatte mich doch nur da angemeldet, weil da eben alle – fast alle – aus unserer Stufe angemeldet sind. Oder waren. Mittlerweile hat sich die Szene verlagert. Jetzt gibt es einen noch besseren Chat. Mit Echtzeittalk. Mit der Möglichkeit, sich Videos zuzuspielen. Alles noch schneller, noch bunter, noch cooler. Habe ich gehört.

In mir formieren sich fünf Buchstaben.

WARUM?

Das will ich von ihm wissen. Das muss er mir beantworten. Warum hat er mich angesprochen, was fand er ansprechend? Warum war er so offen, so anders, so wunderbar uncool? Warum hat er die Klappe fallen, das Tor rasselnd runtergelassen? Und warum quält er mich seitdem? Warum will er mich in die Verzweiflung treiben?

Was habe ich getan? Oder geschrieben?

Warum ich?

Warum überhaupt?

Ich wringe meine Hände und mein Blick fällt zufällig auf meine Uhr. Mist. In drei Minuten fängt Physik an. Da kann ich mir unangenehmes Auffallen durch Zuspätkommen überhaupt nicht erlauben. Ich raffe meine Sachen zusammen. »Ich muss los. Physik. Können wir heute Nachmittag weiterreden?«

»Heute Nachmittag bin ich beim Friseur. Komm doch heute Abend vorbei, dann können wir vielleicht zusammen mit dem Ghostwriter chatten.«

Ich nicke nur. Allein die Vorstellung macht mir Angst.

Merlin ist sauer, dass ich zu spät komme, und zeigt es sogar. Als ich mich mit rubinrotem Kopf auf meinen Stuhl fallen lasse, dreht er sich zu mir und zischt: »Toll.«

Wir machen heute irgendwelche Versuche zur Schwerkraft. Die wollen wir thematisch mit in unser Referat aufnehmen. Ich gucke auf den sehr geraden Rücken von Merlin und bin irritiert. Klar ist er ein bisschen stinkig. Aber er hat mich noch nie angemeckert. Merlin ist hundekuchengut. Egal, um seine Launen kann ich mich jetzt echt nicht kümmern. Meine Gedanken drehen sich wie Monde um den Ghostwriter. Nach dem, was Julchen erzählt hat, bin ich auch hundertpro sicher, dass er der Kaktus ist. Wer weiß, wie er vorher hieß. Vielleicht gibt er sich alle paar Wochen einen anderen Namen, pickt sich irgendein Mädel aus dem Chat raus und freut sich über sein neues Opfer. Will er sich also demnächst an Julchens Fersen heften?

Ich bin ziemlich in Gedanken, als ich endlich am Fahrradkeller ankomme. Außerdem bin ich spät. Ich war aus Gewohnheit Richtung Bus gegangen, als mir einfiel, dass ich morgens mit dem Rad gekommen bin. Ich hatte Papa damit eine Freude machen wollen. Er freut sich über jede sportliche Aktivität von Luise und mir. Vielleicht, weil er selber ein bisschen faul geworden ist. Da ich heute Morgen ein bisschen spät dran gewesen war, hatte ich mein Fahrrad ganz hinten im Radkeller abstellen müssen. Der Keller ist superfies. Ich möchte gar nicht wissen, wie viele Spinnen da in den Ecken hocken. Bestimmt die absoluten Monstermodelle.

Es ist Fassungslosigkeit, die mich erfasst. Ich versuche gerade verzweifelt, meine Tasche mit dem zu kurzen Gummi auf dem Gepäckträger zu befestigen, als mich das laute Scheppern total erschreckt. Und die absolute Finsternis natürlich auch. Schon mit weit geöffneter Tür ist der Keller immer etwas gruselig finster. Als die Tür zuknallt, gibt es nur noch Schwärze. Ich bleibe einfach stehen. Völlig eingefroren. Ich warte. Denke, dass jeden Moment die Tür wieder aufgehen müsste. Irgendjemand müsste doch noch kommen, um sein Rad zu holen. Aber ich bin ja sehr spät dran. Alle anderen sind schon weg. Ich kann mich dran erinnern, dass da noch Räder standen, als ich reinkam. Aber manche lassen ihre Räder ja auch tagelang hier stehen. Keine Ahnung, wie lange ich jetzt hier schon verharre. Irgendwann wird mir klar, dass ich was machen muss. Dass ich selber zur Tür gehen muss. Wenn man lange ins Dunkel guckt, schälen sich ja irgendwann Umrisse aus der Schwärze. Nicht hier. Solange ich auch angestrengt in die Finsternis gucke, es bleibt schwarz. Ich fange an, mich Richtung Ausgang zu tasten. Ich fühle drei Räder, dann kommt der Mittelgang. Ich biege rechts ab, gehe vorsichtig weiter, stoße plötzlich mit dem Knöchel gegen einen Sattel und liege auch schon auf dem Boden. Ich knalle unsanft auf das dort herumliegende Rad. Meine Hand schmerzt. Ich rappele mich auf und habe die Orientierung verloren. In welche Richtung muss ich gehen?

Die Panik war vorher schon da. Lauerte in mir, saß in einer Ecke. Jetzt reißt sie eine Tür in meinem Kopf ein und plötzlich ist sie überall. In meinem Kopf, in meinen Händen, in den Oberschenkeln – alles zittert plötzlich. Ich muss diese verdammte Kellertür finden. Draußen war es trüb und grau. Ich sehe noch nicht mal eine Ahnung von Licht irgendwo reinschimmern. Das umgefallene Rad liegt vor mir. Dahinter müsste die Tür ein. Ich taste mich vorwärts. Vorsichtig setze ich die Schritte, zwinge mich weiterzugehen. Plötzlich ist da wieder ein Fahrradständer. Ich bin in die falsche Richtung geraten. Ich lasse mich auf alle viere fallen. Krabbele weiter, fasse in irgendwas Ekliges. Vielleicht Dreck. Vielleicht Hundekacke, die irgendjemand am Reifen kleben hatte. Ich traue mich nicht, an meiner Hand zu riechen. Ich komme an einer Wand an, versuche tief durchzuatmen. Wieso ist diese verfickte Tür zugefallen? War das so windig? Oder war das kein Wind? Ich finde das Gummiband an meinem Handgelenk. Lasse es schnacken. Zwei Mal. Drei Mal. Wenn ich mich jetzt an der Wand entlangtaste, muss ich irgendwann zur Tür kommen. Ich versuche mich auf diesen Gedanken zu konzentrieren. Entscheide mich für linksrum. Die Ecke kommt. Meine Knie tun mir schon weh vom Krabbeln. Der Betonboden ist hart und kalt. Ich fühle ein Scharnier, fühle das kühle Metall der Tür. Ich taste nach der Klinke. Endlich. ENDLICH.

Ich greife zu, drücke sie runter. Die Tür ist zu. Bleibt zu. Ich rüttele. Schreie laut. Sie gibt ein paar Millimeter nach. Mehr nicht. Sie ist abgeschlossen. Zugeschlossen. Ich bin eingesperrt. Die Angst greift mit zwei Händen nach meinem Hals, drückt zu. Alles in mir wird eng. Ich kann nicht mehr richtig atmen. Mit aller Gewalt ziehe ich Sauerstoff in meine Lunge, brülle los, hämmere mit den Fäusten gegen die Tür. Ich schreie keine Worte, nur Laute. Mir fällt kein Wort ein, das helfen könnte. Das Brüllen bricht ab, die Tränen sind da. Ich schluchze, höre mich an wie ein verzweifeltes Tier. Ich muss meine Tasche finden. Da ist mein Handy drin. Wieso ist es nicht in meiner Jackentasche? Ich habe es fast immer in meiner Jacke. Wo ist mein Rad? Ich muss es finden. Nur das zählt jetzt. Wenn hinter mir die Tür ist, steht es hinten links. Ich krabbele wieder los. So schnell ich kann, fühle mich wie ein gehetztes Tier, das den Jäger nicht sieht, aber weiß, dass er irgendwo im Gebüsch hockt. Ich knalle mit dem Kopf an die Wand, registriere kurz den Schmerz, biege links ab. Jetzt ist alles egal. Ich stehe auf, ich muss schneller sein, muss hier raus. Ich stolpere gegen ein Fahrrad, das scheppernd umfällt. Irgendwas – vielleicht der Ständer, vielleicht eine Pedale – trifft mich stechend am Schienbein. Ich knie mich hin und fühle. Fühle die Froschklingel. Es ist mein Rad. Ich taste nach hinten. Zum Gepäckträger. Die Tasche ist nicht da. Ich taste hysterisch weiter. Vielleicht ist sie runtergefallen. Ich wische mit den Händen über den Boden. Hier irgendwo muss sie liegen. Immer weiter ziehe ich meine Kreise. Sie ist nicht da.

Mein Akku ist leer.

Mein Stecker ist gezogen.

Ich kann nicht mehr. Nicht mehr brüllen, nicht mehr weiter. Ich bleibe da sitzen und schluchze, habe noch nicht mal mehr Kraft, mir mit dem Ärmel den Rotz abzuwischen. Ich fühle mich lebendig begraben. Meine Augen sind schon tot. Ich sehe noch nicht mal mehr helle Kreise, wenn ich sie zumache. Da ist nichts mehr. Die Dunkelheit zieht alles Leben aus mir. Ich fange an mich zu wiegen. Hin und her. Wie ein Pendel. Eine Schwere liegt auf mir wie die Bleischürze, die man beim Röntgen umgehängt bekommt.

Ich weiß nicht, wie viel Zeit vergangen ist, als ich das Geräusch zum ersten Mal höre. Zehn Minuten oder eine Stunde. Es hört sich an wie ein Lachen. Ein unterdrücktes

Lachen. Ich schrecke hoch. Mein Herz stolpert kurz. Ich konzentriere mich. Lausche angestrengt. Höre aber nichts mehr außer meinen eigenen Atem und das dumpfe Pochen in meinen Ohren.

Was ist das Schlimmste, was passieren könnte?

Diese Frage soll ich mir stellen, wenn die Angst groß ist.

Das war immer der Rat meiner Mutter, wenn ich mich gefürchtet habe. Wenn mir etwas unangenehm war.

Als ich irgendwann mal alleine auf die Geburtstagsparty der Nachbarstochter sollte. Luise war krank geworden. Ich wollte da nicht alleine hin. Ich kannte da eigentlich niemanden.

»Das Schlimmste, was passieren kann, ist, dass niemand mit mir redet und ich die ganze Zeit alleine in der Ecke sitze«, hatte ich gesagt.

»Und wäre das wirklich so schlimm? Sich die anderen Leute anzugucken, ihnen zuzuhören, sich vorzustellen, was die für Hobbys haben? Was würdest du denken, wenn da jemand alleine sitzt und den anderen einfach zuhört?«

»So jemanden fände ich cool«, war aus mir rausgeplatzt.

Ganz oft habe ich auch gedacht: Das Schlimmste, was passieren könnte, wäre, dass ich einfach umfalle. Bewusstlos umkippe. Das wäre jetzt schön. Das Schlimmste, was jetzt passieren kann, ist, dass es nicht aufhört. Das Schlimmste ist eingetreten. Ich bin schon mittendrin. Und es ist viel schlimmer.

Ich höre Schritte. Ich höre mich schreien. Da waren doch Schritte. Ich weiß nicht, aus welcher Richtung sie kamen. Plötzlich geht es schnell. Ich höre, wie die Tür aufgeschlossen wird, sehe, wie sie sich einen Spaltbreit öffnet, und erkenne eine Silhouette, die verschwindet.

Da ist jemand rausgegangen.

Die Tür ist von innen aufgeschlossen worden.

Es war die ganze Zeit jemand hier mit mir im Keller.

Alles in mir zieht sich zusammen. Ganz langsam nimmt die Welt um mich Konturen an. Aus Schwarz wird Grau. Mühsam stehe ich auf, meine Beine sind eingeschlafen. Stolpernd komme ich an der Tür an. Direkt daneben liegt meine Tasche. Er hat sie dahin gelegt. Während ich im Dunkeln auf dem Weg zur Tür war, muss er sie von meinem Rad genommen haben. Als ich zurück zu meinem Rad gekrabbelt bin, ist er zur Tür gegangen und hat meine Tasche da abgelegt. Er hat mit mir Verstecken und Fangen gespielt. Er hat mich gehört. Heulen, schluchzen, schreien, stolpern. Hat ihm das Spaß gemacht? Irgendwann konnte er sein Lachen nicht mehr unterdrücken. Oder sollte ich ihn hören?

Ich bin wie betäubt. Völlig erschöpft. Selbst das trübe Licht vor der Tür tut in meinen Augen weh. Mein Körper fühlt sich erschlagen an. Fühlt sich geschlagen an. Meine Klamotten sind völlig verdreckt. Eine Fingerkuppe ist ganz blutig. Ich habe mir einen Fingernagel tief eingerissen, als ich über den Boden gekrochen bin. Mein Gesicht ist aufgequollen. Ein paar Schüler gehen an mir vorbei in den Keller. Sie gucken irritiert, sagen aber nichts. Hätten die nicht vor einer halben Stunde kommen können? Sie fahren an mir vorbei, quatschen miteinander. Erst als sie schon ein paar Hundert Meter weg sind, brülle ich ihnen hinterher: »Bleibt hier.«

Sie hören nichts oder wollen nichts hören.

Wie soll ich denn jetzt an mein Rad kommen? Soll ich jetzt wieder quer durch den dunklen Raum gehen? Und was, wenn dann wieder die Tür zufällt? Wenn er hier irgendwo lauert, nur darauf wartet, dass ich es wieder wage? Und dann die nächste Runde mit mir spielen will?

Ich stehe unentschlossen an der Tür. Ich traue mich nicht. Ich schaffe es nicht. Sieht er mich jetzt? Lacht er wieder dieses gehässige, trockene Lachen?

Ich fühle mich wie ein Hund, der jedes Mal geschlagen wird, wenn er ein Stück Fleisch bekommt. Wie oft muss er geschlagen werden, um nicht mehr nach dem Fleisch zu schnappen? Wenn ich jetzt wieder in die dunkle Höhle gehe und alles von vorne anfängt – gehe ich dann beim dritten Mal nicht mehr? Oder erst beim vierten Mal?

Ich drehe mich um, laufe zu Fuß nach Hause. Habe genug Zeit, um mir irgendeine Scheißerklärung einfallen zu lassen. Für mein Aussehen und für den Verbleib des Fahrrads. Doch meine Geschichte will niemand hören. Es ist keiner da. Noch besser. Meine Erklärung mit »Fahrrad kaputtgegangen, Kette abgesprungen, habe versucht es zu reparieren« hätte ohnehin ziemlich unglaubwürdig geklungen. Ich könnte Ali gebrauchen, so ein kuscheliger Hundebauch auf den Füßen wäre jetzt genau das Richtige. Nun muss erst mal die Badewanne reichen, vielleicht borge ich mir später noch Ali, bin ja ohnehin mit Julchen verabredet. Das Wasser ist so heiß, dass ich es gerade noch ertragen kann. Ich lehne mich zurück, ganz weit, bis auch die Ohren unter Wasser sind, und versuche an nichts, nichts, gar nichts zu denken. Immer wieder versuche ich mich an den Moment zu erinnern, als die Tür aufging. Da habe ich ihn doch kurz gesehen. Wieso habe ich nicht genau hingesehen? So angestrengt ich auch überlege, ich habe kein Bild von ihm. Ich glaube, er ist groß. Oder sah das nur aus meiner Perspektive so aus?

Ich habe mich gerade in mein Bett gekuschelt, als es klopft. Ich ziehe die Decke hoch und sage leise: »Ja?«

Es ist Luise.

Sie sieht scheiße aus. Es sind nicht nur die roten Augen.

Ihre ganze Erscheinung ist traurig. Ihr Blick sagt: »Hilf mir, bitte.«

Irgendwie tut es gut. Sie hält eine DVD hoch. »Keinohrhasen«. Auch das noch. Eine Liebesgeschichte mit Til Schweiger. Doppelt doof. Ich fand den Streifen schon im Kino unterirdisch. Aber wenn sie unbedingt will. Immerhin gibt es auch ein paar lustige Stellen in dem Film, vielleicht heitert sie das auf.

»Ich komme gleich hoch«, verspreche ich ihr. Ich sage nicht, dass ich erst noch Julchen absagen muss. Ich glaube, allein bei dem Namen würde Luise sofort die Augen verdrehen. Ich will sie nicht unnötig provozieren. Eigentlich kommt mir das gerade recht – ich will gar nicht dabei sein, wenn Julchen den Ghostwriter anbaggert. Jetzt habe ich wenigstens eine gute Ausrede. Ich will gerade auflegen, als sie doch noch ans Telefon geht.

»He, ich bin's, Linda. Wollte dir nur eben sagen, dass es bei mir heute Abend nicht klappt.«

»Heute Abend?« Ihre Stimme ist ein einziges Fragezeichen.

»Ich wollte doch vorbeikommen. Wir wollten chatten!« Wie kann sie das vergessen?

»Ach ja. Gut. Kein Problem. Ich kann eh nicht. Irgendwas stimmt mit Ali nicht, ich bin ziemlich in Sorge.«

Ali? Mir wird ein bisschen komisch. »Was hat er denn?«

»Keine Ahnung. Er kotzt schon seit gestern Abend, jetzt würgt er nur noch. Außerdem wirkt er total schlapp. Ich hoffe, dass Philipp gleich kommt, dann kann er ihn vielleicht noch zum Tierarzt fahren.«

»Und was ist mit deinen Eltern?«

»Die sind schon seit gestern irgendwie dienstlich unterwegs, die kann ich nicht belatschern, nur weil Ali vielleicht was Falsches gegessen hat.«

Was Falsches gegessen. Was hatte Ali in der Schnauze,

als er nach seinem kleinen Ausflug wieder zu mir kam? Mir ist auch übel.

»Gute Besserung an ihn, ja?«

Ich lege auf. In mir formieren sich viele flüchtige Gedanken zu einem Nebel. Der wabert mir durch den Kopf. Ich versuche um den Nebel herumzudenken. Versuche diesen Satz ›Ali ist vergiftet worden‹ nicht zu denken. Aber die Worte kommen ungebeten. Selbst Til Schweiger kann mich heute Abend nicht mehr schocken.

8

Ich simse Julchen sofort nach dem Aufstehen an.
Wie geht's Ali? Wieder besser?

Sie antwortet nicht. Ich habe keine Nachricht nach
dem Duschen. Keine nach dem Anziehen. Keine nach dem
Frühstück. Wir haben heute Projekttag, obwohl Samstag
ist. Das wird Julchen doch nicht vergessen haben? Oder
geht es Ali so schlecht? Auf dem Weg zur Schule endlich
das Piepen.

Er ist in Klinik.

Dann muss es ernster sein. In mir sind keine Fragezeichen mehr. Ich weiß einfach, dass er sich während unseres Spaziergangs vergiftet hat. Die Frage ist nur: Zufall
oder nicht? Vielleicht hat er ja eine von diesen Tollwut-
impfungen gefressen, die da manchmal ausliegen. Wer
weiß, ob die nicht für Hunde gefährlich sind. Vielleicht
war da aber auch Rattengift oder so was gestreut. Ich
möchte das so gerne glauben. Ich will einfach nicht, dass
dieser nette Hund, der mir immer so treu zugehört hat,
wegen mir krank ist. An was Schlimmeres will ich nicht
denken.

Julchen kommt spät, ich gehe sofort zu ihr.

»Wieso ist er in einer Klinik? Habt ihr ihn gestern da
noch hingebracht?«

»Ja, klar. Oder meinst du, es gibt einen Rettungswagen
für Hunde? Mit lautem Gebell statt Sirene, oder was?«

Ich bin baff. So habe ich Julchen noch nicht erlebt. Sie

hat ganz kurz ein ganz anderes Gesicht gezeigt. Mit harten Zügen, einem zynischen Unterton in der Stimme. Sie fängt sich aber wieder, fährt mit der Hand kurz über ihr Gesicht. Als würde sie eine verrutschte Maske wieder an Ort und Stelle rücken.

»Sorry, Linda, du kannst ja nichts dafür. Ich fühle mich nur so fertig. Philipp ist nicht aufgetaucht, aber zum Glück war Frau Rohmann da, die mich mit Ali zum Doc gefahren hat. Der hat ihn gleich in so eine Art Tierkrankenhaus gebracht. Es geht ihm nicht gut.«

Mir geht es auch nicht gut. Ich versuche meine Stimme ruhig zu halten.

»Was hat er denn genau?«

»Irgendeine Art Vergiftung. Er muss was unheimlich Fieses gegessen haben. Ich kann mir überhaupt nicht vorstellen, wann oder wo.«

Ich kann es mir aber vorstellen. Sehr gut sogar.

»Und jetzt?«

»Der kriegt Infusionen und so was. Wie in einem richtigen Krankenhaus. Ich war noch total lange bei ihm. Er tut mir so leid. Ich habe seine Pfote gestreichelt und ihm versprochen, dass wir ganz oft spazieren gehen, wenn er wieder gesund ist. Er hat mich die ganze Zeit nur so traurig angeguckt. Der konnte noch nicht mal mehr den Kopf heben, so fertig ist der.«

Eine Lautsprecherdurchsage unterbricht unser Gespräch. Wir gehen in unsere Projektgruppen. Ich habe das Gefühl, als wäre eine neue Dimension eingeläutet. Das ist nicht nur ein blödes Herz an der Fensterscheibe, das mich erschrecken soll. Es sind nicht nur ein paar gemeine SMS. Auch nicht nur ein Foto von mir mit den dicken Möpsen und meiner Telefonnummer im Netz. Jetzt wird es bedrohlicher. Jetzt wird es richtig gefährlich. Ich im Fahrradkeller eingesperrt. Ali vergiftet im

Krankenhaus. Das ist alles eine Nummer größer. Was kommt als Nächstes? Werde ich das nächste Mal eine ganze Nacht eingesperrt? Wird jemand Luise wehtun? Meine Gedanken sitzen in einem Kettenkarussell, drehen sich schneller und schneller. Böse Ahnungen lassen einen Sturm aufkommen. Die Metallketten schlagen gegeneinander. Die Sitze taumeln, wirbeln umeinander. Und irgendwo im Schatten steht er.

Erst beim Verabschieden am Nachmittag traue ich mich. »Meinst du, du triffst den Ghostwriter heute Abend im Chat?«

Ich weiß gar nicht, woher ich den Mut nehme, Julchen damit jetzt zu nerven. Aber ich kann nicht anders.

»Mit Sicherheit.«

Sie scheint gar nicht böse zu sein, dass ich jetzt mit dem Thema um die Ecke komme. Dass er mich gestern im Fahrradkeller eingesperrt hat, sage ich nicht. Es ist auch so alles schon schlimm genug. Ich will nicht davon erzählen, wie ich auf dem dreckigen Boden rumgekrochen bin, wie ich gewinselt habe. Ich will jetzt nicht schon wieder den schlechten Geschmack im Mund haben, den die Erinnerung an den Horror bei mir auslöst.

»Vielleicht war es gar nicht so schlecht, dass ich gestern Abend nicht online war. Ist immer gut, wenn man sich mal ein bisschen rarmacht«, sagt sie und grinst.

»Willst du vorbeikommen?« Sie knufft mich in die Seite.

Ich kenne echt niemanden, der so sehr alles Graue, Trübe, Schwere mit einem Grinsen ins Nichts befördern kann.

»Gute Idee«, behaupte ich und bin mir dabei gar nicht so sicher.

Ein paar Stunden später bin ich sehr glücklich, eine Verabredung zu haben. Meine Eltern hatten sich offenbar vorgenommen, mal »ein ernstes Gespräch« mit mir zu führen. Sie stehen plötzlich in der Küche, als ich mir gerade einen Joghurt aus dem Kühlschrank nehme.

»Wir essen doch gleich zu Abend«, nörgelt meine Mutter.

»Ja, aber ich muss noch zu Julchen.«

»Du bist sehr oft bei Julchen, was?«, fragt mein Vater und es klingt irgendwie vorwurfsvoll.

»Wir arbeiten zusammen an einem Referat«, behaupte ich einfach.

»Linda, wir machen uns ein paar Sorgen.«

Mein Vater nimmt sich auch einen Joghurt.

»Papa, ihr esst gleich zu Abend«, versuche ich abzulenken. Klappt aber nicht.

»Erst die Sache mit dem kaputten Fenster, die wir, ehrlich gesagt, immer noch nicht so ganz verstanden haben. Dann ist dein Handy auffallend sorgsam zerstört worden. Die Klamotten, die du gestern zur schmutzigen Wäsche getan hast, sehen aus, als hättest du im Bergwerk gearbeitet. Außerdem isolierst du dich total«, erklärt meine Mutter.

»Wie schmutzig darf meine Wäsche denn sein, damit sie kein Aufsehen erregt?«, frage ich.

Sie gehen nicht drauf ein.

»Du ziehst dich hier total raus. Wirkst total verschreckt und übernächtigt. Wir wollen einfach nur wissen, was mit dir los ist. Warum gehst du auf Tauchstation in letzter Zeit«, schaltet mein Vater sich ein.

»Ach, es muss schrecklich sein«, tönt es da plötzlich von der Tür.

Luise lehnt im Rahmen.

»Da hat man zwei süße kleine Mädels bekommen und kaum sechzehn Jahre später sind diese Mädels plötzlich auch mal ernst und erzählen nicht mehr alles. Da macht man sich natürlich Sorgen, wenn die Kleinen plötzlich Mami und Papi nicht mehr alles sagen.«

Sie grinst Mama und Papa fett an. Die sind sprachlos und geben zögernd auf.

Luise hat es mal wieder geschafft. Der erste Druck ist raus. Auf dem Weg zur Garderobe und meiner Jacke kneife ich ihr ein Auge. Sie ist einfach die beste Schwester von allen. Um was Nettes zu tun, denn Mama und Papa tun mir jetzt schon ein bisschen leid, nehme ich den Müll mit raus. Ich habe gerade den Beutel in die Tonne geworfen, als ich aus dem Augenwinkel eine schnelle Bewegung registriere. Kurz darauf fällt drei Häuser weiter eine Mülltonne zu. Ich fummele gerade noch am Reißverschluss meiner Jacke herum, da sehe ich Merlin auf mich zukommen. Er wirkt hektisch.

»War gerade in der Nähe«, haspelt er. »Vielleicht können wir ja das Referat noch mal durchgehen.«

»Ich habe leider keine Zeit«, wehre ich ihn ab.

»Dann nicht«, sagt er und zuckt die Schultern. Er dreht sich um und geht. Ich bleibe einfach stehen. Ich muss in die gleiche Richtung und will nicht mit ihm gehen. Nach ein paar Minuten schlendere ich los. Weiß nicht, warum ich die Tonne aufmache, die vorhin so laut zugefallen ist. Ein Reflex irgendwie. Eine Rose liegt darin. Sie sieht frisch aus. Meine Fantasie hat mich in die schlimmsten Abgründe gejagt. Aber Merlin als Rosenkavalier? Da setzt die Vorstellungskraft aus. Wahrscheinlich hat er irgendeinen Müll weggeworfen und die Blume liegt da schon ewig.

Er ist schon da.

Ich hatte nicht wirklich daran geglaubt. Oder befürchtet, dass er es nicht ist. Dass mir sofort klar wird, dass dieser »Ghostwriter« auf gar keinen Fall mein »Kaktus« sein kann. »Mein« Kaktus. O Gott. Doch schon nach den ersten Worten von ihm weiß ich es. Er ist es. Vielleicht ist es seine Art, Worte aneinanderzureihen. Vielleicht sind es die vielen Pünktchen dazwischen. Vielleicht verrät ihn auch diese Traurigkeit. Damit hatte er mich damals gekriegt, glaube ich.

Julchen hat sich gerade erst angemeldet, da spricht er sie auch schon an.

Schön, dich hier zu treffen. Man liest so selten in vertrauten Gesichtern.

Sie dreht sich zu mir um und grinst.

»Ich glaube, er hat angebissen«, flüstert sie.

Es ist natürlich Quatsch, dass sie extra leise spricht. Als könnte er uns wirklich hören. Wobei – wer weiß. Er ist der unsichtbare Feind in meinem Leben. Ich kann mich nirgends sicher vor ihm fühlen.

»Was soll ich ihm schreiben?«, fragt Julchen.

Dass er sich verpissen soll. Dass er mit diesem Schmalz aufhören soll. Dass er das mieseste, fieseste Wesen ist, das sich der böse Gott ausdenken konnte. Ein Fehler der Natur. Dass er ein armes kleines Würstchen ist, das sich im Dunkeln groß fühlt. Dass er eine verlogene, verstörte Kreatur ist.

Immer neue, stärkere, wütendere Worte stoßen mir auf. Der Belag auf meiner Zunge wird immer bitterer. Ich spüre beim Atmen, dass ich sauer rieche.

Julchens Augen ruhen noch immer auf mir. Sie spürt wohl langsam, dass von mir nichts zu erwarten ist.

»Ich plaudere einfach ein bisschen mit ihm. Ich glaube, der ist echt schreckhaft. Wenn ich jetzt zu forsch bin, vergraulen wir ihn.«

Schreckhaft. Dieser Sadist.

Ich nicke nur und gehe erst mal aufs Klo. Ich kann es fast nicht ertragen, zu wissen: Er sitzt jetzt am anderen Ende der Leitung. Geilt sich vielleicht daran auf, dass er ein neues Opfer gefunden hat. Ich könnte jetzt eine Kraulrunde mit Ali gebrauchen. Es ist komisch, vor Julchens

Tür nicht über ihn zu stolpern. Er lag da immer, wenn sie ihn mal wieder aus ihrem Zimmer geworfen hatte, obwohl ich das in letzter Zeit eigentlich nie zugelassen habe. Jetzt liegt er in der Tierklinik. Julchen hatte mir erzählt, dass er jetzt auch nicht mehr trinkt und sie ihm heute Nachmittag mit einer Pipette ein bisschen Wasser ins Maul hat laufen lassen.

Als ich vom Klo zurückkomme, reden Julchen und das Arsch gerade über Wolken. Wie die perfekten Wolken geformt sind. Dass sie manchmal den Himmel so weit machen. Dass der Blick dann wie auf einer Leiter ins Universum steigen kann. Und dass er manchmal wie eine niedrige Kellertreppe über einem hängt. Man das Gefühl hat, noch nicht mal gerade stehen zu können.

Manchmal, wenn im Herbst der Himmel eine einzige Wand ist, fühle ich mich richtig eingesperrt.

Wie ätzend ist das denn? Er fühlt sich eingesperrt? Ich würde mich jetzt am liebsten an die Tastatur setzen und ihm mal kurz schreiben, wie das wirklich ist, wenn man sich eingesperrt fühlt. Wenn man das Gefühl hat, die Luft wird immer schwerer. Wenn die Angst wie ein böser Tumor in einem pochert. Wenn man gleichzeitig losrennen und sich in sich selber verkriechen möchte.

Julchen macht das wahrscheinlich Richtige. Sie wirft ihm Antworten wie Schokostücke hin. Viele, viele bunte Smarties. Er kann nicht anders, er greift zu. Ich frage mich nur, wer hier wem eigentlich etwas vorspielt.

Denkt er jetzt an sie?

Ich kann den Gedanken nicht ausblenden. Eigentlich war ich super-müde, als Philipp mich netterweise mit dem Auto nach Hause gebracht hat. Sogar zu müde, um darüber nachzudenken, über was ich mit Philipp reden könnte, was er nicht albern findet. Jetzt bin ich wieder hellwach. Ist er wohl genauso wach? Denkt der Ghostwriter jetzt an Julchen? Überlegt er sich, wie er sie in die Angst schubsen kann?

Ich weiß, dass es das Allerletzte ist, aber ein ganz klein bisschen wünsche ich mir, er würde sich jetzt Julchen als neues Opfer aussuchen. Würde mich fallen lassen. Ich glaube einfach, dass sie eher eine Chance hätte, das heil zu überstehen. Bei mir bin ich nicht so sicher.

Ich sehe es ihr sofort an. Sie ist noch hundert oder zweihundert Meter entfernt, aber ich sehe es an ihren Schultern, an der Art, wie sie den Kopf hält. Ihr Gang federt nicht wie sonst. Julchen sieht aus, als hätte sie dicke Bleiplatten in den Schuhen, auf den Schultern.

»Er ist gestern Abend gestorben«, sagt sie leise, als sie vor mir steht.

Keine Ahnung, was ich darauf sagen soll. Ich hatte mir diese Situation vorgestellt, aber eine Antwort habe ich trotzdem nicht. Wünscht man Beileid, wenn ein Hund gestorben ist?

»Bist du sehr traurig?«, frage ich lieber.

Sie nickt und guckt ihre Schuhe an. Vielleicht wundert sie sich selber, wie schwer die sind.

Ich bin nicht traurig. Ich bin mehr als das. Von einer Sekunde zur nächsten wird alles in mir kalt und schwer. Ich spüre meine Knie zittern. Mit Ali durch den Wald zu streifen, das waren in letzter Zeit die einzig sicheren Stunden. Ich hatte mich stark gefühlt mit ihm. Einfach stark und unverwundbar. Außerdem mochte ich die Art, wie er zu mir hochgeguckt hat. Immer ein bisschen verwundert, schelmisch und so dankbar irgendwie. Er hat sich einfach jedes Mal so gefreut, wenn ich da war. Ich habe es geliebt, wenn er sich direkt neben mir zusammengerollt oder gleich auf meine Füße gelegt hat. Ich saß da oft wie festgetackert. Ich mochte mich nicht bewegen, weil ich Ali nicht wecken oder gar vertreiben wollte. Ich schlucke und schlucke und dieser Kloß in meinem Hals fällt nicht. Ich kann mir einfach nicht vorstellen, dass ich nie mehr in diese Augen gucken werde, dass er nie wieder meine Hand abschleckt. Es hatte sich so gut angefühlt, all meine Ängste in diese kleinen Ohren zu erzählen.

Jetzt ist Ali tot. Und ich bin schuld. In mir macht sich eine lähmende Starre breit. Ich bin schuld. Die Worte liegen auf meinen Schultern, auf meinem Brustkorb, schwer in meinem Magen. Wie Zement fließt die Gewissheit durch mich hindurch und wird ganz langsam fest und hart.

»An was ist er denn gestorben?«, frage ich leise.

»Wissen sie noch nicht genau. Irgendein Scheißgift wahrscheinlich. Er muss das irgendwo gefressen haben. Mein Vater hat sich heute Morgen direkt den Nachbarn vorgeknöpft. Der hatte neulich so Chemiedünger bei sich im Garten verteilt. Mein Vater ist sich sicher, dass es das war. Manchmal ist Ali über den Zaun und hat nebenan die Maulwurfhügel aufgewühlt. Vielleicht hat er dabei was von dem Dünger gefressen.«

»Meinst du echt, er ist mit Dünger vergiftet worden? So giftig kann das doch gar nicht sein, wenn man das Zeug einfach so im Garten verteilen darf.«

Sie zuckt mit den Schultern. »Ich glaube das ja auch nicht wirklich. Aber ich weiß auch echt nicht, was es sonst gewesen sein könnte. Wenn ich mit Ali unterwegs war, ist der immer dicht neben mir geblieben. Ich hätte es gemerkt, wenn er was ins Maul genommen hätte.«

Sie hebt plötzlich den Kopf. »Oder hast du was beobachtet, als du neulich mit ihm unterwegs warst? Wo wart ihr eigentlich?«

»Wir waren nur ganz kurz im kleinen Wäldchen.«

Es klingelt und mir fällt ein Stein vom Herzen. Ich weiß, dass ich Julchen durchaus was verschweigen kann. Ich bin mir aber nicht sicher, ob ich sie auch eiskalt belügen könnte, wenn es sein müsste.

Während der Deutschstunde versuche ich mich zu beruhigen. Wenn ich Julchen jetzt von meiner Vermutung erzähle, dass Ali vorsätzlich von Kaktus – also von ihrem Ghostwriter – umgebracht worden sei, wird sie ihn sich im Chat sofort krallen, ihn beschimpfen. Dann taucht er natürlich wieder ab. Dann entwischt er uns und kann in aller Seelenruhe weitermachen. Das darf nicht passieren. Ich muss die Wahrheit eintauschen gegen die Hoffnung.

Ich erschrecke mich total, als mein Opa sich hinter mir räuspert. Ich stehe in unserer kleinen Küche und koche mir einen Baldriantee. Der soll beruhigen, und Ruhe ist genau das, was ich in meinem Kopf jetzt brauche. Wie ein Mantra wiederholen sich zwei Sätze in meinem Kopf. »Ali ist tot. Und ich bin schuld daran«. Ich habe es echt geschafft, Julchen heute in der Schule auszuweichen. Das ist nicht so schwer. Sie ist nie alleine eigentlich. Da kann man sich gut wegducken. Ich hatte Schiss, dass sie das Thema Ali noch mal aufgreift und ich mich dann nicht halten kann.

Mein Opa holt sich seine fiese grobe Leberwurst aus dem Kühlschrank. Der Geruch steigt mir unangenehm in die Nase. Warum essen alte Leute so ein Zeug?

»War das am Samstagabend eigentlich dein Freund?«, fragt er vorsichtig.

Ich drehe mich erstaunt zu ihm um. Es ist eigentlich gar nicht seine Art, solche Fragen zu stellen. Samstagabend? Ich überlege, was er meint. Ach, Philipp, der mich nach Hause gebracht hat. Er kam noch kurz mit rein, weil ich ihm für Julchen die Englisch-Hausaufgaben mitgeben wollte.

»Das war doch der Bruder von Julchen«, sage ich und wundere mich. Eigentlich hat er Philipp doch schon mal gesehen. Ich beobachte, wie er sich einen Löffel aus der Schublade nimmt. Es dauert ein bisschen. Er guckt den Löffel an, die Brotscheibe, die Wurst. Ganz langsam legt er den Löffel zurück, greift nach einem Messer.

»Er kann ja Julchens Bruder *und* dein Freund sein«, sagt er gedankenverloren. Da hat er natürlich recht.

»Er ist nur Julchens Bruder«, antworte ich und werde leicht rot. Ich bin nicht verliebt in Philipp. Aber allein die Tatsache, dass irgendjemand annimmt, Philipp wäre mein Freund, finde ich peinlich. Als ob sich so ein Typ auch nur annähernd für ein verhuschtes Mädchen wie mich interessieren würde.

Ich trinke einen Liter Baldriantee und mein Herz ist immer noch im Fast-Forward-Modus. »Ali ist tot. Und ich bin schuld daran. Ali ist tot. Und ich bin schuld daran. Ali ist tot. Und ich bin schuld daran.« Vielleicht komme ich auch nicht zur Ruhe, weil ich andauernd pinkeln muss. Als ich das dritte Mal gehen will, hält mein Opa gerade eine Sitzung da ab. Das kann dauern. Ich renne schnell ins Bad oben und treffe auf Luise. Sie hat etwas Weißes im Gesicht und sieht furchterregend aus.

»Machst du gerade einen Gipsabdruck?«, frage ich geistesabwesend und lasse mich auf der Toilette nieder. Es gibt sonst niemanden, vor dem ich pinkeln würde.

»Gipsabdruck? Das ist eine Schönheitsmaske.«

Da muss ich lachen. Richtig laut. Ich hatte fast vergessen, wie das klingt.

»Schönheitsmaske?«, japse ich und betone das Wort »Schönheit«. »Du siehst eher so aus, als hättest du eine schlimme Gesichts-OP hinter dir und noch die Mullbinden da kleben«, sage ich und halte mir die Seite. Ist es lachen oder ist es weinen? Jetzt nur nicht hysterisch werden.

Sie kneift ihre Augen zu Schlitzen zusammen. Rechts und links bilden sich feine Risse.

»Vorsicht. Das Kunstwerk bröckelt«, sage ich noch nach Luft japsend und habe gleich wieder ein beklemmendes Gefühl. Ali ist tot, ich bin schuld daran, und Julchen ist wegen mir in Gefahr. Was gibt es da zu lachen? Darf ich noch lachen? Ich versuche, den Gedanken beiseitezuschieben. »Warum machst du so was?«, frage ich Luise, um mich abzulenken.

»Willst du das wirklich wissen? Weil ich gesehen habe, dass sich durch die ganze Flennerei schon meine Tränensäcke vergrößert haben. Ich sehe aus wie Derrick. Den Triumph will ich Paul jetzt nicht gönnen. Dass ich jetzt auch noch schlaff und faltig durch die Welt laufe, das könnte ihm so passen!«

Sie greift nach einer weiteren Packung, die sie vor sich aufgebaut hat. »Jetzt sind die Haare dran.«

»Hast du da auch Tränensäcke? Oder hast du plötzlich Schuppen, nur weil Paul sich aus dem Staub gemacht hat? Das wäre ja mal eine besondere Form des Liebeskummers.«

»Ich will einfach nicht aussehen wie eine Restmülltonne, wenn wir uns mal zufällig begegnen.«

Sie tippt mit einem Finger auf meinen Brustkorb: »Und ganz ehrlich, du siehst auch wie eine Leiche aus. Ein bisschen mehr Glanz in den Haaren würde auch dir ganz guttun.«

Guttun. Mir würde was ganz anderes guttun. Aber vielleicht auch einfach eine kleine Ablenkung. Eine Viertelstunde später bereue ich dieses Ablenkungsmanöver. Ich habe mir wie Luise eine eklige Matschepampe auf den Kopf geschmiert. Eine Henna-Glanzkur. Also so einen richtigen Öko-Mist. Weil das Ganze besser wirken soll, wenn es warm gehalten wird, hat Luise erst sich und dann auch mir mehrere Meter Alufolie um den Kopf gewickelt. Wir sehen aus wie eine Mischung aus Roboterbausatz und misslungenem Karnevalskostüm. Dabei stinkt das Ganze wie Kuhdung. Bio eben.

»Wie lange muss das jetzt einwirken?«, frage ich vorsichtig.

»Halbe Stunde nur«, antwortet Luise.

Eine halbe Stunde! Mit Chemie kriege ich in zehn Minuten eine gänzlich andere Haarfarbe hin, nicht nur ein bisschen mehr Glanz. Und ganz ohne das Gefühl, als ob ich in eine Jauchegrube gefallen wäre.

»Komm, in der Zwischenzeit kümmern wir uns um die Fingernägel«, schlägt Luise vor. Ich glaube, sie hat ein komplettes Monatseinkommen im Drogeriemarkt gelassen. Sie holt das ganze Programm aus einer Tüte. Wachs für die Nagelhaut. Grundierungslack. Dekolack. Glitzersteine und eine Glasfeile! Wahnsinn. Luise steigert sich von Nagel zu Nagel. Sie zaubert mir kleine wundervolle Kunstwerke auf die Finger. Ich würde mir am liebsten durchsichtige Handschuhe über die Hände stülpen. Ich glaube es nicht. Kann das Leben schön sein? Darf ich das genießen? Ich muss es genießen, es ist wunderbar. Luise und ich. Und die Kunstwerke auf meinen Nägeln. Ich bin entzückt.

»Schuhe aus, Socken aus«, befiehlt sie anschließend.

Ganz konzentriert macht sie sich über meine Zehen her. Ich muss mich total konzentrieren, nicht zu kichern. Als sie endlich fertig ist, stehen auf meinen Zehennägeln ein U, ein N, ein T, ein E und ein N.

UNTEN.

Ich pruste gegen meinen Willen los.

»Was soll das?«, frage ich sie atemlos vor Lachen.

»Du hast in letzter Zeit immer so den Kopf hängen lassen, dass man schon gar nicht mehr wusste, wo oben und wo unten ist«, sagt sie grinsend.

»Bei dir kannst du ja dann VORNE draufschreiben, was?«

»Wieso?«

»Wo du bist, ist doch immer vorne, oder etwa nicht?«

Sie strahlt mich an. »Du bist so schlau, du musst meine Schwester sein ...«

Später, als der Lack getrocknet und wir uns den Dungmist vom Kopf gewaschen haben, fragt Luise mich plötzlich ein bisschen aufgeregt: »Soll ich dir mal zeigen, was ich letzte Nacht gemacht habe?«

»Auf jeden Fall.«

»Dann komm mal mit.«

An ihrem Schreibtisch startet Luise ihren Laptop und einen Film. Sie macht eine Ausbildung zur Mediengestalterin und so was gehört wohl auch dazu. Sicher bin ich nicht. Sie hat noch nicht so viel erzählt, und ich habe noch nicht so viel gefragt. Der Film beginnt mit einem Bild von Paul.

Ich verdrehe die Augen. »Musstest du einen Werbefilm für ein Brechmittel machen, oder was?«

»Nee. Einen Film zum Thema ›heiß‹.«

»Und da denkst du an Paul?«

»Warte es doch mal ab!«

Dieser langweilige Streifen zeigt erst mal nur Paul. Einen grinsenden Paul am Strand. Plötzlich entdecke ich einen kleinen schwarzen Flecken auf seinem Rücken. Der schwarze Fleck wird schnell größer. Man sieht erst kleine, dann immer größer werdende züngelnde Flammen. Das

Feuer frisst sich in Pauls Rücken. Sein Körper lodert. Sein Grinsen wirkt dazu völlig bescheuert. Das Ganze entwickelt sich zu einem Flächenbrand. Als nur noch eine schwarze Fläche mit verkohlten Rändern zu sehen ist, kommt ein Streichholz ins Bild. Es ist schon sehr weit runtergebrannt. Dann wird es von der Seite ausgepustet und hingeworfen. Damit endet der Film.

Ich bin echt beeindruckt. Das hat Luise gemacht. Ganz alleine am Computer. Sie dreht sich zu mir um, und es ist einer der seltenen Momente, in denen sie unsicher wirkt. Vielleicht nicht nur so wirkt.

»Wie findest du das?«

»Hut ab«, sage ich und meine es ernst.

Dann fällt mir was ein.

Ich renne runter ins Wohnzimmer. Es dauert ein bisschen, bis ich die CD gefunden habe. Ich spiele sie Luise oben laut vor. Schließlich gehört zu einem solchen Film auch der richtige Sound.

»And it burns, burns, burns«, erklingt es. Der Song heißt »Ring of fire« und mein Vater liebt ihn total. Wenn man will, kann man ihn total mitgrölen. Aber irgendwie ist das Lied zu countrymäßig fröhlich und noch nicht gemein genug. Nach ein bisschen Suchen finden wir den absolut passenden Soundtrack. Wir entscheiden uns für die Titelmelodie von »Kill Bill«, dieses »Bang, bang, my baby shot me down«. Der absolute Hammer.

Ich habe den Song abends immer noch im Ohr, als ich ins Bett gehe.

»Bang, bang, I shot you down.«

Dazu fallen mir noch ganz andere Bilder ein.

Als ich am nächsten Mittag nach Hause komme, ist mein Vater da. Ich bin völlig irritiert. Ich mag zurzeit keine Überraschungen mehr. Schon als ich von Weitem sein

Auto vorm Haus gesehen hatte, war die Angst wie kleine Ameisen über meine Haut gekrochen. Ich habe Angst, dass irgendwas mit Opa ist. Ich habe ihn gestern Abend gar nicht mehr gesehen. Ich ziehe die Jacke nicht aus, gehe direkt ins Wohnzimmer. Danach in die Küche. Keiner da. Ich renne nach unten. Reiße die Tür zum Zimmer meines Großvaters auf. Überrascht guckt er von seinem Rätselheft hoch. »So stürmisch ist hier schon lange keine Frau mehr reingekommen«, sagt er lächelnd.

»Entschuldigung. Ich dachte, es wäre was«, antworte ich und bin endlos erleichtert.

»Was soll denn sein, was nicht schon war?«, fragt er und legt den Kopf leicht schief.

Es soll alles so sein, wie es nicht ist. Es soll alles so sein, wie es mal war. Das sage ich nicht. »Schon gut. Viel Glück«, murmle ich leise und zeige auf sein Rätselheft.

Ich gehe langsam die Treppe hoch. Gehe durch bis ins Obergeschoss. Aus dem Schlafzimmer meiner Eltern höre ich Stimmen. Nein. Ich höre eine Stimme. Die meiner Mutter.

»Soll ich den Badeanzug mitnehmen? Und abends? Lang? Dann muss ich noch bügeln. Wie schwer darf denn so ein Koffer überhaupt sein?«

Ich klopfe kurz an, stehe dann staunend vorm Ehebett. Meine Mutter hat die Hälfte ihres Kleiderschrankes auf dem Boden verteilt. Im großen Koffer auf dem Bett liegt ihr Schmusekissen. Mehr noch nicht. Mein Vater sitzt auf seiner Seite und liest irgendwas auf seinem iPhone. Er hebt kurz die Hand. Die Bewegung heißt gleichzeitig »Hallo« und »Stör mich jetzt bitte nicht«.

»Ma, gehst du auf Klassenfahrt?« Irgendwas stimmt hier nicht.

»He, Süße. Du bist meine Rettung. Was braucht man wohl, wenn man vierundzwanzig Stunden in Rom ist?«

»Rom?«

»Si. Bella Italia. La dolce vita und so.«

Meine Mutter stellt sich in Positur. Was das für eine Pose sein soll, weiß ich nicht. Eine Mischung aus modernem Tanztheater und klassischem Drama. Irgendwie komisch. Aber nicht lustig.

»Bella Italia?« Ich klinge wie ein Papagei.

»Ja, Papa muss nach Rom. Quatsch. Papa *darf* nach Rom. Sein armer Kollege hat Scharlach bekommen. Und deswegen fliegt Papa heute Abend nach Rom, um da irgendwas vorzustellen. Und seine hübsche und intelligente Frau begleitet ihn.« Sie tut so, als würde sie eine Zigarette ausdrücken.

»Du?«

»Ja. Ich.« Sie wirkt ein bisschen pikiert.

»Ihr wollt uns alleine lassen?« Mir wird kalt. Eiskalt.

»Alleine lassen? Linda, wir fahren nicht zu einer Südpolexpedition. Wir gehen nicht in den Untergrund. Wir wollten für eine einzige Nacht aushäusig nächtigen.«

Ich lasse das Gummiband schnacken.

Ich will nicht, dass sie woanders schlafen. Ich will nicht mit Luise und Opa alleine im Haus sein. Plötzlich merke ich, dass meine Eltern irgendwie so eine Art Schutzschild für mich sind. Ich lasse es wieder schnacken. Manchmal habe ich das Gefühl, die Haut innen am Handgelenk ist schon ganz dünn.

Ich reiße mich zusammen. Es fühlt sich an, als würde ich mit Zement ausgegossen.

Luise findet es »topcool«, dass unsere Eltern kurzfristig nach Italien reisen. Sie flüstert mir zu: »Mäkkes!«, und leiert Ma sogar noch zwanzig Euro aus dem Portemonnaie. Die wollte erst nur zehn lockermachen. Aber da hat sie nicht mit Luise gerechnet.

»Ihr werdet also im Flieger schon einen Sekt schlürfen. Heute Abend gibt es dann noch einen Prosecco und wahrscheinlich die geilste Pasta der Welt, morgen früh mümmelt ihr euch durch das gesamte Frühstücksbüfett, danach geht es wahrscheinlich direkt in die Gelateria und so weiter. Und wir werden hier mit zehn Euro abgespeist. Das ist ein Fall fürs Jugendamt«, hat Luise lamentiert und Mama blieb nichts anderes übrig, als noch einen Schein zu zücken.

Ihr Auto ist gerade erst um die Ecke gebogen, als Luise ihre Jacke anzieht.

»Willst du weg?« Mir wird schlecht. Der Zement in mir zieht sich noch einen Millimeter zusammen. Wenn sie jetzt auch noch geht, bin ich ausgeliefert. Ganz alleine in diesem Haus, nur mit Opa im Keller, fühle ich mich wie nackt in einem Auto. Kein Platz, der zum Verstecken reicht.

»Klar will ich weg. Ich hole uns jetzt eine DVD, die mindestens jugendgefährdend sein muss, und mehrere Tausend Kalorien, verkleidet als Burger, Pommes, Mayo und Chicken Wings.«

»Ich komme mit.«

Sie runzelt die Stirn. »Wenn du gehen willst, kann ich ja hierbleiben.«

»Ich will nicht alleine gehen. Ich will mitgehen.«

Sie runzelt noch ein paar Falten dazu. Nickt dann aber.

In der Videothek laufen wir Merlin in die Arme. Eigentlich in die Hacken. Aber man sagt ja immer »in die Arme«.

Luise lädt ihn kurz entschlossen ein. Ich glaube, Merlin guckt noch ein bisschen erschrockener als ich. Reiche ich Luise nicht?

Als wir uns nach drei Sparmenüs mit Extra-Pommes auf die Couch kuscheln und »From dust till dawn« einlegen, ist es ein bisschen wie früher. Nur dass wir drei uns früher mit »Benjamin Blümchen« vergnügten, später mit

»Wetten dass ...?« Merlin ist endlich auch ein bisschen ruhiger geworden. Während der ersten halben Stunde hatte er ununterbrochen gequatscht. Außerdem hatte er komische rote Flecken am Hals. Das hatte er früher schon immer, wenn ihm was richtig unangenehm war. In die Hose machen zum Beispiel.

Ich habe darauf geachtet, in der Mitte zu sitzen. Merlin und Luise flankieren mich. Wie zwei Beschützer. So könnte es immer sein.

Scheiß Konjunktiv.

»Er hat angebissen!«

In Julchens Stimme ist ein Kilo – mindestens – Triumph. Sie lässt mich gar nicht zu Wort kommen. »Und er will mich sehen.«

Sie hat es geschafft. Er will sie sehen. Natürlich will er SIE sehen. Mich wollte er nicht sehen. Mich will er nur quälen. Mit mir fiese Spielchen spielen. Ich würge ein »Super« heraus. Ich finde es ja auch super. Eigentlich. Nur so wird es aufhören. Wenn überhaupt. Er muss den Köder schlucken, dann kann Julchen den Fisch an Land ziehen. Aus seinem stinkenden Tümpel. Ich stelle mir vor, wie ein fetter, müffelnder Karpfen vor mir liegt. Mich aus milchigen Glupschaugen anguckt und verzweifelt nach Luft schnappt. Wie er immer wieder den hässlichen Mund mit Überbiss aufreißt, um nicht qualvoll zu sterben.

Die Vorstellung gefällt mir.

Bin ich jetzt schon so sadistisch wie er?

Wenn man auf Augenhöhe kämpfen will, muss man sich dann vielleicht auch mal herablassen?

»Erzähl mal«, fordere ich Julchen auf.

»Er hat mich zum Essen eingeladen.«

»Ach, führt der Gentleman dich zum Dinner aus? Wie galant.«

»Genau. Wir gehen ins ›Pasta Basta‹. War ich eh lange nicht mehr.«

Ich verstehe nicht ganz. Das, was ich glaube, was sie gesagt hat, kann ja nicht stimmen. Sie wird doch kaum mit ihm alleine essen gehen, oder?

ODER?

»Du gehst mit ihm schön italienisch essen?«

Es sollte eher wie eine Feststellung klingen.

»Sieht so aus. Ich hole ihn ab, weil das wohl genau auf dem Weg liegt.«

»Das ist nicht dein Ernst.«

Der Typ hat mich eingesperrt. Er hat mich wie ein Tier eingepfercht. Hat sich amüsiert darüber, wie ich über den Boden gekrochen bin. Der Typ hat Ali ermordet. Vergiftet mit Rattengift oder so. Er hat eklige Bilder von mir ins Internet gestellt. Mir notgeile, widerliche Männer auf den Hals gehetzt. Er hat ein fieses Herz auf mein Fenster gemalt.

Und bei diesem Monster will Julchen anklingeln, um lustig essen zu gehen. Ist sie mutig oder so naiv?

»Entspann dich. Er ahnt ja nicht, dass ich genaustens über ihn informiert bin. Und was soll mir passieren? Du weißt ja, wo ich bin. Ich werde dir alle halbe Stunde eine SMS schicken. Am besten wartest du irgendwo in der Nähe. Außerdem hängen im ›Pasta Basta‹ bestimmt eh ein paar Typen von unserer Schule ab, die mich im Zweifelsfall befreien könnten.«

»Und wenn da keiner ist, der dir hilft, und ich keine SMS bekomme?«

»Dann kommst du natürlich.«

»Und wenn der Typ gerade damit beschäftigt ist, dich auf dem Männerklo zu fesseln oder was weiß ich was zu tun?«

Julchen hat sie doch nicht alle. Sosehr ich will, dass dieser Horror aufhört, so sehr habe ich Angst um meine Freundin. Meine einzige Freundin immerhin.

»Kannst du nicht zusätzlich noch Philipp Bescheid sagen?«, bitte ich sie.

»Das ist gerade schlecht«, wehrt sie ab.

»Weil?«

»Der hat zurzeit genug Stress. Er hat ein bisschen Ärger. Wenn meine Eltern da irgendwas spitzkriegen und hören, dass Philipp Bescheid wusste, hat der ein richtiges Problem.«

Philipp in Zusammenhang mit den Wörtern »Ärger« und »Problem« – das gab es bis jetzt in meiner Vorstellung nicht.

»Wieso hat der Ärger?«

Ich bin einfach zu neugierig, um nicht zu fragen.

»So eine Omi aus dem Altersheim hat sich über ihn beschwert. Das passiert in seinem Job aber alle naselang. Alte Menschen sind einfach komisch. Meckern dauernd rum. Dabei macht Philipp die Arbeit als Zivi total viel Spaß.«

Ich sage jetzt nicht, dass ich mich auch gerne von Philipp pflegen lassen würde. Ich stelle mir vor, wie er mir Essen bringen würde. Wir würden ein bisschen quatschen. Dann entgleiten mir meine Gedanken. Iiiiiih.

Ich habe eine super Idee.

»Wir machen das so: Direkt wenn ihr im ›Pasta Basta‹ angekommen seid, rufe ich dich an. Du erzählst dann beiläufig, mit wem du wo bist, und zwar so, dass er es hört. Dann ist ihm klar, dass jemand anderes Bescheid weiß, wo du bist. Da wird er sich wohl zurückhalten.«

Julchen nickt. »Das klingt gut.«

Vielleicht hält er sich bei Julchen aber ohnehin zurück. Weil er in sie verliebt ist. Weil er sie ja nicht verschrecken will. Weil es ja nur Spaß macht, so eine dumme, hässliche Kuh wie mich zu quälen.

»Wie geht es dann eigentlich weiter?«, frage ich vorsichtig.

Wie will Julchen ihn dazu kriegen, mich in Ruhe zu lassen?

»Das habe ich mir schon genau überlegt. Ich werde ihm von einer Freundin erzählen, die von einem Stalker verfolgt wird. Und dass die jetzt die Polizei eingeschaltet hat und die Bullen schon eine heiße Fährte aufgenommen haben und bald auch den genauen Namen und die Anschrift herausbekommen werden.«

»Und das soll helfen?«

Für mich klingt das ein bisschen naiv. Ein bisschen nach TKKG.

»Das Monster wird Panik bekommen, ist doch klar. Er wird die Muffen kriegen und sofort seine Schweinereien einstellen«, erläutert Julchen ganz ruhig.

»Und wenn er das nicht tut, weil er sich total sicher ist, nicht entdeckt zu werden? Weil er ein absoluter Hacker ist und seine Spuren im Netz verwischt hat?«

»Dann haben wir ja seine Adresse und seinen Namen und gehen damit wirklich zur Polizei. Wahrscheinlich finden die sofort auf seinem Rechner die Fotos von dir. Damit ist er dann überführt.«

»Vielleicht sollten wir es direkt so machen. Wenn du weißt, wer er ist, gehen wir damit zu den Bullen und ich zeige ihn an. Dann musst du gar nicht zu ihm.«

»Und dann kommt es zu einer Gerichtsverhandlung, wo die schönen Fotos von dir dann fett als Beweismittel rumliegen. Der Richter, der Staatsanwalt, der Anwalt, das Schwein – alle haben die Fotos von dir in der Hand, während du da als Zeugin verhört wirst. Hast du da Lust drauf?«

Habe ich natürlich nicht. Aber ich wundere mich, dass Julchen dies bedacht hat und die für sie gefährlichere Variante vorzieht.

Ich schlucke. Ein Gedanke geistert in meinem Kopf rum. Ich kann ihn nicht packen. So wie ich manchmal abends im Bett liege und weiß, dass ich was vergessen habe – aber eben nicht, was. Fahrrad in die Garage bringen oder so was. Ich schiebe das Gefühl zur Seite. Endlich stelle ich die Frage. »Hast du eigentlich schon seinen richtigen Namen?«

»Er heißt Arne Becker.«

Arne Becker.

Eigentlich ein harmloser Name.

Es klingelt. Der Pausenhof leert sich schnell. Auf dem Weg nach oben flötet Julchen: »Also nimm dir heute Abend mal nichts vor, damit du mich im Zweifelsfall retten kannst.«

Heute Abend.

»Heute?«

9

Ich sitze an einem schmierigen Tisch in einer noch schmierigeren Frittenbude. Das ist der einzige Ort in der Nähe der Blumenstraße 13, wo man sich unauffällig aufhalten kann. Ich fand, dass Blumenstraße so nett klang. Nach älteren Einfamilienhäusern mit braven Reihen von Alpenveilchen neben der Haustür. Nach »scheckheftgepflegten Garagenautos«, nach geschmiedeten Gittern vor den Fenstern im Erdgeschoss, nach Gästeklo neben der Eingangstür und vor dem Haus der Smart eines Pflegedienstes. So ist es nicht. Die Häuser hier haben mindestens vier Klingeln neben den Milchglashaustüren. Die Gärten sind eher Grünstreifen. Die Autos an den Straßenrändern haben erstaunlicherweise die Ära der Abwrackprämie überlebt. Um kurz vor acht hatte Julchen gesimst: *Ich klingele jetzt. Drück mir die Daumen.* Exakt zehn Minuten danach hatte ich bei ihr angerufen. Sie hatte ein bisschen gesmalltalkt, mir dann wie verabredet erzählt, dass sie gerade bei Arne Becker sei. Blumenstraße. Wäre sie noch nie gewesen. Und bevor ich noch irgendetwas sagen konnte, hatte sie sich fröhlich verabschiedet. Warum ist sie noch bei ihm? Sie wollte doch nur anklingeln und dann direkt mit ihm los. Von der Blumenstraße 13 bis zum »Pasta Basta« sind es keine drei Minuten. Sie hatte nicht so geklungen, als würde sie draußen stehen. Ihre Stimme klang, als wäre sie irgendwo drinnen. Ist sie etwa zu ihm rein? Auf einmal sehe ich die Szene vor mir. Sie klingelt und er quäkt aus der Gegensprechanlage, dass er noch nicht fertig sei und sie doch noch mal eben hochkommen soll. Ist Julchen etwa wirklich zu ihm in die Wohnung? Mir wird übel. Ich sitze im Qualm der Fritteuse. Die Dunstabzugshaube scheint nur akustisch zu funktionieren. Ein kleines Mädchen, allerhöchstens acht oder neun Jahre alt, holt eine Bestellung ab. Sie kann kaum die weiße Tüte mit den matschigen Pommes, den Currywürsten und der Literflasche Cola tragen. Ich schiebe mit einer kleinen Plastikgabel die Pommes in meiner Schale hin und her. War er auch schon mal hier? Holt er sich hier abends sein Junkfood? Ich habe zu viel Fanta getrunken, muss leider pinkeln gehen. Die Toilette ist genau so, wie ich befürchtet habe. Nein. Schlimmer. Es gibt einen Automaten mit »erotischen Würfeln«. Ich will gar nicht wissen, was das ist. Als ich wiederkomme, stehen zwei Typen an der Bar, trinken Flaschenbier.

Ich kann das nicht, ich halte es nicht aus. Die Vorstellung, dass Julchen jetzt bei ihm ist, macht mir panische Angst. Ich laufe los, irgendwohin. Die Richtung ist egal. Wieder das Gefühl, dass ich etwas vergessen habe. So wie man ein Wort vergessen hat, das man eigentlich kennt, das aber einem partout nicht einfallen will. Ich versuche an etwas anderes zu denken. Wenn man sich zu sehr konzentriert, geht gar nichts mehr.

Schon um kurz vor halb neun kommt die erste SMS.

Er ist es nicht.

Das ist alles. Was soll mir das sagen, bitte schön? Was ist er nicht? Nicht ihr Typ, oder was? Oder will sie mir allen Ernstes sagen, er ist nicht das Arsch, das mich verfolgt?

Ein Hund kommt auf mich zugelaufen, der Halter trottet hinterher. Das Tier blafft mich an, ich blaffe zurück: »Verzieh dich.«

»Der tut doch nichts«, antwortet der Mann verblüfft.

»Ich aber«, sage ich nur laut.

Ich gehe langsam weiter. Will Julchen wirklich behaupten, hinter dem Kaktus stecke nicht mein Monster? Hat sie ihn gefragt?

»Entschuldige, ehe wir losgehen, eine Frage noch: Kann es sein, dass du meine Freundin seit einiger Zeit belästigst? Nein? Ach, dann ist ja gut. Dann können wir uns ja einen schönen Abend machen. Ich freue mich schon auf das Tiramisu.« Oder wie?

Ein Gedanke fällt wie ein Beil: Vielleicht hat er sie gerade gezwungen, das zu schreiben. Er hat durchschaut, dass sie ihn enttarnen will. Hat es aus ihr rausbekommen. Wie auch immer. Jetzt soll sie mich beruhigen. Ich wähle hastig ihre Nummer. Nach dem fünften Klingeln erst geht sie ran.

»He, Linda, alles gut?«

Wieso sagt sie meinen Namen?

»Julchen, hör mir zu. Wenn der Typ dich bedroht, sag jetzt einfach ›Montag‹. Dann weiß ich Bescheid.«

Ich höre sie lachen.

»Du guckst zu viele schlechte Filme. Hier ist alles in Ordnung. Wir sind übrigens doch nicht ausgegangen. Arne hat spontan was gekocht. Die Soße besteht nur leider zu zwei Dritteln aus Knoblauch. Ich werde morgen stinken wie ein Iltis.«

Sie ist tatsächlich bei ihm.

»Soll ich kommen?«

Ich möchte das eigentlich nicht sagen, aber es rutscht mir so raus.

Sie kichert wieder. Hat er ihr Alkohol eingeflößt?

»Nein, im Ernst. Alles gut. Geh nach Hause. Wir sehen uns morgen. Das heißt, du riechst mich wahrscheinlich, ehe du mich siehst.«

Dann legt sie auf.

Oder hat er aufgelegt?

Hat Julchens Handy einen Lautsprecher? Hat er mitgehört? Ich gehe natürlich nicht nach Hause. Ich biege ab, Richtung Blumenstraße. Haus Nummer 13 sieht aus wie ein alter Opel Kadett. Gewöhnlich. Ein bisschen ordinär. Nur oben rechts ist Licht. Da sitzt Julchen jetzt mit dem Kaktus. Ich würde jetzt doch gerne schellen. Ich möchte ihm in die Augen sehen. Mein Handy klingelt. *Julchen* steht auf dem Display. Ich gehe atemlos ran.

»Ja?«

Sie flüstert: »Er ist gerade auf dem Klo. Mach dir wirklich keinen Kopf. Der Typ sitzt im Rollstuhl. Mehr morgen.«

Danach legt sie auf.

Ich starre das Handy an, nachdem das Display schon lange wieder dunkel ist.

Der Kaktus sitzt im Rollstuhl? Er ist querschnittsgelähmt? Was soll das denn? Ich starre die erleuchteten Fenster an. Wieso wohnt ein Typ im Rolli in der obersten Etage? Da stimmt doch was nicht. Ich gehe zügig Richtung Haustür. Jetzt schelle ich, nehme ich mir vor und traue mich dann doch nicht. Durch das Licht der Straßenlaterne hinter mir sehe ich die Metalltür eines Aufzugs im Treppenhaus. Es könnte also stimmen. Ich gehe ein paar Schritte zurück. Gucke wieder hoch. War das Licht gerade nicht etwas heller? Macht der jetzt auf Romantik, oder was?

Wenn Julchen recht haben sollte und der Kaktus nicht gefährlich ist, dann kann ich doch jetzt schellen. Dann fahre ich jetzt mit dem Aufzug nach oben, und dieser Arne Becker soll mir mal ein paar Dinge erklären. Ich hätte da einige Fragen. Julchen hat gesagt, ich soll nach Hause gehen. Warum? Warum hat sie nicht gesagt, dass ich vorbeikommen soll?

Heißt das, dass ich wirklich nicht kommen soll? Oder heißt das, dass ich besser auf jeden Fall klingele? Und was mache ich, wenn er nicht aufmacht? Ich höre Schritte hinter mir. Eine Frau geht an mir vorbei. Sie dreht sich kurz zu mir um. »Kann ich Ihnen helfen?«

»Nein. Danke.«

Ich drehe mich auch um, gehe Richtung Bürgersteig. Hinter ihr fällt die Tür ins Schloss. Mist. Vielleicht war das die Gelegenheit. Ich hätte mit reingehen können, um oben an der Tür zu lauschen. Ich hätte sie fragen können, ob sie Arne Becker kennt. Ein Gedanke schleicht sich dazwischen. Kannte Julchen Arne Becker schon? Inszeniert sie gerade etwas, um mich einfach zu beruhigen? Ich setze mich auf eine kleine Mauer, starre weiter hoch zu den Fenstern. Eine SMS platzt in die Stille.

Meine Mutter. *Wird es später?*

Was für eine doofe Frage. Es wird immer später. Und später. Ich bin versucht, ihr zu antworten: »Nein, ich habe die Zeit angehalten.« Mache ich natürlich nicht.

Ich antworte nur: *Bin unterwegs.*

Es ist nach Mitternacht. Natürlich kann ich nicht schlafen. Um halb eins setze ich mich noch mal vor die Glotze. Ich muss irgendwie andere Gedanken in meinen Kopf kriegen. Ich zappe sechzig Kanäle durch. Nur Mist. Ich stopfe eine halbe Vollmilch-Nuss in mich rein, wälze mich wieder unter der Bettdecke. Um kurz vor zwei höre ich irgendwas im Garten. Ich war wohl doch kurz weggedämmert, bin wieder hellwach. War es wirklich im Garten? Ich versuche mich zu konzentrieren, doch außer meinem Herz höre ich nichts. Um vier wache ich ohne Decke vor meinem Bett auf. Wie bin ich hier hingekommen? Es sind immer wieder die gleichen Sätze, die wie Glockenschläge durch meinen Kopf hämmern. Wer ist es? Was hat dieser Kaktus damit zu tun? Warum will mich jemand in den Wahnsinn treiben? Wer ist es? Wer ist es? Wer ist es? Ich nehme mir meine Decke, schleiche nach ganz oben. Ganz leise lege ich mich neben Luise. Ihr schnaufender Atem beruhigt mich ein bisschen. Als sie mich um halb sieben weckt, tut mir alles weh. Als hätte ich Muskelkater. Fühle mich erschlagen und geschlagen.

»Oh, habe ich Besuch?« Sie grinst mich an.

»Opa hat so geschnarcht, das war nicht zum Aushalten«, lüge ich.

Obwohl ich mich am allerliebsten einfach umdrehen und die Augen wieder schließen würde, quäle ich mich aus dem Bett. Während ich pinkele, schreibe ich Julchen eine SMS.

»Kannst du reden? Ruf mich an!!!«

Keine Antwort.

Es war ein Fehler, sie alleine bei diesem Ghostwriter zu lassen. Das war totaler Schwachsinn. Als ob nicht schon genug passiert ist. Wenn jetzt auch noch Julchen was zustößt, raste ich völlig aus.

Unter der Dusche flackert es plötzlich wie eine Einblendung vor meinen Augen. Kaktus kannte Julchen doch. Er weiß doch, dass sie meine Freundin ist. Plötzlich zeigt dieser ungute vage Gedanke sein Gesicht. Plötzlich bekomme ich ihn zu fassen. Ich wickele mich in ein Handtuch, hinterlasse überall nasse Fußabdrücke. Zitternd durchblättere ich die Mappe mit den Mails. Die Zettel kleben an meinen feuchten Fingern. Endlich finde ich die Nachricht.

Julchen hat gerade Yoga, oder? Du siehst, dass sie erstens nicht der Absender ist und dass ich zweitens noch mehr weiß, als du nur ahnst.

Das hatte damals Kaktus geschrieben. Er hat sie also auch verarscht. Wahrscheinlich ist er total wütend geworden, als er ihr Bild gesehen hat. Mir wird übel, schaffe es kaum, mich anzuziehen. Während ich in meinem Müsli herumrühre, schicke ich die nächste Nachricht hinterher.

Melde dich!!

»Jetzt frag doch schon!« Meine Mutter steht vor mir, sie klingt ganz aufgeregt.

»Was soll ich fragen?«, murmele ich und stochere in meinem Müsli herum, als wollte ich die Rosinen alle einzeln erdolchen.

»Wie es war!«

Wie was war? Was war denn? Was will sie? Sie verschränkt die Arme vor der Brust, sieht mich ungeduldig an.

»Italien!«, flüstert sie schließlich.

Meine Güte. Sie tut so, als wäre sie ein halbes Jahr quer durch die Toskana getrampt. Wenn ich mich nicht täusche, war sie nicht mal vierundzwanzig Stunden weg. Außerdem interessiert mich ihr Scheiß-Rom-Trip jetzt definitiv nicht.

»Wie war Italien, Mama?«, übernimmt jetzt Luise, die gerade in die Küche kommt, und rettet mich damit.

»Bellissima! Einfach ein Traum. Wir müssen da unbedingt mal zusammen hin.«

»Wo wart ihr denn so?«

»Auf dem Petersplatz. Sehr beeindruckend.«

»Ich glaube, den kann man auf Bibel TV jeden Tag sehen. Ostern sogar völlig überfüllt.« Luise grinst.

Mamas Augen werden ganz schmal. »Meine Tochter guckt Bibel TV? Das ist ja höchst spannend«, antwortet sie beleidigt.

»Ja. Weil deine Tochter mal ein Referat über ›Die Religion in den Medien‹ halten musste. Da habe ich mir das reingezogen.«

Mit Blick auf mich hetzt Mama: »Wenn du mal ein Referat über Mütter schlecht gelaunter und wild pubertierender Teenager halten musst, kannst du mich befragen. Ich bin da Spezialistin.«

Schlecht gelaunt. Wild pubertierend. Wie glücklich wäre ich, wenn es das nur wäre. Wie gerne würde ich jetzt sagen, dass ich nicht pubertiere, sondern vor Angst fast sterbe.

Ich hämmere die volle Müslischüssel in die Spüle und verlasse wortlos die Küche. Während ich die Jacke anziehe, gucke ich noch mal aufs Handy. Warum meldet die sich nicht? Vielleicht hat sie die SMS ja noch nicht gesehen. Ich wähle ihre Nummer und lande bei der Mailbox. Was, wenn Julchen heute nicht zur Schule kommt? Kalter, klammer Schweiß dringt aus meinen Poren. Wenn ich heute Mittag da anrufe und mir ihre Ma sagt, dass Julchen seit gestern verschwunden ist? Könnte ich dann allen Ernstes sagen: Ja, dann klingeln sie doch mal bei Arne Becker in der Blumenstraße. Das ist ein Psychopath, der mich seit einiger Zeit verfolgt, und Julchen wollte mit ihm reden, damit er das sein lässt. Ich habe erst vor der Tür gewartet, aber dann musste ich nach Hause und habe mich ins Bett gelegt. Klingt super. Nach einer richtig guten Freundin.

So früh wie heute war ich noch nie an der Schule. Wenn Julchen nicht innerhalb der nächsten dreißig Minuten auftaucht, habe ich ein Problem. Noch ein Problem.

Sie kommt nach ewigen siebzehn Minuten. Ich falle ihr spontan um den Hals und verberge meine Erleichterungstränen in ihren Haaren.

»Was für eine stürmische Begrüßung! Habe ich es mir doch gedacht, dass du schon auf mich wartest. Habe mich extra beeilt heute Morgen.«

»Warum meldest du dich nicht? Ich habe dir schon mehrere SMS geschickt und deine Mailbox vollgequatscht!«

»Habe ich mir schon gedacht. Leider ist meine Mutter mit meinem Handy unterwegs.«

»Warum das?«

»Ich hatte mir doch gestern Abend ihre Lederjacke ausgeliehen. Heißes Teil, der rote Blazer. Leider ist meine Mutter damit heute Morgen ins Büro.«

Ich glaube, Julchen will noch was über den Blazer erzählen. Der ist mir allerdings kack-egal.

»Was war gestern Abend? Wer ist dieser Kaktus alias Ghostwriter?«

»Das war echt der Hammer.«

Sie wirft ihre Haare nach hinten, holt tief Luft.

»Julchen. Fass dich kurz. Wir haben noch zehn Minuten. Dann hast du Englisch, ich habe Musik.«

Sie verdreht die Augen. Sie wollte ihre Geschichte offenbar schön theatralisch vortragen.

»Kurz gesagt: Dein Kaktus kann es nicht sein. Der Typ sitzt im Rollstuhl, und das schon seit mehr als zehn Jahren. Er ist total nett, hat hammermäßige Oberarme, eine fette Brille und hat sich mit mir getroffen, weil ich nicht sein Typ bin.«

Sie grinst.

»Das raffe ich nicht.«

»Ich fand es auch unglaublich. Das sagt der mir so ins Gesicht. Unbelievable!«

Sie schüttelt immer noch erstaunt den Kopf.

»Julchen! Weiter.«

»Der liebe Arne Becker hat vor einiger Zeit im Internet ein Mädel kennengelernt, das er richtig gut fand. Stundenlang hat er mit ihr gechattet und so. Irgendwann hat er ein Bild von diesem Mädchen gesehen und sich verliebt. Und weil er sicher war, dass er mit seinem Rolli bei der Schnecke keine Chance hat, hat er sich nicht mehr bei seiner Angebeteten gemeldet. Die ganze Zeit hat er sich aber gefragt, wie sie wohl darauf reagiert hätte, wenn sie erfahren hätte, dass er nur obenrum richtig funktioniert. Also hat er sich wieder im Netz umgeguckt und sich einfach mal mit irgendeinem halbwegs netten Mädchen verabredet. Er wollte es einfach mal ausprobieren, wie Mädels auf den Rolli reagieren. Er meinte, es sei leichter zu verschmerzen, von einer abgewiesen zu werden, in die er nicht verliebt sei.«

Es klingelt in ihre Erzählung.

»Und das zweite Mädel warst jetzt du!«, stelle ich kurz fest.

Sie hebt ihre Tasche hoch.

»Genau. Und das erste Mädchen warst du.«

Mit dem Satz dreht sie sich um und geht.

Ich komme fünf Minuten zu spät zu Musik. Das musste ich erst mal sacken lassen. Ich hatte Mühe, meine Gedanken zu sortieren. Während der Fiedler vorne große Opern über Operetten erzählt, hämmert es in mir.

Arne Becker hatte sich in mich verliebt.

Ich hatte mich nicht getäuscht. Da war was zwischen uns. Etwas Besonderes. Geheim und geheimnisvoll. Ich versuche mir einen Typen vorzustellen mit sehr muskulösen Armen und sehr schlechten Augen, wie er vor seinem Computer sitzt und mit mir redet. Wie alt ist er eigentlich? Hat Julchen gar nichts zu gesagt. Er wäre nett, hat sie behauptet. Ich frage mich gerade, ob ich ihn mal kennenlernen möchte, als der andere Gedanke wie ein Beil dazwischenhaut.

Dann verfolgt mich also jemand anderes.

Jemand ganz anderes.

Irgendwo da draußen rennt jemand herum, der mich quälen will, und ich habe keinen blassen Schimmer, wer es sein könnte.

Meine Gedanken fahren Karussell. Kurz blitzen Ideen auf. Ich sehe mich beim DVD-Abend neben Merlin sitzen. War Merlin in letzter Zeit nicht ziemlich komisch? Der Ex-

Lover von Luise steht plötzlich vor meinem inneren Auge. Paul war irgendwie fies. Und dass ich ihn nicht leiden konnte, das hat er gewusst. Hat ihn das herausgefordert?

In der ersten großen Pause hat Julchen kaum Zeit. Sie muss noch Deutsch abschreiben. Ich beobachte Merlin aus einiger Entfernung. Er quatscht mit ein paar Typen von der Schülerzeitung. Mit denen hängt er jetzt häufiger ab. Als es klingelt und sich die Gruppe in Bewegung setzt, gehe ich spontan auf ihn zu. »Hey.«

Er lächelt mich an, berührt kurz meinen Arm. »Hey, Linda.«

»Merlin, wenn du einen Hund vergiften wolltest, was würdest du ihm geben?«

Er bleibt so abrupt stehen, dass ihm ein Junge hinten reinläuft.

»Wie bitte?« Er guckt mich völlig ungläubig an.

»Was würdest du einem Hund geben, wenn du ihn vergiften wolltest?«

Ich muss gestehen, die Frage klingt strange, aber ich wollte einfach mal sehen, wie er reagiert. War wahrscheinlich eine Scheißidee, aber hätte ja sein können, dass er rot wird. Oder anfängt zu stottern. Oder gar sagt: »Woher weißt du das?«

»Wieso sollte ich einen Hund vergiften?« Merlin ist verständnislose Ungläubigkeit. Er steht immer noch auf dem Schulhof und starrt mich völlig irritiert an. Sieht er ertappt aus? Ich weiß es einfach nicht.

»Macht ihr das gerade in Bio, oder was? Toxikologie bei Tieren, oder wie?«

Jetzt fange ich an zu stottern. »N-n-nein, eigentlich nicht.«

Er beugt sich zu mir. »Linda, du willst nicht etwa einem Hund Gift geben, oder? Das machst du nicht, oder?«

»Vergiss es.«

Was für eine völlig hirnverbrannte Idee von mir. Wenn Merlin sich jetzt demnächst noch komischer mir gegenüber verhält, muss ich mich echt nicht wundern.

Nach Schulschluss düse ich sofort zu Julchen nach Hause, damit sie mir die ganze Geschichte ausführlich erzählt. Sie hatte schon eher aus und lümmelt gerade über ihren Hausaufgaben, begeistert über die willkommene Unterbrechung. Sie legt gleich los. Wie irritiert sie war, als dieser Arne ihr im Rollstuhl die Tür aufgemacht hat. Natürlich hatte sie ihm erst nicht getraut.

»Hätte ja auch sein können, dass der sich den irgendwo ausgeliehen hat«, betont sie. Erst hatte sie sogar überlegt, ob sie ihm scheinbar aus Versehen eine Tasse heißen Tee über die Hose kippen soll.

»Aber dann habe ich gesehen, dass die ganze Wohnung für einen Rollstuhlfahrer ausgebaut war. Mit so extra breiten Türen und so komischen Griffen neben dem Klo. Ich möchte echt mal gerne wissen, wie der das überhaupt schafft, auf Toilette zu gehen.«

»Ich nicht.«

Ich möchte mir echt nicht vorstellen, wie der erste Typ, der sich in mich verknallt, beim Kacken aussieht.

»Wie sah er eigentlich aus, mal von der Brille und den Armen abgesehen?«

»Normal irgendwie. Unauffällig.«

Toll. Wenn ein Junge sagt, dass Julchen nicht sein Typ ist, guckt die ihn nicht weiter an.

»Wie alt?«

»Neunzehn. Hat er erzählt.«

Immerhin hat sie ihm zugehört.

»Und was hat er sonst noch erzählt?«

Ich will alles wissen. Julchen lässt sich rückwärts auf ihr Bett fallen und gähnt.

»Er hat quasi den ganzen Abend von dir gequatscht.«

Das muss ja sehr ermüdend gewesen sein. Ich schweige beleidigt und Julchen bequemt sich endlich, mal was zu erzählen.

»Er hat mich direkt gefragt, ob mich das sehr irritiert, dass er gelähmt ist, und ob ich lieber sofort wieder gehen wollte. Ich habe natürlich gelogen und behauptet, dass das doch gar nichts Besonderes sei.«

Sie macht eine Pause.

»Da hat er gelacht. Der hat mich echt ausgelacht. Ich habe dann zugegeben, dass ich das schon ein bisschen befremdlich finde. Ich glaube, das war dann okay für ihn. Und dann hat er mir gleich erzählt, dass er einfach mal wissen wollte, wie ein Mädel bei einem Date reagiert. Ich habe dann etwas nachgehakt und dann ist er mit der Wahrheit rausgerückt. Dass er eben eine Internetbekanntschaft gemacht habe, die ihn total faszinieren würde. Aber er habe sich nicht getraut, ein Treffen vorzuschlagen, und erst recht nicht, ihr von diesen Zweifeln zu erzählen. Deshalb hat er die Verbindung gekappt. Das habe ihn total traurig gemacht, weil das Mädchen so nett und sensibel gewesen sei und wahrscheinlich gar nicht verstanden habe, warum er sich plötzlich nicht mehr meldet. Er hat echt ›traurig‹ gesagt.«

Sie steht auf, macht eine CD an. Ich sage einfach mal nichts. Ich fühle mich auch traurig.

»Was hat er denn sonst noch so über mich gesagt?«, frage ich irgendwann.

»Dass du das hübscheste Mädchen bist, das er je gesehen hat. Dass du ganz oft genau das geschrieben hast, was er gerade gedacht hat. Dass du so ganz anders bist als alle Mädels, die er bisher kennengelernt hat, und dass du so eine lustige Melancholie hast. Echt. Lustige Melancholie.

Das waren seine Worte.« Sie grinst mich an. »Ich wusste gar nicht, was du für eine Traumfrau bist.«

Wusste ich auch nicht, aber die Bemerkung hätte sie sich trotzdem sparen können.

»Er hat mir sogar von eurem gemeinsamen Kinoabend erzählt. Auf so eine Idee muss man echt erst mal kommen.«

»Hast du ihn eigentlich ermutigt, sich doch mal persönlich bei mir zu melden? Dass er sich vielleicht doch trauen kann?«

Sie guckt mich überrascht an.

»Eigentlich nicht. Habe ich gar nicht drüber nachgedacht. Willst du dich denn mit ihm treffen? Ich meine, der sitzt im Rollstuhl. Das ist schon heavy.«

Ich versuche mir das vorzustellen. Kann ich mich mit jemandem treffen, der die ganze Zeit sitzt? Auf den ich die ganze Zeit runtergucken muss? Zumindest beim Laufen. Mit so jemandem könnte man nie Arm in Arm schlendern. Ins Kino könnte man gut zusammen gehen. Aber wahrscheinlich würden alle komisch gucken. Oder komisch nicht gucken.

Julchen starrt mich an. »Willst du dich echt mit ihm treffen?«

»Ich weiß es nicht. Keine Ahnung. Ich glaube, ich habe jetzt erst mal ein ganz anderes Problem.«

»Und das wäre?«

»Wenn dieser Arne Becker nicht hinter allem steckt, dann ist es ja wohl jemand anderes. Bis gestern Abend dachte ich, ich wüsste, wer mich verfolgt, und muss den nur noch finden. Jetzt habe ich null Idee, wer es ist. Das macht alles noch viel schlimmer.«

Julchen lässt sich wieder aufs Bett fallen.

»Da habe ich auch schon dran gedacht. Es wäre besser gewesen, dieser Arne hätte sich als verstörter Hobby-Psychopath geoutet, ich hätte ihm mal ordentlich die Meinung sagen können, und er hätte Ruhe gegeben und wieder mit der Gummifletsche auf Tauben im Park geschossen.«

Philipp kommt rein. Den letzten Teil des Satzes hat er wohl gehört.

»Ihr wollt auf Tauben schießen? Mit einer Fletsche? Ich dachte, dass machen nur kleine Jungs?«

»Und Psychos«, sagt Julchen.

Philipp zieht eine Augenbraue hoch. »Ihr kennt Psychos?«

»Ich nicht. Aber Linda. Zumindest einen.«

Sein Blick wandert zu mir. »Und wie ist dein Psycho so?«

Auf dieses Gespräch habe ich jetzt überhaupt keine Lust.

»Ich wollte ja eigentlich lieber ein Haustier. Haben meine Eltern aber verboten. Wegen der Haare und so. Deswegen halte ich mir jetzt einen Irren«, weiche ich aus.

Er grinst. »Klingt doch ganz witzig.«

Wenn der wüsste.

Er lehnt sich leicht nach vorne: »Erzähl doch mal. Ist es ein gestörter Verehrer?«

Ich spüre, wie ich rote Flecken in Handtellergröße im Gesicht bekomme. Julchen springt ein.

»Einer? Linda hat gleich zwei! Einen heimlichen und einen unheimlichen«, sagt sie und lacht. Dann stutzt sie und guckt mich an.

»Dabei ist der heimliche Verehrer ja jetzt gar nicht mehr heimlich. Dafür ist der unheimliche immer noch heimlich«, doziert sie.

Als ob Philipp damit was anfangen könnte.

Weil Philipp es sich bei Julchen so richtig bequem gemacht hat, gehe ich. In seinem Beisein können wir ja schlecht weiter über Arne und das Monster reden. In mir schleicht ein Gedanke wie eine Katze durch meinen Kopf.

Will ich mich mit Arne treffen? Möchte ich ihn selber sehen? Er war mir mal so nah. So wichtig. Dann hat er mich so enttäuscht. Und getäuscht – dachte ich. Jetzt die Vorstellung, wie ich vor ihm stehe und sein Kopf ist genau auf der Höhe meiner Brust. In manchen Momenten möchte ich die Katze in mir mit Wasser bespritzen und vertreiben. Mit Arne schließlich fing alles an. Ob er jetzt der Grund ist oder nicht, ist ja scheißegal. Das Ganze steht einfach unter keinem guten Stern.

Bei manchen Erinnerungen fängt die Katze an zu schnurren. Ich habe seine Mails aufgesogen. Er konnte Stimmungen mit Worten benennen, die ich nur diffus umschreiben konnte. Er war mir so ähnlich. So ganz anders als alle anderen Typen, die ich bis jetzt kennengelernt habe. Da war nie ein blöder zweideutiger Spruch. Keine billige Anmache. Keine Angabe. Kein Gelaber. Er war einfach richtig echt gewesen.

Oder eben auch nicht.

Ich liege auf dem Bett, lasse mich von meinen Erinnerungen wieder in die Zeit ziehen, in der ich so aufgeregt auf jede Mail von ihm gewartet habe. Ich weiß noch genau, wie warm und wohlig sich diese Zeit angefühlt hat. Alles war hell. Damals. Dann wurde es dunkel. Wie schwere Gewitterwolken, die plötzlich den Himmel verstecken. Seitdem sitze ich in diesem trüben Zimmer, halb unter der Erde. Habe mich vergraben. Wie in einem Bau. Ich habe nicht den Kopf in den Sand gesteckt, ich habe mich fast ganz eingegraben. Ich springe auf, reiße beide Fenster auf. Ich will hier nicht mehr lebendig begraben hocken. Ich gucke direkt vor zwei Beine. Irgendjemand steht im

Garten. Ich beiße mir in die Hand, um nicht laut zu schreien, gehe rückwärts zur Tür und schleiche mich in den Flur.

Ist er das?

Lungert er gerade wieder vor meinem Fenster rum? In meinem Kopf brennt eine Sicherung durch, verbrennt die Angst. Ich renne die Treppe hoch, spurte auf Socken in den Garten und stehe direkt vor – Paul.

»Was machst du hier? Was willst du von mir?«, brülle ich ihn an.

Seine Lider flattern. »Ich wollte mit dir reden.« Er klingt fast schüchtern.

»Und warum klingelst du dann nicht?«

»Ich hatte Angst, dass Luise aufmacht.«

»Über was willst du mit mir reden?« Ich fühle mich erstaunlich stark.

»Ob du nicht mal mit Luise sprechen kannst.«

»Ich spreche andauernd mit Luise.«

»Vielleicht könntest du mit ihr noch mal kurz über mich sprechen.« Seine Stimme ist leise und unterwürfig.

»Paul, du bist Vergangenheit. Ich glaube, selbst in den schwächsten Momenten vergeudet Luise keinen Gedanken mehr an dich. Dabei sollte es bleiben, finde ich.«

»Ich dachte eher, dass du noch mal mit ihr über den Anhänger sprechen könntest. Ich glaube einfach nicht, dass sie ihn wirklich ins Klo geworfen hat.«

Mir bleibt die Luft weg. Deswegen schleicht er hier durch den Garten?

»Verschwinde«, brülle ich nur.

Er geht sofort.

Fast ein bisschen zu schnell.

Wieso hatte er eigentlich nicht an mein Fenster geklopft, wenn er doch mit mir hatte sprechen wollen?

Ich habe die Rollos wieder runtergelassen, liege auf dem Bett.

Es klopft leise.

Danach passiert nichts.

Ich halte die Luft an und lasse sie erleichtert entweichen, als Luise ihren Kopf durch die Tür steckt. »Störe ich?«

Ich ahne schon jetzt, dass sie irgendwas vorhat.

»Noch nicht.«

Sie hockt sich vor mich hin.

»Würdest du nicht auch mal gerne Fotomodel werden?« Sie hat ihren sabbernden Hundeblick in den Augen.

»Auf gar keinen Fall.«

»Ganz, ganz bestimmt nicht?«, säuselt sie weiter.

Ich denke an die Fotos, die von mir im Netz zu sehen waren.

Sofort stecke ich meine Hand in meine Hosentasche. Da führe ich seit einiger Zeit eine Sicherheitsnadel bei mir. Immer, wenn es ganz schlimm wird, öffne ich die und pikse mir in eine Fingerkuppe. Das tut so weh, dass sogar die Angst die Luft anhält. »Ganz bestimmt nicht! Wofür sollte ich modeln? Als Anreiz für kosmetische Operationen?«

»Eigentlich solltest du für mich modeln.«

»Hä?«

»Ich habe ein klitzekleines Problem. Nächste Woche Samstag müssen wir einen Motto-Film abgeben. Die Note ist wichtig fürs Zeugnis. Also, die Wahrheit ist, ich *dachte*, dass der Film nächste Woche fertig sein müsste. Ich habe mich allerdings um eine schlappe Woche vertan. Und deswegen muss ich jetzt etwas umdisponieren.«

Umdisponieren! Sie meint wohl eher improvisieren.

»Du hast also den Abgabetermin verbaselt und ich soll deswegen mein Gesicht oder was weiß ich in deine Kamera halten? Glaubst du im Ernst, das bringt dir eine Note, die du auf deinem Zeugnis haben möchtest?«

»Du wirst ja kaum zu sehen sein. Nur ganz, ganz kurz. Eigentlich gar nicht.«

»Das wird den Zuschauer freuen.«

»Nein, nein. Alle Darsteller werden nur ganz kurz zu sehen sein. Das wird ein ganz, ganz schnelles Ding. Wo die Bilder ganz irre schnell aufeinanderfolgen. So zack, zack, zack.«

Zack, zack.

Genau das ist Luise.

»Okay, dann mach dein schnelles Bild von mir.«

»So einfach ist es doch nicht. Der Film hat ja ein Motto.«

»Und das lautet?«

»Küsse.«

Ich ziehe die Luft ein. Sie glaubt doch nicht wirklich, dass ich irgendjemanden küsse, nur damit sie das fotografieren kann?

Luise hebt beruhigend die Hand.

»Es geht um Küsse allgemein. Ich habe ja auch schon ganz viele Bilder. Aber es sind noch zu wenig. Ich habe schon mehrere Mütter, die ihre Kinder küssen. Ich habe sogar ein kleines Mädchen und einen kleinen Jungen, die sich ansabbern. Natürlich habe ich auch schon ein paar knutschende Jugendliche. Und eine alte Frau, die ihren Hund original auf die Schnauze küsst. Ich habe sogar ein paar Schwule, die sich mächtig ins Zeug gelegt haben. Aber das reicht von der Menge noch nicht. Wenn die Fotos nur ganz kurz zu sehen sein sollen, ist mein Film nach zwanzig Sekunden vorbei.«

»Und deswegen soll ich mich jetzt von irgendjemand küssen lassen? Nur damit du auf dreißig Sekunden kommst und ich mich eine Ewigkeit ekele?«

»Meine Güte, Linda, ich will keinen Porno drehen. Du

kannst doch wohl mal eine Kusshand in die Kamera hauchen, oder? Und dir von Opa einen Handkuss geben lassen. An so was dachte ich.«

»Ich könnte auch mit rotem Lippenstift einen Knutschmund auf den Spiegel machen.«

»Geilo. Genau. Ich sehe schon, du bist nicht nur ein Model. Du bist auch Drehbuchautorin. Ich werde dich bei meiner ersten Laudatio erwähnen.« Sie nimmt meine Hand und versucht mich vom Bett zu zerren. »Komm!«

»Jetzt?«

»Süße, wenn ich Zeit hätte, müsste ich bei dir nicht so rumschleimen.« Sie grinst mich an.

Ich tue beleidigt. »Ich bin also nur ein Notnagel!«

Sie lacht breiter: »Quatsch. Du bist einfach die Erstbeste.«

Das Fotoshooting wird entgegen meinen Erwartungen witzig. Meine Eltern und mein Opa sitzen auch schon bereit. Zuerst ist es natürlich dämlich. Meine Mutter gibt mir einen Abschiedskuss an der Tür. Damit es echt aussieht, muss ich meine Jacke anziehen und eine Tasche in der Hand halten. Als meine Eltern sich küssen, wird es schon lustiger. Ich glaube schon, dass die sich öfter mal küssen. Wirklich sehen tue ich es nie. Mein Vater legt sich richtig ins Zeug. Plötzlich hört er auf.

»Ich habe ein Idee«, flüstert er.

Nach ein paar Minuten kommt er mit einem Plastikvampirgebiss zurück. Das hat er mal auf einer Karnevalsfeier getragen. Er steckt es sich auf die Zähne und beißt meiner Mutter in den Hals.

»Wenn du oben anfängst, musst du unten aufhören! Wie wäre es, wenn du mir die Füße küsst?«, fragt sie daraufhin. Und mein Vater tut es. Er kniet sich vor sie und nimmt ihren Fuß in die Hand. Daraufhin fällt meine Mutter fast um. Die beiden kichern sich halb weg. Ich muss aber zugeben, dass meine Mutter echt schöne Füße hat. Die lackiert sich sogar die Zehen. Danach soll mein Opa mir einen Handkuss geben.

»Dafür musst du dich aber ein bisschen hübsch machen«, befiehlt Luise. »Sonst wirkt das nicht echt. Zieh dir mal ein Kleid an.«

»Soll ich mich hübsch machen oder ein Kleid anziehen?«, blaffe ich zurück.

Ihr Blick sagt: Klappe halten. Machen!

Ganz hinten in meinem Kleiderschrank finde ich ein Sommerkleid. Dazu werfe ich mir einen breiten Schal um die Schultern.

Mein Opa nimmt ganz vorsichtig meine Hand und beugt sich mit dem Mund darüber.

»Küss die Hand, gnä' Frau«, säuselt er belustigt.

»Aus. Aufhören«, zischt Luise.

»Linda, du siehst aus, als wollte Opa da reinbeißen. Oder als hätte dir gerade ein Vogel auf die Hand gekackt. Sei doch mal ein bisschen huldvoll.«

»Huldvoll?« Das Wort ist nicht in meinem Sprachschatz.

Luise lässt die Kamera sinken.

»Vielleicht liegen dir einfach andere Rollen mehr.«

Opa wird zu Frau Zorn nach nebenan geschickt. Die ist mindestens achtzig, legt manchmal mit Opa eine Patience und ist genau die richtige Frau für huldvolle Angelegenheiten.

»Ich kann Schokokuss«, werfe ich ein.

Luise lacht auf.

»Super Idee. Du küsst einen Schokokuss. Haben wir welche?«

Natürlich nicht.

Ich werde zum Supermarkt geschickt.

Als ich wiederkomme, üben sich Opa und Frau Zorn

gerade im Eskimokuss. Wie wild schubbern sie ihre Nasen aneinander. Frau Zorn hat richtig rote Wangen. Ich küsse die Schokoteile, bis ich völlig verschmiert bin, anschließend drücke ich dicke rote Kussmünder auf den Spiegel. Meine Ma geht in den Garten und drückt von außen ihren Mund auf die Fensterscheibe. Das sieht fast ein bisschen ekelig aus.

Wir küssen uns fast drei Stunden durch den Abend und Luise ist absolut happy.

»Ich mache jetzt mal Abendbrot«, damit erklärt meine Mutter irgendwann das Shooting für beendet.

»Was gibt es denn? Vielleicht Couscous?«, albert mein Vater.

Kann sein, dass meine Familie manchmal ein bisschen albern ist. Aber ich finde sie auch richtig gut. Meistens. Das Kokon-Gefühl hält nur ein paar Stunden, und die meisten davon verschlafe ich leider. Ich hätte sie mehr genießen sollen. Ich werde im Morgengrauen wach, weil mein Großvater immer wieder halblaut »Hallo? Ist da jemand?« ruft. Mir graut auch. Er ist offenbar auf seiner kleinen Terrasse. Weil er gar nicht aufhört, in den Morgen hinein zu fragen, stehe ich auf und gehe vorsichtig in sein Zimmer. Er steht in seinem Bademantel vor der Terrassentür.

»Opi, was ist los? Wen suchst du?«

Er schreckt rum, kommt dann reingeschlappt.

Leise schließt er die Tür hinter sich, zieht ruckartig die Gardine vor.

»Ich glaube, da war jemand«, sagt er mehr zu sich als zu mir.

»Vielleicht ein Tier. Eine Katze oder so«, sage ich und will es selber glauben.

»Ja, vielleicht«, sagt mein Großvater und glaubt es offensichtlich auch nicht.

»Du solltest vielleicht nicht mit offener Gartentür schlafen. Es wird jetzt nachts schon sehr kalt. Und außerdem: Hinterher kommt hier noch eine Katze rein und macht sich über deinen Schnuckelvorrat her.«

Mein Opa ist das absolute Leckermaul. Witzigerweise steht er nicht nur auf Altherrenschokolade oder After Eight oder so einen Senioren-Süßkram. Er hat immer einen Vorrat an Flips und Chips und Weingummi und so. Manchmal holt er sich am Kiosk eine Mischung. Salinos, saure Zungen, alles, was fies ist. Süß.

»Ich versuche noch ein bisschen zu schlafen«, sagt er nur und zieht seinen Bademantel aus. Nur in seinem hellblauen Schlafanzug sieht er jetzt noch kleiner aus als sonst.

»Gute Idee«, behaupte ich. Wir wissen beide, dass er nicht mehr schlafen kann. Und ich alleine weiß, dass ich es auch nicht mehr kann.

War es wieder Scheiß-Paul? Und wenn ja, warum?

Es juckt mir in den Fingern, den Ghostwriter anzumailen. Ihm einfach alles zu schreiben.

Alles?

Was ist alles?

Dass ich mich in ein Phantom verliebt hatte? Dass ich ein falsches Phantom gejagt habe? Dass es jetzt noch nicht mal mehr ein Phantom gibt, sondern nur die Spuren davon?

Irgendwann versuche ich die Gedanken unter der Dusche mit viel heißem und noch mehr kaltem Wasser abzuspülen. Ich rubbele meine Haut, bis sie überall puterrot ist. Immer wieder schiebt sich für eine Zehntelsekunde – vielleicht noch kürzer – das Bild in meinen Kopf, wie mein Opa ein bisschen verunsichert auf der Terrasse stand. Ja, er ist ein bisschen komisch manchmal in letzter Zeit. Aber er hört keine Stimmen, wo keine sind. Er hat keine Erscheinungen. Oder? Ist er vielleicht mehr als nur vergesslich und schusselig? Oder will ich das nur gerne glauben, weil es angenehmer wäre als die andere Wahrheit?

Luise stürmt in mein Zimmer, stoppt kurz vor mir.

»Hast du Fieber? Oder einen allergischen Schub?«

Sie starrt auf die roten Flecken auf meiner Haut.

»Handtuchpeeling«, antworte ich knapp.

»Sieht eher nach Verbrennungen zweiten Grades aus. Aber deswegen bin ich nicht hier. Komm mal mit hoch.«

»Ich muss mich erst anziehen.«

»Dann komm in die Pumps, Süße.«

Sie setzt sich auf mein Bett, wippt ungeduldig.

Ich füge mich. Ein paar Minuten später kann ich sie und ihre Ungeduld verstehen. Wir sitzen vor ihrem Computer und sie zeigt mir die Fotos von gestern Abend. Sie sind echt stark. Mein Vater sieht original aus wie »Mr Lover-Lover«. Mein Opa ist der perfekte Gentleman, und ich finde mich selber auch ganz süß mit dem Schokokuss im Gesicht.

Wir sehen aus wie eine ganz normale Familie.

Damals wusste ich noch nicht, wie wenig das stimmt.

10

Natürlich tue ich es doch. Natürlich gehe ich zu Arne Becker. Also, nicht wirklich zu ihm, aber in seine Nähe. Ich will einfach wissen, wie er aussieht. In meinem Kopf hatte er in den letzten Wochen so viele verschiedene Gesichter, dass ich jetzt das echte sehen will. So ganz einfach ist das nicht. Schließlich will ich ja nicht, dass er mich sieht – und erkennt. Mich wieder auf die Mauer gegenüber von seinem Haus auf die Lauer zu legen, scheidet also aus. In die fettige Frittenschmiede in seiner Nähe kommt er bestimmt nicht. Könnte er gar nicht, vor der Tür sind ein paar Treppenstufen. Also probiere ich einfach mein Glück in einem großen Supermarkt an der Ecke. Vielleicht kauft Arne da ja ein. Ich warte, bis die Kassiererin nichts zu tun hat, gehe dann zu ihr. In der Hand schwenke ich eine Zeitschrift, die ich am Kiosk gekauft habe.

»Die hier ist so einem Typen im Rollstuhl runtergefallen. Kennen Sie den? Könnten Sie ihm die das nächste Mal geben?«

Die Frau guckt auf die Zeitschrift. Blöderweise habe ich die »Bravo Girl« gekauft, aus alter Gewohnheit. Das scheint die Kassiererin weniger zu stören.

»Wieso hast du sie ihm nicht gegeben? Er wird wohl kaum so schnell weggelaufen sein, oder?«

Mist. Ich bin aber zu bescheuert.

»Wohl kaum. Aber ich hatte gerade ein wichtiges Telefonat am Ohr. Das wollte ich nicht unterbrechen«, zicke ich sie an.

Sie guckt weiter desinteressiert auf das Blatt.

»Von unserem Stamm-Rolli kann die nicht sein. Der kommt immer erst zwei Minuten vor Feierabend«, überlegt sie.

»Dann behalte ich sie einfach«, gifte ich die Frau an und versuche, meine Freude nicht zu zeigen.

Ihr Stamm-Rolli. Das kann ja wohl nur Arne sein. Ich muss also nur kurz vor Ladenschluss hier mal vorbeischlendern und schon kann ich ihn sehen.

Perfekt.

Zu Hause lese ich in aller Ruhe den Mist aus der »Bravo«. Langweilt mich eigentlich, aber immer noch besser als Hausaufgaben machen. Ich höre, wie mein Opa nebenan plötzlich schon wieder seine Terrassentür aufreißt. Ich hoffe nur, er hat nicht wieder irgendwas gehört oder gesehen. Die Stille, die nun herrscht, finde ich noch anstrengender. Nach endlosen Minuten, in denen ich die ganze Zeit in das strahlende Zahnpastalachen von Miley Cyrus starre, gehe ich rüber.

Mein Großvater steht auf seiner Terrasse, hält sich an der Lehne eines Gartenstuhls fest.

»Alles in Ordnung?«, frage ich vorsichtig.

»Geht schon, Kind. Geht schon. Geh ruhig.«

Es geht ihm offenbar nicht gut und er will nicht, dass ich es weiß. Er atmet schwer, sieht irgendwie grau aus im Gesicht.

»Wenn du was brauchst, sag mir einfach Bescheid.«

Sein Blick ist eine Sekunde zu lang. Ich weiß genau, was seine Augen sagen: »Was ich brauche? Das ist meine Frau. Meine geliebte Frau. Und Zeit. Viel Zeit. Aber ich will nicht undankbar sein.«

So ist er. Er tut oft zufrieden und ist doch oft so unglücklich allein.

Seit zwanzig Minuten lungere ich in der letzten Ecke von diesem blöden Supermarkt rum. Hier gibt es komische Konserven. Corned Beef zum Beispiel. Super-eklig. Hier stehen auch die merkwürdigsten Gewürze, Eintöpfe, die fünf Jahre haltbar sind, und ein ganzes Sammelsurium von Tütensuppen. Weil ich so viel Zeit habe, habe ich die Inhaltsstoffe gelesen. Was irre ist: Ob Champignon-Creme- oder Tomaten- oder Brokkolisuppe: Es ist fast immer das Gleiche drin. Um kurz vor knapp werde ich langsam nervös. Und deprimiert. Klar, Arne wird nicht jeden Tag einkaufen. Ich habe mir offenbar den falschen Tag ausgesucht. War klar.

Weitere zehn Minuten später bin ich irritiert.

Wieso macht dieser Laden nicht zu? Ich gehe zu einem jungen Mädchen, das gerade die Damenbinden neu sortiert.

»Machen Sie jetzt gar nicht zu?«

Sie guckt zu mir hoch.

»Schön wär's. Haben doch jetzt bis neun auf. Jeden Tag. Auch samstags. Lohnt sich nicht die Bohne.«

Was ist das für ein Mist? So ein Pseudo-Großstadt-Kack. Hier ist doch jetzt schon nichts los. Und was soll ich jetzt machen bis neun Uhr? Das ist doch noch eine Ewigkeit. Ich könnte jetzt nach Hause gehen, morgen um kurz vor neun wiederkommen und weiß schon jetzt genau, dass der gute Arne dann mit Sicherheit heute seine Wocheneinkäufe gemacht hat. Obwohl: Kann der so viel überhaupt mit einem Rollstuhl transportieren?

Ich gehe langsam zur Tür, zücke dabei mein Handy, überlege, ob ich Julchen mal ansimsen soll, und renne fast in Arne Becker rein. Mein Fuß hat schon einen Reifen von seinem Rolli berührt. Ich drehe mich halb weg, verdecke mein Gesicht mit der Hand und drücke mich an ihm vorbei durch die Tür.

Ich höre ihn lachen.

»Keine Sorge, das ist nicht ansteckend«, ruft er mir hinterher.

Offenbar glaubt er, ich hätte so verstört auf seine Behinderung reagiert. Wie peinlich. Ich gehe schnell ein paar Schritte weiter, biege am Ende des Hauses ab und bleibe atemlos bei riesigen Mülltonnen stehen. Das hätte mir jetzt noch gefehlt, dass der mich erkennt. Hat er offenbar nicht. Wirklich was von ihm gesehen habe ich nicht. Also, auf ein Neues!

Ganz langsam gehe ich zurück Richtung Supermarkt, gucke vorsichtig zwischen den großen Werbeplakaten für Schweinenackensteak und Bio-Joghurt hindurch in den Laden. Endlich rollt er einen Gang hinunter. Ich könnte Julchen in den Po treten. Klar, wenn man einen Bruder wie Philipp hat, ist dieser Arne vielleicht nichtssagend. Für mich sieht er einfach total gut aus. Nicht total gut im Sinne von Unterhosenmodel oder Popstar. Total gut in meinem eigenen Sinn. Ich hatte irgendwie erwartet, dass die Gläser seiner Brille Lupenstärke haben. Ich hatte gedacht, dass seine Augen dahinter ganz froschig und glupschig aussehen. Tun sie überhaupt nicht. Er hat so ein dunkles Brillengestell auf der Nase wie dieser witzige Viva-Moderator, dessen Namen ich mir nicht merken kann. Die Haare fallen ihm halblang auf sein Kapuzenshirt. Als er sich plötzlich umdreht, in meine Richtung guckt, ducke ich mich schnell weg. In gebückter Haltung schleiche ich mich aus dem Sichtfeld. Ich habe genug gesehen.

Nein. Stimmt nicht. Ich würde ihm gerne noch länger zusehen, aber ich weiß schon jetzt, dass ich verschwinden muss. Aus seiner Nähe. Aus seinem Leben. Was, wenn der Horror weitergeht und Arne da mit reingezogen wird?

Ich schlendere zu der fettigen Pommesbude, setze mich rein und bestelle Fritten mit Currywurst. Wenn ich jetzt fett werde oder Pickel bekomme, ist es doch auch schon egal.

Ich bin so traurig.

Eigentlich könnte alles so schön sein.

Ich habe einen netten Typen kennengelernt. Wir haben uns stundenlang unterhalten, uns so viel anvertraut. Er findet mich schön. Ich traue mich kaum, diesen Gedanken zu denken. Ich finde ihn so – so beschützend irgendwie. Obwohl er ja eigentlich in seinem Rollstuhl verletzlich wirken müsste.

Und trotzdem muss ich jetzt gehen. Mich heimlich und leise zurückziehen, weil ich nicht will, dass der böse Sog ihn auch erfasst.

Deprimiert stopfe ich die fiesen Pommes und die lauwarme Wurst in mich rein. Als mein Handy klingelt, habe ich den Mund gerade so voll, dass ich nur ein »Mmm?« hinkriege.

»Linda, bist du das? Ich bin's, Julchen. Sag mal, hast du eigentlich so richtig hässliche Klamotten?«

»Weißt du doch!«, sage ich schlecht gelaunt.

»Nein«, lacht sie laut. »Noch hässlicher. So richtigen Trash-Krams meine ich.«

»Wahrscheinlich ja. Warum?«

»Philipp hat für morgen Abend noch vier Karten für eine spontane Trash-Party in der ›Villa‹ bekommen. Und ich habe ihm zwei davon gerade aus der Tasche geleiert. Das wird hammerhart. Dieses Mal haben sie nur fünfzig Tickets verteilt. Das wird ultimativ! Bis morgen!«

Partys in der »Villa« sind der Burner. Die »Villa« ist keine Disco, eher ein total verrückter Klub. Tickets für die Events werden gehandelt wie Blankorezepte unter Junkies. Außerdem weiß man nie wirklich, was als Nächstes kommt. Ein, zwei Tage vor den Partys tauchen plötzlich die Tickets auf. Und weil man nie weiß, wie viele Leute ohne Ticket vor der Tür noch um Einlass winseln, muss man auf jeden Fall mega-pünktlich sein.

Luise wird super-neidisch werden, wenn sie hört, dass ich in die »Villa« gehe. Wir waren mal zusammen auf einer spontanen Wasserschlacht am Baggersee dabei, die von der »Villa« organisiert worden war. Irgendein Typ, der mal scharf auf Luise gewesen war, hatte sie dazu eingeladen. Hatte wohl richtig viel Kohle dafür hingelegt. Er hatte sich dann am Wochenende vorher einen Fuß gebrochen, und weil Luise sich schon so ein fettes Loch in den Bauch gefreut hatte, bekam sie beide Tickets. Die Wasserschlacht war vom Feinsten. Es ging mit geil geschmückten Tretbooten zu der kleinen Insel mitten im See. Dort gab es fett zu essen, eine Reggae-Band, Drinks aus Kokusnuss-Schalen und einen Schokoladenbrunnen! Besser ich erzähle Luise gar nicht, dass ich in die »Villa« gehe.

Wenn das mal keine Ablenkung von meinem Problem ist: Ich habe ungefähr acht verschiedene Outfits anprobiert und kriege die Krise. Trash. Das heißt, meine Klamotten sollen irgendwie billig wirken. Aber scheiße will ich natürlich trotzdem nicht aussehen. Ich habe superfiese giftgrüne Leggins. Das ist definitiv Müll. Wahrscheinlich Sondermüll. Dafür sehe ich darin aus wie ein aufgeblasener Frosch. Ich habe auch eine absolute Billig-Jeans von C&A. Die ist definitiv zu billig. Wahrscheinlich soll es eher nach Edel-Müll aussehen. Im Keller finde ich weiße Cowboy-Stiefel von meiner Mutter. Die sind zwar ein bisschen groß, aber ansonsten genau richtig. Dazu nehme ich ein Sommerkleid und einen fetten Gürtel, den ich mir aus Versehen mal letzten Herbst gekauft habe. Ich sehe aus wie eine Mischung aus Cowgirl und einer aufgebrezelten Fleischereifachverkäuferin. Ich habe gerade die großen Blech-Creolen in die Ohrläppchen gesteckt, als ich Philipps Hupe draußen höre. Schnell noch pinkfarbenen Lippenstift. Fertig.

Neben Philipp sitzt eine blonde Turmfrisur.

Ich bin ein bisschen irritiert. Julchen reißt hinten die Tür auf. Sie hat ein Leder-Kombi-Kostüm an. In Weiß! Unglaublich. Ich frage mich, wo sie so was herhat. Billig war das bestimmt nicht. Hässlich ist es trotzdem. An sich. An Julchen sieht es irgendwie scharf aus.

Vor der »Villa« ist schon eine lange Schlange. Endlich habe ich mal die Chance, mir die Begleitung von Philipp genauer anzusehen. Sie hat einen sehr, sehr kurzen Rock im Tigerlook an, Glitzerstrümpfe, Glimmer im Gesicht – und sie sieht irgendwie so aus, als würde sie nicht nur heute Abend so rumlaufen.

Ich fühle mich wie auf einer coolen Karnevalsparty. Das Motto ist Programm. Es gibt Bier aus Dosen, Billigcola aus Plastikflaschen, No-Name-Flips und die schlechteste Musik, die ich seit Jahren gehört habe. Sonnenbank-Gedudel und Altfelgen-Oldies. Julchen und ich tanzen wie blöd. Nachdem ich gesehen habe, in was die anderen hier so rumlaufen, fühle ich mich auch nicht mehr so albern. Eher ein bisschen cool. Immerhin gehöre ich zu den fünfzig Leuten, die hier chillen und clubben.

Als es in der Jackentasche vibriert, greife ich automatisch hin. Drücke auf den Knopf unter dem Briefumschlag. Die vier Worte ziehen die Luft aus meinem Kopf.

Kleid steht dir auch, steht da nur.

Er ist hier.

Er ist hier irgendwo.

Ich halte Julchen panisch das Display hin. Sie tanzt einfach weiter. Versucht, das Handy wegzuschieben. Ich gehe einen Schritt auf sie zu, halte ihr die vier Worte direkt vors Gesicht. Sie verdreht die Augen. Ich drehe mich um, gehe direkt zum Klo, schließe mich ein.

Er ist hier.

Wie kann das sein? Wie kann er wissen, dass ich hier bin? Ich weiß es doch selber erst seit vierundzwanzig Stunden. Und wie ist er an ein Ticket gekommen? Ich sitze auf dem Klodeckel und spüre ein flatterndes Zittern in mir. Als würde ein Vogel in meinem Kopf sitzen und mit den Flügeln schlagen.

Von draußen schlägt jemand gegen die Tür.

»Brauchst du noch lange?«, höre ich ein Mädchen.

»Ja«, sage ich leise und lasse einfach mal die Klospülung rauschen. Draußen wird getuschelt. Dann ist da plötzlich Julchens Stimme.

»Linda? Bist du da drin? Komm raus.«

Ich habe die Tür noch nicht ganz geöffnet, da drückt sich ein Mädel an mir vorbei. Sie muss offenbar sehr, sehr dringend.

Julchen zieht mich an der Hand raus.

Ich bleibe dicht hinter ihr. Er ist hier. Vielleicht direkt hinter mir. Vielleicht steht er irgendwo weiter weg und guckt sich das Ganze grinsend an. Vielleicht hat er gerade schon wieder das Handy in der Hand, um mir neue Nachrichten zu simsen. Ich gucke panisch nach rechts und links. Das flackernde Licht macht alles noch unwirklicher. Bedrohlicher. Aus Gesichtern werden Grimassen. Alle Blicke gucken mich an. Oder täusche ich mich? Die Musik explodiert in meinen Ohren, hat nicht den Takt meines Herzrasens. Zu dem Tanzschweiß kommt Angstschweiß. Ich spüre, wie ein einzelner Tropfen meinen Rücken runterkriecht.

Julchen dreht sich zu mir um.

»Du brichst mir die Hand«, schreit sie mich an.

Ich lockere meinen Griff ein bisschen.

»Ich muss hier raus«, brülle ich ihren Hinterkopf an.

Sie nickt.

Offenbar ist sie auf der Suche nach Philipp und seiner Schnepfe.

Wir finden sie in der letzten Ecke. Gott sei Dank nicht beim Knutschen. Nicht, weil mir das peinlich gewesen wäre. Mir ist jetzt gerade gar nichts peinlich. Aber dann hätte es wahrscheinlich noch länger gedauert, sie zum Gehen zu überreden. Die beiden stehen nebeneinander. Gute Stimmung sieht anders aus. Er grinst uns an.

»Na, Mädels, was geht?«

»Nichts geht. Wir gehen«, sagt Julchen bestimmt.

Philipp zieht eine Augenbraue hoch, nimmt einen Schluck aus seiner Bierflasche. Ich habe irgendwie den Eindruck, dass das nicht seine erste ist.

»Kein Material für euch da? Dann geht es euch wie mir.«

Ich gucke zu der Turmfrisur. Hoffentlich hat sie das nicht gehört.

Philipp stellt die leere Flasche ab, grinst uns an. Doch seine Augen bleiben hart. Er ist nicht so gut gelaunt, wie er tut. Einen ganz kurzen Moment denke ich: wie schön, dass es sogar einem Philipp mal nicht so toll geht. Ich stelle mich neben ihn an die Wand.

Er stupst mich mit dem Ellbogen an: »Alles okay mit dir? Du siehst aus, als wärst du gerade aus Versehen aufs Männerklo gegangen und hättest einen Typen beim Pinkeln gesehen.«

Wie witzig.

»Ich möchte nach Hause«, sage ich nur.

»Von mir aus. Ich habe hier auch genug gesehen.«

Philipp schnappt sich schwungvoll seine Jacke, die er über eine Lehne gelegt hatte. Ein bisschen zu schwungvoll.

Ein paar Münzen fallen raus, zwei Handys, ein paar Streifen Tabletten und zwei Kondome.

Wie peinlich.

Ich schäme mich, das zu sehen.

Und ich schäme mich, weil ich mich schäme.

Ich spüre, wie Julchen mich grinsend von der Seite anguckt.

»Wieso hat denn dein Bruder so viele Pillen mit?«, frage ich, um überhaupt irgendwas zu sagen.

»Bestimmt von so einer Oma, die er betreut. Die sind ja oft total vergesslich. Aber die Gummis waren bestimmt nicht von der«, sagt sie kichernd.

Ich versuche auch ein Grinsen. Ich glaube nicht, dass es gelingt.

Der Weg zum Auto ist die Hölle. Wir müssen quer durch die ganze Menge. Ich versuche niemanden anzusehen, bleibe dicht hinter Julchen. Leider fahren wir erst Philipps Begleitung nach Hause. Ich wäre gerne die Erste gewesen. Als die Blonde aussteigt, versucht sie ein schwaches »Vielleicht bis bald« in Richtung Fahrersitz. Philipp guckt weiter nach vorne.

»Ich melde mich bei dir, wenn die nächste Müllparty ansteht«, sagt er kalt.

Ich höre sie feucht einatmen, dann schlägt sie die Tür zu.

»Richtig nett war das nicht«, rügt Julchen ihren Bruder.

»Richtig nett war die ja auch nicht«, antwortet der nur.

»Warum hast du sie dann mitgenommen?«

»War vielleicht mein Helfersyndrom.« Er lacht bitter.

Ich bin so froh, als ich endlich im Bett liege. Habe mich ganz klein gemacht unter der Decke. Ich versuche nicht zu denken und ganz ruhig zu atmen. Ich habe Angst, dass mein Magen sich wieder umstülpt. Eigentlich dürfte jetzt nichts mehr drin sein, und nach zehn Minuten Zähneputzen ist auch der saure Geschmack verschwunden. Für ein paar Tage hatte ich wieder gehofft. Ganz leise nur, nur in vagen Worten, noch nicht mal in klaren Gedanken. Ganz sacht war die Idee gewachsen, dass ich frei bin. Dass er aus meinem Leben verschwunden ist. So leise wie er eingetreten ist. Von wegen. Er ist offenbar näher, als mir lieb ist. Wie konnte er auf diese Party kommen? Hat er mich von der Haustür an verfolgt? War er hinter Philipp hergefahren, hatte sich dann irgendwie in die »Villa« gemogelt? Nur um mich zu schocken? Nur um mein Gesicht zu sehen, wenn ich seine SMS lese? Macht das verdammt noch mal so einen Spaß?

Erst fällt es mir gar nicht so auf. Vielleicht, weil ich ziemlich spät dran bin. Aber in der großen Pause ist es nicht zu übersehen. Überall, wo ich hinkomme, drehen sich die Leute weg. Gespräche verstummen, wenn ich mich nähere. Ich habe das Gefühl, durch die Pausenhalle zu torkeln und von Blicken gejagt zu werden. Was ist hier los? Julchen hat heute AG-Tag und kommt erst zur zweiten großen Pause. Sie macht irgendeine Tour durchs Rathaus à la »Heute regieren wir«. In mir regiert völlige Orientierungslosigkeit. Was wird hier gespielt? Linda-Bashing? Habe ich ein eitriges Ekzem im Gesicht, einen grünen Popel an der Nase? Ich gehe aufs Klo, gucke mich an. Ich sehe aus wie immer. Merke, wie ich mir fremd in die Augen gucke. Ich sehe vielleicht aus wie immer. Fühlen tue ich mich schon lange nicht mehr so. Kurz bevor die Pause endet, stelle ich mich beim Hausmeister-Büdchen an. Ich brauche jetzt einen Schokoriegel. Als ich dran bin, schließt er das Fenster.

»Ich will noch einen Riegel«, sage ich verzweifelt.

Seine Lippen formen zwei Worte. Es sieht aus wie »Du nicht«. Er geht weg. Ich bleibe da stehen. Alle anderen strömen an mir vorbei. Ich spüre irgendwas an meinem Hinterkopf, drehe mich langsam um. In ein paar Meter Entfernung stehen zwei Jungs. Siebte Klasse vielleicht. Der eine hat noch ein Blasrohr am Mund. Offenbar haben sie mir irgendwas an den Kopf geblasen. Sie grinsen mich gemein an. Ich spurte los. Renne direkt auf sie zu.

»Was soll der Scheiß? Verpisst euch, ihr Zwerge«, brülle ich.

Sie bleiben einfach stehen.

»Verpiss du dich doch, wenn es dir hier nicht gefällt«, sagt der Größere der beiden. Sie drehen sich um und gehen langsam weg.

Wenn es mir hier nicht gefällt?

Wie kommen die darauf?

Natürlich komme ich zu spät zur dritten Stunde. Eigentlich ist der Neufert ein netter. Normalerweise hätte er so was gesagt wie: »Ach, Linda, schön, dass Sie uns auch noch beehren.« Oder so. Er sagt nur: »Setzen Sie sich.« Guckt mich kaum an dabei. Die meisten anderen gucken mich auch nicht an. Nur ein paar abschätzige Blicke verfolgen mich.

Ich ertrage das nicht. Als ich mitten in der Stunde meine Sachen packe und gehe, brandet Applaus auf. Ich lasse die Tür zufallen. Habe es einfach nicht mehr ausgehalten. Als ich über den Schulhof zur Treppe eile, spuckt ein Mädchen direkt vor mir auf den Boden. Ich glaube, sie ist in der Stufe über mir.

Ich gehe auf sie zu.

»Warum? Warum verdammt noch mal tust du das?«

Sie lacht höhnisch, wendet sich ein paar anderen Mädels zu, die da rumstehen.

»Die Neue will wissen, warum ich das mache? Ist sie nicht süß!«

Sie dreht sich wieder zu mir: »Du hast doch geschrieben, dass wir das Letzte sind. Provinz-Tussen, die nach billiger Kernseife riechen oder nach dem Billig-Deo aus dem Schlecker. Dass unsere Klamotten im besten Fall von Takko, wahrscheinlich aber aus der Altkleiderbörse wären und dass du dich davor ekelst, die gleichen Toiletten wie wir benutzen zu müssen. Wenn wir so asozial sind, können wir uns doch auch so verhalten, oder?«

Sie zieht die Nase hoch. Spuckt noch mal. Trifft meine Hose.

»Was habe ich geschrieben?«

Ich weiß nicht, was hier abgeht. Ich weiß nicht, in welchem Horrorfilm ich gerade stecke. Ich weiß nur, dass ich hier raus muss.

»Meinst du, wir sind auch noch blöd? Dann hättest du das besser woanders abgelassen. Oder dir ein besseres Pseudonym zugelegt. Belle Linda. Wie schlau von dir.«

Sie lacht wieder gemein und gehässig und dreht sich einfach wieder weg.

Meine Finger zittern, als ich zu Hause noch in Jacke und Schuhen in der Suchmaschine »Belle Linda« und den Namen unserer Schule eingebe.

Was ich suche, finde ich erst auf der vierten Google-Seite. Auf der Homepage unserer Partnerschule in Finnland im Gästebuch. Dort haben finnische Schüler nach dem Schüleraustausch ihre Eindrücke über unsere Schule verewigt. Teilweise auch auf Deutsch. Und eine Belle Linda hat dort ihre Meinung kundgetan. Meine Augen flattern über die Zeilen.

Es steht wortwörtlich das da, was das Mädchen mir gerade an den Kopf geworfen hat. Und noch mehr: *Die Typen sind das absolute Brechmittel. Die meisten haben Mundgeruch. Aber das fällt nicht so auf, weil sie oft tagelang dieselben Klamotten tragen und nach altem Schweiß riechen. Ansonsten könnte man hier mal einen Feldversuch für Clearasil starten. Wenn mich einer dieser Furunkelträger anquatscht, was leider total oft vorkommt, habe ich immer Angst, dass gleich das Teil aufplatzt und ich mit Eiter vollgespritzt werde. Ansonsten ist die Schule hier Auffanglager für Lehrer, die es woanders nicht geschafft haben. Bei einigen habe ich echt den Eindruck, dass das eine Wiedereingliederungsmaßnahme nach einer Entgiftung oder sonst einer Therapie ist. Aber ich zieh das jetzt hier durch. Einfacher kriege ich mein Abi nirgends.*

☺ CU Belle Linda.

Linda. In fehlerfreiem Deutsch.

Klar, dass alle denken, ich hätte das geschrieben.

Aber wer findet so was?

Ich tippe sofort los.

Hallo, ihr. Glaubt ihr wirklich, ich hätte das geschrieben?

Ich überlege. Natürlich glauben sie das. Warum auch nicht. Ich lösche das wieder.

Hallo! Ich war das nicht. Warum sollte ich das schreiben? So einen Schwachsinn! Warum sollte ich so fies sein? Das ist nicht von mir. Ehrlich. Eure Linda.

Eure Linda. Wie schleimig. Und warum sollten andere überlegen, warum ich das geschrieben habe? Ist denen doch egal.

Ich lösche den Beitrag wieder.

Tränen tropfen auf die Tastatur.

Wenn sich jemand vor mich hinstellen würde, mich beleidigen würde. Das wäre okay. Wenn mich jemand bedrohen würde und ich ihm all mein Geld und mein Handy und was weiß ich geben müsste, das wäre auch noch okay. Aber dieser Jemand zeigt sich nicht. Zeigt nicht sein Gesicht. Und er nimmt mir irgendwie meins. Was macht er aus mir?

Ich war das nicht. Glaubt es oder lasst es. Linda, tippe ich

schnell ins Gästebuch der finnischen Schule und gehe auf
»Abschicken«. Und dann verewige ich das auch noch mal
sicherheitshalber im Gästebuch von unserer Schule. Bei
der Gelegenheit finde ich auch den Link zu meinem angeblichen Eintrag. Er ist dort ohne weiteren Kommentar
hinkopiert worden.

Schon ein paar Minuten später die erste Antwort.

Wir lassen es. Ein stinkender, pickeliger Schüler, steht da.
Natürlich glaubt mir keiner. Warum auch?

Ich habe gar nicht gehört, dass Julchen geklingelt hat.
Plötzlich steht sie da. Sie guckt mir über die Schulter.
Liest die beiden Einträge und lässt sich in den Sessel fal-
len.

»Langsam hast du echt ein Problem. Irgendjemand muss
dich sehr hassen«, sagt sie ruhig.

Ich glaube, es ist das erste Mal, dass Julchen nicht versucht, das Ganze runterzuspielen. Dass sie es nicht weg-
grinsen möchte. Das macht es alles noch aussichtsloser.
Dabei weiß sie von einigen der sehr schlimmen Sachen ja
gar nichts.

»Du musst ihnen Zeit geben«, sagt sie leise. »Egal, was
du jetzt schreibst. Sie werden dir alle nicht glauben. Ich
glaube, alle haben es mittlerweile gelesen. Mir ist es vorhin von fünf unterschiedlichen Leuten erzählt worden.
Einer hatte sogar einen Ausdruck dabei«, sagt sie. Sie legt
einen Zettel auf den Tisch.

»Ich kann da morgen nicht hingehen.«

»Wenn du morgen nicht gehst, musst du überhaupt
nicht mehr zur Schule kommen. Das wäre wie ein Schuld-
eingeständnis.«

»Ich kann da nicht mehr hin. Weißt du, wie die mich
angeguckt haben? Eine Schlampe hat mich angespuckt.«

Julchen starrt den Teppichboden an. »Ich kann mir vorstellen, wie ätzend das ist. Für mich ist das ja auch nicht leicht.«

Ich verstehe die Worte erst nicht wirklich. Ganz langsam dringt der Satz zu mir durch. Erst denke ich, sie meint, dass sie mitleidet, wenn es mir schlecht geht.

Aber dann wird mir klar: Das meint sie gar nicht.

Was sie meint, ist: Es ist für sie nicht leicht, mit mir befreundet zu sein.

»Du meinst, dir könnten auf der Beliebtheitsskala ein paar Punkte hinter dem Komma abhandenkommen? Das wäre natürlich fürchterlich. Wenn es dir hilft, tue ich so, als würde ich dich nicht kennen.«

»Spinn nicht rum, Linda.«

Nach ewigen Momenten fragt sie ganz leise: »Weißt du wirklich nicht, wer dahintersteckt? Hast du denn wirklich keine Ahnung? Vielleicht hast du ja noch jemanden im Chat kennengelernt und irgendwie provoziert.«

Wieso dachte ich bis jetzt, nur meine Eltern würden mir nicht glauben?

Julchen tut es offenbar auch nicht.

Ich stehe auf: »Sei mir nicht böse. Aber ich muss noch was für Geschichte tun.«

Sie rappelt sich auch auf. Im Gehen versucht sie mir ein Abschiedsküsschen auf die Wange zu geben. Ich drehe aber den Kopf weg, sodass sie nur mein Ohr streift.

Als ich aus dem Bad komme, wo ich sehr lange und sehr kalt mein Gesicht gewaschen habe, steht Luise in meinem Zimmer. In der Hand hat sie den Ausdruck des Gästebucheintrages.

»Mensch, Linda, das hätte ich dir gar nicht zugetraut. Das ist ja der Hammer! Sehr beliebt machst du dich damit bestimmt nicht.«

»Das ist nicht von mir.«

»Was? Schade. Das ist echt gut. So richtig peng, peng, peng.«

»Genau. Peng, peng, peng – als wollte ich mir 'ne Pistole an den Kopf halten.«

»Übertreib mal nicht. Aber wenn du das nicht warst – wer ist denn diese Belle Linda? Kennst du sie?«

Ich hole tief Luft und stelle fest, dass ich gar nicht so viel einatmen kann, wie ich für einen Ausbruch bräuchte.

»War ein doofer Scherz«, sage ich nur.

»Ich wollte eigentlich fragen, ob du mir vielleicht helfen willst.«

»Wobei?«

»Ich wollte ein bisschen Ordnung im Garten schaffen. Den Garten winterfit machen. Unkraut raus, Laub zusammenrechen und so, und ich dachte, du hättest vielleicht Spaß daran, mitzumachen.«

»Du willst Unkraut zupfen und bietest mir netterweise an, diesen Spaß mit dir zu teilen?«

»So ungefähr.«

Sie wirkt nicht mehr ganz so souverän wie sonst.

»Was hast du denn verbrochen?«

»Einen Kratzer.«

»Wo?«

»Im Lack.«

»Im Lack wovon?«

»Von Papas Auto.«

Ich grinse. »So so«.

»Dabei war das eigentlich gar nicht meine Schuld. Das Rad ist quasi von alleine umgefallen, und wenn Papa nicht so doof in der Garage geparkt hätte, wäre auch gar nichts passiert.«

»Papa ist also selber schuld?«

»Ja, irgendwie schon. Aber ich will ihm halt nicht so deutlich sagen, dass er ein schlechter Einparker ist, und deswegen mache ich jetzt mal was für die allgemeine Stimmung im Haus.«

»Und weil geteilte Freude doppelte ist, darf ich jetzt mitzupfen.«

»Genau. Nett, was?«

Sie zupft oben Unkraut, ich reche unten das Laub zusammen, vor der Terrasse meines Opas. Wie immer hat er die Tür weit offen stehen, obwohl es schon reichlich frisch ist. Ich sehe ihn auf der Couch liegen und schlafen. Natürlich wäre es irgendwie sicherer, er würde vorm Einschlafen die Tür schließen. Auch wenn ihn ganz sicher niemand klauen wird und das technische Equipment in dem Raum (aus den Siebzigerjahren) sicherlich niemanden zu einem Einbruch anstiften würde. Aber durch sein Zimmer kann man ja auch den Rest der Wohnung betreten ...

Als ich mich zum Rasen nach oben hochgekämpft habe, treffe ich auf eine sehr zufriedene Luise. Ihr Eimer ist voll. Sie hat offenbar einfach alles rausgerissen, was ihr vor die Gartenhandschuhe kam.

»Ich glaube, die hat Mama erst im Frühjahr gepflanzt«, gebe ich zu bedenken.

»Echt?«

Am Abend habe ich Rückenschmerzen, zwei abgebrochene Fingernägel und schwarze Schmutzränder unter den anderen acht Nägeln. Bis es dunkel wurde, habe ich Luise noch geholfen, die rausgerupften Blumen wieder einzupflanzen. Wir haben nicht mehr ganz die Stellen gefunden, wo sie mal waren, aber immerhin haben wir uns bemüht. Von dem blöden Rosenbusch ist mein rechter Unterarm ganz zerkratzt. Aber dafür habe ich ungefähr für mindestens fünfzehn Minuten den ganzen Scheiß vergessen. Dafür ist der Preis nicht zu hoch.

Ich gehe am nächsten Tag zur Schule. Am Morgen zwischen fünf und sieben Uhr habe ich bestimmt siebzehn Mal meine Meinung geändert, hatte mir sogar schon ein bisschen Creme auf die Zunge geschmiert, damit die so richtig schön belegt aussieht. Doch um kurz nach sieben schrubbe ich die mit der Zahnbürste wieder ab. Ich gehe. Alleine schon, weil ich wissen will, wie Julchen reagiert. Ob sie sich wirklich von mir distanziert? Tut sie vielleicht so, als wäre sie zu beschäftigt, um mit mir zu reden? Das wäre das Allerletzte. Wenn sie mich jetzt fallen lässt, bin ich verloren.

An der Schule angekommen, versuche ich die ganzen Kommentare zu ignorieren, die rechts und links von mir fallen. Ich gehe wie durch ein unsichtbares Spalier. Ich würde jetzt lieber über glühende Kohlen laufen. Oder barfuß durch Hundescheiße.

Als ich mich der Ecke nähere, wo unsere Stufe immer aufs Läuten wartet, sehe ich nur Rücken. Alle drehen sich weg. Ich lehne mich an die Wand, gucke vorsichtig, ob Julchen hier irgendwo ist. Wenn sie schon da ist, muss sie doch jetzt kommen. Sie kann mich doch hier nicht so alleine stehen lassen. Oder befindet sie sich etwa irgendwo in dem Pulk und tut so, als würde sie mich nicht sehen? Nach dem ersten Klingeln leert sich der Schulhof schnell. Nirgends sehe ich die blonden langen Haare.

Ich habe einen Verdacht.

Sie kneift. Sie kneift wirklich. Ihr Platz bleibt leer.

Nie und nimmer ist die krank. Die war gestern absolut fit. Sie weicht mir aus. Wie lange will sie das machen?

Als ich Richtung Treppenhaus gehe, kommt plötzlich Merlin auf mich zu. Was will der von mir? Ich kriege Panik und biege schnell ab in die Mädchentoilette.

Der Unterricht wird zur Qual. Fünfundvierzig Minuten Mathe können schon echt quälend lang sein. Fünfundvierzig Minuten Mathe, wenn man wie ein unerwünschtes Geschwür behandelt wird, sind die Hölle. Als ich mich bei einer Frage als Einzige melde, sagt der Lück vorne tatsächlich: »Offenbar ist das allen noch unklar.«

Allen.

Ich zähle hier nicht. Ich bin ein Nichts.

Ich schnipse mit den Fingern. Das mache ich sonst nie. Natürlich weiß ich die Antwort nicht. Aber ich will jetzt verdammt noch mal was sagen. Ich will, dass mich zumindest die Lehrer wahrnehmen.

»Mir ist das klar«, sage ich irgendwann.

Der Lück guckt mich spöttisch nachsichtig an.

»Ja, sicher, Linda. Natürlich. Aber eine alleine ist ein bisschen wenig, oder?«

Ich bin zu wenig. Besser als nichts. Schlechter als eins. Ich bin größer gleich null, kleiner gleich eins.

Ich könnte kotzen.

Wenn ich schon was gegessen hätte.

Ich halte fünf Stunden aus. Fünf Stunden, in denen ich fast pausenlos das Gummiband gegen das Handgelenk schnacken lasse. Fünf Stunden, in denen ich immer wieder *Ich halte durch* in das Heft vor mir schreibe. Vier Seiten habe ich hinterher voll. Meine Schrift sieht zittrig aus. In der sechsten und siebten haben wir Sport. Als ich in die Umkleide komme, gehen alle anderen raus. Wir haben zwei Räume nebeneinander.

In dem einen ziehen sich jetzt ungefähr vierzig Mädels um.

In dem anderen stehe ich.

Ich lasse die Jacke an, gehe direkt wieder.

Auf dem Parkplatz treffe ich Philipp, der gerade in sein Auto steigen will.

»Was machst du denn hier?«

»Ich habe gerade die Entschuldigung für Julchen gebracht.«

»Ist sie länger krank?«

»Morgen geht es ihr bestimmt schon besser.«

Er lehnt sich an sein Auto. »Sie hat mir erzählt, dass du
ein bisschen Ärger in der Schule hast.«

»Kann man so sagen.«

»Ich habe ihr gesagt, dass sie jetzt zu dir halten muss.
Du hast ja sonst keinen.«

Offenbar will sie also nicht zu mir halten. Offenbar
habe ich jetzt wirklich keinen mehr.

»Passt schon.«

Ich drehe mich schnell weg. Dass Philipp mich jetzt
heulen sieht, muss ja nicht sein.

11

Ich habe das noch nie gemacht.
Aber ich war auch nie in so einer Situation.

Normalerweise nehme ich noch nicht mal eine Kopf-
schmerztablette, höchstens mal ein paar von diesen
homöopathischen Kügelchen. Selbst beim Zahnarzt
versuche ich ohne Betäubung durchzukommen. Ich hasse es, wenn der halbe Kopf und das halbe Gesicht taub
sind.

Heute Nachmittag nehme ich eine Schlaftablette, klaue
sie mir heimlich aus dem Badezimmerschrank von meinem Dad.

Ich will schlafen. An nichts denken. Abrudern.

Nach einer halben Stunde liege ich immer noch mit
Herzrasen unter meiner Decke. Ich fühle mich nicht die
Spur müde. Jetzt ist es auch egal. Ich werfe noch eine ein
und einen Blick auf den Beipackzettel. Tageshöchstdosis
vier Tabletten. Da dürfte ich ja sogar noch zwei.

Irgendwann ist der Wirkstoff aber wohl doch in meinen Blutkreislauf gekommen und hat die Lichter ausgemacht.

Ich wache schweißgebadet auf. Bin ein Stein. Alles an mir
ist hart. Kalt. Ein feuchter Film überzieht mich. Das Kopf-
kissen ist klatschnass. Meine Haare kleben am Kopf. Langsam kriechen die Erinnerungen wie Ameisen in meinen
Kopf. Langsam, aber stetig. Es werden immer mehr. Sie

ziehen auch in meinen Körper, nehmen von meinen Eingeweiden Besitz. Überall spritzen sie ihr Gift hin.

Sosehr ich diese Momente zwischen Wachsein und Schlafen liebe, wenn langsam die Träume sich über alles legen, wenn alles schwer und gleichzeitig leicht wird, so sehr hasse ich jetzt diesen Moment zwischen Baldrianschlaf und Horroraufwachen. Es ist klebrig heiß. Die Welt nimmt wieder Konturen an. Die Gedanken bekommen scharfe Kanten. Wenn ich nicht weiß, ob ich vor meinen Erinnerungen oder meiner Zukunft mehr Angst haben soll.

Mein internes Alarmsystem funktioniert noch nicht. Das Programm ist noch nicht hochgefahren und so kann sich alles ungefiltert vor mein inneres Auge schieben. Ich sehe wieder das Herz an meiner Fensterscheibe, sehe mein Blut. Schnitt. Ich sehe das entstellte Foto von mir im Netz. Schnitt. Ich sehe mich heulend durch den schmutzigen Fahrradkeller kriechen. Rotz läuft mir aus der Nase. Schnitt. Ich sehe mich mit Ali durch den Wald spazieren, sehe sogar vor mir, wie er langsam an dem Gift krepiert. Obwohl ich das nicht gesehen habe.

Mein Betriebssystem ist endlich da. Ich rappele mich hoch, schüttele den Kopf. Um die Bilder loszuwerden und die verklebten Haare zu lösen. Draußen hat das angefangen, was meine Mutter gerne mit verklärtem Blick »Die blaue Stunde« nennt.

Der Abend frisst den Tag auf. Saugt die Farben raus, atmet das Licht ein. Ich lasse die Rollladen runterknallen, ehe ich mein Licht anknipse. Harte Schlagschatten um mich rum. Ich bin so fertig. Meine Knochen tun weh. Meine Muskeln sind verspannt. Hinter meiner Stirn ein dumpfer Druck. Um mich herum nur Stille. Als würde die Nacht auch alle Töne in der Welt ersticken. Schallwellen glatt ziehen. Ich fühle mich wie in einem Raumschiff, das durchs Weltall taumelt. Kein Kontakt mehr zur Erde. Schlimmer. Kein Kontakt mehr zu mir.

Ich gehe unter die Dusche. Schiebe den Hebel nach ganz links. Verbrühe fast. Schiebe ihn ganz nach rechts. Es tut genauso weh. Ist es nicht komisch, dass sich ganz heißes und ganz kaltes Wasser im ersten Moment gleich anfühlen?

Als ich zurück in mein Zimmer gehe, fällt mir wieder diese alles betäubende Stille auf. Hier unten ist es immer ruhig. Aber nicht so tonlos ruhig. Ich klopfe leise bei meinem Opa an. Schon beim zweiten lauteren Klopfen habe ich so ein komisches Gefühl. Mir wird kälter als gerade unter der Dusche. Ich mache die Tür auf.

Der Vorhang flattert ganz leicht durch die Terrassentür ins Zimmer. Mein Opa sitzt mit dem Rücken zu mir an seiner Schreibmaschine. Er tippt nicht. Er ist vornübergesunken. Ich weiß sofort, dass er tot ist. Ich kann nicht näher zu ihm gehen. Traue mich nicht. Sieben Minuten stehe ich da so. Ich weiß das, weil direkt über ihm im Regal ein Radiowecker steht. Ich sehe, wie die Zahlen sich ändern. Wie die Zeit einfach weitergeht. So langsam und schnell wie immer. Als sei nichts passiert.

Ich habe mich später manchmal gefragt, ob ich was hätte ändern können. Ob ich ihn hätte wiederbeleben können. Mit Mund-zu-Mund-Beatmung. Herzmassage und so. Aber erstens weiß ich überhaupt nicht, wie man das macht, und ich glaube nicht, dass das so einfach ist, wie das in Ärzte-Serien immer aussieht. Und zweitens wusste ich einfach schon in dem Moment, dass sein Leben schon aus diesem Raum verschwunden war. Er war einfach nicht mehr zwischen hier und dort. Er war schon dort, als ich ins Zimmer kam.

Sieben Minuten habe ich auf seinen gebeugten Rücken

geguckt. Auf seine Hand auf der Schreibmaschine. Er hat da nur noch selten gesessen. Früher hat er da stundenlang was getippt. Manchmal Briefe, manchmal Kommentare zu Fotos, die er dann mit ins Album geklebt hat. Auf Geburtstagsfeiern oder anderen Anlässen hat er gerne Reden gehalten. Manchmal sogar selbst verfasste Reime vorgetragen. Und wenn er sich mal vertippte, hat er eine kleine Flasche mit einer weißen Flüssigkeit gezückt, den falschen Buchstaben umständlich überlackiert, die Farbe trocken gepustet und dann den richtigen Buchstaben darübergehauen. Dabei hat er noch nicht mal weißes Papier benutzt, sondern so beigegelbes aus Altpapier. Seine weiße Farbe darauf sah immer aus wie Vogelkacke.

Wie kann ich jetzt an Vogelkacke denken?

Ich gehe rückwärts raus, schließe ganz leise die Tür. Als ob es ihn stören würde, wenn ich lauter wäre. Oben in der Wohnzimmertür bleibe ich stehen. Ich sehe meiner Mutter zu. Sie dekoriert irgendetwas mit Muscheln. Das, was ich ihr gleich sagen werde, wird ihr so wehtun. Sie liebt ihren Vater so. Oft habe ich gesehen, wie die beiden so ganz verstohlen, so ganz nebenbei einen Hauch von Zärtlichkeit austauschten. Eine Hand auf der anderen, eine kurze Berührung am Arm, ein verschworenes Lächeln.

»Großvater ist tot«, sage ich ruhig.

Sie schaut auf und ich kann sehen, wie die drei Worte sie erreichen, in sie eindringen, ihren ganzen Kopf ausfüllen. Sie schließt kurz die Augen. Ein letzter verzweifelter Versuch, diesem Satz zu entkommen. In diesem Moment weiß ich genau, warum man sagt: »Die Augen vor etwas verschließen.« Sie versucht es, obwohl der Satz längst in ihrem Inneren ist. Sie sieht mich an. Ihr Blick sagt: »Bitte nicht. Bitte, bitte nicht.« Es tut mir so weh zu sehen, wie die Trauer sie langsam umhüllt. Wie ein letzter Rest Unglauben in ihren Augen stirbt, der Gewissheit das Feld räumt. Sie legt ganz langsam die Muschel weg, die sie noch in der Hand hatte. Fast befürchte ich, dass sie jetzt aufräumt. Sie würde so gerne ausweichen. Dabei umgibt sie die Traurigkeit doch schon jetzt von allen Seiten.

Sie steht auf wie in Trance, geht an mir vorbei. Ich höre nicht, wie sie die Treppe runtergeht. Sie ist nur noch ein trauriger Hauch. Ich bleibe im Wohnzimmer stehen. Was soll ich tun? Runtergehen? Danebenstehen, wenn sie vielleicht das letzte Mal ihren Vater im Arm halten wird? Wie er es schon nicht mehr spürt. Ich kann vor mir sehen, wie sie ihn küsst, sein Haar streichelt, seine Hand nimmt. Wie sie immer wieder was Neues probiert, um eine Reaktion zu erhalten. Obwohl ihr Kopf natürlich weiß, dass da keine Reaktion kommen wird. Nie wieder.

Ich gehe zum Telefon, rufe meinen Vater an. Er muss jetzt kommen. Ich erreiche nur seine Assistentin. Sage ihr, dass mein Vater nach Hause kommen soll. Sofort. Ich habe offenbar einen Ton in der Stimme, der Nachfragen verbietet. Erst jetzt spüre ich das ganz leichte Klopfen im Haus. Das bedeutet, dass Luise oben ist und wieder die Bässe zu laut aufgedreht hat.

Ich muss es ihr sagen. Warum ich?

Ich klopfe nicht an. Die Musik ist ohnehin zu laut. Sie steht mitten im Raum und tanzt. Als sie mich sieht, versucht sie mich auf ihre imaginäre Tanzfläche zu locken. So ist Luise. Wenn ich sie beim Tanzen überrasche, soll ich mitmachen. Wenn *sie mich* so erwischt hätte, hätte ich das sofort abgebrochen.

Ich schüttele den Kopf, sehe ihr weiter zu. Luise tanzt nicht wie andere, die oft nur ein paar Schritte machen. Luise tanzt mit allem, was sie hat. Sie rudert mit den Armen, wirft den Kopf gefährlich hin und her, wirbelt sich rum, hüpft, geht in die Knie. Als das Lied endlich zu Ende ist, ist sie völlig aus der Puste.

»Du siehst nach Blues aus«, sagt sie ganz sachlich mit Blick in mein Gesicht.

Ich nicke nur. Kloß im Hals.

»Willst du einen Klammerblues?«, fragt sie neckisch.

»Opa ist tot«, sage ich. »Er sitzt unten an seiner Schreibmaschine und atmet nicht mehr.«

Ganz langsam erlischt das Grinsen in Luises Gesicht. Ihre Arme hängen plötzlich nutzlos runter. Sie forscht in meinem Gesicht, sucht irgendeinen Hinweis darauf, dass ich einen ganz schlechten Scherz gemacht habe. Wir gucken uns ganz stumm an. Ich spüre, wie ihr Blick weich wird. Sie sieht mich weiter an, sieht aber nicht mehr mich.

Ich gehe einfach raus. Es gibt jetzt nichts zu bereden zwischen Luise und mir. Wir können uns nicht gegenseitig trösten. Vielleicht können wir es irgendwann. In meinem Zimmer riecht es noch nach Schlaf. Ich setze mich auf mein zerwühltes Bett und kann jetzt nicht mehr dem Gedanken ausweichen, der schon die ganze Zeit an mir klebt wie ein Kaugummi, in das man sich aus Versehen reingesetzt hat.

Opas Tod hat etwas mit mir zu tun. Ich weiß das. Es roch komisch gerade in seinem Zimmer. Es roch nach einem anderen Menschen. Ich sehe wieder vor mir, wie der Vorhang durch die Gartentür hin und her wehte. Ich glaube, dass jemand bei Opa im Zimmer war.

Jemand, der mich gesucht hat.

Ich lege mich hin, auf den Bauch, halte mir die Ohren zu. Versuche, dem Gedanken auszuweichen. Es geht nicht. Opa ist wegen mir gestorben.

Ich glaube nicht, dass der Einbrecher – nein, eingebrochen ist er ja nicht –, dass der Eindringling Gewalt angewendet hat. Ich kann und will mir einfach nicht vorstellen, dass irgendjemand Gewalt gegen meinen Großvater ausgeübt hat. Ich drehe mich auf den Rücken, starre an die Decke. Ich stelle mir vor, wie ihm jemand so ein Tuch mit Chloroform oder was auch immer auf Mund und Nase drückt. So ein Quatsch. Ich gucke zu viele schlechte Filme.

Nein, das Zimmer hat nicht nach Gewalt ausgesehen. Alles hatte genauso ausgesehen wie immer. Nur mein Opa an dem Schreibmaschinentisch, das war fremd gewesen.

Wie ferngesteuert stehe ich auf, gehe an meinen Computer. Ich google »Herzinfarkt und Erschrecken«. Ich will wissen, ob man sich so erschrecken kann, dass das Herz aufhört zu schlagen.

Nebenan höre ich Stimmen. Mein Vater ist offenbar gekommen, tröstet meine Mutter, die endlich laut weint. Ich hatte schon darauf gewartet. Ihre Stille hatte mich schon beunruhigt. Dazwischen Luises Stimme. Irgendwann klopft es an meine Tür. Mein Vater kommt zu mir, nimmt mich in den Arm. Gott sei Dank hatte ich vorher den Rechner ausgemacht.

»Danke, dass du mich sofort angerufen hast.«

»Schon okay.« Ich klinge so kalt.

»Hat er dich gerufen? Hat er noch was gesagt?«

Ich schüttele den Kopf.

»Als ich rüberging, saß er schon so an der Schreibmaschine.«

Mein Vater wartet. Ich rede weiter.

»Es war so anders still gewesen. Ich hatte einfach so ein komisches Gefühl.«

Er streichelt mir den Oberarm. Das hasse ich, aber ich habe es noch nie gesagt.

Luise kommt rein, kniet sich vor mich hin und legt ihren Kopf auf meine Oberschenkel. »War es schlimm?«

Ich schüttele wieder den Kopf.

Es war nicht schlimm. Es ist schlimm. Opa ist wegen

mir gestorben. Weil es irgendjemand auf mich abgesehen hat. Ich kann es nicht sagen. Alle würden wissen wollen, warum ich nicht längst was erzählt habe. Und alle würden denken: Opa könnte noch leben.

Ich kraule Luise leicht hinterm Ohr.

»Es war nicht schlimm. Es war traurig.«

Es klingelt.

Es klingelt noch öfter heute Abend.

Erst kommt ein Arzt. Dann wird Opa abgeholt. Kurz vorher gehe ich noch mal rein. Jemand hat ihn auf sein Bett gelegt. Er sieht so lieb aus. Ich möchte weinen, kann nicht. Ich halte seine Hand und sage ihm in Gedanken, was mir durch den Kopf schießt. Wie leid es mir tut. Dass ich nicht ahnen konnte, dass so etwas passieren würde. Als ich aufstehe, sehe ich die zwei Steinchen auf dem Teppichboden. Es sind zwei Kieselsteine. Ich hebe sie beiläufig auf und weiß doch schon, woher sie kommen.

Am nächsten Morgen werfe ich die Steine auf den Weg neben dem Haus. Sie verschwinden sofort in der Menge, fallen überhaupt nicht mehr auf. Mein Opa selber wird sie nicht unter den Schuhen in sein Zimmer geschleppt haben. Er ging nie durch den Garten. Da war er ganz eigen. Wenn er draußen sitzen wollte, setzte er sich auf seine kleine Terrasse. Wenn er dann was von uns wollte, nahm er den offiziellen Weg über die Treppe drinnen. »Ich platze doch nicht einfach so in euren Garten«, hat er mal empört gesagt, als meine Mutter ihn darauf angesprochen hatte. Als müsste er Angst haben, meine Eltern in flagranti oder Luise und mich beim Kiffen zu erwischen. Mein Opa konnte sehr förmlich sein.

Am schlimmsten ist nicht diese andauernde Stille nebenan. Am schlimmsten ist diese Starre in mir. Ich kann nicht mitweinen. Luise und meine Mutter weinen zusammen. Sie sitzen auf dem Fußboden, gucken sich alte Fotos an und schluchzen immer wieder auf. Mein Vater leidet auf seine leise Art mit ihnen, und ich gehöre nicht dazu. Als wäre ich mit so einer Frischhaltefolie überzogen, die mich trennt. Es sind immer die gleichen Worte in meinem Kopf: Er ist wegen mir gestorben. Ein paar Mal habe ich mich schon vor den Spiegel gestellt, mir selber gesagt, dass er alt war. Dass sein Herz schon so viel erlebt hatte, so viele Schrammen abgekriegt hatte. Opa hatte schon mal einen leichten Herzinfarkt gehabt und einen Bypass bekommen. Er wusste, dass sein schwaches Herz wahrscheinlich sein Leben beenden würde. Und ich glaube sogar, er hatte keine Angst davor. Er hat nicht viel getan, um sein Herz in Schwung zu halten. Er hat nicht geraucht. Er hat ab und zu mal ein Glas lieblichen Weißwein getrunken, im Sommer mal ein Bier. Das war's. Aber er war auch nicht zu diesem Herzsportturnen gegangen.

»Ich setze mich nicht auf einen großen Gummiball und hüpfe damit durch einen Mehrzweckraum. Das ist mir zu albern«, hatte er damals verkündet. Mein Opa widersprach nicht oft. Aber in dem Punkt blieb er eisern. Vielleicht hat er sich aber auch gedacht, dass es vielleicht schöner ist, wenn einfach das Herz von jetzt auf gleich den Dienst einstellt, als wenn man langsam und schmerzhaft vom Krebs aufgefressen wird. Einige seiner Freunde sind so gegangen. Schleichend wurden sie immer weniger. Der Krebs wurde weggeschnitten, dann schmolzen die Kilos. Die Haare fielen aus, es wurde noch mal geschnippelt. Sie konnten nicht mehr essen und verschwanden nach und nach wie ein Schneemann in der Sonne. Mein Opa war auf einigen Beerdigungen gewesen, wo die Sargträger außer dem Sarg nicht mehr viel tragen mussten.

Das alles sage ich mir und trotzdem fühle ich mich schuldig.

Und ich kann noch nicht mal mit Julchen drüber reden.

Sie hat sich bei mir gemeldet. Per SMS. Ich habe es ihr geschrieben. Kurz und kühl. Dass mein Großvater gestorben sei. Mehr nicht. Ich glaube, sie hat sich nur aus Pflichtgefühl bei mir gemeldet. Natürlich antwortet sie, dass es ihr total leidtue, dass ich mich jederzeit bei ihr melden könne und so. Ich glaube ihr irgendwie nicht. Ich glaube vielmehr, dass sie ganz froh darüber ist, wenn ich ein paar Tage nicht zur Schule komme. Da muss sie mir nicht ausweichen oder mich aushalten.

Umso überraschter bin ich natürlich, als ich sie in der Kapelle sehe. Sie ist tatsächlich zur Beerdigung gekommen. Neben ihr sitzt ein Mädchen, das ich schon mal irgendwo gesehen habe. Ich weiß nicht, wo. Sie kommt mir irgendwie vertraut vor. Auf der anderen Seite sitzt Philipp. Nett, dass er auch mitgekommen ist. Ich finde es schön, dass die Kirche so voll ist. Ich hätte es ganz traurig gefunden, wenn da jetzt nur meine Familie und versprengt ein paar alte Menschen gesessen hätten. Ich hätte es noch trauriger gefunden, als es ohnehin schon ist. Meine Mutter hat Tausende von Rosenblättern auf dem Boden verstreut. Auf Großvaters Sarg liegen mehrere Dutzend schwarzer Rosen. Meine Mutter hatte dafür extra weiße Rosen gekauft und sie in Wasser mit schwarzer Tinte gestellt. Ganz langsam ist die Farbe in die Blüten gezogen. Es sah aus, als würden die Blüten langsam von der Trauer ergriffen. Auf einer Staffelei steht ein Foto von meinem Opa. Im ersten Moment hat es mir die Sprache verschlagen. Mein Herz stolperte, als ich in die Kapelle kam. Meine Eltern haben ein Bild ausgesucht, wo Opa Luise und mich auf dem Schoß hat. Eine rechts, eine links. Er lacht zwischen uns hindurch in die Kamera. Nach der Ansprache des Pfarrers steht meine Mutter auf, geht langsam nach vorne. Sie hält eine Rede an ihre Mutter. Wie froh sie ist, dass sie ihren Papa noch ein paar Jahre behalten durfte und dass sie verstehen kann, dass sie – also ihre Mutter – ihn jetzt wiederhaben wolle.

In mir schreit alles. Nicht meine Oma hat ihn gerufen. Jemand anderes hat ihn geschickt. Ich gucke kurz über meine Schulter nach hinten, suche Julchens Blick. Philipp guckt mich an. Irgendwas wollen mir seine Augen sagen. Ich verstehe nicht, was. Weiß er etwas? Und wer ist noch mal dieses Mädchen bei ihnen? Was hat sie hier zu suchen?

Nach der Beisetzung müssen Luise und ich mit Mama und Papa am Grab stehen bleiben. Fremde Menschen drücken mir die Hand, sprechen mir ihr Beileid aus. Das habe ich noch nie verstanden. Was ist Beileid? Ich kenne Mitleid. Aber wie leidet man bei?

Dann gehen wir noch Kuchen essen. »Das macht man so«, hatte Mama gesagt. Ich habe das nicht verstanden. Mir war nicht nach Kuchen. Als wir am Abend nach Hause kommen, ist es still. Es ist nicht so, dass mein Opa permanent die Musik bis zum Anschlag aufgedreht hatte und man sofort gehört hätte, dass er da ist. Er war ein extrem leiser Mensch. Aber man spürte immer, er ist da. Jetzt ist das Haus so entseelt.

Es zieht uns auseinander. Luise geht nach oben, meine Eltern machen sich in der Küche einen Kaffee, ich gehe nach unten.

Die jüngste E-Mail hat den Titel *Schwarz macht dich blass*. Ich rufe sie auf und sehe in mein eigenes verzerrtes Gesicht. Das Foto ist unscharf und erst einige Stunden alt. Es zeigt mich neben dem Grab. Es zeigt mich neben Luise.

Sie guckt fast direkt in die Kamera. Ich höre ein lautes »Nein« aus meinem Mund. Ich starre Luise an.

Natürlich war er da.

Hatte ich einen Moment glauben können, er würde mich in dieser Situation alleine lassen? Aber warum ist Luise mit auf dem Bild? Das ist doch kein Zufall, oder? Hat er sie jetzt auch im Visier? Ich muss was unternehmen. Das würde ich nicht ertragen, wenn noch jemandem aus meiner Familie etwas zustoßen würde.

Ganz kurz ist da der Gedanke.

Die Idee, dass es einfach besser wäre, ich wäre weg. Ich bringe Menschen in Gefahr. Ich will das nicht. Will diese Schuld nicht. Das ist zu viel für mich. Ich lege mich ins Bett, mache mich ganz klein.

Jetzt einschlafen und einfach nicht mehr aufwachen.

Nie mehr.

Ich erschrecke bei dem Wunsch. Und jetzt kann ich weinen.

Nicht um meinen Opa.

Ich weine um mich.

12

Mitten in der Nacht wache ich auf.
Das war Lilly.

Plötzlich weiß ich es. Das Mädchen neben Julchen in der Kapelle. Das war Lilly, ihre eigentlich beste Freundin, die gerade als Au-pair irgendwo ist. Oder war. Warum ist die wieder hier? Sollte die nicht erst nach dem Schuljahr zurückkommen? Ich weiß jetzt auch, warum sie mir so vertraut war. Julchen hat mir schon Millionen Fotos von ihr gezeigt.

Julchen und Lilly am Strand.

Julchen und Lilly völlig verschlafen morgens im Bett.

Julchen und Lilly aufgebrezelt.

Julchen und Lilly mit einem Eis in der Hand.

Im Meer.

In einer Cocktailbar.

Im Swimmingpool.

Ich habe Lilly schon in allen Situationen bewundern dürfen.

Das müsste Julchen ja jetzt super passen. Jetzt sieht es ja gar nicht mehr nach Verrat aus, wenn sie mich fallen lässt. Jetzt ist Lilly ja wieder da. Dann ist ja wohl klar, dass sie für mich keine Zeit mehr hat. Das wäre ja wohl wirklich etwas viel verlangt.

Ich spüre, wie mein Magen sich zusammenzieht.

Ich darf Julchen noch nicht mal böse sein. Ich habe ja nur Lillys Platz eingenommen, weil die plötzlich weg war. Jetzt muss der Platzhalter gehen.

Mein Magen kann sich sehr weit zusammenziehen. Er ist leer. Beim Kaffeetrinken in diesem Restaurant habe ich keinen Bissen runtergekriegt. Mir fällt auf, dass ich den ganzen Tag noch nichts gegessen habe. Auch egal. So schnell werde ich nicht verhungern.

Und selbst wenn ...

Ich löse mich auf. Schon beim Aufwachen hatte ich so ein diffuses Gefühl. Als würden meine Grenzen nicht mehr stimmen. Als gebe es kein klares Innen und Außen mehr. Meine Gedanken verwirren mich. Beim Frühstück bleibt mein Blick an meiner Hand hängen, die schlaff neben dem Teller liegt. Sie kommt mir fremd vor. Als wäre sie kein Stück von mir. Panisch balle ich die Faust. Sie gehorcht mir noch. Aber ich spüre sie nur, wenn ich sie bewege.

Ich verliere das Gefühl für mich.

Nach dem Frühstück dusche ich ein zweites Mal. Ich spüre, dass ich nass werde, aber ich fühle es nicht wirklich.

Ich lege mich im Bademantel wieder ins Bett, fühle mich wie ein leeres Haus. Ich selber hocke irgendwo im Keller. In der letzten Ecke.

Ist es das, was er will?

Will er mich hier haben, verzweifelt und die Türklinke zum Verrücktwerden schon in der Hand?

Immer wieder höre ich dieselben traurigen Lieder. Singe sie tonlos mit. Immer wieder Xavier Naidoo-»Bitte gib nicht auf«. Doch das ist nicht so einfach. Der Samstag wird vom Sonntag abgelöst. Fühle mich wie in einer dieser Schneekugeln. Ab und zu wirbelt die Panik in mir die Gedanken hoch. Aber der Sturm legt sich wieder. Ich bleibe in meiner Höhle. Gehe zu den Mahlzeiten nach oben. Meist reicht es mir zu wissen, dass Luise und meine Eltern da sind. Höre sie über mir hin und her gehen, höre sie reden. Höre nicht, was sie sagen. Ist auch nicht so wichtig.

Am Sonntagnachmittag kommt Luise zu mir runter. Wir reden über die Beerdigung. Wie schön es war, zu sehen, wie viele Menschen unseren Opa gerngehabt haben. Von der dicken Bäckerin bis hin zu dem Studenten aus dem Nachbarhaus waren sie alle da. Auch Merlins komplette Familie. Heike hat in der Kapelle Mamas Hand gehalten. Und Tante Ines war angereist und sogar mit in die Kapelle gekommen, obwohl sie Atheistin ist. Ich denke laut nach, wer wohl zu meiner Beerdigung kommen würde. Luise lacht: »Na, das wird wohl noch eine Weile dauern.« Ich denke: Wer weiß.

Als Luise irgendwann sagt: »Komm mit hoch«, gehe ich mit. Wahrscheinlich ist sie ohnehin von meinen Eltern runtergeschickt worden, um mich ans Licht zu locken. Mama und Papa wollen mich aus meiner Trauer holen. Sie können ja nicht ahnen, was in mir tobt. Ahnen nicht, dass ich verfolgt und bedroht werde. Ahnen nicht, dass ich an Opas Tod schuld bin. Ahnen nicht, dass die Schule für mich die Hölle ist. Und deswegen blocken sie auch ab, als ich auch für Montag um eine Entschuldigung bitte. Ich will, will, will nicht in die Schule.

»Süße, das Leben geht weiter. Wir vermissen Opa auch. So sehr. Aber vergrab du dich jetzt nicht. Und ehrlich: Meinst du, Opa hätte gewollt, dass du das Abi nicht schaffst, weil du so um ihn trauerst? Bestimmt nicht. Er war so stolz, dass du es aufs Gymnasium geschafft hast. Da kannst du doch jetzt nicht kneifen.«

Meine Mutter streichelt fast unspürbar meine Hand, als sie das sagt. Ich muss mich sehr konzentrieren, nicht zuzugreifen. Nicht ihre Finger zu umschlingen und zu bitten: »Halt mich. Halt mich fest.«

Ich nicke nur.

Die Trauer um meinen Opa hatte sich wie eine schwere graue Filzdecke auf mein Leben gelegt. Darunter war alles dumpf, dunkel. Es war schwer. Aber auch warm. Als ich am Morgen aufstehe, schlage ich nicht nur die Bettdecke zurück. Auch der kratzige Filzbelag wird weggezogen. Ich muss raus in die Kälte. Und es ist eisige Kälte, die mir an der Schule entgegenschlägt. Blicke verfolgen mich, gemeine Bemerkungen werden in meine Richtung abgeschossen. Eine Wand aus Rücken bildet ein Spalier zur Tür. In mir tobt eine andere Angst. Was, wenn Lilly wieder zurück ist? Wieder hier zur Schule geht? Vielleicht hat die Gastfamilie sie ja rausgeworfen. Was, wenn ich jetzt in den Klassenraum komme und sie sitzt da ganz selbstverständlich neben Julchen? Ich habe es mir auf dem Weg bestimmt hundert Mal vorgestellt. Die beiden sitzen nebeneinander. Julchen guckt kurz hoch, lächelt flüchtig, beugt sich dann wieder zu Lilly. Und ich stehe da. Weiß nicht, wohin mit mir.

Ich komme rein. Julchen sitzt da alleine. Tippt irgendwas in ihr Handy.

»Ist hier noch frei?«, frage ich ganz vorsichtig und zeige auf den Stuhl neben ihr.

Sie guckt irritiert hoch.

»Linda, das ist dein Platz.«

»Ich dachte, dass Lilly wieder hier ist und vielleicht hier sitzen will.«

Ganz langsam lasse ich mich auf den Stuhl gleiten.

»Lilly? Nee, die war nur am Wochenende da, weil ihr Vater Geburtstag hatte. Hast du sie erkannt? Schade, dass ihr nicht miteinander reden konntet.«

»Ja, sehr schade.«

Als ob ich mich mit Lilly anfreunden wollte.

Sie tippt weiter auf ihr Handy. Scheint eine sehr lange SMS zu sein. Oder sie tut nur so, um sich nicht mit mir weiter unterhalten zu müssen.

Ich hole mein Englischbuch raus, lese immer wieder die gleichen Sätze, ohne auch nur irgendwas zu verstehen.

»Ist was? Bist du noch so traurig wegen deines Opas?«

»Nee, alles gut.«

»Du bist so still.« Sie guckt mich kurz von der Seite an.

»Ich wollte dich nicht stören.«

Sie lacht ihr fröhliches kleines Lachen.

»Süße, ich bin ein Mädchen. Ich bin Großmeister im Multitasking. Ich kann simsen und reden gleichzeitig.«

»Stimmt, ich hatte vergessen, dass es eigentlich nichts gibt, was du nicht kannst.«

Ich weiß gar nicht, warum ich so fies bin. Aber ich kann nicht anders. Ich wäre gerne jemand anderer.

Als ich nach der großen Pause in den Chemieraum komme, spüre ich die Anspannung im Raum. Ich gehe zu meinem Platz. Auf dem Stuhl liegt ein stinkender Hundescheißhaufen. Auf dem Tisch ein Zettel: *Wir sind eben scheiße.* Alle beobachten mich ganz offen. Es wird ganz ruhig. Julchen hat gerade Philosophie. Sie kann mir nicht helfen. Ich rolle den Stuhl ganz langsam nach hinten, versuche nicht auf den Kackhaufen zu gucken. Wer sagt mir überhaupt, dass der von einem Hund ist. Ich parke den Stuhl in der letzten Ecke, nehme mir einen anderen Stuhl von hinten, rolle ihn an meinen Platz und setze mich.

Es dauert keine fünf Minuten. Der Chemielehrer hat gerade erst eins seiner dubiosen Experimente aufgebaut, als sich irgendjemand meldet: »Herr Binder, hier hinten stinkt irgendwas ganz fies.«

Der Binder ist Gestank gewöhnt. Seine Versuche haben seine Geruchsnerven schon ziemlich strapaziert. Als er nach mehrmaliger Aufforderung doch endlich nachschaut und schließlich vor dem Haufen steht, guckt aber auch er total angewidert.

»Wer war das?«

Ich weiß genau, was jetzt kommt.

Alle schauen demonstrativ auf mich.

»Linda?« Der Binder guckt mich verwundert an. Überlegt er jetzt allen Ernstes, ob ich auf den Stuhl gekackt habe?

»Ich war das nicht«, sage ich leise.

»Hast du nicht gerade den Stuhl dahin gerollt?«, fragt Marvin unschuldig.

Das Arsch.

»Ja, aber ...«

Weiter komme ich natürlich nicht.

Der Binder fällt mir ins Wort: »Dann rollen Sie ihn jetzt bitte raus und säubern ihn.«

Hätte es Sinn zu widersprechen? Würde mir der Binder glauben, wenn ich ihm sage, wie es wirklich war?

Natürlich nicht. Als ich aufstehe, sagt Marvin: »Nimm doch deine Jacke und deine Tasche gleich mit. Wiederkommen lohnt nicht.«

Ich tue es. Ich schiebe den Scheißhaufen vor mir aus der Tür raus und fühle mich genauso.

Vom Dachgarten aus hat man einen guten Blick über die Stadt. Eigentlich darf man hier natürlich nur mit einem Lehrer hoch. Die Tür zu dem kleinen Treppenhaus ist immer gut verschlossen. Man kann aber auch einfach aus dem Fenster des Musikraums klettern und steht mitten zwischen Petersilie und Dill. Irgendwann ist hier oben mal ein Kräutergarten angelegt worden. Bestimmt das Projekt einer eifrigen Referendarin. Sie scheint nicht mehr an der Schule zu sein. Alles ist verwildert.

Wenn ich jetzt richtig viel Glück habe, muss Marvin jetzt aufs Klo. Und zwar groß. Er wird vor der Kabine stehen und warten. Der Druck wird größer und irgendwann wird er an die verschlossene Tür klopfen. Es wird aber keiner antworten. Vielleicht riecht er dann auch schon, was Sache ist. Ich habe den Kackstuhl einfach aufs Jungenklo geschoben. Ich wollte ihn da erst einfach so stehen lassen. Dann hatte ich eine bessere Idee. Ich habe ihn in die einzige Kabine geschoben, von innen abgeschlossen und bin dann über die Kabinentür rausgeklettert. Dabei habe ich mir den Ellenbogen aufgeschürft, aber das war es wert.

Erst als es unter mir laut wird, merke ich, wie lange ich hier gesessen habe. Die Stunde ist rum. Es ist interessant, dem Treiben von hier oben zuzusehen. Als würde ich auf einen Ameisenhaufen gucken. Eine Ameisenstraße führt von der Turnhalle zum Hauptportal, eine Straße über den Schulhof zum Hintereingang, ein paar haben es eilig, überholen schnell. Ganz am Rand sehe ich plötzlich Merlin. Er hat einen Fotoapparat vorm Gesicht. Offenbar knipst er irgendwas. Vielleicht die neuen Graffiti für die Schülerzeitung. Ich habe Angst, dass er plötzlich das Objektiv auf mich richtet. Wusste gar nicht, dass Merlin gerne fotografiert. Dann wird es wieder ruhiger. Die Fünf-Minuten-Pause ist vorbei. Ich stehe auf und ducke mich gleich wieder. Habe nicht mitbekommen, dass eine Klasse jetzt Musik hat. Der Raum ist besetzt. Ich kann jetzt schlecht durch das Fenster wieder reinklettern. Also setze ich mich wieder. Auch nicht schlimm. Ich will ohnehin nicht zurück. Ich will nur nach Hause, mich wieder ins Bett legen. Mir die Decke auf den Kopf fallen lassen. Ganz plötzlich sind da wieder Tränen. Ich lasse sie einfach auf meine Oberschenkel fallen. Ich sitze ganz am Rand des Flachdachs. Natürlich gibt es ein Geländer. Ganz am Rand aber kann man sich durchquetschen, wenn man will. Ich wollte. Jetzt lasse ich die Beine baumeln. Unter meinen Füßen ist viel Luft.

Und wenn ich mich jetzt einfach abstoße?

Ganz kurz nur ist der Gedanke da, verschwindet gleich wieder. Aber der Nachgeschmack bleibt. Meine Hand tastet nach hinten, die Finger legen sich um einen der Metallpfosten. Sicher ist sicher.

Ich stelle fest, dass ich anfange, vor mir selber Angst zu bekommen.

Ich zwinge meine Gedanken in eine andere Richtung.

Wenn ich morgen und übermorgen und noch viele Tage danach nicht in die Schule will, brauche ich eine Krankheit. Eine lange Krankheit. Keine blöde Erkältung – etwas Ansteckendes wäre gut.

Luise hatte mal Pfeiffersches Drüsenfieber. Da ist sie eine wirklich lange Zeit ausgefallen. Aber Fieber zu simulieren ist unmöglich.

Ich bin ohnehin nicht gut im Krankwerden. Mit sieben oder acht wollte ich mir mal den Arm brechen. Ich sollte bei der Weihnachtsfeier des Turnvereins mitmachen und konnte als Einzige keine Radwende. Irgendwo hatte ich einen super Tipp gehört: Man müsse sich eine Zitronenscheibe in die Armbeuge legen, dann den Arm so anwinkeln, dass die Scheibe festgehalten wird, und den Arm in dieser Position festbinden. Damit müsse man dann eine Nacht schlafen und am nächsten Morgen sollte man ruckartig den Arm strecken. Es hieß, durch den Zitronensaft würde der Knochen über Nacht aufweichen, sodass er bei der ruckartigen Bewegung sofort brechen würde. Ich habe am nächsten Morgen in absoluter Zeitlupe den Arm gestreckt, weil ich so eine Angst vor dem Schmerz hatte. Natürlich ist nichts gebrochen. Ich habe mitgeturnt und mir bei der Radwende den Fuß verstaucht.

Ich gucke noch mal nach unten. Wenn ich jetzt springe, verstauche ich mir nicht nur den Fuß. Vielleicht breche ich mir das Bein und muss für ein paar Wochen ins Krankenhaus.

Vielleicht aber breche ich mir das Rückgrat und sitze demnächst auch im Rolli. Da würde der Kaktus aber staunen.

Gott sei Dank schließt keiner aus der Musikklasse das große Schiebefenster, also kann ich nach dem Klingeln die Dachterrasse wieder durch das Fenster verlassen. Und ansonsten wäre das auch nicht dramatisch gewesen: Schließlich habe ich schon mal ein Loch in ein Fenster gehauen. Ich verlasse das Gebäude durch den Hinterausgang, nehme lieber einen Umweg in Kauf. Im nächsten Internet-Café versuche ich mein Glück, suche im Netz nach ansteckenden Krankheiten. Super. Grippe ist ansteckend. Magen-Darm-Erkrankungen sind ansteckend. Das wusste ich bereits. Das bringt mir gar nichts! Kinderkrankheiten sind natürlich auch total ansteckend, aber ich habe keine Ahnung, wie ich Windpocken, Masern oder Röteln simulieren soll.

Nach einer Stunde suchen ist mir klar: Ich brauche eine Verbrennung oder eine Vergiftung. Das ist zwar nicht ansteckend, setzt mich aber ein bisschen langfristiger außer Gefecht. Alles andere braucht Zeit oder Fieber. Ich gucke mir Bilder von Verbrennungen an. Mir wird schlecht. Ich sehe riesige Brandblasen. Eiter. Narben.

Ich gehe raus, ohne die Seite zu schließen. Ich muss weg hier. Am liebsten weg von mir. Aber ich bin ja immer bei mir.

So weit hat er mich.

Dass ich mich selber verletzen will.

Dass ich vor mir selber weglaufen will.

Ich komme an unserem alten Robinsonspielplatz vorbei. Leer liegt er da. Für Kinder ist jetzt Essenszeit. Ich sehe unsere Rolle. Das war der Platz von Luise und mir, unser privater Abenteuer- und Lieblingsort. Als wir klein waren, sind wir da Runde für Runde drin gelaufen. Wie Hamster in ihrem Rad. Wir konnten es sogar rückwärts. Seitdem wir nicht mehr aufrecht darin stehen können, haben wir es geliebt, uns da hineinzulegen und nur langsam zu schaukeln. Dabei kann man herrlich quatschen.

Alleine will ich jedoch nicht in unsere Rolle. Das macht mich nur noch trauriger. Also gehe ich über eine wackelige Brücke zu einem Holzturm, krieche durch das kleine Loch hinein, zwänge mich in die oberste Etage. Ich fülle sie fast ganz aus.

Eigentlich ist es doch noch gar nicht so lange her, dass *ich* ganz ausgefüllt war. Von Plänen. Was hatte ich mich gefreut, dass ich es aufs Gymnasium geschafft hatte. Ich war so gespannt darauf gewesen. Und ich war auch stolz, dass ich mich endlich ein bisschen von Luise gelöst hatte. Aus ihrem Schatten gelöst hatte. Es war so ein Gefühl wie mit fünf Jahren, als ich behauptet hatte: »Ich brauche keine Stützräder mehr am Fahrrad.« Ich wusste nicht, ob ich sie noch brauchte. Aber ich wollte sie eben nicht mehr brauchen. Manchmal hatte ich mir sogar schon vorgestellt, was ich nach dem Abi machen würde. Ich wollte an die Uni gehen. Klar. Ich hatte mir vorgestellt, wie ich in einer Studenten-WG lebe. Manchmal hatte ich mir auch vorgestellt, dass Luise mit mir da wohnen würde. Sie könnte ja nach der Ausbildung noch gut ihr Fach-Abi machen. Mit Luise zusammen hätte ich mir auch vorstellen können, richtig weit weg zu gehen. Nach Berlin. Oder München.

Und jetzt traue ich mich nicht mal mehr zur Schule. Nicht mal mehr ins Leben. Will nur in mein kleines Keller-Mauseloch. Was das Schlimmste ist: Ich weiß nicht, warum. Warum will mich jemand zerstören? Mich demütigen? Was muss ich demjenigen angetan haben? Warum hat jemand so einen Spaß daran, mich zu quälen? Ist es wohl ein Zwang? Zieht er daraus eine Befriedigung? Ich winkle die Beine an, mache mich noch kleiner und versuche mich zu spüren. Immer häufiger habe ich in letzter Zeit das Gefühl, zu zerfließen. Ich spüre mich nicht mehr als mich. Fühle mich als große Angstwolke. Fühle mich so fürchterlich nackt. Auch angezogen. Ich habe mir angewöhnt, mich andauernd umzudrehen. Plötzlich, ruckartig. Starre immer wieder in überraschte Gesichter. Frage mich immer: Ist er das? Oder das?

Zu Hause recherchiere ich weiter im Internet. Die Bilder von den Verbrennungen verfolgen mich. Das schaffe ich nicht. Ich kann mir nicht heißes Öl oder so was über die Beine kippen. Alleine bei der Vorstellung zieht sich alles in mir zusammen. Also brauche ich eine leichte Vergiftung. Die meisten Vergiftungen stammen durch Tabletten, erfahre ich. Tabletten machen mir Angst. Und ich wüsste auch gar nicht, welche und wie viele ich schlucken müsste. Und überhaupt: Tablettenvergiftungen führen entweder zum Tod oder zu einem ausgepumpten Magen und vielen Fragen. Und dann sieht es nach Suizidversuch aus. Ich bin wieder der Psycho. Nein. Nein. Salmonellen klingen vielversprechend. Zumindest langwierig. Das wäre vielleicht eine Lösung. Salmonellen holt man sich durch rohe Eier in irgendwelchen Soßen oder Süßspeisen. Ich könnte die Eier ja einfach so essen und hoffen, dass es klappt. Ich bekäme Durchfall, wäre schlapp, hätte Kreislaufprobleme. Vor allem wäre ich total ansteckend. Keiner dürfte zu mir. Julchen würde sich bestimmt sehr freuen, wenn ich ihr das schreibe. Da wäre sie schön aus dem Schneider. Sie könnte einfach behaupten, dass sie mich ja »ach, so gerne« besucht hätte, aber dass es ja »leider, leider« nicht ginge.

Ich überlege, ob es nicht einfacher wäre, das alles zu simulieren. Ich bin keine gute Schauspielerin. Wahrscheinlich würde ich so übertreiben, dass meine Eltern mich ins Krankenhaus bringen würden. Die machen dann zwei, drei Untersuchungen und schon steht fest, dass ich nichts habe. Oder schlimmer: Es steht fest, dass ich organisch gesund bin – und ich komme in die geschlossene Abteilung.

Wäre das schlimmer? Wäre ich in einer geschlossenen Abteilung nicht womöglich sehr sicher? Da kommt keiner raus. Da kommt aber auch keiner rein.

Nein. Er käme rein.

Oder will er mich genau da haben?

In der Klapse?

Manchmal denke ich ja selber schon, dass ich da hingehöre. Da sind so viele verwirrte Gedanken in mir.

Ich stehe schnell auf. Wenn ich jetzt weiterdenke, wird es gefährlich.

Ich gehe zum nächsten Supermarkt. Ich kaufe zwanzig Eier. Die ältesten. Die Wahrscheinlichkeit, dass ich mir damit etwas einfange, müsste doch somit groß sein. Oder?

Fast eine Stunde sitze ich mit den zwei Kartons und einem Glas in meinem Zimmer. Muss das wirklich sein? Ich habe das Gefühl, dass sich jetzt schon prickelnde Bläschen an meiner Lippe bilden.

In der Grundschulklasse haben wir für Ostern mal Eier ausgeblasen. Ein Junge hat nicht geblasen. Er hat gesogen. Er hat das flüssige, glibbrige Zeug runtergeschluckt. Bis die Lehrerin es ihm verboten hat. Das war so fies. Und damals habe ich es ja nur gesehen. Nicht geschmeckt.

Als Luise reingestürmt kommt, schmeiße ich schnell meine Jacke über die Eierkartons. Jetzt bloß keine doofen Fragen.

»He, Süße. Wir können morgen mal wieder zusammen zur Schule gehen. Cool, was?«

»Wie bitte?«

Mir ist schlecht.

»Mit der Berufsschule machen wir morgen einen Ausflug zu deinem Gymnasium. Bei euch ist wohl eine Ausstellung mit Computer-Animationen. Hast du die schon gesehen?«

Stimmt. Habe ich im Vorbeigehen gesehen. In der kleinen Pausenhalle stehen seit ein paar Tagen Monitore, über die diffuse Bilder flimmern.

»Ja, kenne ich.«

»Und ist die gut? Kann die Show was?«

»Keine Ahnung. Ist nicht so mein Ding. Ich muss übrigens noch lernen.«

Sie steht auf. »Okay, okay.«

Die Tür hinter ihr ist noch nicht ganz zu, da habe ich das erste Ei aufgeschlagen und ins Glas entleert. Wenn Luise morgen mit mir zur Schule ginge, würde ich zusammenklappen. Ich würde das nicht durchstehen. Sie darf auf keinen Fall mitkriegen, was gerade bei mir abgeht ...

Das Eiweiß glibbert ins Glas. In der durchsichtigen Masse flutschen die Eigelbe von rechts nach links. Es sieht aus, als würde es leben. In zwei Eigelben hängt ein dunkler kleiner Wurm. Heißt das, dass sie befruchtet waren? Dass wirklich kleine Küken da irgendwann rausgeschlüpft wären? Oder sind das Salmonellen? Ist das genau das, was ich brauche? Die erste Packung ist leer. Ich habe zehn Eier aufgeschlagen, die jetzt vor mir hin und her schwappen. Ich habe das Gefühl, dass ich alleine von dem Anblick krank werde. Ich rühre mit einem Löffel in der Masse rum. Davon wird es irgendwie nicht besser. Meine Speiseröhre schrumpft. Ich kann mir nicht vorstellen, dass das jetzt da durchgeht. Dass ich das wirklich runterschlucken kann.

Ich stelle mir kurz vor, wie Luise morgen mit mir zur Schule geht. Wie die ersten Mitschüler vor mir auf den Asphalt spucken. Wie ich scheinbar zufällig angerempelt werde. Ich spüre Luises Blick von der Seite. Sie würde sich bei mir einhaken. Ganz eng neben mir gehen. Sie würde nicht verstehen, was da passiert, aber sie wäre empört. Wenn dann der erste dumme Spruch käme, würde sie sofort kontern, würde es nicht zulassen wollen, dass mich jemand beleidigt. Im schlimmsten Fall würde sie auch bespuckt. Oder es würden einige der netten Titulierungen fallen, die ich schon so oft gehört habe in den letzten Tagen. Schlampe war noch eine der nettesten.

Und selbst wenn sie Luise in Ruhe ließen, sie würde irgendwann von mir wissen wollen, was das sollte. Ob ich etwa immer noch nicht aufgeklärt hätte, dass ich nicht Belle Linda sei. Und dann würde sie merken, dass ich mein Leben nicht im Griff habe. Dass ich ohne sie wieder nicht zurechtkomme. Ich würde ihr leidtun. Das will ich nicht.

Ich setze das Glas an. Plötzlich habe ich den Mund voll mit schleimigem Zeug. Die glitschige Flüssigkeit füllt alles aus. Ich muss mich mit aller Kraft zwingen zu schlucken. Es ist das Widerlichste, was ich je runtergeschluckt habe. Wahrscheinlich ist Blasen dagegen ein Witz. Rechts und links vom Mund läuft flüssiges Ei runter. Es tropft in meinen Ausschnitt. Ich setze noch mal an. Jetzt ist es auch egal. Ich kippe und schlucke, verschlucke mich, huste kurz, schlucke weiter. Ich ekel mich vor mir selber. Sehe mich hier sitzen inmitten von kaputten Eierschalen, wahrscheinlich tropft mir gerade flüssiges Eigelb vom Kinn. Ich kriege Schüttelfrost. Zumindest fühlt es sich so an. Ich stelle mir vor, wie das Ekelzeug in meinen Bauch fließt.

Plötzlich habe ich ganz viel Spucke im Mund. Das habe ich immer, wenn ich kurz vorm Brechen bin. Nur das jetzt nicht. Wenn ich das ganze Zeug jetzt wieder auskotze, war alles umsonst. Ich schlucke die Spucke wieder runter. Würge. Versuche ganz ruhig zu atmen. Jetzt nicht panisch werden, dann stülpt mein Magen sich sofort wieder um. Ich stehe ganz vorsichtig auf, gehe langsam zum Bett, lasse mich langsam daraufgleiten.

Ich warte.

Ich hätte mal nachlesen sollen, wie lange es dauert, bis es mit der Kotzerei und dem Durchfall losgeht.

Und was die ersten Anzeichen einer Salmonelleninfektion sind.

Es hilft mir definitiv nichts, wenn mir erst in drei, vier Tagen das erste Mal schlecht wird.

Ich stehe in Zeitlupe auf, gehe zu meinem PC. Über Inkubationszeit und Salmonellenvergiftung gibt es viel. Sehr viel. Und hundert verschiedene Angaben. Dieses Scheiß-Internet. Hier kann auch Schwanz und Kranz irgendwas reinschreiben. Keine Sau überprüft, ob das stimmt.

Ich glaube, dass mir leicht übel wird. Angaben über eine Ansteckungszeit von zehn Minuten finde ich allerdings nicht.

Es klopft und zwei Sekunden später steht Luise neben mir.

»Wann hast du denn morgen Schluss? Vielleicht können wir nach der Schule zusammen mal wieder in die Stadt gehen?«

Sie stutzt. Guckt auf die Eierschalen, den noch vollen Karton, die glitschige Schüssel, schließlich auf mich.

»Was machst du da?«

Ich starre sie panisch an.

Ja. Was mache ich hier?

»Hast du rohe Eier gegessen?«

Sie guckt leicht angewidert.

»Natürlich nicht. Ich hab gelesen, dass man mit rohen Eiern eine tolle Packung für die Haare machen kann.«

»Du hast dir rohe Eier in die Haare geschmiert? Das bringt was?«

»Nee, da sollte dann noch Bier rein. Und das habe ich dann nicht gefunden.«

Ich bin so eine verdammt schlechte Geschichtenerfinderin.

»Bier steht doch bestimmt noch im Vorratskeller«, hält Luise dagegen.

»Ja, aber nur alkoholfreies. Ich dachte, das geht damit bestimmt nicht, und deswegen habe ich die Eier ins Klo gekippt.«

»Warum soll das mit alkoholfreiem Bier nicht funktionieren?«

Luise ist einfach immer total hartnäckig. Das nervt.

»Weil Alkohol der Katalysator für die Verbindung ist.«

Was rede ich da?

»Der Katalysator?«

»Ja, verdammt. Dadurch beginnt irgend so eine chemische Reaktion. Was weiß denn ich. Ist ja auch scheißegal. Und ja: Von mir aus können wir morgen Nachmittag in die City.«

Sie hebt die Hände, als würde ich eine Knarre auf sie richten.

»Okay, okay. Ich nehme dich auch mit stumpfen Haaren mit.«

Sie geht rückwärts wieder raus.

Ich nehme die Eierschalen, das Glas, den vollen Eierkarton, stopfe alles in eine Plastiktüte und bringe es zur Mülltonne raus. Ich weiß gar nicht, warum ich das Glas auch wegschmeiße.

Ich lege mich wieder aufs Bett.

Salmonellenvergiftung! Was für eine glorreiche Idee. Ich spüre die Verzweiflung in mir steigen. Wie der Flusspegel bei einem Wolkenbruch. Ich will die Berechtigung, im Bett zu bleiben. Ich will nicht mehr raus in diese Scheißwelt. Ich will endlich so krank werden, wie ich mich schon so lange fühle. Ich möchte mich verkriechen. Wie ein krankes Tier in einem Bau. Ich möchte, dass irgendjemand zu mir kommt, mir über die Stirn streichelt und behauptet: »Es wird alles wieder gut.«

Und ich möchte es dann glauben.

Plötzlich muss ich an meine Mutter denken. Die hat vor ein paar Monaten mal eine Woche Heilfasten gemacht. Die hat echt eine Woche nichts gegessen. Vorher musste sie sich auskacken. Den ganzen Darm entleeren. Weiß nicht, warum das so wichtig ist. Auf jeden Fall hat sie so komisches Salz essen müssen und dann hat sie stundenlang das Bad blockiert. Immer wieder haben wir sie jammern gehört. Es war wohl echt unschön. Die hat echt gelitten. Vielleicht hat sie ja noch was von dem Zeug. Damit könnte ich ganz wunderbar eine Salmonellenvergiftung simulieren. Warum bin ich da nicht gleich drauf gekommen?

Ich gehe ganz leise ins Badezimmer meiner Eltern. In einer kleinen Truhe hortet meine Ma alle Medikamente. Ich wühle mich durch Herpescreme, Hustensaft, Wundheilsalbe, Durchfallblocker, homöopathische Fieberzäpfe und will fast schon enttäuscht aufgeben, als ich die Packung mit »Glaubersalz« finde. Das muss es sein. Ich überfliege nur kurz die Gebrauchsanweisung.

Als ich Schritte auf der Treppe höre, nehme ich schnell die Flasche, lasse sie in meiner Hosentasche verschwinden und klappe die Truhe schnell zu. Meine Mutter ist natürlich total überrascht, mich vor der Erste-Hilfe-Kiste zu sehen.

»Ich habe irgendwie Durchfall und habe mir mal eine Immodium geholt«, sage ich schnell und bin sofort stolz auf mich. Damit habe ich doch schon mal den Grundstein gelegt.

»Ist dir schlecht? Hast du dir den Magen verdorben?«, fragt meine Ma sofort.

Den Magen verdorben. Diese Formulierung fand ich schon immer strange.

»Nee, ich weiß auch nicht. Ich glaube, ich gehe einfach mal ins Bett«, sage ich leidend.

Ich spüre den prüfenden Blick von ihr auf meinem Rücken, als ich rausgehe.

Jetzt weiß ich natürlich nicht, wie viel man von dem Zeug nehmen muss. Ich habe die blöde Anleitung oben vergessen. Und ich will nicht noch mal hoch. Keinen Bock auf weitere doofe Fragen. Glaubersalz – das klingt jetzt nicht so hochgefährlich. Nicht nach allerübelsten Nebenwirkungen. Ich kann mir nicht vorstellen, dass ich bei einer Überdosierung Nierenversagen oder ein Herzversagen riskiere. Wahrscheinlich ist das ohnehin wieder so ein Öko-Zeug, bei dem man auch ganz fest an die Wirkung glauben muss. Obwohl – bei meiner Mutter hatte es ja damals durchschlagenden Erfolg. Ich halte die Flasche in der Hand. Ich kann es auf keinen Fall riskieren, zu wenig zu nehmen. Ich brauche schnellen Erfolg. Leider habe ich den Löffel, mit dem ich die Eierpampe umgerührt hab, auch mit weggeschmissen. Also mache ich kurzen Prozess, öffne die Flasche und kippe mir das Zeug einfach so auf die Zunge. Es schmeckt so, wie ich mir Spülmaschinensalz vorstelle. Ich spüle drei Mundladungen mit Wasser runter und warte wieder.

Ich warte nicht lange.

Alles geht ziemlich schnell. Und ich muss schnell sein, um rechtzeitig auf dem Klo zu sitzen. Vielleicht liegt es auch an der Eierladung oder daran, dass ich sonst heute irgendwie noch nichts Richtiges gegessen habe. Das Salzwasser schießt offenbar durch meinen Körper, durch alle Schläuche und Organe und reißt alles mit, was es unterwegs findet.

Als ich das erste Mal auf dem Klo sitze, finde ich das sogar noch ganz gut. Ich habe das Gefühl, dass in mir mal so richtig aufgeräumt wird. Der ganze Scheiß muss raus. Im wahrsten Sinne.

Als ich das vierte Mal auf dem Klo sitze, ist meine Euphorie weg. Wahrscheinlich habe ich sie in der Toilette runtergespült. Mein Körper hat offenbar angefangen, sich selber zu verdauen. Es fühlt sich an, als würde das Salz alle meine Organe langsam auflösen. Auffressen. Ich kann schon nicht mehr gerade stehen, schleppe mich gekrümmt vom Bett zum Klo. Dort stinkt es bestialisch, ich selber rieche nach kaltem Schweiß. Ich habe mir schon drei Mal ein frisches T-Shirt angezogen. Es hilft nicht. Irgendwann kommt meine Mutter runter. Wahrscheinlich hat sie sich gewundert, warum hier alle paar Minuten die Spülung rauscht.

»Geht es dir noch schlecht?«, fragt sie besorgt.

Ich antworte nicht darauf. Muss ich auch gar nicht.

»Hast du immer noch Durchfall, du Arme. Soll ich dir noch eine Immodium holen?«

Ich schüttele den Kopf. Wer weiß, was passiert, wenn ich jetzt so einen Durchfallstopper einwerfe. Wahrscheinlich platze ich dann, weil die ganze aufgequirlte Scheiße nicht raus kann. Oder sie kommt oben raus. Noch fieser.

»Ich glaube, ich kann morgen nicht zur Schule gehen«, sage ich leise.

Sie nickt. »Das glaube ich auch, Süße. Mach dir darüber mal keine Gedanken.«

Die hat gut reden. Ich mache mir seit Stunden um nichts anderes Gedanken. In dieser Nacht wird diese Frage zur Nebensache. So gegen Mitternacht ist es mir egal, ob ich morgen in die Schule muss oder ins Gefängnis oder zu einer Wurzelbehandlung. In mir toben Kriege. Es wird an vielen Fronten gekämpft. Es ist kein Dauerschmerz. Es sind Millionen Schmerzen. Mal sind kleine Pausen dazwischen, in denen ich kurz Luft holen kann. Mal legt sich der Schmerz wie eine Schraubzwinge um meinen Magen und drückt zu, dass mir die Luft wegbleibt. Luise hat angeboten, bei mir zu schlafen. Meine Mutter hat sie sanft zurückgehalten. Sie hat Angst, dass Lu sich ansteckt.

Ich hätte meine Schwester gerne neben mir. Ich würde mich nicht so alleine mit dem Schmerz fühlen. Nicht so ausgeliefert. Zu allem kommt mal wieder die Angst. Mein ständiger Begleiter.

Habe ich vielleicht viel zu viel von diesem Kack-Salz genommen? Kann es durch die zehn rohen Eier in meinem Bauch vielleicht zu einer gefährlichen Vergiftung kommen? Aber ich kann doch jetzt nicht sagen: »Du, Mama, mir geht es so schlecht, weil ich zehn rohe Eier mit einer halben Flasche Glaubersalz geschluckt habe. Hast du vielleicht eine Idee, was man dagegen jetzt machen könnte?«

In der Nacht kommen die ganzen finsteren Gedanken aus ihren Zellen. Ich hatte sie sorgsam eingesperrt. Jetzt kriechen sie aus allen Ecken und fallen über mich her. Ich fühle mich wie ein verletztes Tier. Die Würmer und

Maden sind auch schon da. Ich kann sie sehen. Ich kann sie nicht verscheuchen.

Am Morgen kommt meine Mutter mit Zwieback und schwarzem Tee. Allein bei dem Geruch zieht sich mein Magen auf Golfballgröße zusammen. Irgendwas will wieder raus. Ich sitze auf dem Klo und heule. Habe fast nicht mehr die Kraft, mir den Po abzuwischen. Ich bin ein stinkender Zellhaufen, ich rieche nach Verwesung und Fäulnis.

Lu kommt leise in mein Zimmer und sagt: »Ich fahre dann ohne dich zu deiner Schule. Soll ich irgendjemand von dir grüßen?«

Ich gucke sie traurig an. Stelle mir vor, sie würde liebe Grüße von Linda verteilen. Ein Hohn.

»Lass mal. Morgen bin ich bestimmt wieder fit«, behaupte ich.

Als sie weg ist, dämmere ich wieder weg. Es fühlt sich an, als würde das Salz auch langsam mein Gehirn auffressen. Wie so Domestos-Zeug den Dreck wegätzt, ätzt sich dieses Salz durch meinen Körper, meinen Kopf.

Immer wieder wache ich kurz auf, die Bilder aus meinem Traum sind noch zum Greifen nah, aber auch schon ein paar Zentimeter zu weit weg. Ich wälze mich hin und her, liege irgendwann so eingewühlt unter der Decke, dass ich ganz nass aufwache. Mein Gesicht ruht auf einer sehr feuchten Stelle. Als hätte ich im Schlaf geweint. Ich drehe das Kissen um, falle wieder in ein Loch. Ich träume von Arne Becker. In meinem Traum kann er laufen. Wir gehen Hand in Hand an einem Fluss spazieren. Irgendwann holen wir uns ein Eis. Plötzlich wird das Gesicht des Eisverkäufers zu einer Fratze. Der Mund wird riesengroß. Ein fürchterliches Lachen dringt daraus. Als ich mich entsetzt zu Arne umdrehe, hat auch der ein Zombielachen. Die Augen sind blutrot. Ich gucke an mir runter, sehe, dass ich blute. Ich wache auf, gehe mit schmerzenden

Knochen zur Toilette und stelle entsetzt fest, dass ich wirklich blute. Es tropft in die Kloschüssel. Ich schreie auf, springe auf, gucke in den Spiegel. Ich muss mich sehen. Muss sehen, dass ich normal aussehe. Erst lasse ich mir kaltes Wasser über die Hände laufen, dann schippe ich es mir ins Gesicht. Es hilft noch nicht. Ich ziehe mein T-Shirt über den Kopf, bespritze meinen Oberkörper und den Badezimmerboden mit eiskaltem Wasser. Ich muss zu mir kommen. Ich höre meine Zähne klappern. Als ich das große Handtuch vom Haken ziehe, reiße ich einen kleinen Hocker mit um. Nur wenige Minuten später steht meine Mutter in der Tür.

»Ist alles in Ordnung?«

Sie sieht mich mitleidig an, dann wandert ihr Blick zur Toilette und dem Blut.

»Hast du auch noch deine Tage gekriegt? Ausgerechnet. Das fehlt ja jetzt noch.«

Meine Tage.

Natürlich. Ich habe meine Tage bekommen. Wieso bin ich da nicht selber drauf gekommen? Ganz kurz habe ich gedacht, dass das Gift sich jetzt langsam durchgefressen hat. Bis zu den Organen. Dass ich langsam ausblute. Ich habe das Gefühl, dass nichts, wirklich gar nichts mehr, was früher zu mir, zu meinem Leben, meinen Gedanken gehört hat, noch da ist. Wann hatte ich das letzte Mal meine Periode? Als ich im Fahrradkeller eingesperrt war? Als die Busenfotos von mir im Netz waren? Als das Herz mich so geschockt hat? Er wüsste es wahrscheinlich. Er hat wahrscheinlich gesehen, wie ich Tampons gekauft habe.

»Hast du noch Tampons?«

Meine Mutter streichelt mir sanft über den nackten Rücken.

Ich ziehe schnell wieder das verschwitzte T-Shirt über.

»Ja, ja. Schon gut.«

»Du bist klatschnass. Ich hole dir ein frisches Shirt.«

Sie kommt mit einem Schlafanzug zurück und hilft mir beim Anziehen. Ich fühle mich ein bisschen wie ein kleines Kind, rieche das Waschmittel, meine Mutter zieht das Oberteil hinten runter. Fast warte ich drauf, dass sie mir noch das Gesicht eincremt wie früher nach dem Baden.

»Ist dein Bettzeug auch so verschwitzt?«

»Geht schon.«

Natürlich traut sie meinen Worten nicht. Sie fühlt kurz an Decke und Betttuch und verkündet: »Ich beziehe das neu. Das ist ja total feucht. Hinterher holst du dir auch noch eine Erkältung.«

Ich sitze in eine Wolldecke gehüllt in meinem Sessel, während sie das Bett frisch bezieht. Ich hätte gerne gesagt: »Ich mach das schon«, aber ich konnte nicht. Ich konnte es nicht sagen und ich hätte es auch nicht machen können. Ich bin so schlapp. Und es fühlt sich so gut an, dass sie sich so kümmert. Dass ich jetzt nicht alleine bin. Als ich mich ins Bett lege, deckt sie mich zu, streichelt mir ganz zart über die Wange. »Ist mit dir wirklich alles in Ordnung?«

»Geht schon. Ist wohl so ein blöder Virus.«

»Hoffentlich.«

Sie macht das Licht aus, als sie geht. Sie ahnt was. Sie ahnen alle was. Ich sehe sie dasitzen und reden. Darüber, dass ich mich verändert habe. Dass ich verschlossener geworden bin. Ich höre, wie sie beschließen, mich nicht zu bedrängen. Mich nicht zu fragen, einfach abzuwarten, bis ich von mir aus was sage. Deswegen mag ich meine Eltern so. Sie sind einfach gut. Es tut mir so leid, dass ich die Chance versäumt habe, mit ihnen zu reden. Jetzt ist es zu spät, ich kann ihnen die Wahrheit nicht mehr sagen. Die Wahrheit ist, dass ich an Opas Tod schuld bin. Weil ich nichts von der Bedrohung gesagt habe. Weil ich mir nicht habe helfen lassen. Jetzt würde ich ihre Hilfe annehmen wollen. Inzwischen wäre es mir egal, ob sie mich für eine Psychopathin halten würden oder für einen Schwächling, der ohne Luise nicht leben kann. Ich würde sogar freiwillig bei einem Psychodoc auf der Couch Platz nehmen. Aber jetzt hat die Sache eine andere Dimension. Jetzt habe ich mich schuldig gemacht. Und deshalb kann ich ihnen nie erzählen, was los ist. Muss ihre fragenden Blicke weiter fragen lassen. Wahrscheinlich haben sie Angst um mich.

Ich habe auch Angst um mich.

13

Luise ist nicht ohne mich in die Stadt gefahren. Sie kommt zum Mittagessen nach Hause. Also, zu ihrem Mittagessen. Mir steht nicht der Sinn nach Essen. Mit einem Teller Chili con Carne macht sie es sich in meinem Zimmer bequem. Allein von dem Geruch wird mir fast übel. Ich will ihr das aber nicht sagen. Ich will, dass sie bleibt. Sie erzählt von der Ausstellung. Dass da ein paar ganz interessante Animationen zu sehen waren und wie toll unsere Schule ausgestattet ist und dass es bestimmt super Spaß macht, da jetzt das Abi zu machen.

»Wir verbringen ja nicht den ganzen Vormittag in der Pausenhalle vor irgendwelchen Monitoren«, gebe ich zu bedenken.

»Schade eigentlich«, sagt sie und lacht.

Wir spinnen weiter und kommen irgendwann auf die Idee, dass eine Schule, die dermaßen gut ausgestattet ist, eigentlich mehr auf die Beine stellen könnte. Wir malen uns aus, wie Luise supergeniale Computeranimationen erfindet, mit denen das Lernen einfach nur geil ist, und wie wir beide damit von Schule zu Schule reisen, um diese Erfindung vorzustellen. Meine Aufgabe wäre das Marketing. Es tut so gut, sich ausnahmsweise mal in so warmen Fantasien zu verlieren. Nicht immer nur Horrorvorstellungen. Mir gefällt die Idee des Reisens dabei ganz besonders gut. Weg hier. Raus hier. Wir würden uns einen alten VW-Bulli kaufen und würden mit einer ganz neuen Form des Unterrichts durchs ganze Land reisen. Ich als Marketing-Managerin müsste einfach nur die gelangweilten Lehrer davon überzeugen, dass man mal was Neues wagen könnte. Neue Wege gehen. Interaktiver Unterricht, mit dem sogar Geschichte Spaß macht – da muss doch jeder Lehrer hellhörig werden.

Begeistert hänge ich meinen Gedanken nach, als Luise sagt: »Wusstest du eigentlich, dass Mama und Papa überlegt haben, die Wohnung hier unten neu zu vermieten?«

Luise erwähnt das ganz nebenbei, studiert dabei, ob sie ihre Beine mal wieder rasieren muss.

Mir wird spontan wieder schlecht. Und daran ist wohl ausnahmsweise nicht das Salz schuld.

Die Wohnung hier vermieten? Und was ist mit mir? Ich will hierbleiben. Hier in meiner Höhle. Luise wartet gar keine Antwort ab.

»Aber ich habe gesagt, dass ich ganz gerne zu dir in den Keller ziehen würde. Dann hätten wir unsere eigene kleine Wohnung.«

»Hast du da wirklich Bock drauf?«, frage ich vorsichtig. Ich will nicht zeigen, wie schön ich das fände. Tür an Tür mit Luise. Wir beide hier unten in unserer eigenen kleinen Welt.

»Ich fände das ganz cool. Wenn die da oben uns auf den Nerv gehen, könnten wir uns sogar hier unten was kochen. Oder sogar mal was grillen. Die Terrasse ist doch super-genial«, sagt Luise.

Ich könnte sie knutschen. An ihrem Blick sehe ich, dass sie sich schon wieder was Irres überlegt.

»Vielleicht sollte ich keine Computeranimation erfinden, davon gibt es ohnehin schon genug und womöglich ist deren Zeit längst vorbei. Wir könnten ein Theaterstück wie eine Computeranimation schreiben. Das Bühnenbild sieht aus wie ein riesiger Monitor. Das wäre cool.«

Wenn irgendwo keine Bühne ist, dann schafft Luise sich eine. Das war schon immer so. Und ich bin schon immer einen Schritt zur Seite getreten, wenn ich aus Versehen in irgendeinen Lichtkegel geriet. Das war auch schon immer so. Man kann eigentlich kaum glauben, dass wir Zwillinge sind. Oder vielleicht gerade doch. Alle Eigenschaften sind nicht geteilt worden, sondern vielleicht der Einfachheit halber im Ganzen verteilt worden. Du kriegst die Angst, du den Mut. Du kriegst das Laute, du das Leise, du das Licht, du den Schatten. Du die Locken, du die Langeweile. Manchmal habe ich mich gefragt, auf was ich mehr neidisch sein soll. Auf ihr Aussehen oder ihre Stärke? Weil ich mich dann aber nie entscheiden konnte, habe ich es ganz gelassen. Luise kann man eigentlich nichts neiden. Man gönnt ihr alles.

»Ich werde sicherlich niemals auf eine Bühne gehen. Und das weißt du auch«, sage ich nur.

»Ist ja klar. Du sitzt im Hintergrund und bist ein Chatpartner. Alles, was du schreibst, erscheint auf einer großen Leinwand – wie eben auf dem Bildschirm. Vielleicht könnten wir es auch ein bisschen geheimnisvoll machen. Oder gruselig.«

Ich starre sie an. Wäre jetzt ein Zeitpunkt gekommen? Wäre jetzt nicht genau der Moment zu sagen: »Luise, das Drehbuch dazu hätte ich schon. Ich bin nämlich gerade inmitten eines Horrorfilms.«

Vielleicht muss ich es jetzt einfach erzählen. Nur ihr. Sie muss ja Mama und Papa nichts sagen. Aber ich würde meine Angst mal rauswürgen, sie nicht mehr runterschlucken. Vielleicht würde sie ein ganz klein bisschen ihre scharfen Kanten verlieren, wenn ich ihr Worte geben könnte. Manchmal werden Dinge ja kleiner, wenn sie gesagt werden. Soll ich? Kann mein Leben denn noch schlimmer werden? Eigentlich nicht.

Ich räuspere mich. »Im Internet können wirklich furchtbare Sachen passieren«, fange ich an.

»Nicht nur im Internet«, sagt Luise.

Ich beiße mir auf die Lippe und setze neu an: »Ich habe mal von einem Mädel gehört, von der ganz üble Fotos im Netz erschienen. Mit Atombusen und so.«

»Was ist an großen Brüsten denn so übel?«, lacht Luise. »Was meinst du, was die für Fanpost bekommen hat?«

»Stell dir vor, von dir wären solche Fotos durchs Web gegeistert und Paul hätte das damals gesehen.«

»Paul hätte ja gewusst, dass das nicht ganz den nackten Tatsachen entspricht. Wahrscheinlich wäre es sogar Paul gewesen, der die Fotos manipuliert hat, um ein bisschen mit seiner Freundin anzugeben.«

Sie will mich nicht verstehen. Oder kann es nicht. Ich lasse es sein, schwenke wieder um. Und wie kommt sie auf die Idee, Paul könnte Fotos im Netz verändern? Hat er das schon mal gemacht? Ich traue mich nicht, Luise danach zu fragen.

Später sagt sie: »Wie wäre es, wenn wir am Wochenende mal Opas Zimmer neu streichen?«

»Dann können wir nächste Woche deinen Umzug nach hier unten machen«, schlage ich vor. Ich kann es nicht erwarten.

»Gute Idee. Vielleicht sollten wir dein Zimmer gleich mitstreichen.«

»Ja, vielleicht sollten wir das.«

In dem Moment weiß ich schon, dass ich das nicht will. Aber wenn ich das jetzt sage, versucht Luise mich zu überreden. Das ist mir jetzt zu anstrengend. Ich will mein Zimmer nicht verändern. Nichts hier. Mein Zimmer ist meine Höhle, und die soll genauso bleiben, wie sie ist.

Luise verschwindet, damit ich mich mal wieder ausruhen kann. Während unseres Gesprächs war ich zwei Mal auf dem Klo. Außerdem will sie direkt in den Baumarkt, um sich lustige Farben für ihr neues Zimmer auszusuchen. Nur ein Narr könnte glauben, dass Luise die Wände weiß streicht.

Als sie weg ist, bereue ich, dass ich Luise nicht gefragt habe, ob sie Julchen an der Schule getroffen hat. Vielleicht sollte sie mir ja liebe Grüße ausrichten und hat es nur vergessen. Vielleicht hat sie sie aber auch getroffen und soll nichts ausrichten. Deswegen habe ich erst gar nicht gefragt. Hat Julchen mich wirklich abgeschrieben? Selbst wenn sie sich in der Schule nicht mehr traut, nett zu mir zu sein – könnte sie nicht mal anrufen? Das würde doch keiner mitkriegen. Ich wickele mich in eine Wolldecke, weil mir so fürchterlich kalt ist, und gehe nach oben. Ich finde meine Mutter im Garten.

»Hat eigentlich jemand für mich angerufen?«

Sie schüttelt den Kopf. »Wartest du auf einen bestimmten Anruf?«

Ich zucke mit den Schultern. »Merlin wollte sich melden und mir sagen, was ich in Physik verpasst habe«, lüge ich schnell.

Als ich auf dem Weg nach unten am Telefon vorbeikomme, tue ich es einfach. Vielleicht hat Julchen es ja versucht und meine Mutter hat das Klingeln nicht gehört. Vielleicht hat sie keine SMS geschrieben, weil ihr Akku schon wieder leer ist. Nach dem dritten Klingeln geht Philipp dran.

Meine Stimme ist belegt, als ich meinen Namen nenne. »Hi, hier ist Linda. Ist Julchen da?«

»Da ist sie schon. Allerdings seit ewigen Zeiten im Bad. Keine Ahnung, was sie da an sich renoviert oder restauriert. Soll sie sich gleich mal bei dir melden?«

»Das wäre nett. Ich bin zu Hause.«

Sicherheitshalber nehme ich das Telefon mit nach unten.

Zwei Stunden lang schaffe ich es, zu glauben, dass Julchen einfach mit irgendwelchen kosmetischen Aktionen so beschäftigt ist, dass sie nicht zurückrufen kann. Nach zwei Stunden raffe ich dann langsam, dass kein Anruf kommen wird.

Sie will sich nicht bei mir melden.

Sie hat einfach keinen Bock mehr auf mich.

»Meinst du eigentlich, du kannst morgen wieder in die Schule gehen?«

Die Frage meiner Mutter trifft mich völlig unvorbereitet. Ich sitze in der Küche und löffele angewidert eine Brühe. Ich weiß nicht, ob die so fies schmecken muss oder ob meine Mutter da was falsch gemacht hat.

»Auf gar keinen Fall.«

Das muss sie doch sehen, dass ich dazu nicht in der Lage bin.

»Dann gehen wir morgen mal zum Arzt. Vielleicht ist es doch was Ernstes.«

Ja, vielleicht ist es ja doch eine Salmonellenvergiftung.

Komischerweise geht meine Mutter erst alleine zu dem Arzt rein. Ich sage mal nichts dazu, vielleicht hat sie ja selber auch Beschwerden, die sie nicht vor mir ausbreiten will. Als ich dann reingerufen werde, geht sie raus. Ist mir ganz lieb. Ich erzähle brav, dass mir seit zwei Tagen fürchterlich übel ist. Dass ich ganz dolle Bauchschmerzen habe, Durchfall bis zum Abwinken und dass ich ganz schlapp bin.

Der Arzt nickt die ganze Zeit.

Als ich fertig bin, will er wissen, ob ich viel schwitze.

Ich nicke. Ob ich manchmal zittere. Ich gebe es zu. Eigentlich zittere ich ziemlich viel in letzter Zeit. Er fragt, ob ich oft Herzrasen habe oder das Gefühl, nicht mehr richtig atmen zu können. Nervös sei.

Was soll das?

Ich schüttele den Kopf. Das gehört nicht hierher. Das hat mit dem Durchfall schließlich überhaupt nichts zu tun und geht ihn nichts an. Was hat meine Mutter ihm erzählt? Irgendwas stimmt hier nicht. Ich versuche, einfach so wenig wie möglich zu sagen, komme mit einem Attest für drei weitere Tage und einem Termin zur Blutabnahme morgen früh wieder raus.

»Und was sagt er?« Meine Mutter guckt mich fast zu aufmerksam an.

»Dass ich Herzrasen habe. Dass ich zittere. Und dass ich nervös bin. Ach ja, und dass ich wohl Durchfall habe.«

Ich gucke sie auch sehr direkt an.

Egal, ich habe jetzt erst mal ein Freiticket für die nächsten drei Tage. Vielleicht kriege ich ja nach der Blutanalyse noch eine Verlängerung.

Zu Hause lege ich mich erst mal wieder ins Bett. Der Weg zum Arzt hat mich echt fertiggemacht. Nicht nur weil ich so schlapp bin. Wir mussten vom Parkplatz einmal quer durch die Fußgängerzone und ich habe die ganze Zeit Augen auf mir gespürt. Er war da – da bin ich mir ganz sicher.

Als ich am frühen Nachmittag wieder wach werde, höre ich Luise nebenan.

Sie hat sich einen Hut aus einer alten Zeitung gebastelt und mit einer Rolle verschiedene Farben an die Wand gekleckert.

»Findest du Rot zu aggressiv?«

»Kommt drauf an, was du hier unten machen willst. Für ein Stundenhotel ist es wohl okay.«

Sie knufft mich in die Seite und ich falle fast um. Ich bin so schwach auf den Beinen, fühle mich zum ersten Mal zart, durchsichtig, elfengleich. Aber es fühlt sich nicht gut an. Ich lasse sie in ihrem Farbenrausch allein, gehe nach oben. Ganz mutig drücke ich auf die Taste »Anrufliste« am Telefon. Es kann doch nicht sein, dass Julchen so hart ist. So gemein. Dass sie nicht anruft. Dass keine SMS von ihr da ist, habe ich natürlich schon gecheckt. Da ist die Nummer von Heike, da ist die Nummer von Papa aus dem Büro und eine Nummer, die ich nicht kenne. Vielleicht hat Julchen von einer Freundin aus angerufen. Könnte ja sein. Ich drücke den grünen Hörer. Schon nach dem ersten Klingeln meldet sich »Praxis Dr. Meineke«. Ich lege auf. Wieso hat der Arzt hier angerufen? Was wollte der? Meine Mutter sucht gerade was im Kühlschrank.

»Hat der Arzt hier angerufen?«

»Nö, wieso?«, sagt sie zu den Joghurts.

»Seine Nummer war aber im Display.«

»Ach so, ja. Mit der Chipkarte von dir stimmte wohl was nicht.«

Sie starrt weiter in den Kühlschrank, als müsste sie auswendig lernen, was da alles so steht. Sie ist so eine schlechte Lügnerin.

Ich gehe wortlos wieder runter, schnappe mir meine Wolldecke und mache es mir in Luises neuem Zimmer gemütlich.

»Ich glaube, ich nehme Terrakotta«, sagt sie. »Das hat so was Warmes.«

»Das wird dir bestimmt enorm helfen, wenn hier im nächsten Winter wieder die Heizung ausfällt.«

»Ach, geht die Heizung hier unten nicht?«

Mist, das hätte ich nicht sagen sollen. Vielleicht konnte Opa die einfach nicht richtig bedienen.

»Doch klar. Die ist super. Wenn du willst, kannst du dir hier eine Sauna anlegen«, behaupte ich.

»Ich hoffe für dich, dass das stimmt. Sonst nehme ich deine Möbel und mache damit ein Lagerfeuer bei mir«, sagt Luise lachend.

Weil die Wände ja ohnehin neu gestrichen werden, malen wir mit der roten Farbe wild drauflos. Herzchen, eine Blume, eine Partie Tic-Tac-Toe. Sieht eigentlich ganz gut aus. Findet wohl auch Luise.

»Ich lass das einfach so«, beschließt sie.

Komisch, ich war jetzt nur eine Stunde mit Luise zusammen und fühle mich schon besser. Ruhiger irgendwie. Und stark genug.

Ich gehe zum Telefon. Julchen ist sofort dran. Das überrascht mich fast.

»He, ich bin's, Linda. Wollte mal hören, wie es dir so geht.«

Doof. Eigentlich müsste sie ja wohl mal fragen, wie es mir so geht.

»He, das ist ja schön, dass du dich meldest. Mir geht es gut. Danke der Nachfrage. Und dir?«

»Geht so.«

Ich hole Luft und weiß jetzt schon, dass ich wie eine eifersüchtige Ehefrau klingen werde: »Du hättest dich ja auch mal melden können. Hat Philipp nicht gesagt, dass ich angerufen habe?«

»Was? Nee, der Blödmann. Hat er wohl vergessen. Ich hätte dich ja auch mal angesimst, aber mein Handy ist seit zwei Tagen verschwunden. Ich bin echt schon fast wahnsinnig geworden. Es ist einfach weg. Ich fühle mich total nackt ohne das Ding.«

»Du Arme.«

Was soll denn der Scheiß? Philipp hat vergessen zu sagen, dass ich angerufen habe, und dann ist auch noch das

Handy verschwunden. Tolle Story. Wer soll das denn, bitte schön, glauben?

Lügen kann ich auch: »Du, mein Handy klingelt gerade, ich muss auflegen. Bis bald.« Julchen braucht nicht mitzukriegen, dass ich heule. Ich bin einfach so wütend, so enttäuscht. Wie kann sie mich so fallen lassen?

Weil ich nicht weiß, was zu dem Zeitpunkt wahrscheinlich schon für mich im Briefkasten lag, kann ich zu Luise flüchten. Einen letzten Abend vor der großen Wahrheit mit ihr rumalbern. Sie hat sich zum Probeschlafen eine Luftmatratze in Opas Zimmer gelegt. Kurzerhand zerre ich die Matratze aus meinem Bett auch rüber und wir schlafen mal wieder Popo an Popo ein. Zu diesem Zeitpunkt weiß ich ja noch nicht, dass das alles fürn Arsch ist.

Meine Mutter gibt mir den Brief am nächsten Morgen nebenbei, zusammen mit einer Mahnung der Stadtbücherei. Auf dem Umschlag ist keine Marke. Er ist bei uns eingeworfen worden. Meine Hände zittern mal wieder. Ich schüttele den Inhalt aus dem Umschlag. Es sind zwei Kopien. Mehr nicht. Im ersten Moment sehe ich nur dicke schwarze Striche. Das meiste ist mit Edding durchgestrichen. Oben rechts auf beiden Blättern ist ein Stempel: *Städtisches Krankenhaus.* Es handelt sich um Formulare. Um zweimal dasselbe Formular, unterschiedlich ausgefüllt. Während ich lese, gehe ich die Treppe runter. Ich verstehe nicht, um was es geht. Die Kopien sind blass, die Handschrift ist fast unlesbar. Es geht offenbar um Entbindungen. Ich verstehe nicht, was ich hier in den Händen halte, aber eine Ahnung kriecht in mir hoch. Das, was diese Blätter verstecken oder verraten, wird nicht schön sein.

Auf einem Blatt ist oben der Name unserer Mutter zu lesen. Karola Muth. Das war ihr Mädchenname. Eigentlich wollten unsere Eltern ja vor der Geburt heiraten.

Doch weil sie ja nun mal zwei Kinder im Bauch hatte, war meine Ma so schnell so dick, dass sie fast in kein annehmbares Kleid mehr passte. »Und in einem Zweimannzelt wollte ich auch nicht heiraten. Außerdem gibt es die nicht in Weiß«, hatte sie mal erzählt. Oben auf der Seite steht *Mädchen, spontan* kann ich lesen und *3320 Gramm*. Ganz unten dann *Kreißsaal 2, 9.23 Uhr* und eine unleserliche Unterschrift. Auf dem zweiten Blatt ist der Name meiner Ma mit Edding durchgestrichen. Dann wieder *Mädchen, spontan* und *4030 Gramm*. Dieselbe unlesbare Unterschrift. Dasselbe Datum natürlich: *28.8.1994*. Darüber *Kreißsaal 1, 17.15 Uhr.*

Mehr als vier Kilo. Das war Luise.

Wieso ist auf ihrer Seite der Name unserer Mutter nicht lesbar?

Und warum schickt mir jemand diese alten Kopien zu. Offenbar stammen sie von unserer Geburt. Wir sind im Städtischen Krankenhaus geboren.

Es dauert ein bisschen, bis ich merke, was hier nicht stimmt.

Kreißsaal 2. Kreißsaal 1.

9.23 Uhr. 17.15 Uhr.

Ich lege die Blätter weg. Sie brennen in meinen Fingern.

Wie ferngesteuert gehe ich in unseren Vorratskeller. Da steht ein Kasten Bier. Ich nehme mir eine Flasche, finde in der Küche unten einen Öffner und trinke. Ich finde Bier ekelig. Es ist bitter. Es schäumt fies. Luise hat mal gesagt, dass sie von Bier immer total müde und lethargisch wird. Ich setze mich neben die Waschmaschine auf den Fußboden und trinke weiter. Und werde nicht die Spur lethargisch. Nur traurig. Erst. Nach der zweiten Flasche werde ich trotzig.

Da schickt mir irgendjemand zwei dubiose Zettel und ich fange sofort Feuer? Meine Mutter hat sich da den ganzen Tag über gequält, um Luise und mich rauszupressen, und ich finde das merkwürdig? Was soll das? Vielleicht brauchte sie nach der ersten Geburt eine kleine Pause und hat sich erst mal wieder in ihr normales Krankenzimmer gelegt. Danach ist sie dann einfach in einen anderen Kreißsaal gebracht worden. Oder sie wollte vielleicht in die Wanne. Ich habe mal gehört, dass ganz viele Frauen vor der Geburt gerne im Wasser entspannen. Und weil es vielleicht eine Wanne nur in dem anderen Kreißsaal gab, ist sie dahin gegangen. Oder gefahren worden. Was weiß ich. Ich rappele mich hoch. Wenn da irgendjemand meint, er könnte mich mit zwei so albernen Kopien schrecken, dann hat er sich getäuscht.

In meinem Zimmer falte ich die Blätter ganz klein und schiebe sie unter meine Schreibtischunterlage.

Die Fragen verstummen nicht. Am nächsten Morgen, als alle aus dem Haus sind und ich mich wieder ausruhen soll, gehe ich zum Bücherregal. Ganz unten stehen unsere Fotoalben. Es gibt unendlich viele Fotos von mir und Luise. Wir beide in unseren Bettchen im Krankenhaus. Wir beide in Mamas Arm. Ich auf Mamas Arm, Luise bei Papa. Eins sogar, wie Mama mich stillt. Auf einem sieht es so aus, als wolle Luise Papa in die Nase beißen.

Ich habe das Gefühl, dass in mir ein Feuer kokelt. Nein. Kein Feuer. Ein Schwelbrand. Es glimmt nur. Aber meine Gedanken haben Angst, zu nah an die Hitze zu kommen. Zu nah an die falschen Fragen.

Am Nachmittag kommt Luise mit den Worten »Das ist der Hammer« rein. In der Hand hält sie eine Dose mit was weiß ich.

»Was ist der Hammer?«

Nur mühsam kann ich mich von den Fotos reißen.

»Was machst du da?« Sie beugt sich interessiert über mich. »Hach, waren wir nicht süß?«, flötet sie.

Wir blättern zusammen weiter.

Luise und Linda nackt in der Badewanne in einem Meer von gelben Gummienten.

Luise und Linda nur mit Sonnenhut am Strand.

Luise, die auf Papas Schultern durchs Meer reitet.

Ich mit Mamas riesiger Sonnenbrille auf der Nase.

Luise und Papa.

Linda und Mama.

Mir war vorher noch nie so aufgefallen, wie sehr wir uns unsere Eltern aufgeteilt haben.

Ich blättere noch mal zurück. Auch auf den Bildern direkt nach der Geburt bin ich fast ausschließlich mit Mama zu sehen, Luise ist meist auf Papas Arm. Ich bleibe an seinem verliebten Blick hängen. Er guckt verträumt auf Luise hinunter, als er ihr ein Fläschchen gibt.

Kann es sein, dass gar nicht wir uns unsere Eltern aufgeteilt haben, sondern sie sich uns?

Luise zieht das nächste Album aus dem Regal. Das beginnt mit zwei kleinen Mädchen und zwei riesigen Schultüten. Es folgen Kindergeburtstage, wieder Urlaub am Meer, ein Wanderurlaub in den Bergen mit zwei schlecht gelaunten Töchtern, wieder Geburtstage, Weihnachten.

Papa mit mir und Luise, Mama mit Luise, alle durcheinander. Die Ordnung hatte sich aufgelöst.

Ich merke, wie ich traurig werde. Wie ich mich zurücksehne. Ich will ja nicht mehr an den Osterhasen glauben, nicht an den Weihnachtsmann, nicht die Zahn- oder Schnullerfee. Aber glücklicher war ich zu der Zeit schon. Ich lasse das Gummiband unauffällig gegen die Innenseite meines Handgelenks schnacken. Mittlerweile nehme ich so dicke Gummis, wie man sie beim Einkochen von Marmelade und so benutzt.

»Was war jetzt eigentlich der Hammer?«, frage ich Luise.

Sie reißt die Dose hoch, die sie auf den Tisch gestellt hatte.

»Spachtelmasse«, jubelt sie, als hätte sie ein Wundermittel gegen Pickel entdeckt. »Damit können wir die Wände unten ganz neu modellieren.«

»Ich glaube nicht, dass Mama und Papa dieser Satz gefällt«, gebe ich zu bedenken.

»Sei nicht spießig. Ich will ja nichts verunstalten. Ich will einfach den Wänden ein bisschen Struktur geben«, betont sie.

»Ich fürchte, für Mama und Papa ist Raufaser schon ausreichend Struktur.«

»Das ist aber nicht das Zimmer von Mama und Papa. Wenn die wollen, können die sich ihr Schlafzimmer auch fliesen oder kacheln. Ich brauche ein bisschen Leben um mich rum. Da muss nicht alles immer glatt und steril sein.«

»Stimmt. In deinem Zimmer ist immer viel Leben. Da feiern die Wollmäuse mit den Staubmilben geile Partys. Da freuen sich Spinnen über den letzten Rückzugsort in Westeuropa. Bei dir ist einfach immer was los.«

»Du bist so laaaaaangweilig. Wenn du weiterstänkerst, modelliere ich dir heute Nacht im Schlaf eine neue Nase. Dann hast du wirklich einen Grund zu meckern. Komm jetzt mit. Du musst mir helfen.«

Natürlich komme ich mit.

Wir rühren das Pulver mit Wasser an und Luise beginnt eine Wand damit einzusauen. Es ist eine irre Matscherei.

»Das kannst du zumindest mal als Kletterwand vermieten«, tröste ich sie. Sie verteilt weiter hektisch die Pampe. Besser wird es nicht.

»Wenn du die Hügel ein bisschen spitzer machst,

kannst du auch Kleiderbügel dran hängen. Dann brauchst du keinen Schrank mehr.«

Sie muss gegen ihren Willen lachen.

Zwei Stunden später hat die Wand Höhlencharakter. Es ist sehr originär. Sehr ursprünglich.

»So lassen wir es«, verkündet Luise. Ich weiß nicht, ob sie es gut findet oder ob ihr einfach schon der Arm wehtut.

Mit einem Schlag bin ich wieder in meiner Welt. Ich hatte es verdrängen können. Ich hatte kurzfristig vergessen, dass ich eigentlich gerade ertrinke. Es fühlt sich an, als wäre ich am Strand gewesen, als wäre ich mit ganz vielen Leuten schwimmen gegangen. Wir haben geplanscht, uns gedöppt, Spaß gehabt. Doch ich werde langsam abgetrieben. Entferne mich von den anderen. Eine unsichtbare Macht zieht mich weg, zerrt an mir. Manchmal zieht sie mich schon kurz unter Wasser. Noch komme ich immer wieder an die Oberfläche. Wie lange noch?

Am Abend steht plötzlich Merlin in meinem Zimmer. Weil ich mit Kopfhörern sehr laut Musik gehört hatte, hatte ich nicht mitbekommen, wie er geklopft hatte. Ich erschrecke mich total, als mir plötzlich jemand auf die Schulter tippt.

»Was machst du denn hier?«, blaffe ich ihn an.

»Ich hab gehört, dass du krank bist. Da wollte ich dir die neuen Übungszettel von Physik und Mathe bringen.«

»Ja, danke. Sehr nett.« Ich versuche auch nett zu klingen. Schaffe es aber nicht wirklich. »Und sonst? Alles gut?«, frage ich, um die Stille zu übertönen.

»Bei mir ja. Ganz schön krass, was du da geschrieben hast. Über die Schule und so.«

Ein Fleck an seinem Hals sieht aus wie eine Fledermaus.

»Ich habe das nicht geschrieben.«

»Das warst du gar nicht?«

Seine Augen sind so rund wie Tischtennisbälle. Auch fast so groß. Ich glaube, Merlin hat ein Schilddrüsenproblem.

Und plötzlich bricht es raus. Plötzlich schreie ich.

»Nein. Das war ich nicht. Das war jemand, der mich wahnsinnig machen will. Der mich verfolgt, mir hinterherhetzt. Der meinem Opa einen tödlichen Schrecken einjagt. Der mir nachspioniert, sich über mich lustig macht. Jemand will mich fertigmachen. Und soll ich dir was sagen: Er schafft es!«

Merlin starrt mich an. Dann starrt er Luise an, die reingekommen ist.

»Was ist denn hier los?«

Ich hole zitternd Luft.

»Alles gut, alles gut«, stammele ich. Meine Güte, was ist nur los mit mir? »Merlin und ich üben gerade für ein Theaterstück«, bricht es aus mir heraus. »Ich konnte ja heute nicht zur Probe von der Schauspiel-AG.« Ich rudere innerlich. Suche nach Lügen. »Und wir beide haben da so einen doofen Dialog. Den wollten wir noch mal üben.«

»Du bist in einer Schauspiel-AG? Ich glaube es ja nicht.«

Ich auch nicht. »Ja, lustig, was? Ausgerechnet ich«, sage ich müde.

»Macht ihr die Szene noch mal? Ich würde total gerne zugucken«, bittet Luise und setzt sich auf mein Bett.

Ich glaube, ich spinne. »Du, das ist mir peinlich. Wir sind noch nicht so weit.«

Plötzlich mischt Merlin sich ein. »Ich kann meinen Text noch gar nicht«, behauptet er.

Er ist spontaner, als ich gedacht hatte. Luise trollt sich. Merlin wendet sich mir zu. Sein Gesicht ein einziges großes Fragezeichen.

»Tut mir leid, Merlin. Vergiss es einfach. Vergiss alles. Danke für die Zettel und bis bald.«

Er geht zögernd zur Tür: »Linda, wenn du Hilfe brauchst ...«

Ich falle ihm ins Wort: »... dann sag ich Bescheid.«

Er geht endlich. Ich bete nur, dass er seinen Eltern nichts erzählt. Dann wird es keine vierzig Sekunden dauern, bis Heike meine Ma anruft. Und dann brauche ich eine richtig gute Geschichte.

Kreißsaal 2. Kreißsaal 1.

Es geht nicht aus meinem Kopf. Gerade war ich noch so müde. Jetzt versperren die Gedanken die Tür zum Schlaf.

Ich versuche, es mir vorzustellen. Meine Mutter hat ein Kind gekriegt. Der erste Schrei ist schon ertönt. Das zweite Baby ist noch im Bauch. Wieso dauert es jetzt noch so lange? Ich hatte immer gedacht, dass Zwillinge schnell nacheinander kommen. Und wieso wechselt sie den Kreißsaal? Liege ich falsch rum und der Arzt braucht noch irgendein Gerät, eine Zange oder so, die im anderen Kreißsaal ist? Nein. Dann hätte er die wohl geholt. Vielleicht doch die Wanne? Mama hat davon nie was erzählt. Mama hat eigentlich total wenig von unserer Geburt erzählt. Ich kämpfe mich mühsam in den Schlaf. Die Fragen haben offenbar nicht geschlafen. Als ich am nächsten Morgen aufwache, sind sie schon da. Haben nur auf mich gewartet.

Beim Frühstück versuche ich es einfach: »Wir reden in Erziehungswissenschaften übrigens gerade über Zwillinge. Die Sozialisierung, genetische Ähnlichkeiten und so. Da geht es auch um die Geburt und die erste Zeit danach. Ich habe mir überlegt, dass ich doch gut ein Interview mit dir dazu machen könnte.«

Sie sieht entsetzt aus. Nein. Sie sieht panisch aus. Meine Mutter ist völlig neben sich.

»Du, Linda, eigentlich gerne. Ich finde das ja auch total spannend. Aber zurzeit habe ich echt viel um die Ohren. Dazu habe ich echt keine Zeit.«

Wie bitte? Sie hat keine Zeit für ein kleines Interview?

»Das würde ja nicht lange dauern. Oder du erzählst mir einfach alles von Luises und meiner Geburt und ich bringe das dann in eine Frage-Antwort-Form.«

»Du, ich glaube nicht, dass es für so ein Interview gut ist, die eigene Geschichte zu nehmen. Da ist man doch überhaupt nicht objektiv.«

»Dann könnte dich ja jemand anders aus dem Kurs befragen.«

Meine Mutter dreht sich abrupt zu meinem Vater um, der gerade reinkommt. »Gut, dass du da bist. Ich wollte noch was mit dir bereden.«

Sie zieht ihn am Ärmel raus.

Ich werde ganz ruhig. Irgendetwas stimmt nicht. Die Angst meiner Mutter konnte ich gerade fast riechen. Ich muss rauskriegen, was sie so in Panik versetzt hat. In mir macht sich auch eine Hoffnung breit. Vielleicht ist das dann der Schlüssel. Vielleicht ist das die Aufgabe, die ich lösen muss, um mich zu befreien.

Ich warte, bis alle aus dem Haus sind. Dann gehe ich zum Bus. Ich versuche, nur an das Ziel zu denken, das ich habe. Nicht an die Angst in meinem Nacken. Diese Angst ist nämlich groß. Größer als die Angst vor meinem Verfolger. Der ist mir garantiert auch auf den Fersen. Aber ich blende ihn aus. Die Frau im Krankenhaus-Foyer ist völlig verwirrt. Irgendwas mit Geburt? Da müsste ich in die Frauenklinik. Einmal über den Hof. Ich frage mich durch, bis ich endlich vor einer Tür stehe. »Geburtenabteilung« steht darüber, daneben ein Knopf. Ich klingele. Nach ewigen Zeiten kommt eine Schwester. Ich erkläre ihr ganz höflich, was ich möchte. Dass ich ein Zwillingsprojekt für die Schule mache und hier Kopien von einer Zwillingsgeburt von vor sechzehn Jahren habe. Das sei wohl eine außerordentliche Entbindung gewesen, weil sie in zwei verschiedenen Kreißsälen stattgefunden habe. Ob sie mir darüber was erzählen könne. Sie runzelt die Stirn.

»Gerade außergewöhnliche Geburten sind für so ein Referat natürlich spannend«, betone ich ganz freundlich.

Sie guckt auf die Kopien, die ich ihr die ganze Zeit schon hinhalte. Sie guckt sehr lange darauf, dann bittet sie mich rein. Sie bringt mich in ein Besprechungszimmer.

»Nimm dir ein Wasser. Ich bin gleich wieder da.«

Ich will kein Wasser. Sie ist nicht gleich wieder da. Ich hoffe nur, dass ihr keine Geburt dazwischengekommen ist und ich jetzt stundenlang hier sitze. Irgendwann kommt sie mit einem Arzt wieder rein. Der guckt mich an, als wollte er durch mich hindurch aus dem Fenster hinter mir gucken. Mir wird mulmig.

»Du interessierst dich für Zwillingsgeburten? Das ist wirklich ein spannendes Thema. Leider stammen die Kopien, die du da hast, nicht von einer Zwillingsgeburt. Ich könnte dir aber ein paar interessante Dinge von anderen Zwillingen erzählen.«

»Nein, danke, sehr freundlich. Aber ich interessiere mich eigentlich mehr für die Geburt von mir und meiner Schwester.«

Doof. Ich hätte nicht sagen sollen, dass es sich um meine Geburt handelt.

»Das ist der Geburtsschein von dir?«

Er guckt noch durchdringender. Der Mann kann als Röntgengerät arbeiten.

»Ja. Und von meiner Zwillingsschwester Luise.«

»Wenn es sich um eine Familienangelegenheit handelt, sprichst du doch am besten mit deinen Eltern darüber.«

Während er das sagt, steht er auf. So schnell lasse ich ihn nicht gehen.

»Mit meinen Eltern kann ich darüber nicht reden.«

Das klingt, als wären sie tot. Offenbar glaubt der Arzt das jetzt auch.

»Dann wäre es vielleicht das Beste, du sprichst mit der Hebamme von damals.«

»Und wer war das?«

Er guckt auf die Unterschrift auf den Kopien.

»Das war Elisabeth Knorr. Die arbeitet allerdings nicht mehr hier. Ich glaube aber, dass sie noch hier in der Gegend wohnt.«

Ich nehme ihm die Kopien aus der Hand.

»Vielen Dank.«

Als ich den Gang runtergehe, spüre ich die Augen in meinem Rücken. Aber das bin ich ja gewohnt.

Zu Hause setze ich mich mit dem Telefon auf mein Bett. Nach mehr als dreißig Minuten zaudern, zögern und durchatmen habe ich endlich allen meinen Mut zusammengekratzt. Genau in dem Moment, in dem ich wählen will, klingelt mein Handy.

»Hi, ich habe mein Handy wiedergefunden. Super, was?«

Ich höre Julchen fett grinsen.

»Ja, super.«

Muss sie ausgerechnet jetzt anrufen? Wo ich gerade mutig genug war?

»Wie geht's dir?«

»Schon besser.«

»Dann könnte ich dich ja auf einen Magen- und Darmtee besuchen, oder?«

Ich traue ihr nicht. Traue ihrer Freundlichkeit nicht über den Weg. Warum eigentlich nicht?

Sie könnte mich ja auch fragen, ob ich nicht mit ihr in die Stadt komme. Aber das tut sie nicht – wahrscheinlich, weil sie nicht mit mir gesehen werden will.

Vielleicht aber auch, weil sie denkt, ich sei noch zu krank.

Hat nicht eigentlich alles auch mit Julchen angefangen? Ich erschrecke bei dem Gedanken.

»So fit fühle ich mich eigentlich noch nicht«, sage ich in die abwartende Stille.

»Schade. Dann wird wohl nichts aus unserem Mädels-Nachmittag.«

»Nee, ich glaube nicht.«

»Meldest du dich, wenn es dir besser geht?«

»Klar«, lüge ich.

Nachdem ich aufgelegt habe, muss ich wieder bei null anfangen. Auf mich einreden, dass es ja erst mal nur ein Anruf ist. Dass ich jetzt endlich allem auf die Spur kommen will. Ich spüre, dass ich endlich weiß, aus welcher Richtung der Rauch kommt, der mein Leben vergiftet. Dass ich vielleicht bald das Feuer finden werde, das mein Leben auffressen will.

Gerade als sich eine Frau mit »Seniorenwohnstift am Park« meldet, platzt Luise ins Zimmer – wie immer eine Nanosekunde nach ihrem Klopfen. Ich lege sofort auf, begrüße Luise.

»Habe ich dich beim Telefonsex erwischt?«, fragt sie lachend.

Ich sitze da aber auch wie ertappt.

»Klar, aber ich habe so einen Geizhals erwischt. Der macht das Vorspiel jetzt ohne mich und ruft gleich noch mal an.«

Sie grinst breit.

»Eins zu null.«

Als Luise endlich verschwunden ist – sie wollte »nur mal nach mir sehen« –, rufe ich Google-Maps auf. Seniorenwohnstift am Park – ich finde heraus, dass das nicht zu weit weg ist. Vier Busstationen. Oben aus dem Wohnzimmer höre ich einen Fernsehdialog. Ich gehe in die Küche, stecke die Packung mit schwarzem Tee ein, stecke meinen Kopf kurz ins Wohnzimmer.

»Ich gehe noch mal eben los, schwarzen Tee kaufen.«

Ehe Luise was antworten kann, bin ich schon raus. Manchmal muss man nur schnell genug sein.

14

Das Haus sieht schön aus. Schön alt. Nicht heruntergekommen. Oder nur ein bisschen. Aber nicht verwest.

»Ich möchte Frau Knorr besuchen«, sage ich zu einer Frau im ersten Zimmer rechts.

»Weiß sie, dass sie Besuch bekommt?«

»Eher nicht.«

»Dann rufe ich eben bei ihr an und frage, ob es ihr passt. Wer sind Sie denn?«

»Ich? Ähm, ich heiße Linda. Ich interessiere mich für den Beruf der Hebamme.« Puh, ich werde noch Weltmeisterin im Lügen.

»Und da ist Ihnen Frau Knorr empfohlen worden?«

»Ja, schon irgendwie.«

Frau Knorr meldet sich schnell. Die Frau kündigt mich an. Es folgt eine Pause, ein kurzer Blick auf mich.

»Sechzehn oder siebzehn«, antwortet die Frau in den Hörer. Dann nickt sie.

»Sie können hochgehen«, sagt sie knapp, nachdem sie aufgelegt hat.

Was könnte diese Frau Knorr gefragt haben, auf das man mit »sechzehn oder siebzehn« antwortet. Eine Uhrzeit vielleicht. So was wie: »Um wie viel Uhr kann ich morgen zur Massage kommen?«

Oder mein Alter. Sie hat nach meinem Alter gefragt. Sie hätte nach meinem Nachnamen fragen können. Oder nach der Schule, auf die ich gehe. Oder welchen Abschluss ich habe. Sie fragt aber nach dem Alter. Wahrscheinlich ist die gute Frau Knorr schon ein bisschen verwirrt. Wahrscheinlich stand sie damals schon kurz vor der Pensionierung und ist heute schon dement.

Ist sie nicht. Wach und interessiert blickt sie mich aus hellblauen Augen an. Und da ist noch etwas in ihrem Blick, was ich nicht deuten kann.

»Du bist also Linda.«

Sie sagt das, als habe sie schon länger auf mich gewartet.

»Ja. Ich bin Linda. Und ich interessiere mich für den Beruf einer Hebamme. Für die Schule arbeite ich gerade an einem Referat. Und ich habe mal von einem Fall gehört, wo eine Frau Zwillinge bekommen hat. Das eine Kind morgens, das andere am späten Nachmittag. Und das auch noch in zwei verschiedenen Kreißsälen. Das klingt nach einer spannenden Geschichte.«

Ich will ihr nicht die Kopien zeigen. Dann sieht sie ja, dass das eine Mädchen Linda heißt, und rafft sofort, dass ich das bin.

»Ja, das klingt nach einer spannenden Geschichte«, bestätigt Frau Knorr.

»Kommt so etwas häufiger vor?«, frage ich und zücke einen Block. Ich will so tun, als würde ich mir aufschreiben, was sie sagt. Das sieht irgendwie professioneller aus.

»Nein«, sagt sie nur und streicht die glatte Tischdecke noch glatter.

»Das ist also eher eine Seltenheit?«

»Nein.« Sie bleibt ganz ruhig.

»Wie bitte?«

»Ich kenne überhaupt keinen solchen Fall«, sagt sie leise.

»Doch. Kennen Sie. Sie waren die Hebamme.«

Wahrscheinlich wirkt sie nur ganz klar und ist in Wirklichkeit doch schon total neben der Spur.

»Ich war die Hebamme bei deiner Geburt. Und ich war die Hebamme bei Luises.«

Sie weiß, wer ich bin. Sie kennt Luise.

Die Tischdecke muss schon ganz dünn sein vom Drüberstreichen.

»Ja. Von mir und meiner Schwester Luise.«

»Deine Schwester?«

»Meine Zwillingsschwester Luise. Genau.«

Sie sieht traurig aus.

Nein. Sie sieht mich traurig an.

Wieder fühle ich den Sog. Ganz stark. Er zieht mich runter. Ich werfe mit Worten um mich, will mich damit über Wasser halten.

»Vielleicht können Sie sich ja nicht mehr richtig erinnern. Das ist ja schon ein paar Jahre her. Es ist aber nett, dass sie sich trotzdem Zeit genommen haben. Ist übrigens eine sehr schöne Wohnanlage hier.«

»Ich kann mich sehr gut erinnern. Und ich wusste, dass es nicht funktionieren würde.«

»Was würde nicht funktionieren?«

Ich will die Frage eigentlich nicht stellen. Ich will keine Antwort.

»Sprich mit deiner Mutter, Linda.«

Das Gespräch ist beendet. Der Tonfall sagte eindeutig: Geh jetzt besser. Ich nicke nur, schließe leise die Tür hinter mir.

Ich bin Zuschauer, obwohl ich mittendrin sitze. Ich beobachte meine Mutter, die sich Gurkenscheiben auf ihr Brot schnippelt. Ich sehe, wie mein Vater ganz akkurat Käsescheiben abschneidet, Luise löffelt schmatzend ihren Quark. Ich stopfe irgendwas in mich rein. Habe blind eine Scheibe Käse auf eine Brotscheibe gelegt. Was wollte mir Frau Knorr sagen? Luise wäre nicht meine Schwester? Was für ein schlechter Scherz. Was mir nicht aus dem Kopf geht: Warum hat sie gesagt, ich solle mit meiner Mutter sprechen? Warum hat sie nicht gesagt, ich solle meine Eltern fragen? Wäre das nicht logisch gewesen?

Hat er mich wohl beobachtet? Hat er mich begleitet auf dem Weg zum Wohnstift? War das der Weg, den er für mich vorbereitet hat? Bin ich nah am Ziel? Da, wo er mich hinhaben will? Ich ahne, dass ich kurz davor bin, es zu erfahren ...

Der nächste Tag beginnt mit einer SMS. Von Julchen.
Besser? Treffen heute Nachmittag bei mir? Philipp kann dich abholen. Krankentransporte sind ja seine Spezialität.
Ich tippe: *Bin noch nicht fit* – und lösche es wieder. Ich schreibe: *Wie wäre Treffen in City? Einen Tee im Centrale schaffe ich schon.* Ich würde gerne sehen, wie Julchen darauf reagiert. Wahrscheinlich würde sie sich winden, würde natürlich nicht zugeben, dass sie lieber nicht mit mir gesehen wird. Wahrscheinlich soll Philipp mich deswegen auch abholen. Damit ich auf dem Weg zu ihr bloß niemanden treffe, dem ich erzählen könnte, dass ich Julchen besuche. Ich lösche meine Antwort Buchstaben für Buchstaben. Ich antworte gar nicht.

»Um wie viel Uhr sind wir eigentlich geboren? Ich würde gerne mal meinen Aszendenten ausrechnen, das braucht man dafür.«
Ich werfe den Satz auf den sonntäglichen Frühstückstisch.
Meine Mutter schmiert weiter Marmelade auf ihr Brot.
»Morgens.«
»Geht es genauer?«
»So um neun.«

»Echt? Luise hat mir mal erzählt, sie wäre am frühen Abend auf die Welt gekommen. Deswegen sei sie auch so ein Nachtmensch.«

Luise guckt mich überrascht an. »Habe ich?«

Meine Mutter ist mittlerweile aufgestanden, fummelt irgendwas an der Kaffeemaschine.

»Mama, was stimmt denn jetzt?«

»Ist das denn wirklich wichtig? Das ist doch alles Humbug mit den Sternen und den Aszendenten«, mischt mein Vater sich plötzlich ein.

Jetzt reicht es mir.

Ich gehe nach unten, schnappe mir die Kopien und lege sie ganz ruhig auf den Küchentisch.

Die Reaktion ist unglaublich.

Meine Mutter hält sich an der Stuhllehne fest, mein Vater geht zum Telefon, sagt seine Rennradtour ab.

»Kommt. Wir setzen uns mal ins Wohnzimmer«, fordert er uns auf.

Als ich zwei Stunden später das erste Mal aufstehe, weil ich pinkeln muss, tut mir alles weh. Jeder einzelne Knochen. In meinem Kopf fühlt sich alles an wie betäubt. Ich wünschte, ich könnte so heulen wie Luise. Die sitzt in einem Meer aus nassen Tempos und hat schon zwei Wutausbrüche hinter sich, die von Weinkrämpfen abgelöst wurden.

Wir sind keine Zwillinge.

Wir sind noch nicht mal Schwestern.

Wir sind eigentlich keine Familie. Wir sind zwei halbe Familien. Ein Flickenteppich, dessen Nähte sich gerade auflösen.

Ich bin die Tochter meiner Mutter.

Luise ist die Tochter unseres Vaters. Stopp. Ihres Vaters.

Als ich vom Klo zurückkomme, ziehe ich im Wohnzimmer das Fotoalbum aus dem Regal. Ich setze mich aufs Sofa und blättere die Seiten noch mal durch.

Luise und Papa.

Linda und Mama.

Immer wieder. Hinterher vermischt es sich. Am Anfang nicht. Ich bleibe bei einem Bild hängen, drehe das Album langsam um und zeige es in die Runde.

Mein Vater guckt sich auf dem Foto selber an. Wie er damals Luise das Fläschchen gegeben hat.

Mein Vater nickt, Luise schluchzt laut. Sie wurde nicht gestillt. Meine Mutter guckt traurig auf den Boden.

»Ich hätte dir gerne die Brust gegeben, Luise. Aber das war alles zu viel. Das hätte deinem Vater das Herz gebrochen.«

Wo doch gerade erst Luises Mutter gestorben war. Verblutet bei der Geburt. Da saß er voller Schmerz wegen des Verlustes seiner Frau und voller Glück über diesen neuen kleinen Menschen. Sie trafen sich zufällig im Babyzimmer. Meine Mutter, die partout nicht den Namen des Kindsvaters verraten wollte, und Luises Vater, der so überfordert war. Der nicht wusste, wie er alles schaffen sollte. Den Schmerz überleben, ohne wahnsinnig zu werden. Der Tochter ein guter Vater zu sein. Sich nicht zu fragen, ob dieses Kind es wert war, dass er seine Frau dafür geben musste.

»Und dann habt ihr euch sofort verliebt«, sagt Luise sarkastisch.

»Nein«, sagen beide aus einem Mund.

Beide. Meine Mutter und ... Wie soll ich ihn nennen? Ich kann nicht mehr Vater sagen. Meine Mutter hat ihm geholfen. Beim Wickeln, beim Baden von Luise. Sie hat ihm gezeigt, wie Fläschchen sterilisiert werden, was man bei Bauchweh macht. Er hat sie wohl gebraucht am Anfang. Dann auch gewollt.

»Wir haben uns geschämt«, sagt er. »Ich habe mich wie ein Verräter gefühlt. Luise, ich habe deine Mutter unendlich geliebt. Karola hat sie nicht ersetzt. Es hat ein neues Leben angefangen. Das Leben mit dir. Ich war so glücklich, dich zu haben. Ich wollte alles richtig machen. Ich hatte am Anfang sogar Angst, dass sie dich mir wegnehmen. Ich musste ja auch wieder arbeiten.«

»Wie heißt mein Vater?«, frage ich irgendwann.

»Ich weiß es nicht, Linda. Ich wusste es damals schon nicht. Er war ein One-Night-Stand. Noch nicht mal ein guter.«

Sie sieht meinen entsetzten Blick.

»Nein, nein. Im Nachhinein hat sich diese Nacht als Glücksfall erwiesen. Schließlich bist du das Ergebnis. In der Nacht selber fühlte es sich nicht wie ein Glücksfall an. Ich habe ihn noch nicht mal nach seinem Nachnamen gefragt.«

»Er wollte dich auch nicht wiedersehen?«

»Ich habe ihm eine falsche Telefonnummer gegeben.«

Mein Vater konnte sich also gar nicht bei meiner Mutter melden. Sie hat ihm von Anfang an die Möglichkeit genommen. Er weiß nicht mal, dass es mich gibt. Oder? Oder weiß er es doch? Vielleicht hat er sie gesehen mit dem runden Bauch, hat vielleicht gerechnet, geahnt, dass er der Verursacher sein könnte. Und dann? Was hat er gemacht? Nichts.

Bis jetzt.

Oder ist er jetzt aktiv geworden?

Könnte es sein, dass er heimlich in mein Leben getreten ist?

Ich schiebe den Gedanken an den Rand meines Kopfes. Wieso sollte er? Rache? Hasst er meine Mutter?

»Wie hieß meine Mutter?«, will Luise wissen.

»Ute«, sagt mein Vater leise. Er sagt es sehr zärtlich.

»Wenn du willst, können wir mal zusammen an ihr Grab gehen.«

Luise hat ein Grab, an das sie gehen kann. Luise hat plötzlich zwei Mütter und einen Vater. Ich habe nur noch eine Mutter. Ich war nur ein Fick.

»Warum habt ihr uns so belogen?«

Die Frage fällt aus meinem Mund wie Erbrochenes.

Sie gucken sich an. Verzweifelt irgendwie.

»Das wollten wir ja eigentlich nicht. Es hat sich so ergeben«, sagt meine Mutter irgendwann.

»Es hat sich so ergeben?«

Wie praktisch.

Mein Vater lehnt sich nach vorne.

»Wir wollten es euch sagen. Natürlich. Wir haben so oft darüber gesprochen, wann der richtige Zeitpunkt ist. Wir hatten immer das Gefühl, dass es noch zu früh ist. Dass wir euch mit der Wahrheit verletzen.«

»Lügen verletzen mehr«, sage ich nur.

»Das wissen wir. Vor allem verletzt es euch, dass nicht wir es euch gesagt haben. Dass ihr von außen die Wahrheit erfahren habt. Das macht mich unendlich traurig. Woher hast du überhaupt diese Kopien?«

Es ist das erste Mal, dass mein Vater etwas fragt.

»Ist doch egal.«

»Ich finde das nicht egal«, mischt Luise sich ein. »Wer hat ein Interesse daran, dass wir das erfahren? Oder bist du von dir aus auf die Suche gegangen?«

Ich schüttele den Kopf.

»Irgendjemand wollte, dass wir das herausfinden, und hat mir die Kopien geschickt.«

Ich kann den Blick, den meine Eltern – ich habe noch kein anderes Wort für das Paar mir gegenüber – sich zuwerfen, nicht deuten. Aber sie sehen alarmiert aus.

Irgendwann beschließen wir, eine Pause zu machen. Später weiterzureden. Wir können alle nicht mehr. Ich fühle mich wie auf links gezogen. Als ich runter in mein Zimmer gehe, kommt Luise hinter mir her. Sie lässt sich mit einer Kleenex-Packung in der Hand in meinen Sessel fallen. Ich bleibe stehen.

»Ich fühle mich so leer«, sagt sie leise. Ihre Augen sehen aus, als hätte sie einen furchtbaren Heuschnupfen.

Ich fühle mich nicht leer. Ich bin randvoll mit Wut und Angst. Ich könnte bersten. Irgendjemand hat eine Bowling-kugel in mein Leben geworfen. Um mich herum sind alle Kegel gefallen. Ich stehe da noch. Allein, wackelig. Und ich ahne, die nächste Kugel kommt.

»Ich möchte eigentlich alleine sein«, sage ich zu meiner Schwester, die sie ja eigentlich nicht ist. Ihr Blick sagt: »Ich aber nicht.« Trotzdem steht sie auf. Als sie an mir vorbei-geht, streichelt sie kurz meine Hand. Ihre Finger sind warm. Meine Haut fühlt sich hart an. Kalt. Eigentlich tot.

Das Ganze könnte auch in einer Pension spielen. Zwei Mädchen sitzen zufällig mit einem Ehepaar am Tisch und frühstücken.

»Kann ich bitte mal die Butter haben?«

»Möchte noch jemand eine Tasse Kaffee?«

Fehlt nur noch, dass wir uns siezen. Es ist nicht kühl, aber ich habe eine leichte Gänsehaut. Meine Mutter be-wegt sich langsam, übermüdet. Mein Vater ist immer eine Spur zu schnell. Natürlich denke ich noch »Vater«. Das kann ich über Nacht nicht abstellen. So gerne ich es woll-te. Und ich weiß gar nicht, ob ich es will. Ich habe mir gerade erst einen Toast auf den Teller gelegt, da reicht er mir schon die Margarine. Er holt sofort neue Milch aus dem Kühlschrank, als die vorhandene für Luises Corn-flakes nicht reicht. Er ist so fürchterlich bemüht.

»Vielleicht können wir uns heute Nachmittag ja noch mal zusammensetzen«, schlägt er irgendwann vor.

»Vielleicht möchtest du ja auch Fotos von Ute sehen«, wendet er sich an Luise.

Mir wird nichts angeboten. Was auch?

Irgendwann hat meine Mutter gestern noch zugegeben, dass es im Urlaub passiert ist. Auf Sardinien. Vielleicht könnte ich mir ja auf Google-Maps das Hotel oder den Strand angucken. Wo genau meine Mutter diesen grässlichen One-Night-Stand hatte, habe ich dann gar nicht mehr gefragt.

Ich beneide Luise, als sie geht. Gehen darf. Sie darf zurück in ihre normale Welt. Wo die Menschen heute noch das sind, was sie gestern waren. Ich muss hierbleiben. Selbst wenn ich gehen könnte, meine Welt außen ist doch nur noch eine Bedrohung. Draußen kann ich den Horror von hier drinnen nur vergessen, weil ein neuer Horror auf mich wartet.

Um kurz vor zehn bin ich am Wohnstift. Ich möchte noch mal mit Frau Knorr reden. Sie hat es gewusst. Natürlich. Sie hat mich und Luise aus zwei unterschiedlichen Bäuchen geholt. Paranoid wie ich mittlerweile bin, habe ich mich unten aus der Gartentür geschlichen, und zwar in einer Jacke meiner Mutter. Falls er mir auflauert, kann ich ihn so vielleicht täuschen.

Frau Knorr ist überhaupt nicht verwundert, dass ich sie noch mal besuche.

»Hast du mit deinen Eltern gesprochen?«

»Ja. Mit meiner Mutter und ihrem Mann vielmehr.«

»Es ist hart, oder?«

»Ja. Sehr.«

»Es war für sie damals auch hart. Vor allem für deinen Vater.«

»Für Luises Vater.«

»Du solltest versuchen, ihn nicht zu verurteilen. Ich sage

nicht, dass du dich in ihn hineinversetzen sollst. Das kann niemand. Aber er wollte sicherlich niemanden verletzen. Dafür ist er selber zu sehr verletzt worden.«

»Wie ist Luises Mutter gestorben?«

»Sie ist verblutet. Es gab Komplikationen, die niemand erwartet hatte. Die Medizin ist so weit. Wir können so viel. Aber eine Geburt ist immer noch ein Wunder. Ein Wunder, das auch mal schiefgehen kann. Daran denken viele nicht.«

Ich will jetzt kein Verständnis aufbringen.

Sie fährt fort: »Ich weiß nicht, ob dein Vater das alles ohne deine Mutter geschafft hätte. Ich glaube nicht. Sie war so randvoll mit Glück. Die ist richtig übergesprudelt vor Lebensfreude. Und ein ganz klein bisschen davon ist auf deinen Vater übergesprungen.«

Nachdenklich sage ich: »So verliebt war sie gleich in ihn. Strange irgendwie.«

Frau Knorr guckt mich überrascht durch ihre sieben Dioptrien an.

»In ihn? In dich. Sie war so vernarrt *in dich.* Sie hat dich ungefähr stündlich gewickelt, weil sie so einen Spaß daran hatte, wenn du nackt vor ihr gelegen hast. Sie hat dich von oben bis unten beschnuppert, dich angeprustet, deine Finger geküsst. Wir haben manchmal gescherzt, dass du wohl ihre erste große Liebe bist.«

Komisch. Das macht mich nicht glücklich. Eher sentimental. Wieso musste ich sie dann teilen? Mit Luise und deren Vater?

Nein. Ich will so nicht denken. Ich will jetzt nicht alle Erinnerungen infrage stellen. Alle Geburtstage alleine? Diese langweiligen Sommerferien in den Bergen? Die Abende, wenn meine Eltern sich stritten und Luise und ich uns in ihrem Bett eine schalldichte Bude gebaut haben. Die ersten Schminkversuche mit der Anleitung aus der »Brigitte« und einem abgebrochenen Helena-Rubin-stein-Lippenstift. Der Versuch von Luise und mir, Parfum zu mischen, weil uns leider Mamas Flakon ausgelaufen war. Unsere Demonstrationen für mehr Taschengeld mit selbst gemalten Transparenten. Wir sind drei Mal damit vor unserem Haus hoch- und runtergelaufen, ehe wir reingeholt wurden.

Ich habe das Gefühl, einen Dampfkochtopf ein biss-chen zu früh geöffnet zu haben. Die Erinnerungen flie-gen mir nur so um die Ohren. Es nimmt kein Ende. Und manche sind so schön, dass ich mich fast an ihnen ver-brenne.

Eine Frage ist auch noch mit in dem Topf.

»Das müssen doch damals viele mitbekommen haben.«

»Was?«

Frau Knorr war offenbar in ihren eigenen Erinnerun-gen abgetaucht.

»Dass unsere Eltern uns belogen haben. Dass sie uns wie Zwillinge behandelt haben. Dass zwei völlig fremde Mädchen zu Geschwistern gemacht werden.«

»Ihr wurdet nicht zu Geschwistern gemacht. Ihr seid zu Schwestern geworden. Geboren am selben Tag. Eure El-tern sind mit euch zusammen spazieren gegangen. Deine Mutter hat Luise mit in Krabbelgruppen genommen, weil dein Vater das zeitlich nicht geschafft hat. Da hat sich kei-ner was bei gedacht. Ich glaube, ich war die Einzige, die ganz früh gespürt hat, was da zwischen ihnen wuchs. Ich glaube, sogar vor ihnen.«

»Und Sie wussten auch, dass wir als Zwillinge aufge-wachsen sind?«

»Ja. Ich habe das beim Geburtstagsgespräch erfahren und bin dann später noch eine Weile mit ihr in Kontakt geblieben. Das Geburtstagsgespräch mache ich bei allen Müttern, deren Kinder ich auf die Welt bringe. Einen Tag vor dem ersten Geburtstag des Kindes rufe ich sie an. Frage, wie es ihnen geht. Denn am Geburtstag selber dreht sich ja immer alles ums Kind. Nie um die Mutter. Obwohl die ja eigentlich die Leistung vollbracht hat. Ich rede dann mit den Müttern noch mal über diesen wichtigen Tag. Ich glaube, das tut denen gut. Als ich deine Mutter einen Tag vor deinem ersten Geburtstag angerufen habe, hat sie es mir erzählt. Überrascht war ich nicht.«

»Klang sie immer noch so glücklich?«

»Glücklich, aber vor allem entspannter. Ich hatte das Gefühl, dass sie endlich zu Hause ist. Deine Mutter war vorher irgendwie wohl immer auf der Suche.«

Sie macht eine Pause.

»Komisch eigentlich. Da habe ich so lange nicht an euch gedacht und jetzt in kurzer Zeit gleich zwei Mal.«

Im ersten Moment denke ich, sie meint meinen zweiten Besuch. Dann frage ich nach.

»Wieso zwei Mal?«

»Ich habe vor einiger Zeit mit dem Junior-Doktor über euch gesprochen. Er war gerade hier, als ein Bericht über Zwillinge im Radio lief. Wie groß die genetische Seelenverwandtschaft ist und so. Ich glaube, dass das mit den Genen nichts zu tun hat. Das habe ich irgendwie erwähnt und so kamen wir auf dich und Luise.«

»Das verstehe ich nicht.«

»Ich glaube, ihr seid seelenverwandt. Zwillinge im Geist. Obwohl ihr eben genetisch nicht verwandt seid.«

Mein erster Gedanke ist: Ein Arzt aus dem Seniorenwohnstift wird wohl kaum mein persönlicher Feind sein. Und mein zweiter Gedanke ist: Sind Luise und ich seelenverwandt? Oder sind wir uns nur ähnlich geworden? Wie alte Ehepaare sich im Laufe der Zeit angleichen?

Als ich nach Hause komme, schält meine Mutter gerade Kartoffeln. Sie ist dabei wohl ziemlich in Gedanken. Sie hat mindestens schon zwei Kilo geschält.

»Erwarten wir Besuch?«, frage ich sie.

Sie schreckt aus einer Trance hoch. »Mist. Ich war irgendwie in Gedanken. Was sollen wir jetzt damit machen?«

»Wir haben lange keinen Kartoffeldruck gemacht. Wir können ein Kilo essen, mit dem anderen alle Tischdecken und Betttücher verzieren«, schlage ich vor.

Sie lacht befreit. »Du bist meine Tochter«, gluckst sie und erschrickt in der nächsten Sekunde.

Vor ein paar Tagen noch wäre das ein ganz normaler Satz gewesen. Jetzt hat er eine andere Schwere.

Ja, ich bin ihre Tochter.

Luise ist es nicht.

Hat meine Mutter wohl Unterschiede zwischen uns gemacht? Mir ein paar Gummibären mehr in die schwitzenden Händchen gedrückt?

Werden diese Zweifel jetzt immer mein Begleiter sein?

Und wenn meine Mutter mich wirklich bevorzugt hätte, wie finde ich das? Bin ich deshalb froh? Oder wütend auf sie? Tut mir Luise leid? Hat Luise dagegen ein paar mehr Gummibärchen von ihrem Vater bekommen? Hält sich unterm Strich also alles die Waage?

Auch die Liebe?

Ich bin auf der Flucht vor Luise. Es ist fast, als würden wir Fangen spielen. Wie früher. Da hat sie mich immer gekriegt. Mittlerweile kenne ich bessere Verstecke.

Luise sucht meine Nähe. Sie will mit mir reden. Über so vieles. Ich will das nicht. Ich schließe mich im Klo ein, stelle mich schlafend. Ich verstecke mich hinter Büchern, schwafele was von »Referat«. Manchmal schafft sie es doch. Dann kuschelt sie sich an mich, killert meinen

Rücken, steckt mir eine ihrer Locken ins Ohr – wie früher. Ganz selten kann ich das genießen. Wenn sie morgens unter meine Decke schlüpft, während mein Kopf noch schläft, dann sauge ich das Gefühl auf. Bis das Licht in meinem Kopf angeschaltet wird. Das Wissen da ist. Die Fragen sich durch meine Organe bohren. Die Kälte in mir aufsteigt und ich schnell sage: »Ich muss mal pinkeln.« Danach ist der Moment vorbei. Ich sehe, wie sehr ich sie verletze. Das schmeckt bitter. Dann muss ich kurz schlucken. Ich kann einfach nicht anders. Ich will keine Fotos von ihrer Mutter sehen. Nicht in Erinnerungen schwelgen, die plötzlich wie von Flutlichtern ausgeleuchtet werden. Ganz neue Schatten werfen. Hat sie wohl mal darüber nachgedacht, was passiert wäre, wenn sie vielleicht einen Tag später geboren worden wäre? Wenn ihre Mutter überlebt hätte? Unsere Eltern sich doof gefunden hätten? Wenn ich meine Mutter für mich alleine gehabt hätte? Wenn da nicht immer jemand gewesen wäre, um den sie sich auch kümmern musste? Wäre ich stärker geworden? Hätte ich mich mehr geliebt gefühlt?

Ich mag diese Gedanken nicht. Aber sie schleichen wie vermummte Gestalten durch das besetzte Haus meines Kopfes.

Und dann kann ich nicht mehr. Ich hatte mir am Morgen vom Arzt ein weiteres Attest geholt, war nicht in der Schule gewesen, saß den ganzen Tag nur hier, gefangen mit all den Gedanken. Jetzt ist mir, als plane ich einen Ausbruch. Ich eröffne das Abendessen mit dem Satz: »Ich muss hier raus.« Sechs Augen gucken mich überrascht, verletzt, flehend und fragend an. Ich ziehe die Notbremse. Wenn ich nicht völlig wahnsinnig werden will, muss was passieren. Um mich herum ist alles weggebrochen. Ich bin ein Eisbär in der Klimakatastrophe. Alle Eisschollen um mich herum sind abgedriftet, geschmolzen. Da ist nichts mehr. Familie, Freundin, Mitschüler. Weg. Ich kann nirgendwo mehr hingehen. Und deswegen muss ich raus hier. Sonst frisst die Angst mich auf. Die Bedrohung, die Kälte ist übermächtig geworden. Ich will überleben.

»Wohin möchtest du denn?«, fragt meine Mutter endlich.

Ich zucke die Schultern. Über die Antwort habe ich ja selber schon vergeblich nachgedacht.

Luise steht abrupt auf, ihr Stuhl kippt.

»Können wir mal reden?« Ihre Augen durchbohren mich fast.

Ich nicke langsam, lege mir schnell zwei Scheiben Brot, ein paar Scheiben Käse auf den Teller, nehme ihn mit und gehe ihr hinterher in »unsere Etage«. Sie schließt leise ihre Zimmertür hinter uns, dreht sich wütend zu mir um.

»Was soll das?«

Ich gucke die Scheibletten an. »Was denn?«

Zeit gewinnen. Ihre Wut verdampfen lassen.

»Dass du weg willst? Seit Tagen laufe ich dir hinterher und du weichst mir aus, als wäre ich in Hundekacke getreten. Du behandelst mich wie eine Fremde. Das macht mich krank.«

»Sind wir nicht eigentlich auch Fremde und leben nur zufällig unter demselben Dach?«, frage ich vorsichtig.

»Das ist nicht dein Ernst, oder?« Sie dreht sich zu ihrer Pinnwand. Da hängen Bilder über Bilder.

Wir beim Schokokusswettessen, beim Eislaufen, als Prinz und Prinzessin, schlafend, lachend, schmollend.

Sie zeigt auf jedes einzelne: »Fremd. Fremd. Fremd. Komisch. Fremd sieht doch irgendwie anders aus, oder?«

Es zerreißt mich. Ich würde mich gerne in ihre Arme kuscheln, über irgendwas kichern, wenn es sein muss, mich auch streiten. Ich kann es nicht. Das Band zwischen uns war immer unsichtbar. Habe ich gedacht. Vielleicht ist es gar nicht da.

»Ich weiß nicht mehr, was ich denken soll. Das möchte ich herausfinden«, sage ich sachlich.

»Und das kannst du nicht hier?«

»Ihr seid mir zu nah und gleichzeitig zu weit weg«, höre ich mich sagen.

»Lass mich nicht allein«, bittet Luise plötzlich. Sie ist so weich. So verletzlich. Ganz leise fügt sie an: »Ich brauche dich doch.«

Es tut mir so weh, aber die Kluft zwischen uns ist zu groß, zu breit. Ich traue mich nicht.

»Du bist nie alleine, Luise. Du hast dich. Du hast eine Mutter, die dich bestimmt sehr geliebt hat. Die sich wahrscheinlich unbändig auf dich gefreut und die für dich ihr Leben gelassen hat. Du hast einen Vater, der für dich da ist, und eine Mama, die nur manchmal peinlich ist und meistens eigentlich ganz süß. Das ist doch eine Menge.«

Ich habe nur zehrende Fragen, Angst und Bitterkeit.

Das sage ich nicht.

Selbst ihr Rücken sieht traurig aus, als sie rausgeht. Ich bleibe mit meinen Käsebroten zurück. Wenn ich jetzt hochginge und erzählte, dass es ja nicht nur unsere gespaltene Familie ist, die mich wegspült, sie würden mir nicht glauben. Wenn ich jetzt von dem großen Unheimlichen erzähle, würden sie glauben, ich lüge. Dabei hängt es zusammen. Der große Unheimliche hat mich auf diesen Weg gebracht, zu dieser Wahrheit geführt.

Wollte er mich jetzt genau hier haben?

Will er, dass ich meine Familie verlasse?

Wollte er auch, dass ich die Schule meide?

Und wenn ja: Was erhofft er sich als nächsten Schritt? Wie soll ich ahnen, was er will, wenn ich nicht mal weiß, was ich selber will? Und wenn ich das tue, was er sich erhofft, ist das ein Schritt in die richtige Richtung oder in die falsche? Wird es dann aufhören oder wird es noch schlimmer?

Auf der Treppe nach oben habe ich die Idee.

»Tante Ines«, sage ich, als ich ins Esszimmer komme.

Ich weiß nicht, über was da am Tisch gerade so heftig gestritten wurde, aber alle verstummen, als ich reinkomme. »Ich könnte zu Tante Ines gehen«, schlage ich noch mal vor.

Tante Ines ist nicht meine Tante, aber da ich sie früher so genannt habe, bleibe ich dabei. Sie ist eine Jugendfreundin meiner Mutter und wäre eigentlich auch meine Patentante, wenn sie damals in der Kirche gewesen wäre. Sie hat mir schon ein paar Mal einen leidenschaftlichen Vortrag über die Institution Kirche gehalten. Viel verstanden habe ich nicht. Nur so viel: Sie ist dagegen. Überhaupt ist Tante Ines gegen ziemlich viel. Tiertransporte, Atomreaktoren, Hunger, Krieg. Die ganze Palette. Ich habe mal Fotos von ihr und meiner Mutter gesehen. Zum Schreien. Die beiden stehen in sackähnlichen Strickpullis und Handschellen an den Gelenken auf irgendeiner Straße. Ich weiß gar nicht mehr, für oder gegen was sie damals demonstriert haben. Allein die Frisuren sind der Hammer. Irgendwann hat sich Tante Ines dagegen entschieden, gegen alles zu sein, und ist für ein Jahr nach Griechenland gegangen. Da hat sie Silberschmuck am Strand verkauft und sich die geilste Bräune geholt, die eine rothaarige Frau überhaupt kriegen kann. Sie war auch mal beim Zirkus. Seit ein paar Jahren ist sie sesshaft geworden, ungefähr fünfzig Kilometer von uns entfernt. Sie macht irgendwas mit obdachlosen Frauen.

Meine Mutter und sie sind Zwillinge im Geiste. Allein

für die Telefonate zwischen denen lohnt sich eine Flat-rate.

»Ines?«, wiederholt meine Mutter langsam.

»Ja. Ich würde gerne für ein paar Tage zu Tante Ines. Ich brauche einfach mal ein bisschen Abstand.«

»Ich fürchte, zwischen uns ist schon zu viel Abstand«, sagt Lutz. Der Mann meiner Mutter.

Ich kann ihn nicht angucken.

»Vielleicht ist das keine schlechte Idee«, lenkt meine Mutter ein.

Spätestens jetzt wissen alle, dass mein Vater mit seinen Argumenten keine Chance hat.

Ich packe noch am Abend, ich möchte morgen so früh wie möglich los.

Raus, raus, raus hier. Alles hinter mir lassen.

Am geilsten finde ich, dass Tante Ines keinen Computer, also auch kein Internet, hat. Da muss ich mich gar nicht anstrengen, um nicht in mein E-Mail-Postfach zu gucken. Es hat mich echt viel Kraft in den letzten Wochen gekostet, das zu meiden. Ich wollte gar nicht wissen, was da an Gemeinheiten wieder schlummerte. Natürlich fingen meine Eltern auch mit der Schule an. Ich hätte jetzt viel zu lange zu Hause gesessen. Krank sei ich ja nicht mehr. Ich würde doch total viel verpassen. Ich habe ihnen klargemacht, dass ich nichts lernen kann, wenn so viele Fragen durch meinen Kopf geistern. Und dass ich lieber ganz bei mir als auf dem Abiball oder auf dem Sportfest sein will. Sie haben sich beruhigen lassen, dass ja ohnehin bald Ferien seien, da könnte ich ja alles nachholen. Warum sollte ich ihnen sagen, dass ich da überhaupt nicht mehr hinwill? Das merken sie früh genug.

Kurz vorm Einschlafen schicke ich Julchen noch eine SMS. Ich habe das Gefühl, dass ich ihr das irgendwie doch schuldig bin. Außerdem möchte ich mich gerne zumindest von einer Person verabschieden.

Bin ein paar Tage bei einer Freundin meiner Ma in der Nähe von Düsseldorf. Melde mich. L.

Sie reagiert sofort.

Düsseldorf? Da kann man doch ganz gut shoppen. Wo wohnst du genau? Vielleicht kann ich mal mit der Bahn kommen, und wir stürmen die City.

Ich weiß gar nicht, ob ich das will. Aber wenn ich jetzt nicht antworte, ist das der totale Bruch. Ich schreibe ihr die Adresse. Ich kann ja immer noch sagen, dass ich keine Zeit habe, wenn sie vorbeikommen will.

Der Abschied von Luise ist gruselig. Sie sieht mich an wie Ali, wenn er mal wieder von Philipp geärgert wurde. Ali war so lieb, und Philipp war echt oft gemein zu ihm. Ich weiß nicht, was ich lieber will: Luise in den Arm nehmen oder mich wortlos umdrehen und gehen. Wir verharren ein paar Minuten Hand in Hand, während meine Mutter Sachen zusammensucht.

Luise ist mir so vertraut, das Puzzlestück, das zu mir passte.

Luise hat es früher gehasst zu puzzeln. Sie hat es nicht eingesehen, ewig lange ein Bild zusammenzubauen, das direkt nach Fertigstellung dann wieder zerstört wird. Und weil sie keine Geduld dafür hatte, hat sie die Teile oft passend gemacht. Mittels festen Schlages mit der Faust.

Sind wir auch solche Stücke? Zwei, die gar nicht zusammengehören?

Als meine Mutter endlich kommt, lasse ich einfach los. Für alles andere fehlt mir der Mut.

Wann habe ich mich das letzte Mal so frei gefühlt?

Ich weiß es gar nicht.

Ich liege auf dem Gästebett und träume aus dem Fenster.

Tante Ines und Mama sitzen in der Küche, quatschen. Ich liege auf meinem neuen Bett und fühle mich so gelöst wie seit Ewigkeiten nicht mehr. Als hätte ich einen Rucksack mit Betonbrocken endlich absetzen dürfen. Frei wie der »eiserne Heinrich«, dem die Ketten, die um sein Herz lagen, abspringen. Alles um mich herum ist fremd, und das ist so schön. Nichts, was mit Scheißerinnerungen verseucht ist. Keine Angst, die aus den Ecken auf mich zugekrochen kommt. Keine bösen Überraschungen am Fenster oder im Briefkasten. Ich bin ein weißes Blatt Papier.

Als meine Mutter reinkommt, um sich zu verabschieden, kann es mir nicht schnell genug gehen. Kann sie für mich nicht schnell genug gehen.

Ines – wie ich sie nennen soll – und ich haben einen tollen Abend.

Wir essen, während wir eine DVD gucken. Ines bricht dazu einfach Baguettestücke ab, kümmert sich einen Scheiß um die tausend Krümel, schneidet großzügig Käsescheiben, fischt mit einem Pikser Oliven aus dem Glas, viertelt Tomaten und serviert dazu eiskalten Kirsch-Bananen-Saft. Dabei läuft der Mitschnitt eines Konzerts. Ich kenne die Band nicht. Die Musik gefällt mir noch nicht mal und es geht mir trotzdem supergut. Ines fragt keine doofen Fragen, und ich lasse mich in das fette Gefühl reinfallen.

Das hält leider keine zwölf Stunden. Überdauert gerade noch das Frühstück. An Ines' tollem Kaffeeautomaten habe ich mir einen Milchkaffee gemacht, dazu gab es einen Obsalat-Müsli-Mix, den Ines mir extra in den Kühlschrank gestellt hatte. Sie ist schon seit Stunden weg, obwohl heute Feiertag ist, hatte mir aber alles Wichtige auf einen

Zettel geschrieben. Wie die Kaffeemaschine funktioniert, wo mein Frühstück steht, wo der Wohnungsschlüssel liegt und dass es bei ihr spät wird. Ich hatte gestern mitgekriegt, wie sie mit meiner Mutter über ihr aktuelles Projekt gesprochen hat. Sie will offenbar ein Haus für wohnungslose Frauen bauen – also nicht wirklich bauen, aber eröffnen. Sie hat auch eine alte Villa gefunden, die verkommt, aber nicht abgerissen werden darf wegen Denkmalschutz. Jetzt plant sie gerade einen Infostand, um über die Problematik obdachloser Frauen zu informieren. Eigentlich witzig, dass ich ausgerechnet zu Tante Ines geflüchtet bin. Irgendwie bin ich ja auch so was wie obdachlos. Zumindest heimatlos.

Nach dem Frühstück falle ich. Direkt in ein Loch. Was tue ich hier? Was soll ich hier tun? Ich habe keine Lust, jetzt alleine in die Stadt zu fahren. Heute hat ja ohnehin alles zu. Ich lege mich auf mein Bett. Nach fünf Minuten stehe ich auf, mache den Fernseher an. Die Stille nagt zu sehr an mir. Ich sehe mir beim Fernsehgucken zu. Wundere mich über mich selber. Ich versuche es mit einem Buch. Tante Ines hat viele Bücher. Nachdem ich das dritte angefangen und wieder ins Regal gestellt habe, schnappe ich mir eine Zeitschrift. Wäre Luise jetzt hier, wüssten wir nicht, was wir als Erstes machen sollten. In die Stadt? Oder an diesen Baggersee, von dem Tante Ines erzählt hat? Wir könnten uns auch Tarotkarten legen. Die Packung samt Anleitung steht im Regal. Oder den Keller plündern mit den Überbleibseln aus der Zirkuszeit. Jonglierbälle, ein Clownskostüm, Riesenstelzen. Das haben wir bei unserem letzten Besuch hier gemacht. Da konnte ich Luise nur mit Mühe davon abhalten, das Öl für Feuerschlucker auszuprobieren.

Der Gedanke kommt aus dem Nichts.

Wenn Luise nicht meine Schwester gewesen wäre, wäre sie meine Freundin geworden?

Hätte sie mich als Freundin ausgesucht? Sie – die Starke, Lebenslustige, Beliebte? Mich – die Stille, Ängstliche, Verhuschte? Der Star das Mauerblümchen?

Verstehen wir uns vielleicht nur gut, weil wir uns gut verstehen mussten?

Es ist erst Viertel vor elf und ich fühle mich, als wäre ich seit Wochen in Isolationshaft.

Hätte Luise mich nicht gestern noch mal bitten können zu bleiben? Hat sie nicht etwas zu schnell akzeptiert, dass ich mich vom Acker mache? Jetzt hat sie ihren Vater und ihre Stiefmutter für sich allein.

Sie darf trauern um ihre richtige Mutter, die sie nie kennengelernt hat. Wieso darf ich eigentlich nicht trauern um meinen richtigen Vater? Darum, dass ich ihn nie kennenlernen werde. Obwohl ich ja eigentlich die Möglichkeit gehabt hätte, wäre meine Mutter damals nicht so hart gewesen. Irgendwo lebt er, hat keine Ahnung von mir. Oder hat er die doch und stellt mir nach? Nein, eigentlich glaube ich nicht mehr, dass er derjenige ist. Das macht keinen Sinn. Das kann ich mir nicht vorstellen, ist außer Reichweite meiner krudesten Gedanken.

Ich muss was tun. Irgendwas.

Im Schuhschrank finde ich Sportschuhe, die mir nur geringfügig zu klein sind. Ich leihe mir dazu eine Jogginghose von Ines und sprinte direkt vor der Haustür los. Die Straße runter, an der nächsten Kreuzung rechts, wieder rechts und rechts. Nach zehn Minuten stehe ich wieder vor der Haustür. Ich mache fünf der Runden, im Wohnzimmer noch Sit-ups und Liegestütze und um halb drei wache ich in stinkenden Klamotten auf dem Bett auf. Ich wollte mich nur ganz kurz ausruhen. Ich gehe duschen, sitze um halb vier mit nassen Haaren am Küchentisch.

Und jetzt? Ich schlendere durch die Wohnung, stoppe am Flurspiegel, gucke mich an. Ist Luise dieses Gesicht so vertraut wie mir ihres? Ich weiß, was es heißt, wenn sie die Lippen ganz leicht aufeinanderpresst, wenn sie nur eine Augenbraue diagonal hochzieht, wenn die Nasenflügel ein bisschen weiter offen stehen als normal oder sie die Schneidezähne in der Unterlippe vergraben hat.

Was liest sie in meinem Gesicht? Was mag sie an mir?

Je länger ich in den Spiegel gucke, umso klarer wird mir: Ich würde jetzt lieber *sie* sehen. Ich möchte nicht *sie* sein. Ich würde sie jetzt nur gerne sehen, bei mir haben.

Sie fehlt mir.

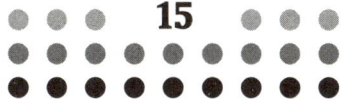

15

Als gegen sieben Uhr Ines klingelt, bin ich so weit, dass ich mich selbst über eine Drückerkolonne für Fernsehzeitungen freuen würde. Ich brauche dringend jemanden neben mir, der mich von mir selber ablenkt. Vielleicht schaffen wir es, so einen Abend wie gestern zu zaubern. Wenn es sein müsste, würde ich mir auch einen Live-Mitschnitt der Volksmusikparade angucken, obwohl ich sicher bin, dass das nicht Ines' Ding ist. Ich habe unten aufgedrückt, oben die Wohnungstür angelehnt und bin direkt in die Küche gegangen, um die Kaffeemaschine anzumachen. Ines ist der Typ, der jede Situation – neuer Tag, Büro, Pause, Besprechung, Telefonat, Feierabend – erst mal mit einer Tasse Kaffee beginnt. Als ich mich umdrehe, steht Philipp vor mir. Ehe ich was fragen kann, gibt er den Ton an.

»Linda, du musst nach Hause kommen. Es geht Luise nicht gut. Ich soll dich abholen.«

Er klingt sehr kühl.

»Was ist mit Luise?«

Angst, Angst, Angst.

Wollte der Unbekannte mich nur aus dem Weg haben, um sein eigentliches Opfer zu schnappen? War das von Anfang an das Ziel? Hatte er es in Wirklichkeit auf Luise abgesehen und ich musste nur das Feld räumen? Wenn er Luise etwas angetan hat, möchte ich nicht mehr leben. Ich finde es fast beruhigend, diese Lösung für den möglichen Super-GAU zu haben.

»Es geht ihr einfach nicht gut. Viel mehr weiß ich auch nicht. Du musst mitkommen. Pack deine Tasche.«

Ich gehorche. Mit flattrigen Fingern werfe ich meine Sachen in die Reisetasche.

Ich gehe in die Küche. »Ich muss Tante Ines Bescheid sagen.«

»Deine Eltern haben sie schon angerufen. Sie weiß Bescheid. Komm jetzt.«

Sein Tonfall erlaubt keinen Widerspruch.

Philipp legt einen Briefumschlag auf den Tisch, doch ich nehme das nur wie in Trance wahr.

»Warum schicken sie dich?«

»Julchen hat bei euch zu Hause angerufen. Du hast wohl irgendein Buch von ihr, das sie bis Montag in der Bücherei abgegeben haben muss. Da habe ich mitgekriegt, wie verzweifelt deine Eltern sind. Als ich angeboten habe, dich zu holen, waren sie ziemlich glücklich.«

Julchen hat mir ein Buch geliehen?

Als wir auf der Autobahn sind, zücke ich mein Handy. Ich muss jetzt sofort Luise anrufen. Ich will wissen, was los ist. Philipp nimmt mir das Telefon aus der Hand.

»Warte es doch ab. Wenn du jetzt anrufst, hilft ihr das auch nicht. Wir sind doch gleich da.«

Er legt mein Handy in das Seitenfach der Fahrertür.

Was kann passiert sein, dass Luise so fertig ist? Oder ist sie krank? Schwer krank? Hatte sie einen Unfall? Nur das nicht. Ich versuche sie mir nicht auf der Intensivstation mit tausend Geräten um sich herum vorzustellen.

Erst kurz vor dem Haus der Schöneholzens stutze ich. Ich hatte nicht mitgekriegt, dass wir zu Philipp fahren.

»Wolltest du mich nicht nach Hause bringen?«

»Warte es ab. Komm mal eben mit.«

Auf Julchen habe ich jetzt überhaupt keinen Bock. Ich

will zu Luise, steige trotzdem aus und gehe hinter Philipp ins Haus.

Das ist leer. Komisch leer.

»Wo ist Julchen?«

»Julchen und meine Eltern sind übers Wochenende weggefahren. Ist doch Brückentag.«

»Fährst du mich jetzt nach Hause? Ich kann mir auch ein Taxi rufen.«

Ich gehe Richtung Haustür. Irgendwas stimmt hier nicht.

»Komm doch mal eben mit.«

Er geht, verschwindet die Treppe hinauf. Ich will nicht. Leise drehe ich mich um, drücke vorsichtig die Klinke der Haustür. Sie ist abgeschlossen. Der Schlüssel steckt nicht.

Philipp beugt sich oben über das Treppengeländer, er guckt mich neugierig an.

»Und jetzt, Linda?«

Seine Stimme ist nicht kalt oder gemein. Sie ist eher neugierig.

Ich brauche ein paar Sekunden, die sich wie drei Ewigkeiten anfühlen. Philipp?

Er winkt mich zu sich.

»Du musst keine Angst haben. Ich will nur mit dir reden.«

Ich lache laut und hysterisch. Keine Angst haben. Unsichtbare Hände wringen meine Organe aus. Keine Angst haben.

»Linda, ich werde dich nicht anrühren. Wenn ich Bock auf Sex hätte, gäbe es genug Bewerberinnen. Das hier ist auch keine Entführung. Dafür haben deine Eltern nicht genug Kohle. Und ich werde dir auch sonst kein Haar krümmen. Das könnte mir im Zweifelsfall das Genick auf der Karriere zum Arzt brechen. Und irgendwann will ich ja mal die Praxis von meinem Vater übernehmen. Also reg dich nicht auf. Ich will nur mit dir reden.«

Ich habe die Hand immer noch auf der Türklinke. Ich spüre einen feuchten Film zwischen meinen Fingern und dem kalten Metall.

»Wenn du nur mit mir reden wolltest, hättest du mich anrufen können.«

Er lacht. »Du bist echt eine Kämpferin, was? Damit hast du es mir in den letzten Wochen auch echt schwer gemacht. Aber irgendwie wurde die Sache dadurch auch spannend. Ich musste mich richtig anstrengen.«

»Die Sache?«

»Das Experiment.«

Ich versuche parallel zu überlegen. Wie kann ich hier raus? Und wo könnte ich hin? Wo könnte ich hin, wo Philipp mich nicht fände? Was kann ich sagen, um den Moment zu dehnen? Ich muss Zeit gewinnen. Ich weiß nicht, wofür. Fühle mich wie in einem Beitrag von »Aktenzeichen XY ... ungelöst«.

»Was für ein Experiment?«

»Das will ich dir doch erklären. Komm mit. Ich habe nur ein paar Fragen an dich.«

Ich folge ihm. Es tut weh, als ich die Klinke loslasse. Meine Finger sind steif, so verkrampft hatten sie sich festgekrallt. Ich taumele die ersten Schritte. Aber ich folge ihm die Treppe hinauf. Habe ich eine andere Chance? In mir macht sich eine Art Taubheit breit. Wenn es jetzt vorbei sein soll, dann ist es so. Ich kann nicht mehr. Und immerhin habe ich mich von Luise verabschiedet. Der Gedanke an sie durchbohrt die taube Schicht in mir. Wie ein kurzer Stromstoß.

Wir gehen in Philipps Zimmer. Er setzt sich an den Schreibtisch, fährt den Computer hoch. Ich stehe im Türrahmen. Draußen ist es inzwischen dunkel geworden.

»Ich möchte einfach nur, dass du ein paar Fragen ganz ehrlich beantwortest.«

Er klingt jetzt ganz sachlich. Ich traue mich nicht, ihn anzusehen. Ich habe Angst, ihn zu provozieren. Diesen Menschen, der sich als der nette Bruder von Julchen in mein Leben geschlichen hat.

Er findet offenbar das Dokument, das er gesucht hat. Er liest die erste Frage vor.

»Hast du in den vergangenen Wochen an Selbstmord gedacht?«

Vor der Antwort auf diese Frage ist eine Mauer.

Ich will nicht. Ich will nicht antworten. Ich stoße mich vom Türrahmen ab, haste nach einem Stuhl und setze mich ganz gerade hin.

»Solange ich nicht weiß, um was für ein Experiment es hier geht, sage ich gar nichts.«

Ich bin selber erstaunt, dass meine Stimme so hart klingt. Dass sie gar nicht zittert.

Er guckt genervt hoch. Dann lehnt er sich zurück.

»Vielleicht ist es wirklich sinnvoll, du weißt, worum es geht. Vielleicht kannst du dann konkreter antworten.«

»Ich höre.«

Er grinst.

»Am Anfang stand eigentlich ein Streit. Mein Vater und ich hatten mal wieder Krach. Er hat behauptet, dass niemand ohne andere Menschen leben könne. Es ging mal wieder darum, dass ich keine Rücksicht nehme, zu egoistisch bin und dieser ganze Sermon. Es ging um den Menschen als soziales Wesen. Er kam mir echt mit diesem alten Experiment, für das Säuglinge ohne Liebe und Zuwendung aufgezogen wurden. Ich habe gesagt, dass Menschen, die stark genug sind, auf jeden Fall auf andere verzichten könnten. Das war die Ausgangslage.«

Ich gucke ihn immer noch nicht an. Aber ich sehe ihn vor mir. Philipp im »Fusion«. Philipp in der Skihalle. Philipp, der mich nach Hause fährt. Spieleabend mit Philipp.

Er war andauernd in meiner Nähe. Julchen hatte ihn wie einen Parasiten in mein Leben geschleppt. Was alles hat sie ihm erzählt?

»Was war mit den Babys?«

»Die sind gestorben. Aber ich glaube, dass starke Menschen durchaus alleine klarkommen können ohne diesen Quatsch von Gesellschaft und so. Wölfe sind auch Rudeltiere irgendwie und trotzdem ist jeder für sich.«

»Was hat das mit mir zu tun?«

»Als Julchen dich das erste Mal mit nach Hause gebracht hat, dachte ich schon, dass du vielleicht stark genug für so ein Experiment bist. Du hast so was Kühles. Das fand ich gut. Und dann war es halt Zufall, dass mir die alte Hebamme von dir und deiner Schwester erzählt hat.«

»Du kennst Frau Knorr?«

»Kennen vielleicht nicht gerade. Als Zivi musste ich ein paar Mal hin. Und irgendwann lief mal so ein Zwillingsding im Radio. Da hat sie mir von dir und Luise erzählt.«

Der Junior-Doktor. Das war Philipp. Philipp, der Zivi, Arztsohn. Der Nachwuchs-Halbgott in weiß.

»Ich hatte mitgekriegt, dass deine Schwester Luise heißt, und im Ernst: Wie viele Zwillingsschwestern in eurem Alter namens Linda und Luise gibt es hier? Damit fing es eigentlich an.«

»Warum?«

»Ich ahnte, dass ich es an dir ausprobieren kann. Ich wusste, ich kann dir mit einem Schlag deine Familie, deine Vertrauten nehmen. Du warst ein absolutes Geschenk.«

Seine Stimme klingt richtig begeistert.

Er stockt.

»Diesmal wollte ich alles richtig machen.«

»Diesmal?«

Er klingt genervt, erzählt dann aber doch.

»Du bist schon der zweite Versuch. Ich hatte mir natürlich zuerst so eine Omi ausgesucht. Es war super einfach. Ich habe den Schwestern ein paar Gemeinheiten erzählt, die die alte Frau über sie geäußert hätte, ein paar Gerüchte auf der Station gestreut und der Familie gesagt, dass die alte Frau latent neurotisch sei und besser erst mal keinen Besuch bekommen sollte.«

Er holt Luft, streckt die Beine aus.

»Die Voraussetzungen waren perfekt. Und dann kratzt die Oma ab. Lungenentzündung. Saudoof.«

Ich sehe sie fast vor mir. Eine alte Dame, die von den Schwestern gemobbt, von den Mitbewohnern geschnitten und der Familie fallen gelassen wird. War es wohl wirklich eine Lungenentzündung? Oder hat sie sich einfach gewünscht zu sterben, so wie ich manchmal kurz davor war?

»Da war eure geheime Zwillingsgeschichte natürlich ein Geschenk.«

Philipp lächelt mich wirklich an. Dieses eiskalte Arsch.

»Es hätte doch sein können, dass Luise und ich das wussten. Dann hätte mich das gar nicht geschockt.«

»Ich habe bei eurem Hausarzt angerufen und mich erkundigt. Ich dachte, dass der das vielleicht weiß. Aber in der Praxis wusste niemand was von einer Zwillingslüge.«

»Und der erzählt so was am Telefon?«

»Er nicht. Aber seine dumme Sprechstundenhilfe. Eine Mittagspause mit Latte Macchiato und Kuchen und ein paar langen Blicken und schon hat sie geplaudert. Außerdem bin ich ja auch bald ein Arzt.«

Die Worte hallen in mir. Mein Kopf ist leer. Philipps Stimme ist bedrohlich laut.

Er ist bedrohlich.

»Aber diese Information hast du erst mal für dich behalten.«

»Natürlich. Ich musste das Band im richtigen Moment

kappen. Ich musste vorher dafür sorgen, dass du alle anderen Beziehungen abbrichst. Ich habe da ehrlich gesagt lange drüber nachgedacht. Die Sache mit deinen Mitschülern war ja wirklich easy. Die sind aber auch echt zu doof, oder? Ehrlich gesagt, hätte ich gar nicht gedacht, dass das so durchschlagend funktioniert. Hammerhart.«

Er klingt sehr stolz.

Und offenbar ist er jetzt in Redelaune, so begeistert ist er von seinem tollen Plan. Endlich kann er mal damit prahlen. Dass ich dafür vielleicht nicht das geeignete Publikum bin, ist ihm egal.

»Mit der Familie und Freunden ist es natürlich komplizierter. Mein Ziel war es also, dass du den Kontakt selber abbrichst, dass du einfach niemandem mehr vertraust. Du musstest dich selber isolieren.«

»Und deswegen musste ich jeden verdächtigen, mich zu stalken.«

»Ja, aber du bist ja völlig naiv davon ausgegangen, dass es nur dieser kleine Krüppel sein kann. Als Julchen mir davon erzählte, dass du von einem Chatpartner gestalkt wirst, bin ich vor Lachen fast nicht in den Schlaf gekommen. Dass der Typ dich fallen gelassen hatte, fand ich zuerst super. Er war die ultimative Bedrohung. Geil. Das Böse kommt immer aus dem Internet, oder? Das lernt ihr jetzt in der Schule, was?«

Er kichert.

»Ich habe erst hinterher gemerkt, dass der meinen Plan untergräbt, weil du nur ihn und nicht dein Umfeld verdächtigt hast. Aber bevor ich mich richtig darüber ärgern konnte, da war meine übereifrige Schwester Julchen ja schon dabei, mir bei dieser Sache zu helfen. Wenn auch unbewusst. Sie hat das Missverständnis aufgeklärt und diesen angeblichen Stalker als Krüppel entlarvt. Und dich der namenlosen Bedrohung ausgeliefert.«

Ich fröstele. Ich versuche mich zu konzentrieren. Gedanken zu sammeln. Ich muss hier raus. Irgendwie. Gleichzeitig will ich, dass Philipp weiterredet. Wer weiß, was passiert, wenn er nicht mehr spricht.

»Und Ali?«

Er rollt die Augen.

»Das war echt doof. Da stürzt du dich mit all deiner Verzweiflung auf den dummen Hund. Du hast ja echt nach jedem Strohhalm gegriffen. Das war gegen die Spielregeln.«

»Ich kannte deine Regeln nicht.«

»Das Problem habe ich ja dann gelöst.«

Komisch. Alles, was mir Philipp bislang erzählt hat, erschüttert mich nicht so sehr wie sein Geständnis, dass er Ali vergiftet hat. Seinen eigenen Hund.

»Du hast ihn getötet.«

»Er war alt. Außerdem hat er mir dauernd auf die Hose gesabbert. Das fand ich ekelig. Witzigerweise war der auch so ein Kämpfer wie du. Der vergiftete Knochen hat nicht gereicht. Ich musste ihm später noch mal was spritzen.«

Ich starre ihn an. Kann nicht anders.

Er sieht meinen Blick, zuckt die Achseln.

»Und der Fahrradkeller?«

Komisch, ich bin so ruhig. Vielleicht, weil ich all meine Angst schon aufgebraucht habe.

»Das war *die* Show! Du hast dich ja immer wieder hochgerappelt. Wie ein Boxer, der schon völlig krankenhausreif geprügelt wurde und immer wieder den Kopf hochreißt und für den nächsten Schlag anbietet. Ich dachte eigentlich, die Nummer mit dem Keller reicht, um dich von der Schule wegzuhalten. Aber du warst echt zäher, als ich dachte.«

Komplimente sollten anders klingen.

Seit Minuten schon geistern die drei Buchstaben durch meinen Kopf. Jetzt haben sie sich formiert. Ich will es nicht fragen. Die Buchstaben werden größer. Lassen keinen Platz mehr für andere Gedanken. Opa.

Ich stehe auf. Kann die Frage nicht im Sitzen aushalten. Ich gehe hin und her. Als ich kurz vor der Tür bin, drehe ich mich kurz vor ihm um.

»Opa?«, flüstere ich.

Er dreht sich mit seinem Schreibtischstuhl hin und her. Als wollte er der Frage ausweichen.

»Dafür konnte ich nichts. Er hat sich wohl so erschrocken. War wohl ein bisschen viel für sein Herz. Aber im Ernst, er hätte es ohnehin nicht mehr lange gemacht. Und überhaupt: Warum lässt er die Scheißtür auf, wenn er so schreckhaft ist? Ich wollte dir nur ein paar Blumen vor die Tür legen. Ich hätte wohl besser einen Kranz mitgebracht.«

Ich höre mich spitz schreien, reiße die Tür von seinem Zimmer auf, renne die Treppe runter. Von oben höre ich langsam Schritte. Die Haustür war abgeschlossen. Ich renne zum Wohnzimmer. Da ist die Terrassentür, da komme ich raus.

Als ich minutenlang wie eine Besessene an der Klinke rüttele, legt sich Philipps Hand auf meine Schulter.

»Linda, reg dich ab. Hier ist alles abgeschlossen. Ich will doch mit dir reden.«

Ich sehe ihn an, sehe meinen Opa tot an seiner Schreibmaschine sitzen. An seiner Brother-Schreibmaschine. Die Hand unnatürlich auf der Abdeckung.

Brother. Der Bruder. Er wollte mir einen Tipp geben, und ich war zu blind. Opa hatte offensichtlich mehr mitbekommen, als ich ahnte.

Philipp nimmt mich an die Hand, zieht mich hinter sich die Treppe hoch in sein Zimmer. Schleudert mich wieder auf den Stuhl.

»Weißt du eigentlich, was am schwierigsten war? Meine kleine Schwester. Die hat ja echt einen Narren an dir gefressen. Misstrauen zwischen euch zu säen, war echt eine harte Nuss.«

Er sagt das fast vorwurfsvoll.

»Das tut mir leid.«

Er lacht. »Schon okay. Ich musste ihr schließlich das Handy entziehen, damit sie sich nicht melden konnte, ein paar SMS löschen. Am Ende ging es ja dann schnell. Ich konnte echt riechen, wie du ihr nicht mehr traust.«

»Und warum hat sie dir die Adresse von Tante Ines verraten?«

Steckte Julchen vielleicht doch mit ihm unter einer Decke?

»Hat sie natürlich nicht. Als deine SMS kam, war sie mit unseren Eltern schon lange weg. Ich hatte ihr ein Handy untergejubelt, das genauso aussah wie ihres. Das hat die in dem Moment gar nicht gerafft. Mittlerweile wird sie schon drei Mal die falsche PIN eingegeben haben und wahnsinnig geworden sein.«

Ich bin erschöpft, so unendlich müde. Ich will das alles nicht mehr hören. Ich war ein Experiment. Vielleicht hält Philipp ja irgendwann ein Referat über mich – »Angstverhalten im Fall sozialer Isolation – ein Fallbeispiel«. Ich strecke meine Beine. Sie fühlen sich an, als wäre ich stundenlang gelaufen.

»Schön, Philipp. Du hast dein Spiel gespielt. Du hast deinen Spaß gehabt. Ich gehe jetzt.«

»Was? Das Spiel fängt doch jetzt erst an.«

Ich fühle mich, als würde ich unter der Dusche stehen und irgendjemand dreht das warme Wasser am Waschbecken auf. Mir wird sehr plötzlich sehr kalt.

»Wie bitte?«

»Das Experiment startet hier an diesem Punkt. Du wirst

hierbleiben. Niemand wird dich vermissen. Niemand wird dich kontaktieren. Du hast alle Brücken von dir aus hinter dir abgebrochen. Und jetzt? Das möchte ich beobachten. Ich habe dir ein Zimmer im Keller eingerichtet. Da kannst du wohnen. Meine Eltern und Julchen kommen erst in fünf Tagen wieder, nämlich am Dienstag. Julchen hat für Montag und Dienstag noch eine Schulbefreiung. Diese fünf Tage möchte ich protokollieren.«

Er will mich halten wie ein Versuchskaninchen im Labor. Mir wird abrupt schlecht.

»Meine Eltern werden versuchen, Tante Ines zu erreichen, oder Tante Ines wird sich bei meinen Eltern melden. Wenn sie erfahren, dass ich weg bin, suchen die mich. Dann hast du ein Problem.«

»Auf dem Küchentisch deiner Tante liegt ein Brief von deinen Eltern. Dass die Familie kurzfristig einen gemeinsamen Urlaub macht, nur Mama, Papa und die Töchter, damit alle wieder zusammenfinden. Und dass ihr Zeit für euch braucht und euch meldet. Deine Eltern haben eine Mail von Tante Ines bekommen. Dass es dir schlechter geht, als alle befürchtet haben, und dass du ganz dringend Distanz brauchst. Tante Ines hat gemeint, dass es am besten wäre, du würdest einfach mal in Ruhe gelassen, um dich wieder fangen zu können. Linda, keiner vermisst dich. Mach dir keine Hoffnung.«

Wahrscheinlich hat er recht. Ich bin allein. So wie man alleine ist, wenn man mitten in der Nacht aufwacht und die Welt drumrum schläft. Wenn man das Gefühl hat, man ist der einzige Mensch auf der Welt.

Ich gucke ihn vorsichtig an. Philipp starrt gerade auf den Monitor, sucht irgendwas. Von ganz unten kommt eine Erinnerung hoch. Philipp hatte Ärger mit seinen Eltern, hat Julchen gesagt. Patienten hätten sich über ihn beschwert. Julchen hatte sich über diese alten Menschen echauffiert, die es auf ihren weltbesten Bruder abgesehen hatten. Wer weiß, was der noch mit denen gemacht hat. Wer weiß, zu was Philipp in der Lage ist. Würde er mich nur psychisch unter Druck setzen? Oder mir auch physische Gewalt antun? Mich foltern?

Vor ein paar Stunden hätte ich sofort eine Antwort darauf gehabt. Jetzt nicht mehr. In meine Überlegungen hinein klingelt ein Handy. Mein Handy. Philipp ist sichtlich irritiert. Er hatte wohl nicht mitbekommen, dass ich es aus der Seitentasche rausgeangelt hatte, während er schon ausgestiegen war.

»Wer ist das?«

Er hält auffordernd die Hand hin, ich ignoriere das und will drangehen, aber er reißt es mir aus der Hand. Auf dem Display habe ich vorher »LUISE« gelesen. Philipp starrt auf den Namen.

»Meine Fresse, ihr Mädels seid aber auch treu. Das ist ja gruselig.«

Ich sehe, wie seine Gedanken sich jagen. Offenbar beschließt er, dass es schlimmer für seinen Plan ist, wenn ich nicht drangehe. Wahrscheinlich befürchtet er, dass Luise dann Tante Ines anruft. Er guckt mich beschwörend an.

»Linda, für Luise bist du mit Tante Ines unterwegs. Dir geht es besser, ab du willst deine Ruhe. Sag ihr das und fertig. Mach jetzt keinen Mist, sonst müsste ich echt böse werden.«

Ich möchte nicht wissen, was Philipp unter »echt böse« versteht. Ich drücke auf den grünen Hörer.

»He, Luise. Alles gut?«

»Nein. Seit du weg bist, ist nichts gut. Du fehlst mir. Ich möchte, dass du zurückkommst.«

Ich gucke in Philipps angestrengtes Gesicht. Offenbar versucht er zu erahnen, was Luise sagt.

»Mir geht es schon besser.« In meinem Kopf rasen die Gedanken. Ich sage langsam: »Ines und ich amüsieren uns wie Bolle.«

Ich höre und sehe, wie Luise stutzt.

Wie Bolle.

Ich höre wie irgendetwas in ihr zuckt.

»Wie Bolle?«

Ihre Stimme ist alarmiert, irritiert.

»Genau«, sage ich und lache erleichtert.

Philipp zischt von der Seite: »Du sagst jetzt fröhlich ›Tschüss‹ und legst auf.« Es ist ein Befehl.

»Mach's gut, tschüss, Luise«, trällere ich und lege das Handy weg.

Philipp sieht zufrieden aus. »Brav.« Er zieht mit einem Ruck ein Stück Nagelhaut mit den Schneidezähnen weg. Das Nagelbett an seinem Daumen fängt an zu bluten. Er saugt es auf.

»Und jetzt?«, frage ich leise.

»Jetzt beginnt die nächste Runde in unserem Spiel«, sagt Philipp und er sieht aus, als hätte er schon eine Pokerpartie gewonnen und wartete jetzt auf den ganzen Jackpot.

»Für mich ist das kein Spiel. Ich möchte in mein Leben zurück«, sage ich mit fester Stimme.

Er verschränkt die Arme hinter dem Kopf.

»Linda, dein Leben gibt es nicht mehr. Das ist ja das Interessante. Du hast keine Freunde mehr, du hast alle Mitschüler vergrault, Julchen findet dich strange, du hast deine Eltern verletzt, deine Stiefschwester in die Wüste gejagt, dein Opa ist tot. Du hast noch nicht mal mehr einen Hund, dem du deine Sorgen anvertrauen kannst. Jetzt wird es spannend für mich.«

»Warum hast du das mit den Fotos gemacht? Mit den Bildern im Internet? Das war doch für dein Experiment nicht nötig.«

»Natürlich war das nötig. Du solltest niemandem mehr trauen. Du solltest einfach bei jedem denken, dass er entweder das Schwein ist, das das verbrochen hat, oder eines der Schweine, die sich die Fotos angucken. Außerdem fand ich dich mit der fetten Oberweite auch viel besser. Passt ja auch viel besser zu dir. Du bist ja nicht so ein Mager-Model. Ich mag es ohnehin lieber barock.«

Etwas in mir macht »plopp«. Als würde ein Sektkorken von innen rausgedrückt. Er hat den Bogen überspannt. Er macht mir keine Angst mehr. Ich habe zu viel ungewisse Angst erlebt, da kann mich der reale Horror nicht mehr wirklich schocken. Das Wissen, dass er an diesem Computer hier gesessen hat, meinen Busen virtuell vergrößert hat und es auch noch gut fand, macht mich nur wütend.

»Du hast mein Leben zerstört«, stelle ich ganz ruhig fest.

»Zerstört? Ich habe Gefühle freigelegt. Mehr nicht. Und sag mal ehrlich, fandest du die Kerle, die sich auf deine Fick-mich-Anzeige gemeldet haben, nicht auch amüsant? Ich hatte mir das extra so eingerichtet, dass ich automatisch eine Kopie von allen Antworten bekomme. Was waren das für arme Schweine.«

Arme Schweine.

Ich kann nicht anders.

»Für mich ist jemand ein armes Schwein, der einen Menschen kaputt machen will, nur um zu sehen, wie der die Trümmer wieder aufeinanderschichtet.«

Philipp will was sagen, aber ich bin schneller. Und ich bin wütender.

»Wenn du wissen willst, wie ein Mensch ohne Kontakte lebt, wie er überlebt; wie viel Gemeinsamkeit für Einsamkeit notwendig ist, warum bist du nicht selber in deinen Isolationskeller gekrochen? Hast du Angst gehabt vor dem Alleinsein? Hast du Angst gehabt, dass du dich selber nicht aushältst?«

Die Reaktion kommt sehr schnell und sehr heftig.

»Du gehst jetzt in den Keller. Ich hab dein Gequatsche satt. Weißt du, was? Du bist mir egal. Das Ergebnis zählt. Ich will einfach nur wissen: Krepierst du wie diese blöden Babys oder überlebst du mit einer dicken Hornhaut auf deiner Seele? Wirst du dich gehen lassen oder dich völlig exzessiv mit dir beschäftigen? Wirst du müde oder ruhelos? Wirst du verstummen oder mit dir selber reden? Wirst du überleben oder untergehen?«

Mir wird heiß. Glühend heiß. Mein Herz rast. Ich spüre es im Brustkorb, im Hals, in den Beinen. Ich habe das Gefühl, nicht mehr richtig atmen zu können. Ich muss mich hinlegen, kann mich nicht mehr halten.

»Hast du vielleicht mal ein Glas Wasser für mich?«, frage ich leise. Mir ist schwindelig.

»Ein Glas Wasser? Was soll das denn jetzt?«

Philipp guckt mich neugierig an.

»Ist was mit deinem Kreislauf? Oder hast du gerade eine hübsche kleine Panikattacke? Da kann ich ja gleich anfangen mit meinem Protokoll. Erzähl mal: Was denkst du? Was geht in dir vor?«

Er ist krank.

Ich lasse mich ganz langsam auf den Boden nieder, habe Angst, dass ich sonst einfach umkippe, mir richtig wehtue.

Philipp beobachtet mich wie ein Tier, das er zwischen zwei Glasplättchen gepresst und in ein Mikroskop geschoben hat.

»Kannst du mir bitte ein Glas Wasser holen?«

»Wird man auf diese Weise genügsam? Will man nur noch Wasser und trockenes Brot?«

Er lacht gemein, steht dann aber widerwillig auf und geht raus. Nach wenigen Sekunden ist er mit einem siffigen Zahnputzbecher zurück. Ich kippe das lauwarme

Wasser runter, versuche ganz ruhig zu atmen. Ich darf jetzt nicht bewusstlos werden. Wer weiß, was er dann mit mir macht. Ich schließe kurz die Augen, zähle langsam in Gedanken. Ich habe mal gehört, dass das helfen soll. Bei siebenundvierzig klingelt ein Handy.

Philipp guckt genervt auf sein Telefon auf dem Schreibtisch. Er zögert kurz, geht dann aber ran. Gleichzeitig hat er einen Schalter umgelegt. Er ist wieder ganz der smarte nette Typ.

»He, Sandy, was geht?«

Bei Sandy geht offenbar eine Menge. Philipp schweigt lange, lacht ein paar Mal und guckt mich die ganze Zeit dabei starr an. Seine Augen sagen: Rühr dich nicht von der Stelle. Ganz entspannt liegt er dabei in seinem Schreibtischstuhl. Offenbar beginnt es ihm Spaß zu machen. Er fängt an mit dieser Sandy zu flirten. Als ich vorsichtig versuche aufzustehen, schnellt er nach vorne und zeigt mit dem Finger auf mich. Als wollte er einem Hund befehlen, weiter liegen zu bleiben. In dieser Sekunde wird mir schlagartig klar, dass er mir körperlich fürchterlich überlegen ist. Ich habe keine Chance gegen ihn. Durch meine Überlegungen höre ich ihn sagen: »Heute Abend bin ich leider schon vergeben. Aber ein anderes Mal gerne.«

Schon vergeben.

Ich werde ihm niemals vergeben. Egal, was jetzt noch passiert. Als Sandy sich verabschiedet hat, legt Philipp seinen inneren Schalter wieder um.

»So«, sagt er nur, aber es klingt bedrohlich.

Philipp steht mit viel Energie im Körper auf. Ich rappele mich auch schnell hoch. Ich will nicht in diesen Keller. Das ist alles, was ich jetzt denke. Wenn ich erst mal in seinem Verlies bin, werde ich ersticken. Auch mit Luft. Ich brauche jetzt sehr schnell einen neuen Plan.

»Hat Merlin eigentlich schon die CDs abgeholt? Der wollte doch heute vorbeikommen. Ich hatte die an Julchen weitergegeben und jetzt braucht Merlin die wohl dringend.«

»Wer? Was für CDs?«

Ich brauche Zeit. Ein paar Ideen schwimmen wie Fettaugen auf einer Brühe. Aber ich brauche mich nicht für ein Fettauge zu entscheiden. Denn es klingelt. An der Tür.

»Das ist bestimmt Merlin«, sage ich.

Ich ahne, wer zu dieser nächtlichen Uhrzeit vor der Tür steht – oder hoffe vielmehr. Aber egal, wer auch immer es ist – für meine Sackgassensituation ist es gut, dass Philipp mal kurz abgelenkt wird.

»Ab ins Bad«, zischt er mich an.

Natürlich lässt er mich nicht hier oben alleine. Er schubst mich in das Bad zwischen seinem und Julchens Zimmer. Was fand ich das am Anfang cool: ein Badezimmer, das von zwei Seiten aus erreicht werden kann. Wie in einem Hotel irgendwie. Er schließt die Tür zu Julchens Zimmer zu, steckt den Schlüssel ein und legt sich kurz den Zeigefinger auf die Lippen, ehe er die Tür zu seinem Zimmer von außen abschließt.

Ich höre es wieder klingeln. Gott sei Dank. Wer immer es ist, er ist noch da. Ich höre Philipps Schritte auf der Treppe und kippe Julchens Schmuckdose um. Was Philipp nicht weiß: Hier ist ein Ersatzschlüssel. Irgendwann war Julchen mal aus Versehen hier oben eingeschlossen, danach hatte sie sich den Zweitschlüssel machen lassen. Ich habe eine vage Vorstellung, wer sie hier eingesperrt hat. Trotz des Zitterns schaffe ich es, die Tür lautlos zu öffnen. Ich taste mich durch Julchens Zimmer, schlüpfe auf den Flur.

Ich höre, wer geklingelt hat. Ich habe mich sehr lange nicht mehr so über ihre Stimme gefreut.

»Kann es sein, dass du ganz alleine zu Hause bist?«, höre ich meine Schwester gurren. Ich gehe zum Treppenabsatz. Ich sehe Philipp in der Haustür lehnen, ganz relaxt.

Ich gehe ein paar Schritte vor.

Ich sehe Luise. Sie hat an den Füßen Rollerblades, dann ganz lange nichts und dann die Hotpants, die Mama ihr verboten hat, in die Schule anzuziehen, weil sie so megasexy sind. Sie holt sich wahrscheinlich gerade eine Blasenentzündung. Dass sie schon da ist – sie muss echt Gas gegeben haben! Ich gehe in Zeitlupe weiter runter. Ich komme in Luises Blickfeld, und sie bleibt ganz cool. Ich sehe, dass sie mich sieht. Dabei tut sie so, als gucke sie durch mich hindurch.

»Ich habe gehört, dass deine Familie weggefahren ist, und du hier ganz alleine bleiben musst.«

Ich bin schon kurz vor der Küchentür. Ich versuche, durch die Nase zu atmen, damit ich nicht keuche und mich nicht verrate.

Philipp wechselt auf das andere Standbein. Wenn er sich jetzt umdreht, habe ich ein Problem. Luise fängt an, an dem Reißverschluss ihrer sehr, sehr kurzen Jacke zu spielen.

»Puh, es ist aber auch warm hier.«

Ich sehe einen Spitzenträger. An Philipps Körperhaltung erkenne ich, dass er ihn auch sieht. Offenbar hat Luise unter der Jacke nur einen BH an. Das gibt eine Blasenentzündung plus Bronchitis.

Ich bin so zum Zerreißen angespannt und trotzdem fällt mir jetzt ein Song ein, den meine Mutter gerne mal zehn bis zwanzig Mal hintereinander hört. »Für dich tu ich fast alles, sogar mich extrem erkälten.«

Die Küchentür ist nur angelehnt, ich stoße sie lautlos auf, schlüpfe hindurch. Ich habe nur eine Hoffnung. Eine ganz dünne. Vielleicht hat Philipp die Hintertür vergessen. Hinter der Küche gibt es einen Vorratsraum und von dort führt eine schmale Tür nach draußen. Ich weiß das, weil ich Frau Rohmann mal da draußen mit einer Zigarette gesehen habe.

Ich höre Luise. Sie spricht sehr laut.

»Vielleicht können wir ja auch mal zusammen auf die Rolle gehen.«

Auf die Rolle.

Ich weiß genau, welche Rolle sie meint. Ich halte die Luft an, als ich mich in den Vorratsraum taste. Das Licht will ich nicht anmachen. Ich taste mich an einem Regal entlang, stoße mit den Fingerspitzen gegen eine Flasche, kann sie kurz vorm Fallen festhalten. Adrenalin! Ich keuche. Da ist die Klinke. Darunter steckt der Schlüssel. Ich beiße mir vor Freude auf die Lippe. Es knackt, als ich ihn umdrehe. Womöglich hat Philipp das gehört. Jetzt muss es schnell gehen. Ich flutsche raus und renne. Quer durch den Garten, über den Jägerzaun, durch einen anderen Garten. Plötzlich ist da ein Sandkasten. Ich stolpere, fange mich ab, renne weiter. Ich möchte mich gerne umdrehen. Ist Philipp hinter mir? Steht er noch mit Luise an der Tür? Was tut er mit ihr, wenn er rafft, was los ist? Ich hoffe so sehr, dass sie sich schnell genug mit ihren Rollerblades auf den Weg gemacht hat. Ich komme auf die Straße, lasse mich hinter einem Altpapiercontainer auf den Boden fallen und lausche. Sind da Schritte? Ich gucke vorsichtig um die Ecke. Offenbar folgt Philipp mir nicht. Ich muss jetzt so schnell wie möglich zur Rolle kommen.

Es ist ein ganz schönes Stück bis zum Park, doch ich war noch nie so schnell. Zwei Stationen fahre ich mit dem Bus, steige hinten ein, während eine Frau mit Kinderwagen und eine Oma mit Rollator sich da rauskämpfen. Durch den Park lege ich einen Sprint hin. Ich habe keine

Angst vor der Dunkelheit, was soll mir noch passieren, aber ich will zu Luise. Muss sehen, dass es ihr gut geht.

Die Rolle dreht sich gemächlich hin und her.

Ich sehe die Rollerblades davor und bin so glücklich wie seit Jahren nicht mehr. Ich lasse mich neben Luise fallen.

Wir sagen nichts.

Was hätte ich wohl gemacht, wenn Luise nicht angerufen hätte? Sie hat es getan, obwohl es ja die Nachricht von Tante Ines gab, dass ich in Ruhe gelassen werden wollte. Und obwohl ich alles andere als nett war zu ihr in letzter Zeit. Ich habe sie verletzt, ihre Hand zurückgewiesen. Aber sie hat mich nicht aufgegeben.

Das Allerbeste: Sie fragt jetzt nicht. Sie wartet. Sie merkt, dass ich noch nicht darüber reden kann.

»Das mit Bolle war echt gut«, sagt sie irgendwann vorsichtig.

Ehrlich gesagt, da bin ich auch ein bisschen stolz drauf. Komisch, dass mir das genau in dem richtigen Moment eingefallen ist. Es ist eines der Lieblingslieder unseres Vaters, dieses »Bolle reiste jüngst zu Pfingsten«. Ein absolut schwachsinniges Nonsenslied mit einer extrem simplen und leider eingängigen Melodie. Kaum hat unser Dad ein oder zwei Bier zu viel getrunken, stimmt er lautstark diesen Lagerfeuer-Schlager an. Das Werk hat ganze sechs Strophen, die mein Vater alle kennt. Und irgendwo heißt es: »Auf der Schöneholzer Heide, da gab's ne Keilerei.« Die Stelle mag mein Dad besonders gern und singt sie immer sehr inbrünstig. Julchen und Philipp heißen mit Nachnamen Schöneholz. Luise hat meinen Wink verstanden. Hätte jemand anders als meine Schwester das? Ich glaube nicht.

Und dieser Gedanke öffnet die Schleusen. Ich presse mich an Luise und ich weine. Und es ist ein ganz anderes

Weinen als in den letzten Wochen. Es fühlt sich an, als würde diese ganze Angst rausgespült. Ich lasse mich in Luise fallen, möchte mich am liebsten ganz in ihr verkriechen. Ich schäme mich so, dass ich sie infrage gestellt und zurückgewiesen habe. Ich höre mich schluchzen und bin gleichzeitig so unfassbar glücklich. Ich bin nicht mehr alleine. Als ich wieder Luft bekomme, erzähle ich alles von vorne bis hinten. Ich verschweige nichts, nicht meine Ängste, nicht meinen Horror, als Psychopathin zu gelten, nicht meine Minderwertigkeitskomplexe, nicht meine miesen Verdächtigungen.

»Wir müssen Mama und Papa anrufen«, sagt sie irgendwann.

»Redest du bitte mit ihnen?«, frage ich leise.

Papa kommt, um uns abzuholen. Ich denke »Papa« und will das immer so denken. Er sagt und fragt nichts auf dem Weg nach Hause. Keine Ahnung, was Luise ihm erzählt hat. Meine Mutter steht im Flur, als wir reinkommen. In ihrem Gesicht ist Angst und die Bitte um Verzeihung.

»Es ist vorbei«, sage ich.

Sie zuckt, als hätte ich ihr die Faust in den Magen gerammt.

»Nein«, sage ich schnell. »Der Schatten über mir ist weg. Das ist vorbei.«

Ich gehe auf sie zu, ganz nah.

»Vielleicht können wir ja doch irgendwann wieder eine normale Familie sein«, sagt sie leise.

»Das haben wir doch noch nie geschafft«, pruste ich raus und muss lachen.

»Heute müssen wir aber zur Polizei gehen.«

Luise und ich liegen noch im Bett. In Tausenden von Brötchenkrümeln. Wir durften heute im Bett frühstücken.

Ich schüttele den Kopf.

»Ich will nicht zur Polizei«, sage ich fest.

Gestern schon haben meine Eltern und Lu mit Engelszungen auf mich eingeredet, doch ich konnte sie davon abhalten, die Polizei zu alarmieren. Ich war einfach zu fertig, zu alle – und das haben sie eingesehen. Heute wird die Diskussion von vorne losgehen. »Ich will nicht zur Polizei«, wiederhole ich störrisch.

»Das hatte ich mir gedacht.«

Luise beißt in ein Croissant. Blätterteigteilchen verteilen sich auf der Bettdecke.

»Du kannst dir echt nicht vorstellen, wie glücklich ich war, dass du das mit Bolle sofort gerafft hast«, wechsele ich das Thema.

Sie zuckt zusammen.

»Wenn Merlin mir nicht vorher ein paar Dinge erzählt hätte, hätte ich das niemals verstanden.«

»Merlin?«

»Ich konnte erst gar nicht glauben, was er da so alles von sich gegeben hat. Er hat mir nämlich berichtet, dass meine Zwillingsschwester gestalkt wird und völlig fertig mit den Nerven ist.«

Sie guckt mich sehr direkt an.

»Erst wollte ich es nicht glauben und dann war ich richtig stinkig, dass du mir kein Wort davon erzählt hast. Und ich habe von da ab nur noch gerätselt, was wohl passiert sein musste, dass du mir nicht mehr vertraut hast.«

Ich schlucke. Aber erst einmal will ich beim Thema Merlin bleiben.

»Warum hat Merlin das alles gesagt und wann?«

»Was du nicht merken willst, merkst du auch nicht, was? Unser lieber guter alter Merlin ist verknallt in dich. Als du dann zu Tante Ines abgedüst bist, war er hier. Fragte nach deiner Adresse, weil er dir eine Karte schreiben wollte. Süß, oder? Als er dann gehört hat, dass es dir nicht so gut geht, war er total besorgt. Erst hat er noch ein bisschen rumgedruckst und dann ist es nur so aus ihm rausgebrochen. Dass er sich schon total lange Sorgen um dich machen würde. Hast du ihn mal auf Gift angesprochen? Das hat ihn völlig fertiggemacht. Auf jeden Fall ist er dir wohl ein paar Mal gefolgt und fast geplatzt vor Eifersucht. Du warst nämlich nicht nur dauernd mit Julchen zusammen, sondern auch mit ihrem netten Bruder. Merlin fand den nicht so nett. Er fand ihn von Anfang an suspekt. Aber wohl aus anderen Gründen.«

Sie lacht und wird gleich wieder ernst.

»Mir ist echt schlecht geworden, als Merlin mir das von den Fotos im Netz erzählt hat. Das muss doch der Horror für dich gewesen sein. Warum hast du mir nichts erzählt? Warum hast du das alles für dich behalten? Merlin hat mir erzählt, wie nervös du warst in letzter Zeit. Wie schreckhaft und gleichzeitig apathisch. Hier hast du dich immer fast perfekt verstellt. Als Merlin weg war, habe ich fürchterliche Angst um dich bekommen. Na ja, und als ich dich dann angerufen habe und du was von Bolle gefaselt hast, war es für mich irgendwie klar. Es fügte sich zusammen. Ehrlich gesagt, hatte ich mich vorher schon mal gefragt, warum ein Typ wie dieser Philipp dauernd mit seiner kleinen Schwester und deren Freundin abhängt. Also habe ich mich sofort in meine Hotpants gepresst.«

Ich gucke sie an, ich habe sie furchtbar lieb.

»Für dich tu ich fast alles, sogar mich extrem erkälten«, sage ich leise.

Sie gibt mir einen Kuss auf die Wange.

»Genau.«

Sie steht auf, kommt mit ihrem Handy zurück.

»Ich habe da gestern etwas aufgezeichnet. Du hast nämlich nicht aufgelegt.«

Sie drückt auf eine Taste. Philipps Stimme ertönt. »Dein
Leben gibt es nicht mehr. Das ist ja das Interessante. Du
hast keine Freunde mehr, du hast alle Mitschüler vergrault, Julchen findet dich strange, du hast deine Eltern
verletzt, deine Stiefschwester in die Wüste gejagt, dein
Opa ist tot. Du hast noch nicht mal mehr einen Hund,
dem du deine Sorgen anvertrauen kannst. Jetzt wird es
spannend für mich.«

Ich starre Luise an. Erinnerungen werden wach in mir.
Mir wird leicht übel. Luise spult vor.

»Du bist mir egal. Das Ergebnis zählt. Ich will einfach
nur wissen: Krepierst du wie diese blöden Babys oder
überlebst du mit einer dicken Hornhaut auf deiner
Seele?«

Sie stopft das restliche Croissant in sich rein.

»Gib mir etwas Zeit.«

Drei Stunden später setzt sie mich vor ihren Computer.

Es erscheinen Bilder von mir. Ein Foto von Philipp mit
Balken über den Augen, seine Stimme dazu. All die Worte,
die Luise mitgeschnitten hatte. In Schreibmaschinen-
schrift darauf die Fakten: *Linda wurde verfolgt. Sie wurde
beleidigt, gequält, fast zerstört. Sie wurde verhöhnt, gedisst, gemobbt. Sie hat überlebt. Ein neues Leben im alten kann anfangen.
Vielleicht.*

Dann Musik. Wieder die Stimme von Philipp.

»Dein Leben gibt es nicht mehr.« Sie verhallt langsam.

»Und das verschicken wir jetzt«, triumphiert Luise.

Wir haben es zwei Mal versendet. An Julchen. Und an
Merlin. Der ist ja neuerdings bei der Schülerzeitung.

Zwei Klicks haben gereicht. Ich kann wieder zur Schule
gehen.

✳

Der Platz neben mir ist frei, Julchen ist mit ihrer Familie weggezogen. Vielleicht will Lilly ja neben mir sitzen, wenn sie wiederkommt. Aber eigentlich ist es mir auch egal. Auch, was aus Philipp geworden ist, aus ihm wird. Merlin hat Luise erzählt, dass Philipp schon mal angezeigt worden war von zwei Omas, denen er ihre eigenen Todesanzeigen auf den Nachttisch gelegt hatte. Er hat wohl einfach gerne gequält. Die Strafanzeige von mir ist die dritte. Wir führten Diskussionen, die kleine Ewigkeiten dauerten. Luise blieb hart. Dann hatte sie mich irgendwann so weit. Wie immer, hatte Luise einfach nicht lockergelassen. Und irgendwann habe ich dann auch wirklich eingesehen, dass ich es für mich und für andere potenzielle Opfer einfach tun musste. Zusammen mit Mama, Papa und Lu bin ich bei der Polizei gewesen. Nachdem ich alles erzählt hatte, tat ich mir selber fast leid. Aber ich war auch ein bisschen stolz auf mich. Ich hatte überlebt.

Erst viele Wochen später habe ich mich getraut. Zuerst wollte ich eine E-Mail schreiben. Doch das macht mir einfach keinen Spaß mehr. Also bin ich direkt in die Blumenstraße gefahren. Arne war nur kurz erstaunt mich zu sehen. Am Abend habe ich mein Fenster angehaucht, ein Herz reingemalt. Sieht ganz gut aus.

Anmerkung

Die Songtexte auf den Seiten 34 und 86 entstammen dem Lied »Das Leben rast vorbei« aus dem Album *Ich und Ich* von Ich und Ich (2005, Universal Music GmbH).

Der Songtext auf Seite 325 entstammt dem Lied »Für dich tu ich fast alles« aus dem Album *Die Tänzerin* von Ulla Meinecke (1995, Rca Local, Sony Music).

© Hans H. Schneider

Birgit Schlieper, geboren 1968 in Iserlohn, hat Amerikanistik, Romanistik und Anglistik studiert, ihr Studium aber abgebrochen, als ihr ein Zeitungsvolontariat angeboten wurde. Seitdem schreibt sie unaufhörlich: von Einkaufszetteln und Post-its über Reportagen bis zum Tagebuch und Gedichten, für Nachrichtenagenturen, die SZ, in Lehrbüchern für den Deutschunterricht – und für cbt.

Von Birgit Schlieper sind ebenfalls bei cbt erschienen:

Polnisch für Anfänger (30291)
Immer tiefer (30368)
Herzenssucht (30446)
Schmerzspuren (30576)

Intensive Psychothriller der Extraklasse – Abgründig, verführerisch und knisternd spannend!

Irma Krauß
Glücksgift
352 Seiten, ISBN 978-3-570-16071-8

Christine Fehér
Dornenliebe
288 Seiten, ISBN 978-3-570-16038-1

Nina Schindler
Spinnenfalle
304 Seiten, ISBN 978-3-570-16083-1

Birgit Schlieper
Angstspiel
336 Seiten, ISBN 978-3-570-16084-8

20063/4